Inocência Mortal

J. D. ROBB

SÉRIE MORTAL

Nudez Mortal

Glória Mortal

Eternidade Mortal

Êxtase Mortal

Cerimônia Mortal

Vingança Mortal

Natal Mortal

Conspiração Mortal

Lealdade Mortal

Testemunha Mortal

Julgamento Mortal

Traição Mortal

Sedução Mortal

Reencontro Mortal

Pureza Mortal

Retrato Mortal

Imitação Mortal

Dilema Mortal

Visão Mortal

Sobrevivência Mortal

Origem Mortal

Recordação Mortal

Nascimento Mortal

Inocência Mortal

Nora Roberts

escrevendo como

J. D. ROBB

Inocência Mortal

Tradução

Renato Motta

BERTRAND BRASIL

Rio de Janeiro | 2016

Título original: *Innocent in Death*

Capa: Leonardo Carvalho

Editoração: FA Studio

Texto revisado segundo o novo
Acordo Ortográfico da Língua Portuguesa

2016
Impresso no Brasil
Printed in Brazil

Cip-Brasil. Catalogação na publicação
Sindicato Nacional dos Editores de Livros, RJ

Robb, J. D., 1950-
R545i Inocência mortal / Nora Roberts sob pseudônimo de J. D. Robb; tradução Renato Motta. — 1. ed. — Rio de Janeiro: Bertrand Brasil, 2016.
(Mortal; 24)

Tradução de: Innocent in death
Sequência de: Nascimento mortal
ISBN 978-85-286-2046-7

1. Ficção americana. I. Motta, Renato. II. Título. III. Série.

CDD: 813
15-25883 CDU: 821.111(73)-3

EDITORA BERTRAND BRASIL LTDA.
Rua Argentina, 171 — 2º andar — São Cristóvão
20921-380 — Rio de Janeiro — RJ
Tel.: (0XX21) 2585-2070 — Fax: (0XX21) 2585-2087

Atendimento e venda direta ao leitor:
mdireto@record.com.br ou (0XX21) 2585-2002

Um professor afeta a Eternidade;
Ele nunca consegue descobrir onde a sua influência termina.
— HENRY ADAMS —

Tão inocente quanto um ovo que acabou de ser posto.
— W. S. GILBERT —

Capítulo Um

Provas-surpresa eram de matar. Como assassinos que ficam de tocaia, elas produziam medo ou ódio nas vítimas e essas provas davam uma inebriante sensação de poder no predador.

Craig Foster se preparava para o intervalo de almoço enquanto acabava de preparar o teste e já sabia quais seriam as reações dos seus alunos de História da quinta série. Gemidos e exclamações de protesto, caretas de sofrimento e pânico. Aos 26 anos, ele não estava muito distante do seu tempo de aluno e ainda se lembrava da dor e da ansiedade provocadas por momentos como aquele.

Pegou sua marmita térmica. Como seguia uma rotina rígida, sabia que sua mulher — puxa, era *supermag* estar casado! — lhe preparara um filé de frango empanado acompanhado por salgadinhos de soja, uma maçã e seu chocolate quente favorito.

Ele nunca lhe pedia para preparar seu almoço, nem para verificar se suas meias estavam limpas, dobradas em pares e guardadas no canto direito da gaveta de cima, mas ela dizia que adorava fazer essas coisas para ele. Aqueles sete meses desde que tinham se casado estavam sendo os melhores da sua vida. E antes sua vida também não fora ruim, decidiu.

Craig tinha um trabalho que adorava e no qual era muito bom, refletiu, com orgulho. Ele e Lissette tinham um apartamento razoável que ficava a uma curta caminhada da escola. Seus alunos eram brilhantes, interessados e gostavam dele, o que era um bônus.

Claro que iriam reclamar e suar frio diante da prova-surpresa, mas se sairiam bem.

Antes de comer, resolveu mandar uma mensagem para sua amada esposa:

Oi, Lissy!
Que tal eu levar para casa hoje à noite um pouco de sopa e aquela salada que você adora?
Estou com saudades. Adoro cada centímetro do seu corpo!
Assinado: Você sabe quem.

Riu ao imaginar o quanto essa mensagem a faria sorrir. Em seguida, voltou à preparação da prova. Analisou a tela do computador enquanto se servia da primeira caneca de chocolate quente e levava à boca o frango empanado acompanhado pela soja prensada cortada fininha, com sabor de peito de peru.

Havia tanta coisa para ensinar e tanto a aprender! A história do país era rica, diversificada e dramática; cheia de tragédia, comédia, romance, heroísmo e covardia. Ele queria passar tudo aquilo para seus alunos, na tentativa de lhes mostrar o quanto o país e o mundo em que viviam tinha evoluído até o ponto onde estava nos primeiros meses do ano de 2060.

Comeu, acrescentou novas questões à prova e apagou outras. Bebeu com satisfação seu chocolate predileto enquanto apreciava a neve caindo suavemente do lado de fora da sala de aula.

Mal sabia que o tempo da sua vida se escoava lentamente, minuto a minuto, aproximando-se do fim.

• • •

Escolas lhe provocavam calafrios. Uma sensação difícil de admitir para si mesma quando uma mulher é uma tira durona e determinada. Mas essa era a pura verdade. A tenente Eve Dallas, possivelmente a melhor tira da Divisão de Homicídios da Polícia de Nova York, preferia invadir um prédio abandonado à caça de um viciado psicopata com a cabeça cheia de zeus a caminhar pelos corredores imaculados da Sarah Child Academy, uma escola de elite criada para a classe média alta da cidade.

Apesar das belas cores fortes nas paredes e pisos, e também dos vidros limpos e cintilantes das janelas, aquilo tudo para Eve não passava de uma simples masmorra de torturas.

Quase todas as portas ao longo do labirinto de corredores estavam abertas e as salas vazias, a não ser pelas carteiras, mesas, balcões, telas e quadros para as aulas.

Eve olhou para Arnette Mosebly, a diretora da escola, uma mulher com cerca de cinquenta anos, corpo forte, ar desafiador e uma silhueta escultural. Sua herança genética mista era certamente responsável por sua bela pele cor de creme de caramelo e olhos azuis-claros. Seu cabelo era preto brilhante e formava uma linda cascata de cachos estreitos. Vestia uma saia comprida preta e um paletó vermelho curto. Os saltos de seus sapatos marcantes faziam clique-clique no piso enquanto ambas caminhavam pelo corredor do segundo andar.

— Onde estão as crianças? — quis saber Eve.

— Mandei que fossem todas levadas para o auditório da escola até que os pais ou responsáveis pudessem vir pegá-las. Os funcionários também estão lá. Achei adequado e mais respeitoso suspender as aulas da tarde.

Parou a poucos passos de um policial fardado que guardava uma porta fechada.

— Tenente, isso está além da tragédia para nós e para as crianças. Craig... — A diretora apertou os lábios e olhou para longe por um instante. — Ele era um jovem brilhante e entusiasmado com seu trabalho. Tinha a vida toda pela frente e... — calou-se por alguns instantes e ergueu a mão, lutando para se acalmar. — Compreendo esse tipo de situação, isto é, ter a polícia por perto é rotina em casos assim. Mas espero que a senhora seja discreta e rápida, tanto quanto for possível. Espero também que seja viável liberar o corpo só depois de os alunos deixarem a escola.

Empinou os ombros para trás e completou:

— Não sei como é possível um rapaz jovem passar tão mal a ponto de morrer. Por que ele veio trabalhar se não estava se sentindo bem? Sua esposa... Eles se casaram há poucos meses... Eu ainda não entrei em contato com ela. Não tinha certeza se deveria e...

— É melhor deixar tudo por nossa conta. Agora, se puder nos deixar por alguns momentos...

— Sim. Sim, é claro.

— Ligar filmadora, Peabody — ordenou Eve à sua parceira, ao mesmo tempo em que acenava com a cabeça para o guarda, que deu um passo para o lado.

Eve abriu a porta e ficou parada. Era uma mulher alta e esbelta com cabelo castanho picotado nas pontas, e seus olhos igualmente castanhos analisaram a cena com atenção e objetividade. Seus movimentos eram suaves quando pegou uma lata de *Seal-It* no kit de serviço e usou o spray selante para cobrir as mãos e as botas.

Em quase doze anos na força policial de Nova York, a tenente já vira imagens muito piores que a do pobre professor de História esparramado no chão em meio a poças de vômito e fezes.

Eve conferiu a hora do chamado e da chegada da polícia.

— Os paramédicos responderam ao chamado às quatorze e dezesseis; declararam a vítima morta às quatorze e dezenove. O processo de identificação confirmou seu nome: Craig Foster.

— Foi sorte nossa o chamado ter sido atendido por dois paramédicos que sabiam que o corpo não deveria ser movimentado — comentou Peabody. — Pobre coitado.

— Ele estava almoçando na mesa de trabalho? Um lugar como este provavelmente tem uma sala de professores, uma cantina, sei lá... — Ainda no portal, Eve virou a cabeça de lado. — Ele desabou em cima da marmita e da garrafa térmica, e caiu da cadeira.

— Parece que teve uma convulsão, e não uma queda. — Peabody circulou pelos cantos da sala, e suas botas com amortecedor a ar guincharam de leve. Verificou as janelas. — Trancadas. — Virou-se de frente para o morto a fim de avaliar a mesa e o corpo por outro ângulo.

Apesar de ter um corpo forte como o de Arnette Mosebly, Peabody não era escultural. Seu cabelo escuro estava com um novo penteado; crescera até um pouco abaixo da nuca e as pontas estavam viradas para fora de um jeito jovial que Eve ainda precisava aceitar.

— Trabalhava durante o almoço — informou a parceira de Eve. — Preparava aulas ou corrigia provas. Pode ter tido uma reação alérgica a algo que comeu.

— É... Pode ser. — Eve foi até o corpo e se agachou. Mais tarde ela recolheria as digitais, faria a medição exata da hora da morte e seguiria todos os procedimentos. No momento, porém, queria apenas analisar o morto.

Muitos vasos rompidos formavam uma teia vermelha na parte branca dos olhos da vítima. Havia uma substância espumosa e vestígios de vômito nos cantos dos lábios.

— Ele tentou se arrastar depois de passar mal — murmurou. — Planejava engatinhar até a porta. Faça a identificação oficial e confirme a hora da morte, Peabody.

Erguendo a cabeça, Eve examinou atentamente o material que Craig tinha vomitado e recolheu o copo térmico, onde viu o nome do morto gravado em prata sobre o fundo preto. Cheirou o material.

— Você acha que alguém pode tê-lo envenenado? — quis saber Peabody.

— Aqui tinha chocolate quente... E mais alguma coisa. — Eve guardou o copo num saco plástico para evidências. — A cor do vômito indica que houve convulsões e muita dor. Sim, desconfio que foi envenenamento. O legista poderá confirmar isso. Precisamos ter acesso aos registros médicos dele junto ao parente mais próximo. Trabalhe aqui na cena. Vou tornar a conversar com Mosebly e chamar as testemunhas.

Eve saiu da sala. Arnette Mosebly andava no corredor de um lado para outro com um tablet na mão.

— Diretora Mosebly! Peço que a senhora não entre em contato, não converse nem deixe recado para ninguém, por enquanto.

— Oh... Na verdade eu estava só... — Virou o tablet, e Eve viu a tela — jogando paciência. Algo para ocupar um pouco a mente. Tenente, estou preocupada com Lissette, esposa de Craig. Ela precisa ser avisada.

— E será. No momento eu preciso conversar com você em particular. Terei de interrogar as alunas que encontraram o corpo.

— Rayleen Straffo e Melodie Branch. Um dos guardas que atenderam ao chamado me avisou que elas não poderiam sair do prédio e precisavam ficar isoladas dos colegas. — Seus lábios se afinaram em sinal de óbvia desaprovação. — Essas meninas estão traumatizadas, tenente. Ficaram histéricas, como seria de esperar, diante das circunstâncias. Mandei Rayleen conversar com a terapeuta da escola, e Melodie está com a enfermeira. A essa altura seus pais já devem ter chegado.

— Você avisou os pais?

— A senhora tem seus procedimentos policiais a seguir, tenente, e eu tenho os meus. — Exibiu um daqueles olhares de superioridade que deviam ser exigidos na primeira aula de treinamento para diretoras. — Minha maior prioridade é a saúde e a segurança de meus alunos. Essas meninas têm só dez anos e deram de cara com *aquilo* — acenou com a cabeça para a porta. — Só Deus sabe o dano emocional que aquele momento provocou nelas.

— Craig Foster também não me parece nada bem.

— Tenho de fazer tudo que for preciso para proteger meus alunos. Minha escola...

— No momento esse espaço não é a *sua* escola. É a cena de um crime.

— Crime? — A cor desapareceu por completo do rosto de Arnette. — Como assim? Que crime?

— É isso que eu vou descobrir. Quero que as testemunhas me sejam trazidas uma de cada vez. Sua sala provavelmente é o melhor local para o interrogatório, diretora. Será permitida a presença de apenas um dos pais ou responsáveis durante a entrevista.

— Muito bem, então. Venha comigo.

— Guarda! — chamou Eve, olhando por sobre o ombro. — Avise a detetive Peabody que estou na sala da diretora.

A boca do policial exibiu um sorriso quase imperceptível.

— Sim, senhora.

Eve descobriu que era uma sensação completamente diferente assumir o lugar do chefe em vez de sentar na cadeira dos alunos em apuros. Não que ela tivesse passado por muitos problemas disciplinares nos tempos de escola, lembrou a si mesma. Na maior parte do tempo Eve tentara parecer invisível, passar despercebida e escapar incólume da prisão educacional até o dia da maioridade, quando poderia sair dali para cuidar da própria vida.

Mas nem sempre conseguira isso. Uma língua ferina e sua atitude de enfrentamento tinham atrapalhado algumas vezes, o que resultara em visitas à cadeira dos alunos em apuros.

Devia ser grata ao Estado por lhe prover as necessidades básicas, fornecer abrigo, educação e um lugar com comida adequada para mantê-la viva. Devia ser grata por ter recebido roupas para protegê-la do frio, mesmo sabendo que elas já tinham sido usadas por outras pessoas. Devia querer melhorar a cada dia, mas isso era duro porque ela nem se lembrava com clareza de onde viera, para início de conversa.

O que ela recordava com mais precisão dessa época eram as censuras presunçosas que recebia e os olhares de desaprovação que não conseguiam encobrir o ar de superioridade de quem os exibia.

Sem falar no tédio infindável, terminal e generalizado que sentia.

É claro que para Eve não existiam escolas sofisticadas, particulares e caras, com equipamentos educacionais de última geração, salas de aula reluzentes de tão limpas, uniformes estilosos e a relação de um professor para cada seis alunos.

Por outro lado, seria capaz de apostar um mês de salário que a Sarah Child Academy não tinha de lidar com trocas de socos nos corredores nem bombas caseiras nos vestiários.

Mas naquele dia era obrigada a lidar com assassinato.

Enquanto aguardava na sala da diretora Mosebly, com suas refinadas plantas e elegantes bules de chá, Eve fez uma verificação rápida nos dados da vítima.

Craig Foster, vinte e seis anos. Sem ficha criminal. Pais ainda vivos e casados. Moram em Nova Jersey, onde Craig nasceu e foi criado. Ele frequentara a Universidade de Columbia depois de receber uma bolsa parcial de estudos, conseguira seu diploma de professor e preparava sua tese de mestrado em História.

Tinha se casado com Lissette Bolviar em julho do ano anterior.

Parecia muito jovem e ansioso pela vida na foto da identidade, refletiu Eve. Um rapaz muito bonito com pele clara, cor de castanhas cozidas. Olhos profundos e escuros e cabelo preto cortado em estilo que Eve conhecia como *high-top*, raspado nas laterais da cabeça e na nuca, escovado para cima no alto da testa.

Os sapatos também eram estilosos, lembrou. Modelo preto e prata com sola de gel e cano alto. Muito caros. Sua jaqueta, no entanto, era num tom de terra e muito gasta nos punhos. Usava um relógio que parecia ser de qualidade, mas Eve desconfiou que fosse falso. Tinha uma reluzente aliança de ouro no terceiro dedo da mão esquerda.

Quando Peabody completasse os trabalhos na cena do crime, provavelmente saberia que havia menos de cinquenta fichas de crédito nos bolsos de Craig.

Fez algumas anotações.

De onde o chocolate viera?
Quem teve acesso à garrafa térmica?
Alguém mais usava aquela sala de aula?
Linha do tempo. Últimos a ver a vítima com vida e os primeiros a encontrar o corpo.
Seguro de vida? Quem lucraria com a sua morte? Beneficiários?

Ergueu os olhos quando a porta se abriu.

— Tenente? — Mosebly entrou com uma das mãos sobre o ombro de uma menina com a pele branca como leite e pintada com sardas que combinavam com o cabelo ruivo alaranjado. O cabelo era comprido, fora escovado para trás e exibia um elegante rabo de cavalo.

A menina parecia frágil e abalada em seu casaco azul-marinho e calça cáqui impecável.

— Melodie, esta é a tenente Dallas, da polícia. Ela precisa conversar com você. Tenente Dallas, esta é a mãe de Melodie, Angela Miles-Branch.

A menina herdara o cabelo e a pele da mãe, notou Eve, e a mamãe parecia igualmente abalada.

— Tenente, será que essa conversa não poderia esperar até amanhã? Eu gostaria de levar Melodie para casa. — Angela segurava com força a mão da menina. — Minha filha não está se sentindo bem, o que é compreensível.

— Será mais fácil para todos se continuarmos. Não vai levar muito tempo. Diretora Mosebly, poderia nos dar licença, por favor?

— Creio que eu deveria ficar aqui como representante da escola e responsável por Melodie.

— Um representante da escola não é necessário no momento. A mãe da menor está presente e se responsabilizará por ela. A senhora precisa se retirar.

Houve um lampejo de protesto nos olhos de Mosebly, mas ela apertou o maxilar com força e saiu da sala.

— Por que não se senta um pouco, Melodie?

Duas lágrimas pesadas escorreram lentamente, uma de cada olho.

— Sim, senhora. Mamãe?

— Estou bem aqui, querida. — Mantendo a mão da filha presa à sua, Angela se sentou ao lado da menina. — Isso está sendo terrível para ela.

— Entendo. Melodie, vou gravar nossa conversa.

Com o aceno de cabeça desceram mais duas lágrimas. Nesse momento, Eve perguntou a si mesma por que diabos não tinha ficado com a cena do crime e deixado as crianças por conta de Peabody.

— Por que não me conta simplesmente o que aconteceu?

— Nós entramos na sala do sr. Foster... Ahn, Rayleen e eu. Batemos na porta, que estava fechada. O sr. Foster não se incomoda de receber alunos que precisam falar com ele.

— E vocês precisavam falar com o sr. Foster?

— Era sobre o projeto. Ray e eu temos um trabalho em dupla. Estamos preparando um relatório multimídia sobre a Declaração dos Direitos. É nosso maior projeto para o segundo semestre. Vale vinte e cinco por cento da nota final. Queríamos que o professor analisasse o rascunho. Ele não se incomoda quando fazemos perguntas durante a aula ou depois dela.

— Muito bem. Onde vocês estavam antes de procurar o sr. Foster na sala?

— Eu almocei e fui para o grupo de estudo. Mas Ray e eu tivemos permissão da sra. Hallywell para sair do grupo de estudo alguns minutos antes para falar com o sr. Foster. Tenho o passe de liberação.

Ela tateou para pegar o papel no bolso.

— Tudo bem, não precisa mostrar. Vocês entraram na sala?

— Íamos entrar. Estávamos conversando e abrimos a porta. O cheiro era terrível. Eu reagi e disse algo como "Caramba, está fedendo muito aqui!" As lágrimas voltaram. — Sinto muito por ter dito isso, mas é que...

— Tudo bem. O que aconteceu nesse momento?

— Eu o vi. Ele estava no chão e havia... Minha nossa, um monte de vômito e outras coisas. Ray gritou. Ou eu gritei. Acho que nós duas gritamos. Fugimos dali na mesma hora, o sr. Dawson veio correndo pelo corredor e nos perguntou qual era o problema. Ele nos disse para ficarmos ali e foi até a sala. Entrou lá. Eu vi quando ele entrou. Mas saiu logo depois com a mão assim. — Tapou a boca com a mão livre. — Usou o comunicador, eu acho, para chamar a diretora Mosebly. Ela chegou depressa e chamou ajuda. Logo veio a enfermeira Brennan, que nos levou para a enfermaria. Ficou lá conosco até que o sr. Kolfax apareceu e levou Ray com ele. Eu fiquei com a enfermeira Brennan até minha mãe chegar.

— Você viu mais alguém entrar na sala do sr. Foster ou sair de lá?

— Não, senhora.

— Quando saiu do seu grupo de estudo para a sala de aula, você viu alguém?

— Ahn... Desculpe... Ahn... O sr. Bixley saiu do banheiro dos meninos e também passamos pelo sr. Dawson no caminho. Mostramos o nosso passe para ele e acho que isso foi tudo, mas não estava prestando muita atenção.

— Como é que você sabia que o sr. Foster estaria na sala de aula?

— Ah, ele sempre fica na sala às segundas-feiras antes do quinto tempo e almoça por lá mesmo. Nos últimos quinze minutos do intervalo é que permite que os alunos entrem para conversar com ele, quando é preciso. Mesmo antes disso não se incomoda de nos receber, se for muito importante. Ele é muito legal. Mamãe!

— Eu sei, querida. Tenente, por favor.

— Estamos quase acabando. Melodie, você ou Rayleen tocaram no sr. Foster ou em alguma coisa na sala de aula?

— Oh, não senhora. Simplesmente fugimos. Foi horrível e saímos correndo dali.

— Muito bem. Melodie. Caso você se lembre de mais alguma coisa, qualquer detalhe, por mínimo que seja, preciso que me conte.

A menina se levantou.

— Tenente Dallas? Senhora...?

— Pode falar.

— Rayleen disse que... Quando estávamos na enfermaria, Rayleen me disse que eles iriam levar o sr. Foster embora dali dentro de um saco preto grande. É verdade? Vocês precisam fazer isso?

— Oh, Melodie. — Angela virou a filha para si e a abraçou com força.

— Vamos tomar conta do sr. Foster agora — disse Eve. — Meu trabalho é cuidar dele e farei isso. Essa sua conversa comigo me ajudará a realizar meu trabalho, me ajudará a cuidar melhor dele.

— Sério? — Melodie fungou com força e suspirou. — Obrigada. Quero ir embora agora. Podemos ir para casa?

Eve olhou fixamente para os olhos marejados da menina e concordou com a cabeça. Depois olhou para a mãe e avisou:

— Vamos permanecer em contato. Obrigado por sua cooperação.

— Isso foi muito duro para as meninas. Muito difícil. Venha, querida, vamos para casa.

Angela envolveu o ombro de Melodie com o braço e a encaminhou para fora da sala. Eve se afastou da mesa e as acompanhou até a porta. Mosebly vinha pelo corredor na direção delas.

— Diretora Mosebly? Uma pergunta, por favor.

— Claro, vou só levar a sra. Miles-Branch e Melodie até lá fora.

— Tenho certeza de que elas conhecem o caminho. Venha até sua sala.

Eve não se deu ao trabalho de sentar na cadeira dessa vez, simplesmente se recostou na mesa. Mosebly entrou na sala quase soltando fumaça pelo nariz, os punhos cerrados dos dois lados do corpo.

— Tenente Dallas, embora eu compreenda perfeitamente que a senhora tem um trabalho a realizar, estou indignada com sua atitude indiferente e arrogante.

— Sim, já deu para perceber. O sr. Foster tinha o hábito de trazer o próprio almoço e a bebida para o trabalho?

— Eu... Acredito que sim. Isso acontecia em vários dias da semana. Temos uma cantina administrada por uma nutricionista, é claro. Vendemos produtos aprovados pela secretaria de educação. Mesmo assim, muitos funcionários da escola e membros do corpo docente preferem trazer de casa as próprias refeições, de vez em quando.

— Ele geralmente comia sozinho? Em sua mesa?

Mosebly passou o polegar e o indicador na testa.

— Pelo que eu sei, ele trazia almoço e comia na sala duas ou três vezes por semana. O trabalho de um professor abrange mais do que pode ser conseguido nas horas de trabalho na escola. Há aulas para preparar, provas e deveres para corrigir, leituras, palestras para assistir e preparações de laboratório. Craig, como muitos professores da escola, também continuava a estudar e se preparava para fazer o mestrado; isso exige escrever, compilar textos e fazer coisas desse tipo. Ele almoçava na mesa para poder continuar trabalhando enquanto comia. Era muito dedicado.

A raiva pareceu diminuir um pouco e ela continuou:

— Era jovem e idealista. Adorava ensinar, tenente Dallas, era bem visível.

— Ele já teve problemas com algum dos funcionários?

— Não que eu saiba. Era um jovem amigável, de boa índole. Creio que, tanto em nível pessoal quanto profissional, tínhamos muita sorte por contar com ele em nosso quadro.

— Você despediu alguém recentemente?

— Não. Temos pouquíssima rotatividade de funcionários aqui na Sarah Child. Craig já estava em seu segundo ano conosco. Veio para o lugar de um dos professores que se aposentou depois de cinquenta anos de serviço. Vinte e oito desses anos foram passados aqui na Sarah Child.

— E quanto a você, diretora? Há quanto tempo trabalha aqui?

— Três anos só como diretora. Trabalho há vinte e cinco anos na área de educação e administração.

— Quando foi a última vez em que viu o sr. Foster com vida?

— Eu o encontrei rapidamente hoje de manhã. — Enquanto falava, Mosebly foi até uma pequena unidade de refrigeração e pegou uma garrafa de água. — Ele chegou mais cedo para usar a academia de ginástica da escola, como fazia habitualmente. Todos os funcionários podem usar as máquinas, os programas, a piscina e tudo mais. Craig usufruía das instalações quase todas as manhãs.

Suspirou longamente enquanto servia água num copo baixo.

— Aceita um pouco, tenente?

— Não, obrigada.

— Eu mesma nadei um pouco esta manhã e já estava saindo da piscina quando ele chegou. Nós nos cumprimentamos, eu reclamei do engarrafamento e coisas do gênero. Estava com pressa. Ouvi quando ele deu um mergulho — murmurou ela, e tomou lentamente um gole de água. — Ouvi o barulho que ele fez ao cair na piscina no instante em que abri a porta do meu armário. Oh, meu Deus!

— A que horas foi isso?

— Mais ou menos sete e meia. Eu tinha uma videoconferência marcada para as oito e estava atrasada, pois tinha passado tempo demais na piscina. Isso me deixou chateada e eu mal conversei com Craig.

— Onde ele guardava o almoço que trazia?

— Ora... Na sua sala, suponho. É possível que guardasse sua marmita na sala dos professores, mas não me recordo de tê-lo visto alguma vez colocando ou pegando alguma coisa na unidade de refrigeração ou no armário de lá.

— A sala ficava trancada?

— Não. A escola é bem protegida, é claro, mas as salas de aula não são trancadas. Não existe motivo para tal, e o programa da Sarah Child é baseado na confiança e na responsabilidade.

— Muito obrigada. Por favor, mande entrar a segunda testemunha, Rayleen Straffo.

Mosebly assentiu, mas não havia o ar de indulgência dessa vez.

— E quanto aos outros alunos e aos meus funcionários?

Precisamos falar com todos os funcionários antes de algum deles sair da escola. Você pode dispensar os alunos, mas preciso da lista de presença de hoje.

— Está ótimo.

Quando se viu sozinha, Eve pegou o comunicador e ligou para Peabody.

— Status?

— O corpo acaba de ser removido. O legista concorda com sua avaliação de possível envenenamento, mas não terá certeza até a vítima estar sobre a mesa de autópsia. Os peritos estão trabalhando na cena. Parece que a vítima trabalhava em seu computador no instante da morte. Preparava uma prova-surpresa para a aula seguinte.

— Já encontramos o motivo do crime, então — disse Eve, secamente.

— Detesto provas-surpresa e sempre questiono a legalidade disso. Fiz uma busca rápida no computador e descobri que a vítima enviou um e-mail para lfoster@blackburnpub.com ao meio-dia e seis minutos de hoje. Não houve nenhuma ligação antes nem depois desse momento.

— O nome da esposa é Lissette. O que dizia o e-mail?

— Só um recado romântico em que ele se oferecia para levar jantar na volta para casa. Ela respondeu no mesmo tom, aceitando a oferta, às quatorze e quarenta e oito, mas a resposta não foi lida.

— Ok. Estou aguardando a segunda testemunha. Vou mandar a diretora procurá-la. Peça para ela instalar você em algum lugar, comece a interrogar os funcionários e tente estabelecer uma linha de tempo para cada um. Vou para lá assim que acabar de falar com a outra menina. Nesse meio-tempo, verifique o endereço da esposa e seu local de trabalho. Vamos dar a notícia a ela assim que sairmos daqui.

— A alegria nunca termina.

Eve desligou no instante em que a porta tornou a se abrir. Mais uma vez, Mosebly entrou com a mão sobre o ombro de uma menininha.

Essa era loura, com uma cascata de cachos colocados para trás da cabeça e longe do rosto por um lenço violeta. A cor do lenço combinava com seus olhos, que estavam muito inchados, avermelhados, e dominavam um rosto de pele suave e nariz levemente arrebitado. A boca, rosada e com lábios grandes, tremia.

Usava um uniforme idêntico ao de Melodie, mas trazia uma estrelinha de ouro presa na lapela do blazer.

— Rayleen, essa é a tenente Dallas. Tenente, Rayleen está aqui com o seu pai, Oliver Straffo. Estarei aqui fora, caso precisem de alguma coisa.

— Sente-se, Rayleen.

— Olá, tenente — Oliver manteve a mão na da filha. Sua voz pareceu ressoar na sala, como a de um bom ator em um grande teatro. Era alto e louro como a filha. Seus olhos, porém, tinham o tom cinzento e frio do aço. Ele e Eve já se conheciam. Do tribunal.

Ele era um poderoso, caro e conceituado advogado de defesa, lembrou Eve.

Merda!

Capítulo Dois

— Concordei com esta entrevista aqui e agora, tenente — começou ele —, porque senti que era o melhor para a preservação do bem-estar emocional da minha filha. Entretanto, caso eu não goste do tom ou do rumo da conversa, vou interromper tudo e levar minha filha embora. Fui claro?

— Claríssimo. Eu ia pegar meus instrumentos de tortura, mas não sei onde eu os deixei. Sente-se. Rayleen, preciso apenas que você me conte o que aconteceu.

Rayleen olhou para o pai e viu o seu sinal de concordância. Só então se sentou, imitando a admirável postura do pai.

— Eu encontrei o sr. Foster. Melodie estava comigo. Foi horrível.

— Por favor, me explique como vocês o encontraram. Conte o porquê de terem ido à sala dele a essa hora do dia.

— Sim, senhora. — Ela respirou fundo, como se preparasse para fazer um relatório oral. — Eu estava no meu grupo de estudo, mas queria muito falar com o sr. Foster sobre o projeto no qual eu e Melodie estamos trabalhando. Ele vale um quarto da nota do segundo semestre de História Americana, e eu queria fazer o melhor possível. Sou a primeira colocada na minha turma e esse é um dos projetos mais importantes do semestre.

— Ok, então você saiu do grupo de estudo e foi para a sala do sr. Foster.

— Sim, senhora. A sra. Hallywell nos deu um passe, para podermos ir para a aula do sr. Foster mais cedo. Ele sempre almoça lá às segundas-feiras, mas deixa que os alunos entrem nos últimos quinze minutos do intervalo para falar com ele, caso precisem.

— A que horas você saiu do grupo de estudo?

— O horário exato está marcado no passe. — Mais uma vez ela olhou para o pai em busca de permissão e pegou o passe. — Melodie também tem um igualzinho. São as regras da escola. Aqui diz que era meio-dia e quarenta e sete.

Eve fez uma anotação mental para refazer o caminho e ver o tempo que iria levar.

— Vocês foram direto do grupo de estudo para a sala de aula?

— Fomos sim, senhora. Vaguear pelos corredores entre as aulas é uma infração grave. Três infrações num período de trinta dias resultam na perda de muitos privilégios. — A voz da menina exibiu um toque de vaidade, fazendo Eve se lembrar de que Rayleen era o tipo de criança que ela costumava evitar a todo custo no pavilhão da escola — Eu não tenho uma única infração no meu histórico.

— Que bom para você! Quanto tempo levou para vocês duas irem do grupo de estudos até a sala onde estava o sr. Foster?

— Ahn... Não pode ter sido mais que alguns minutos. Três, talvez? Não tenho certeza absoluta, mas fomos direto para lá. Estávamos conversando sobre o trabalho e algumas ideias para o projeto. A porta estava fechada, nós batemos antes e depois abrimos. O cheiro era horrível! Vômito, eu acho. Melodie comentou algo sobre o cheiro e... — A menina apertou os lábios. — Eu ri. Sinto muito. Eu não sabia, papai, eu não sabia!

— Está tudo bem, Ray. É claro que você não sabia.

— Foi então que nós o vimos. Ele estava caído ali e parecia... — A menina soluçou duas vezes e simplesmente saiu da cadeira para se sentar no colo do pai.

— Está tudo bem, meu amor. Tudo bem, Ray. — Os olhos dele pareceram dois raios laser ao olhar para Eve enquanto acariciava o cabelo de Rayleen. — Tenente...

— O senhor sabe que preciso terminar isso. Sabe que é vital conseguir os detalhes o mais depressa possível.

— Não sei mais nada. — A voz da menina saiu abafada quando apertou o rosto contra o peito do pai. — Fugimos dali, saímos correndo. O sr. Dawson estava lá e mandou que ficássemos onde estávamos. Eu me sentei no chão, acho, e nós duas continuávamos chorando quando o sr. Dawson voltou. As mãos dele tremiam quando ele pegou o comunicador para chamar a diretora Mosebly.

— Você viu mais alguém entrar ou sair da sala?

— A diretora Mosebly foi até a porta, chamou a enfermeira e elas nos levaram para a enfermaria, Melodie e eu.

— A caminho da sala vocês viram alguém?

— Vimos, sim. Acho que o sr. Bixley saiu do banheiro dos meninos. Trazia a caixa de ferramentas na mão porque uma das pias estava entupida. Isso foi antes de passarmos pelo sr. Dawson para mostrar nossos passes. Eu entrei logo na sala. Fui a primeira a vê-lo.

Ela ergueu o rosto coberto de lágrimas.

— Não sei como é possível que o sr. Foster esteja morto. Não entendo como! Ele era meu professor favorito.

Os ombros dela sacudiram muito e ela abraçou o pai mais uma vez.

— A senhora não pode precisar de mais nada dela — disse Oliver, baixinho. — Vou levá-la para casa.

— No caso de ela se lembrar de mais alguma coisa...

— Se isso acontecer eu entrarei em contato com a senhora, tenente.

Ele se levantou e saiu da sala depressa, levando a filha.

Eve falou com Eric Dawson em seguida. Era um professor de Ciências com cinquenta e poucos anos que dava aulas na Sarah Child Academy há quinze anos. Tinha uma bela barriga de chope, e como os botões da camisa quase pulavam para fora, Eve percebeu que ele estava em negação com o fato. Seu cabelo cor de areia exibia fios prateados nas têmporas. Olheiras de fadiga pendiam sob seus olhos castanho-claros.

— Eu não fui até onde ele estava — contou a Eve. — Entrei e dei só um ou dois passos, pois percebi que... Qualquer um poderia ver que Craig se fora. Pouco antes eu tinha ficado irritado com a gritaria das meninas. Imaginei que tivessem visto uma aranha ou algo igualmente tolo. — Parou de falar e passou a mão no rosto. — Assim que coloquei os olhos nelas, porém... Nem mesmo meninas tolas reagem com aquele nível de histeria diante de uma aranha.

— O senhor viu mais alguém além das meninas?

— Tinha acabado de deixar Dave Kolfax e Reed Williams na sala dos professores. Tínhamos almoçado juntos, como fazemos às vezes. E passei por Leanne Howard, que chegava na escola. Eu ia ao laboratório de química para preparar a próxima aula.

— Qual foi o último momento em que você viu o sr. Foster vivo?

— Oh, Deus, meu Deus! Foi na sala dos professores, antes da primeira aula. Eu tomava café e ele pegou uma lata de Pepsi na máquina automática. Craig não tomava café. Eu costumava brincar com ele a respeito disso. Conversamos um pouco sobre Bradley Curtis, um aluno nosso. Os pais dele estão se divorciando e as notas de Brad começaram a despencar. Concordamos que estava na hora de um encontro com os pais e o terapeuta da escola. Foi então que... Ahn... Reed entrou. Sim, para pegar café. Quando eu saí, eles estavam conversando sobre um filme de ação que ambos viram recentemente. Não vi mais Craig até...

— Como era o relacionamento entre vocês?

— Eu e Craig? Ótimo, eu gostava muito dele. Muito mesmo — repetiu, baixinho. — Mas não desde o início. Eu não me convenci muito de sua competência quando ele veio trabalhar conosco, um ano atrás. Era muito jovem, o mais novo em toda a equipe de professores. Mas ele compensava a pouca experiência com entusiasmo e dedicação. Costumava se importar muito com os alunos, de verdade. Ele devia estar muito doente sem saber. A única explicação é algum tipo de problema de saúde para morrer daquele jeito. É inconcebível.

O mesmo sentimento foi replicado por todos os membros da equipe com quem Eve conversou. Terminou a lista conversando com Reed Williams, do departamento de Inglês.

Esse não tinha barriguinha de chope, reparou Eve. Exibia um físico bem-cuidado, era magro e forte; provavelmente costumava aproveitar bem os equipamentos na academia da escola. Seu cabelo era castanho forte com pontas douradas para simular o efeito do sol. O queixo quadrado parecia talhado em pedra, tinha uma covinha pronunciada e ficava sob uma boca firme. Seus olhos aguçados em tom de verde garrafa tinham cílios muito longos e pretos.

Trinta e oito anos, solteiro, vestia um terno que Eve imaginou que tinha custado uma bela parcela do seu salário mensal.

— Eu o vi hoje de manhã no salão de ginástica. Fazia alongamentos quando eu entrei. Como não gosto de conversar quando estou malhando, simplesmente acenei. Creio que ficamos nos exercitando juntos por cerca de vinte minutos. Quando ele saiu, acenou para mim. Geralmente dá algumas braçadas na piscina depois de malhar. Eu fiquei nos aparelhos mais uns dez minutos, acho. Tomei uma ducha e me vesti. Depois, tornei a ver Craig na sala dos professores com Eric. Eric Dawson.

— O sr. Foster estava tomando alguma coisa em companhia dele?

— Com Eric? Não, só uma lata de Pepsi. Conversamos sobre filmes por alguns minutos e depois saímos para dar aulas. Tornei a vê-lo mais uma vez no banheiro dos funcionários. — Sorriu de leve e mostrou uma covinha na bochecha esquerda que combinava muito bem com a do queixo. — Foi um encontro do tipo "E aí, tudo bem?" enquanto usávamos o banheiro. Creio que eram quase onze da manhã. Um pouco antes, certamente. As aulas começam nas horas redondas e eu não estava atrasado.

— Como você e Craig se davam?

— Muito bem. Nós nos dávamos muito bem.

— Vocês dois gostavam de filmes de ação. Costumavam se ver socialmente?

— De vez em quando, claro. Compareci ao casamento dele no ano passado. Quase todos os funcionários da escola foram. Tomamos chope juntos algumas vezes. — Encolheu os ombros. — Não éramos do tipo "melhores amigos", mas nos dávamos bem. Mirri certamente o conhecia melhor, socialmente falando.

— Mirri?

— Mirri Hallywell, departamento de Inglês, professora de Teatro. Eles costumavam se ver fora do horário de aulas.

— Socialmente.

— Claro. — Ele sorriu novamente, mas com uma ponta de malícia. — Costumam se encontrar todas as quartas à noite. Para estudar.

Depois de encerradas as entrevistas iniciais, Eve ligou mais uma vez para Peabody.

— Bixley.

— Sim, Hernando M. Bixley, trabalha na manutenção. Consertou um problema de entupimento no banheiro dos meninos no outro lado do corredor, em frente à sala da vítima. Passou pelas duas testemunhas e por Dawson quando saiu do banheiro.

— Algo especial sobre ele?

— Não. 70 anos, trabalha aqui há 12. Seus dois netos são alunos da escola, beneficiados por uma bolsa para dependentes de funcionários. Parece um sujeito sério.

— E Hallywell?

— Mirri C. Hallywell. Acabei de conversar com ela faz uns quinze minutos. Departamento de Inglês, cuida do Clube de Teatro e dirige as peças da escola. Falta conversar só com uma pessoa da minha lista. Surgiu algo com Hallywell? Não ouvi nada diferente sobre ela.

— Quero que você pesquise mais. Se ela ainda estiver por aqui, vou procurá-la. Encontre-me depois que acabar.

— Ela estava muito abalada. Dê uma olhada em um dos lavatórios. Eu diria que ela estava precisando se recompor antes de voltar para casa.

Seguindo a dica, Eve tentou o banheiro das funcionárias que ficava mais perto da sala dos professores, onde Peabody conduzia as entrevistas. A porta exigia um cartão magnético. Eve usou seu cartão mestre.

Encontrou uma mulher sentada no chão diante da bancada das pias, chorando muito.

— Mirri Hallywell?

— Sim. Sim — Ela engoliu um soluço, fungou com força e enxugou o rosto com um lenço de papel. Sua cara estava borrada devido à crise de choro, e os olhos azuis-claros estavam muito vermelhos e inchados. Usava o cabelo escuro num corte *Caesar* brutalmente curto e havia pequenas argolas de prata em suas orelhas.

— Desculpe. A senhora é da polícia? Já conversei com uma detetive agora mesmo.

— Sim, minha parceira. Sou a tenente Dallas e preciso lhe perguntar mais algumas coisas.

— Ó, Deus, ó Deus, eu não sei mais o que fazer. Não sei o que dizer.

Eve se agachou junto dela.

— É duro quando um colega é assassinado assim, do nada.

— É horrível. Não éramos só colegas, éramos amigos. Bons amigos. Nada disso me parece possível.

— Bons amigos em que sentido?

Mirri deixou a cabeça tombar para trás.

— Isso é uma coisa terrível de se insinuar, algo terrível de se pensar de alguém como Craig. Uma pessoa que não pode mais se defender.

— Eu o defenderei agora. É isso que eu faço.

— Então, se a senhora pretende falar por ele, deveria saber que ele amava sua esposa. Eles se amavam muito. Invejo isso, o que eles tinham juntos. Sou amiga dela também. Sou amiga dela e não sei nem mesmo como *começar* a tentar ajudá-la a enfrentar isso.

— Você e Craig se viam todas as semanas, fora do trabalho.

— Sim, tínhamos encontros para estudar todas as quartas-feiras — Uma espécie de fogo surgiu em seus olhos enfurecidos. — Pelo amor de Deus, no fim das contas tudo se resume a isso para pessoas como a senhora?

— Se eram encontros inocentes, qual o motivo de você ficar tão indignada? — argumentou Eve.

— Porque ele está morto. Morto! — Estremeceu e soltou o ar dos pulmões lentamente. — Nós dois trabalhávamos juntos em nossa tese de mestrado. Costumávamos ir à biblioteca ou a uma cafeteria para estudar juntos por algumas horas. Às vezes tomávamos um chope depois. Vamos sair amanhã... Quer dizer, ó Deus, tínhamos combinado de sair amanhã para ir ao cinema. Craig, Lissy e um cara que eles me apresentaram. Detesto encontros arranjados, mas eles me convenceram a conhecê-lo no mês passado e até agora as coisas estão dando certo. Ia ser um encontro duplo, entende?

— Mirri, se andava rolando alguma coisa a mais entre você e Craig, esse é o momento certo para me contar.

— Não há nada para contar. Não estou tão desesperada a ponto de atacar um amigo. — Passou as mãos sobre o rosto. — Eu ia entrar em contato com Lissy, vim até aqui com o intuito de ligar para ela, embora todos tenham me dito que eu não deveria ligar para ninguém. Achei que precisava fazer isso por ela; Lissy precisa receber a notícia de uma amiga. Só que eu não consegui fazer isso.

Mirri encolheu os joelhos e encostou o rosto neles.

— Eu simplesmente não consegui — confessou. — Não sabia o que dizer, nem como dizer, e não tive coragem de tentar.

— É nossa função fazer isso.

— O que a senhora pode dizer? — quis saber Mirri. — O que pode dizer para alguém numa situação assim? Ela acha que ele estará lá quando ela chegar em casa, mas isso não vai acontecer. Nem essa noite nem nunca mais. O que a senhora pode dizer?

Ela suspirou fundo e forçou as costas para se colocar em pé.

— Não é sua culpa, tenente — completou. — Bem que eu gostaria que fosse. Gostaria que a culpa fosse sua e eu pudesse gritar e me descabelar na sua frente por causa disso. Por favor, avise à Lissy que... Será que a senhora poderia simplesmente dizer a ela o quanto eu sinto o que houve? Diga também que se eu puder ajudar, se eu puder fazer alguma coisa, *qualquer coisa* por ela, estarei ao seu lado.

Lissette Foster trabalhava como assistente em uma editora pequena que tinha escritório no centro da cidade. Os dados que Peabody acessara tinham informado que a jovem tinha vinte e quatro anos, nascera na Martinica e se mudara para Nova York a fim de estudar na Universidade de Columbia. A única mancha em sua ficha era uma prisão por embriaguez quando tinha dezenove anos. Fora colocada em liberdade e condenada a prestar serviços comunitários.

Sua mãe tinha ficado na Martinica. O paradeiro do seu pai era desconhecido.

— Por falar em ilhas paradisíacas — comentou Peabody —, como foram suas miniférias?

— Ótimas. — Uma semana de sol, areia e sexo. O que poderia ser melhor do que isso? — Essa neve toda estava começando a me irritar.

— Pois é, e estão esperando mais dez centímetros essa semana. Você está pensando seriamente na esposa?

— É a primeira da lista. As esposas geralmente são.

— Eu sei, mas recém-casados? É claro que costuma ser difícil no primeiro ano, com os ajustes, adaptações, coisa e tal, mas envenenamento? É forçar a barra demais. Quando uma esposa fica revoltada, a coisa geralmente é sangrenta e mais pessoal.

— Geralmente. Mas, se o almoço dele estava envenenado, de onde veio? O consenso é que veio de casa. Foi a esposa que teve acesso mais fácil. Esse mesmo consenso diz que a vítima deixou o almoço embalado dentro da sala. Uma sala destrancada. Chegou cedo, deixou suas coisas na sala e foi para a academia. Fácil possibilidade de acesso a qualquer um.

— Motivo?

— Além da prova-surpresa? Ainda não está claro. E Rayleen Straffo, uma das testemunhas?... Ela é fruto da semente de Oliver Straffo.

— Oh, merda! Tá falando sério? Ela tem chifres e rabo pontudo?

— Se tem, eles estão bem escondidos. — Eve bateu com os dedos no volante enquanto pensava em Oliver Straffo. — Ele poderá conseguir muito tempo de mídia bancando o pai zeloso. Indignado, preocupado, blá-blá-blá.

— Seria a cara dele. Você vai participar do novo programa de Nadine essa semana. Poderá rebater as declarações dele.

— Nem me lembre disso! Droga de amizades. Elas sempre custam caro.

— Você está muito molenga e sentimental, Dallas.

— Sim, adoro isso em mim. — Pensando na neve que caía e na insanidade dos motoristas nova-iorquinos, Eve resolveu estacionar numa vaga que apareceu a dois quarteirões do endereço. — Não quero me arriscar a parar em fila dupla no meio dessa bosta de neve.

— O exercício me fará bem. Eu me enchi de comida durante as festas de fim de ano e espero que McNab me apareça com algo que tenha chocolate no Dia dos Namorados. Portanto, preciso perder peso por antecipação. O que você vai dar de presente para Roarke?

— Presente por quê?

— Pelo Dia dos Namorados!

— Mas eu acabei de comprar um presente de Natal para ele faz cinco minutos. — Eve saltou do carro e se lembrou do cachecol enfiado no bolso do casacão. Pegou a peça e a enrolou no pescoço de qualquer maneira.

— Isso já vai fazer dois meses, Dallas. Agora é o *Dia dos Namorados*. É para pessoas apaixonadas. Você tem de comprar um cartão meloso ou uma lembrança sentimental. Eu já comprei o presente de McNab. É um porta-retratos falante com nossos nomes gravados. Coloquei a foto de nós dois que o pai dele tirou no Natal. Ele pode colocar o presente no cubículo onde trabalha, na DDE. Roarke também gostaria de algo assim.

— Roarke já sabe como é a minha cara.

Um carro pequeno derrapou no sinal vermelho, quase subiu na calçada e recebeu xingamentos e reclamações dos pedestres.

Eve adorava Nova York.

— Ah, por falar em fotos, tirei uma nova de Belle. Você foi vê-la quando voltou de viagem?

— Não. Ela já está fazendo tatuagens e colocando piercings?

— Qual é, Dallas! Ela é uma coisinha adorável. Tem os olhos de Leonardo, a boca de Mavis e...

— Deus nos ajude se ela herdar dos pais o gosto por moda.

— Ela sorri para mim toda vez que eu a pego no colo. — Por cima do cachecol e por baixo do gorro de lã, os olhos de Peabody pareceram derreter. — As pessoas dizem que não é riso, é contração da boca por causa de cólicas, mas ela sorri para mim, *eu sei.* Está ficando muito grande e sempre...

Enquanto Peabody cantarolava ao falar sobre a bebê de Mavis, Eve ouviu a música de Nova York. As buzinas desesperadas, as discussões de rua, o rugir dos dirigíveis de propaganda acima da cabeça. Em meio a tudo isso havia as vozes, a batucada das conversas em voz alta, a ladainha das reclamações

— E, então, o que você vai levar de presente para ela?

— O quê? Levar o quê? Para onde?

— Para Belle, Dallas, quando você for visitá-la. O presente!

— Que presente? — Bloqueada pela multidão, Eve parou na calçada. — Por que eu tenho de levar um presente?

— Porque sim!

— Quero saber o *motivo*. Eu já preparei um chá de bebê cheio de presentes e depois estava lá, no hospital. Isso não chega?

Certo, mas agora você vai visitar o bebê em casa pela primeira vez. É tradição levar um...

— Quem inventa essas coisas? — Muito revoltada, Eve espetou o indicador no casacão de neve de Peabody, que mais parecia um *marshmallow*. — Eu exijo saber quem inventa essas regras. Isso é loucura. Diga-me quem é essa pessoa e eu marco uma avaliação psiquiátrica para ela.

— Ora, Dallas, basta comprar um ursinho de pelúcia para Belle ou um chocalho bonito. É divertido comprar coisas para bebês.

— Uma ova que é divertido! Você sabe o que é divertido? — Eve abriu a porta do prédio com força. — Descobrir quem envenenou o pobre coitado de um professor de História. Essa é a minha ideia de diversão. Se você me vier com mais papos sobre compras, presentes, bebês, cartões melosos ou Dia dos Namorados, eu vou dar um pontapé tão grande na sua bunda que você vai sentir a ponta do couro na boca e vai achar que é a sua língua!

— Puxa, uma semana na praia realmente açucarou seu gênio difícil... Senhora! — completou Peabody baixinho, enquanto Eve se livrara das pilhas de roupas extras que lhe cobriam a pele.

Virando-se para o balcão da segurança, exibiu o distintivo para o guarda.

— Quero ver Lissette Foster.

— Um minuto, por favor. — Ele conferiu o número do distintivo e a identidade de Eve com toda a calma do mundo e muito cuidado. — Pronto, senhora, está liberada. Vamos ver agora... Lissette Foster... Foster, Foster. Ah, aqui está! Ela trabalha na editora Blackburn, é assistente editorial. Ahn... Fica no nono andar. Os elevadores ficam à sua direita. Eu lhe desejo um dia produtivo.

— Sim, pode apostar. Ela nasceu na Martinica — comentou Eve quando elas entraram no elevador e foram recebidas por música calma e melosa, própria para derreter cérebros. — Veio para cá com visto de estudante, provavelmente, ou visto de trabalho temporário. Mas conseguiria um green card por meio de casamento com um cidadão norte-americano. E poderia manter o visto de residência mesmo ficando viúva.

— Existem jeitos mais simples que assassinato para conseguir um green card.

— Eu sei. Mas talvez as coisas não estivessem dando certo e um divórcio em menos de dois anos cancela o green card. Pode ser que rolassem outras coisas naqueles encontros com Mirri Hallywell às quartas-feiras, além de estudo. E quem consegue emprego aqui quer continuar morando no país. Matar para conseguir isso não é uma ideia tão absurda.

Elas entraram numa pequena recepção onde uma mulher se sentava atrás de um balcão branco. Usava um headset e exibiu um imenso sorriso de boas-vindas.

— Bom-dia! — disse ela, com tanto entusiasmo que os olhos de Eve se estreitaram, desconfiados. — Sejam bem-vindas à editora Blackburn. Em que posso ajudá-las?

— Lissette Foster.

— Claro. Posso verificar se a sra. Foster está disponível. Posso perguntar quem deseja vê-la e qual a natureza de seu assunto?

Eve simplesmente exibiu o distintivo mais uma vez e informou:

— Explicaremos isso à sra. Foster.

— Oh. — Os olhos da mulher se arregalaram ao olhar para o distintivo. — Puxa vida! Desculpem. — Virou-se na cadeira e falou no microfone do headset em sussurros. — Lissette Foster. — Pigarreando, lançou um olhar fugidio para Eve. — Lissette, tem alguém aqui na recepção para vê-la. É uma *policial*... Não sei, ela não me disse. Tudo bem.

Com o sorriso amplo ainda grudado na cara, a recepcionista se voltou para Eve e disse:

— Ela está vindo. Se vocês desejarem sentar...

— Estamos bem em pé, obrigada.

Quando Eve acabou de se desvencilhar do cachecol, uma mulher apareceu na recepção pontuando o piso com os saltos altos dos seus sapatos. Só isso, para Eve, já indicava algum grau de insanidade. Os saltos eram vermelho cereja e o terninho de corte estreito era cinza pedra. Ali dentro estava um belo corpo.

Lissette Foster tinha uma pele luminosa, suas pálpebras eram pesadas e marcantes, e seus olhos castanho-claros, naquele momento, pareciam um pouco irritados. Seu cabelo tinha quase a mesma cor dos olhos e eram cortados retos até a altura dos ombros.

Ela se movia com determinação, analisou Eve. Como uma mulher com algum tipo de fogo interno. Aquilo podia ser resultado de raiva, ambição ou paixão, mas era forte.

— Vocês são da polícia? — quis saber Lissette, num tom brusco tornado exótico pelo sotaque francês.

— Sou a tenente Dallas e esta é a detetive Peabody. Nós...

— Ah, pelo amor de Deus! Eu avisei a ele que iria manter o som baixo. Pode me prender! — Com um gesto teatral, ela estendeu os braços com os punhos unidos. — Pode me prender por ouvir música depois do afrontoso horário de nove da noite num sábado. Eu devia ser arrastada pelas ruas presa por correntes! Só porque um tira aposentado tem *problemas*, isso não é motivo para mandar a polícia me procurar no trabalho. Será que ele quer que eu seja demitida?

— Sra. Foster, não viemos aqui por causa da sua música. Gostaríamos de conversar com a senhora em particular. Sua sala seria o lugar ideal.

— Sala? — Lissette deu uma gargalhada rouca e sexy. — Sou assistente editorial. Tenho sorte por ter um cubículo para trabalhar. Do que se trata?

Eve se virou para a mulher da recepção.

— Preciso de uma sala privada. Escritório, sala de reuniões, salão de convivência, não importa. E quero agora!

— Claro, claro! A sala de reuniões não foi agendada para hoje à tarde. Vocês podem...

— Ótimo! — Eve olhou para Lissette. — Vamos.

— Do que se trata? Tenho uma reunião com minha chefe daqui a... Minha Nossa, dez minutos! Ela odeia quando alguém se atrasa. Se a senhora acha que pode trazer alguma ideia para um livro para alguém do meu nível hierárquico, eu posso lhe assegurar que está perdendo tempo.

Ela seguiu em meio a um labirinto de cubículos e corredores estreitos; passou por salas com janelas pequenas e escritórios de esquina com vistas deslumbrantes.

— Escute, eu não deveria ter falado daquele jeito sobre o sargento Kowoski. Talvez a música estivesse muito alta, mesmo. Meu marido e eu devíamos estar brincando, fingindo dançar numa boate famosa. Provavelmente estávamos um pouco bêbados, com a música alta demais. Não quero nenhum tipo de problema.

Entrou em uma sala com cerca de doze cadeiras em torno de uma mesa larga, balcões compridos acompanhando cada parede e telões na parte da frente e na parte de trás do ambiente.

— Podemos resolver isso rápido? Eu realmente não quero me atrasar para a reunião.

— Gostaríamos que você se sentasse.

— Mas isso é ridículo! — Soprando o ar com força, agarrou uma cadeira e se sentou. De repente voltou a se erguer com um ar de alarme nos olhos. — Oh, Deus. Aconteceu alguma coisa com a minha mãe? Houve algum acidente? *Maman*?

— Não.

Como se diz a alguém que a pessoa que ela imagina que estará à espera dela em casa não virá essa noite? Nem em nenhuma outra noite?, lembrou Eve. A solução é contar rápido, sem floreios.

— Viemos aqui por causa do seu marido, o sr. Foster.

— Craig? Ele ainda está na escola.

— Sinto muito lhe dizer isso, mas seu marido está morto.

— Que coisa horrível de se dizer a respeito de alguém. É cruel e terrível dizer uma coisa dessas. Quero que vocês duas saiam daqui imediatamente. Vou ligar para a polícia... A polícia *de verdade*... Vou fazer com que sejam presas.

— Sra. Foster, minha parceira e eu somos a polícia de verdade e estamos investigando a morte do seu marido. Ele faleceu hoje, por volta de meio-dia e meia.

— Claro que não! Ele não morreu, que ideia! Estava na escola. Essa é a hora do seu almoço e ele me mandou um e-mail pouco depois do meio-dia. Eu mesma preparei o almoço dele hoje de manhã. Craig está na escola, numa reunião de professores, nesse exato momento. E está ótimo.

A respiração dela começou a ficar ofegante e falha. A cor do seu rosto desapareceu lentamente quando ela lançou uma das mãos para trás, a fim de se segurar na ponta da mesa, pois suas pernas começavam a enfraquecer.

— A senhora deveria se sentar, sra. Foster — sugeriu Peabody, com gentileza. — Sentimos imensamente pela sua perda.

— Não. Não! Foi bomba? Jogaram alguma bomba na escola? Oh, meu Deus. Ele se machucou? Craig está ferido?

— Ele morreu — disse Eve, com a voz sem expressão. — Eu sinto muito.

— Mas ele... Mas ele... Vocês podem estar enganadas, certo? Só podem estar! Vou ligar para ele e vocês vão ver. Vou ligar para ele. O problema é que ele está no meio da reunião das segundas-feiras. Não é permitido que ninguém permaneça com o *tele-link* ligado durante as reuniões de início de semana. Vamos até lá! — Ela forçou a se afastar da mesa, que ainda segurava com força, mas ficou tonta. — Vamos até a escola falar com Craig. Preciso pegar meu casaco. Vou só pegar o casaco.

Olhou em volta, aturdida.

— Ora, mas que tolice, sou uma tonta. Por um instante eu nem me dei conta de onde estava. Eu preciso pegar... O quê, mesmo?

— Sente-se, sra. Foster.

— Não, nós precisamos ir até lá. A escola. Temos que... — Quase deu um pulo ao ouvir alguém bater na porta. Uma loura vestida de vermelho entrou.

— Eu queria saber o que está acontecendo aqui. Lissette?

— Elizabeth. — Lissette estava com o olhar difuso dos sonâmbulos e dos sobreviventes. — Estou atrasada para a reunião?

— Peabody — Eve acenou com a cabeça na direção de Lissette e foi até onde a loura estava. — Quem é você?

— Elizabeth Blackburn. E quem, diabos, são vocês?

— Tenente Dallas, da polícia de Nova York. Acabei de informar a sra. Foster sobre a morte de seu marido.

— Ele... O quê? Craig? Oh, meu Jesus. Lissy!

Talvez tenha sido o apelido carinhoso ou o tom de dor embutido nele, mas o fato é que, quando Elizabeth caminhou a passos largos pela sala de reunião, Lissette simplesmente se deixou escorregar até o chão. Elizabeth se colocou de joelhos e ergueu a amiga.

— Craig. Meu Craig!

— Sinto muito. Lissy, oh, Lissy. Houve algum acidente? — exigiu saber, olhando para Eve.

— Precisamos conversar com a sra. Foster sobre as circunstâncias em que tudo aconteceu.

— Está certo, tudo bem. Minha sala fica à direita no fim do corredor. Vou levá-la para lá assim que ela conseguir se recuperar. Precisa de alguns minutos, pelo amor de Deus. Por favor, esperem em minha sala.

Elas deixaram Lissette nos braços da chefe. Houve alguns olhares de curiosidade vindos dos cubículos, mas nada de comentários até que elas chegaram ao escritório de esquina no fim do corredor. Foi nesse momento que uma morena baixinha enfiou a cabeça na porta, como um boneco de caixinha de surpresas.

— Desculpem, mas essa é a sala da sra. Blackburn.

— Sim, e foi ela mesma quem nos mandou esperar aqui. — Eve exibiu o distintivo. — Volte aos seus afazeres.

Dentro da sala havia uma estação de trabalho lustrosa, um sofá que parecia confortável e duas lindas poltronas. Um arranjo de flores belo e impressionante ficava sobre a mesa junto da janela que dava para o sul.

— Se ela fingiu aquela reação — começou Peabody —, tem um talento fantástico.

— Não é tão difícil fingir quando se tem prática. Mas eu concordo, a reação pareceu genuína. Saia daqui antes que elas cheguem e mande alguém lhe mostrar o cubículo onde ela trabalha. Quero saber o que ela tem lá.

— Deixe comigo.

Eve foi até as janelas e parou para analisar o que a chefe de Lissette tinha sobre a mesa. Uma foto emoldurada de uma menina no início da adolescência, um arquivo de discos, uma pilha de cubos de memória que formavam uma pirâmide e um arquivo que era, na verdade, a arte de capa de um disco.

Do lado de fora a neve continuava a cair sobre a cidade em flocos finos e constantes. Um bonde aéreo se arrastou em meio à paisagem carregando um monte de passageiros com cara de sofrimento.

Em termos pessoais, pensou, Eve preferia o tráfego terrível das ruas escorregadias lá de baixo.

Virou-se ao ver que Peabody já voltara.

— Não achei muita coisa, nem havia espaço. Arquivos, memorandos, anotações sobre o trabalho atual. Ela tem uma bela foto do casamento com a vítima, num porta-retratos muito bonito. Aposto que foi presente de casamento. Também há fotos dele e dos dois juntos pregados na parede do cubículo. Ah, e uma pasta com anúncios e fotos tiradas de revistas de decoração. Só isso.

— Muito bem. Vamos lhe dar mais um minuto antes de voltar à sala de reuniões. Depois seguiremos para o necrotério. Quero saber exatamente o que matou Craig Foster.

Não levou nem um minuto e Lissette entrou, apoiada em Elizabeth Blackburn.

— Você vai se sentar aqui — disse-lhe Elizabeth. — E eu vou me sentar ao seu lado. Dei um tranquilizante para ela — avisou a Eve, e empinou o queixo com ar de desafio antes de Eve ter chance de falar alguma coisa. — Nem pense em reclamar disso comigo. Ela precisava de algo para se acalmar. É um calmante fraco, não vai impedi-la de conversar com a senhora.

— Você é a chefe dela ou sua representante legal?

— Sou o que ela precisar que eu seja no momento.

— A senhora tem certeza? — A voz de Lissette estava fraca, rouca, e exibia a terrível dor da esperança que se desvanecia. — Tem certeza absoluta de que não há engano? Foi realmente Craig?

Como conhecia seus pontos fortes, Peabody tomou a iniciativa. Foi até o sofá onde Lissette se sentara com Elizabeth e confirmou:

— Sinto muito. Não há engano algum.

— Mas... Ele nem estava doente. Submeteu-se a exames completos antes de nos casarmos. Era um homem saudável. As pessoas não morrem simplesmente desse modo. Foi alguém que o feriu? Houve algum acidente na escola?

— Ainda precisamos descobrir por que e como tudo aconteceu. Temos de lhe fazer algumas perguntas. Você poderá nos ajudar a descobrir mais coisas.

— Eu quero ajudar. Quero saber. Eu o amo.

— Vamos começar por hoje de manhã. Você disse que preparou o almoço dele.

— Exato. Eu sempre preparo. — Os olhos dela tremeram um pouco, mas logo se arregalaram, e ela esticou o braço para agarrar a mão de Peabody com força. — Havia alguma coisa errada com o sanduíche? Ele adorava aquela porcaria de substituto de carne de aves. Foi isso que o deixou doente? Oh, meu Deus.

— Ainda não temos certeza, sra. Foster. Apareceu alguém em seu apartamento hoje de manhã antes de o seu marido sair para trabalhar?

— Não. Ele sai muito cedo. Gosta de usar a academia montada na escola. Cuida muito bem de si mesmo. Ele se cuida. Nós costumamos nos cuidar. Elizabeth...

— Você está indo bem, querida. Quanto mais ainda falta, tenente? — quis saber Elizabeth.

— Seu marido tinha problemas com alguém da escola? — perguntou Eve.

— Craig? Não. Ele adorava o lugar.

— E quanto a relacionamentos antigos? Algum de vocês tinha problemas com antigas ligações amorosas?

— Já morávamos juntos dois anos antes de nos casarmos. Sabe quando a pessoa conhece alguém e sabe que é a pessoa certa? Sua vida toda fica definida ali, nesse minuto. Foi isso que aconteceu conosco.

Eve deu um passo à frente e se sentou, fazendo com que seus olhos e os de Lissette ficassem no mesmo nível.

— Se você quer ajudar, precisa ser honesta e direta comigo. Absolutamente honesta. Ele jogava?

— Não, nem mesmo na loteria. Era muito cuidadoso com dinheiro.

— Usava drogas ilegais?

— Ela mordeu o lábio inferior.

— Ahn... Usamos zoner algumas vezes, na faculdade. — Seu olhar voou para Elizabeth.

— Quem não fez isso? — Elizabeth deu palmadinhas de consolo na mão dela.

— E recentemente?

— Não. — Lissette ergueu a cabeça diante da pergunta de Eve. — Em absoluto! Ele poderia ser demitido por usar qualquer substância ilegal em sua profissão. Além do mais, ele fazia questão de se colocar como um bom exemplo para os alunos.

— Vocês estavam tendo problemas financeiros?

— Nada sério. Quer dizer, nós precisávamos fazer um pouco de ginástica com o dinheiro às vezes, já que Craig planejava fazer economias. De vez em quando eu gastava mais do que devia, mas ele era tão cuidadoso com o dinheiro que as coisas acabavam se equilibrando. Ele economizava para poder comprar algumas coisas... Coisas importantes. Ele... Deu algumas aulas particulares no ano passado para ganhar alguns trocados a mais. Só que depois usou tudo para trazer minha mãe aqui para Nova York, no Natal.

Sabia o quanto isso iria significar para mim, trabalhou dobrado, comprou um bilhete num ônibus especial e pagou por um hotel também, pois não tínhamos um quarto extra para ela se hospedar conosco. Fez tudo isso por mim. Jamais alguém vai me amar desse jeito. Ninguém poderia. Nunca mais na minha vida!

Quando viu que as lágrimas voltavam, Eve se levantou.

— Sinto muito pela sua perda e agradeço a sua cooperação nesse momento difícil. — Palavras baratas, pensou, mas eram as únicas em momentos como aquele. — Existe alguém com quem você gostaria que entrássemos em contato?

— Não, não... Oh, os pais de Craig! Preciso contar a eles. Como conseguirei fazer isso?

— Podemos cuidar disso por você.

— Não, eu preciso fazer isso. Sou a esposa de Craig, tenho de fazê-lo. — Ela se levantou, trêmula. — Tenho de vê-lo. Não sei onde ele está.

— Craig está com o médico legista, no momento. Entrarei em contato com você assim que ele estiver liberado. Você tem alguém que possa acompanhá-la até lá?

— Eu irei com ela. Nem pense em recusar, Lissy, eu vou com você — insistiu Elizabeth, quando Lissette teve uma nova crise de choro e balançou a cabeça para os lados. — Fique sentadinha aqui enquanto eu acompanho a tenente Dallas e a detetive Peabody até a porta. Fique aqui que eu volto já.

Ela se movimentou depressa e com determinação, sem parar até alcançar uma encruzilhada no labirinto de corredores.

— Como é que Craig foi assassinado?

— Eu não disse que ele foi assassinado.

Elizabeth se virou e olhou fixamente para Eve.

— Sei quem a senhora é. Acompanho tudo que acontece em Nova York. Tenente Eve Dallas, Divisão de Homicídios.

— Não tenho nenhuma informação para lhe repassar no momento. A morte do sr. Foster está sob investigação.

— Isso é papo-furado, tudo mentira. Aquela garota acaba de perder o amor da sua vida. Assim, do nada! — Elizabeth estalou os dedos. — Ela precisa de respostas.

— E as terá, assim que eu as tiver. Você o conhecia muito bem?

— Encontrei Craig algumas vezes. Ele aparecia aqui de vez em quando e Lissy sempre o levava como acompanhante em festas e eventos. Um rapaz doce e educado. Estavam loucamente apaixonados. Era brilhante. Ele me parecia tão brilhante em sua área de atuação quanto Lizzy. Dois jovens brilhantes que estavam apenas começando suas vidas e suas carreiras. A senhora também é brilhante, a julgar por tudo que eu já li, ouvi e vi a seu respeito. Consiga essas respostas para Lissy. Consiga alguma coisa na qual ela possa se agarrar.

— Esse é o meu plano.

Capítulo Três

Eve pretendia encontrar a primeira dessas respostas no necrotério. O ar ali sempre cheirava um pouco doce, como se uma prostituta descuidada tivesse se enchido de perfume em vez de sabonete para disfarçar algum odor pessoal desagradável. Os azulejos e as lajotas, no piso e nas paredes, eram num tom monótono de branco, absolutamente imaculado e estéril.

Havia um recesso no corredor equipado com máquinas de venda automática. Ali, os funcionários e visitantes podiam pegar bebidas de vários tipos, mas Eve imaginava que muitos dos que passavam pelo lugar certamente prefeririam algo mais forte do que o café à base de soja com aspecto lamacento ou os refrigerantes com muito gás.

Seguiu pelo corredor de azulejos brancos e entrou pelas portas pesadas atrás das quais a morte ficava dentro de gavetas lacradas ou sobre mesas de autópsia, à espera de respostas para certas perguntas.

Entrou pelas portas de uma sala de autópsia e viu Morris, o chefe dos legistas, trabalhando sob o ritmo alucinado de uma música que Eve imaginou que era jazz em estilo Dixieland. Suas mãos seladas estavam ensanguentadas até os pulsos quando ele levantou o fígado de Craig Foster e o levou até a balança.

— Ahn... Acho que vou pegar uma Pepsi — avisou Peabody, já recuando. — Esse trabalho dá sede. Volto já.

Ignorando a parceira, Eve seguiu em frente. Morris ergueu a cabeça, e seus olhos, por trás dos micro-óculos, exibiram um ar de sagacidade e diversão.

— Ela ainda se encolhe toda quando me vê cortar os mortos.

— Tem gente que nunca supera essa fase. — Quando foi que ela deixara de se impressionar?, perguntou-se Eve. Fazia tempo demais para ela se lembrar. — Você decidiu examiná-lo sem demora. Obrigada.

— Gosto de trabalhar nos seus mortos e sei que você gosta de que seja eu a colocar as mãos neles. O que há de errado conosco?

— É um mundo velho e doente. E o teste de substâncias tóxicas?

— Desligar música! — ordenou Morris. — Supus que você queria essa resposta para ontem e exigi prioridade. Ainda está nevando?

— E como! O tempo está uma bosta lá fora.

— Eu, pessoalmente, gosto muito de neve. — Ele trabalhava num ritmo suave, pesando o fígado e tirando uma pequena amostra dele. Vestia um terno preto muito estiloso por baixo da roupa de proteção transparente e uma camisa prateada que cintilava quando ele se movia. Seu cabelo preto estava preso numa trança apertada que formava um coque na nuca e fora entrelaçada com um cordão de prata.

Eve sempre se perguntava como ele conseguia fazer aquilo.

— Quer dar uma olhada? — Ele colocou a amostra numa lâmina debaixo de um microscópio e apontou para a tela. — O exame toxicológico confirma envenenamento. Ricina, muito concentrada e muito letal. O resultado foi rápido, nesse caso.

— Ricina? É extraída de sementes ou algo desse tipo, certo?

— Você acaba de ganhar uma viagem para dois até Puerto Vallarta. Sementes de mamona, para ser exato. A ricina é obtida a partir dos restos da massa obtida para produção de óleo de rícino, que era usado como laxante muitos anos atrás.

Eve se lembrou do estado do corpo na cena do crime.

— Funcionou, sem dúvida.

— De forma soberba. O fígado e os rins entraram em colapso e houve hemorragia interna. O pobre homem deve ter sentido cólicas terríveis, aceleração dos batimentos cardíacos, náuseas e, muito provavelmente, convulsões. — Morris analisou a tela ao lado de Eve. — Pó de ricina era usado, e isso ainda acontece ocasionalmente em ações de bioterrorismo. Injeção de ricina era um popular método de assassinato antes de descobrirem meios mais práticos.

— Um veneno polivalente.

— Sim, muito versátil. O laboratório vai fazer a análise completa, mas eu posso lhe adiantar de onde acho que ele ingeriu. Foi do chocolate quente.

— A esposa dele preparou o chocolate.

— Ah... Adoro mulheres com inclinação para a vida doméstica.

— Só que eu não a vejo fazendo isso. Eles estavam casados havia poucos meses e não encontrei motivos óbvios. E ela admitiu ter preparado a bebida sem hesitar.

Casamentos, mesmo os recentes, podem ser um campo minado.

— Certíssimo, mas ela não me parece ser a assassina. Pelo menos por enquanto.

— Um rapaz muito bonito — comentou Morris. — Compleição atlética numa homogenia harmônica de raças, eu diria.

— Homogenia harmônica — Eve balançou a cabeça. — Você me mata de rir. Ele era um professor de História numa escola particular do Upper West Side. Deixou seu almoço sobre a mesa de trabalho, como de hábito. Costumava comer na sala às segundas-feiras. Não existem câmeras de segurança nas salas da escola, nem nos corredores. Escolas particulares não são obrigadas a instalá-las. Não teria sido difícil alguém colocar o veneno na bebida. O que não descobrimos até agora é o porquê de alguém querer fazer isso. A vítima me parecia ser um sujeito simpático, inocente, inofensivo e íntegro.

— Pois eu diria que alguém não gostava do seu sujeito íntegro. Esse tipo de envenenamento não é apenas letal como extremamente doloroso. — Com as mãos bem treinadas como as de um violinista, Morris removeu o coração do tórax. — Ele não viveu muito depois de ingerir a substância. Enquanto lutava pela vida, porém, certamente sofreu muito.

Eve olhou para o corpo mais uma vez. O que você fez, Craig, para deixar alguém tão revoltado?

— A esposa quer vê-lo. Ficou de dar a notícia aos pais dele, e imagino que eles também queiram vir.

— Depois das nove da noite de hoje. Vou deixá-lo devidamente preparado para receber as visitas.

— Vou avisá-los, então. — Eve estreitou os olhos e encarou Morris. — Onde será que a gente encontra sementes de mamona?

Ele simplesmente sorriu.

— Tenho certeza de que você vai descobrir.

Peabody, ligeiramente envergonhada, perambulava pela máquinas de lanches.

— Antes de você reclamar, Dallas, aqui está uma lata de Pepsi estupidamente gelada. Usei bem o meu tempo. Comecei a fazer levantamentos sobre os membros da equipe da Sarah Child e *também* verifiquei as apólices de seguro de vida tanto da vítima quanto da esposa. A vítima conseguiu o seguro como vantagem trabalhista. Cinquenta mil, e colocou a esposa como beneficiária.

— Um valor pífio para ser considerado motivo do crime. — Eve pegou a Pepsi e ficou satisfeita ao ver que realmente estava estupidamente gelada. — Vamos analisar as finanças deles para ver se existem dívidas grandes. Pode ser que *ela* seja viciada em jogos ou tenha o hábito de consumir drogas ilegais.

— Mas você não acredita nisso.

— Não, eu não acredito. — Eve abriu a latinha e bebericou um pouco enquanto caminhava. — A não ser que haja mais dinheiro envolvido em algum lugar, os cinquenta mil não me convencem. E quando existe algum desacordo conjugal, digamos assim, a esposa geralmente faz um ataque mais direto, mais pessoal. Isso foi cruel, mas também distante. Ele deixou alguém muito pau da vida.

Peabody recolocou o cachecol e enfiou as luvas quando elas chegaram às portas, mas o frio explodiu em seu rosto como uma bomba de gelo.

— Uma amante rejeitada, um colega competitivo?

— Temos de investigar Mirri Hallywell com mais atenção.

— Pais de um aluno que tenha sido castigado ou que não estava indo bem na escola?

— Nossa, que é isso? — Eve enfiou as mãos nos bolsos e descobriu que tinha perdido mais um par de luvas. — Quem mataria o professor só porque o filho recebeu um zero bem redondo na prova de História?

— Pais são criaturas esquisitas e perigosas. Tem mais uma teoria sobre a qual andei matutando. Pode ter sido um engano.

— Foi envenenamento por ricina e Morris acha que a dose foi forte e letal.

— Pois é, mas o que estou dizendo é que talvez um dos alunos estivesse chateado com o professor. — Peabody fez cara de emburrada. — "Vou aprontar alguma para aquele safado do sr. Foster." Esse tal aluno pode ter resolvido batizar a bebida achando que o mestre iria apenas passar mal do estômago, só que ele morreu. "Opa, foi mal..."

— Talvez sua teoria não seja tão idiota. — Elas entraram na viatura e ambas soltaram o ar com força, depois de tê-lo prendido por causa do frio brutal. — Meu Jesus Cristo, por que é que existe o mês de fevereiro? — quis saber Eve. — Fevereiro deveria ser eliminado por completo do calendário para o bem da humanidade.

— É o menor mês do ano, isso já é alguma coisa. — Peabody chegou a gemer de prazer quando o aquecimento do carro entrou em funcionamento. — Acho que minhas córneas congelaram. Isso pode acontecer?

— Na porra do mês de fevereiro pode, sim. Vamos nos concentrar, antes, nos mais queridos e mais chegados de Foster. Vamos passar no prédio deles e conversar com alguns vizinhos. Em especial o tira aposentado.

— Uma vez tira, sempre tira! — Peabody concordou com a cabeça e piscou lentamente para ajudar a salvar as córneas potencialmente congeladas. — Se andava rolando algo de errado, ele provavelmente reparou.

Henry Kowoski morava no segundo andar de um prédio de apenas quatro pavimentos. Abriu a porta depois de analisar atentamente o distintivo de Eve pelo olho mágico e ficou ali em pé, observando a tenente dos pés à cabeça.

Era um homem atarracado, com pouco mais de um metro e setenta de altura, que deixara o cabelo ficar ralo e grisalho. Vestia calças baggy com camisa de flanela e calçava chinelos castanhos muito arranhados. No fundo, o telão estava ligado no canal de filmes e notícias policiais.

— Já vi sua foto nos noticiários algumas vezes. No meu tempo, os tiras não corriam atrás de fama.

— Acontece que no *meu* tempo — rebateu Eve —, o mundo está coalhado de repórteres. Vai nos deixar entrar ou não, sargento?

Talvez tenha sido a patente mais elevada de Eve que o fez recuar com um encolher de ombros.

— Desligar o som! — ordenou, olhando para o telão. — Qual é o problema?

O lugar cheirava como se o dia da faxineira tivesse passado há várias semanas, mas a comida chinesa tinha sido entregue há pouco tempo. O apartamento era o que os corretores gostavam de chamar de "exemplo de eficiência urbana", e isso significava um único cômodo com um recuado minúsculo que servia de cozinha e um cubículo ainda menor que funcionava como banheiro.

— Durante quanto tempo você trabalhou na força policial?

— Trinta anos. Os últimos doze na vigésima oitava DP.

Eve vasculhou a mente e descobriu um nome.

— Peterson era o tenente quando você trabalhou lá?

— Sim, nos últimos dois anos. Era um bom chefe. Ouvi dizer que ele foi transferido um tempo atrás para Detroit ou algo assim.

— Ah, é? Eu perdi contato com ele. Você fez algumas reclamações sobre os inquilinos do andar de cima? Os Foster?

— Isso mesmo. — Ele cruzou os braços. — Ficavam tocando música... Se é que aquilo pode ser chamado de música... Todas as horas do dia e da noite. E pulavam aqui na minha cabeça. Eu pago o aluguel em dia e espero que meus vizinhos demonstrem um pouco de respeito.

— Mais algum problema no andar de cima, além da música alta e da dança?

— São recém-casados. — Sua boca formou um sorriso. — Dá para deduzir, certo? Mas por que diabos você se importa com isso?

— Eu me importo sim, já que Craig Foster está no necrotério.

— Aquele garoto morreu? — Kowoski deu um passo para trás e se sentou numa cadeira de braços meio bamba. — Que mundo descacetado! Já era descacetado no dia em que eu peguei meu distintivo e continuou descacetado no dia em que eu o devolvi. Como é que isso aconteceu?

— Isso está sob investigação. Rolava algum problema entre eles no andar de cima?

— Com o pombo e a rolinha? — Ele riu com vontade. — É pouco provável. Eles se ocupam mais em transar do que em comer, pelo que escuto daqui. Se houve gritos, não eram por causa de briga, se é que a senhora me entende. A garota é uma gata barulhenta. — Soprou o ar com força e disse: — Desculpe eu falar desse jeito. Eles me deixavam puto, eu não nego, mas era por causa da barulhada. Acho horrível saber que ele morreu. Um cara novo. Professor. Tinha um sorriso no rosto sempre que eu o via. É claro que, quando um homem tem uma mulher disposta a transar a cada cinco minutos, ele tem muitos motivos para sorrir.

— E quanto a visitantes?

— A mãe dela veio visitá-los por alguns dias na semana do Natal. Tenho visto vários outros casais jovens que entram e saem do apartamento, de vez em quando. E às vezes rolam umas festas barulhentas. Os dois voltaram para casa trocando as pernas, bêbados, no *réveillon*, rindo à toa como duas crianças e mandando um calar a boca do outro.

Balançou a cabeça lentamente e completou:

— Que mundo descacetado! A senhora está desconfiada de alguma atividade criminal? Vejo aqui duas pessoas corretas e honestas, se quer minha avaliação. Eles se levantam cedo todas as manhãs, vão direto para o trabalho e voltam para casa todas as noites. Gostam de socializar com amigos de vez em quando, é claro, mas são pessoas caseiras. Deveriam ter ficado dentro de casa mais tempo, longe desse mundo descacetado.

• • •

Eve e Peabody conversaram com alguns vizinhos que estavam em casa, e o teor dos depoimentos continuou estável. Os Foster eram um casal recém-casado e feliz; dois jovens profissionais tipicamente urbanos que curtiam um ao outro.

— Vamos trabalhar abordando três ângulos — decidiu Eve enquanto seguiam para o centro da cidade. — A vítima, a escola e o veneno. Em algum ponto eles vão se encontrar.

— Talvez no departamento de Ciências. Podemos descobrir se eles estavam estudando venenos ou ricina em particular.

— Dawson é professor de Ciências — considerou Eve. — Vamos fazer uma pesquisa mais aprofundada nele. Nesse meio-tempo você entra em contato e pergunta o que ele andava misturando no laboratório da escola.

— Certo. E já que vamos investigar alguém da escola ou ligado a ela, devíamos também analisar os registros dos alunos. Tentar descobrir se Foster tinha algum conflito com um deles ou com os pais.

Eve concordou com a cabeça.

— Ótimo. Vamos ver os funcionários que já sabemos que estavam no prédio antes de as aulas terem início. Se eu planejasse colocar algum veneno na garrafa térmica de alguém, certamente iria preferir fazê-lo antes de o lugar ficar cheio de gente. Vamos anotar as ideias e começar a cavar.

— Detesto cavar com o estômago vazio. Não quero ser reclamona, mas não fizemos nem um intervalozinho para jantar e já são quase oito da noite. Talvez fosse uma boa para...

— Oito da noite? Jantar?

— Puxa, Dallas, foi só uma ideia!

— Merda, merda. *Merda*! Jantar. Oito da noite. Um restaurante francês. Porra, porra! Por que diabos já são oito da noite?

— Bem, porque o planeta Terra gira sobre o seu eixo enquanto orbita em torno do sol. Você precisa estar em algum lugar e em algum horário, ora bolas.

— Roarke! Dever corporativo de esposa. — Eve queria arrancar os cabelos. — Eu faltei aos últimos dois compromissos e não posso dar o bolo nele mais uma vez. Le Printemps. É esse o nome do lugar.

— Le Printemps? Uh-la-lá! É um lugar megachique. Totalmente demais. Só que fica no Upper East Side. Detesto ressaltar esse fato, mas estamos na ponta do Lower East Side.

— Sei muito bem onde estamos, cacete! — Ela bateu com o punho no volante enquanto entrava na garagem da Central. — Tenho de ir. Preciso fazer isso. Já estou atrasada. Droga!

O caso pode aguentar muito bem até amanhã — lembrou Peabody. — Não temos nada até agora a não ser papelada, mesmo. Posso redigir o relatório e faremos as pesquisas e escavações amanhã de manhã.

— Envie uma cópia do relatório para a minha casa e para o meu computador da Central. Junto com qualquer ideia nova que apareça. Agora sai daqui, cai fora! Preciso chegar nessa porcaria de restaurante francês.

— Mas você não vai passar em casa antes para se trocar?

— Para me trocar por quem? Não tenho tempo! Nesse instante, ela agarrou Peabody pela gola inchada do casaco de neve. — Faça uma coisa por mim: ligue para Roarke e avise que estou a caminho. Fiquei presa investigando um caso, me atrasei um pouco, mas estou indo para lá.

— Ok.

— Não posso fazer isso. Ele vai ver de longe que estou com roupas comuns. Já me disse várias vezes que eu deveria levar uma muda de roupa para o trabalho, mas eu ignorei a ideia. Imagine só, eu ser vista saindo da Central de Polícia usando um vestido elegante e sofisticado. — A irritação parecia brotar por todos os poros de Eve. — Você imagina a zoação que isso me custaria?

— Honestamente? Não sei por que você se incomoda tanto por causa disso. Eu soltaria os cachorros em cima desse povo todo, se estivesse em seu lugar.

— Ah, vá enxugar gelo e ligue para Roarke.

Eve só faltou empurrar Peabody para fora da viatura e já estava girando o volante para sair da garagem a toda velocidade.

Ela nem sabia que roupa tinha escolhido para trabalhar naquela manhã, e como dirigia como uma alucinada não tinha tempo para verificar seu aspecto naquele momento. O tráfego, a neve idiota, a necessidade de desviar e evitar bater nos outros carros e nas pessoas tornavam impossível transferir o controle do carro para o piloto automático.

Provavelmente ela estava fedendo a defunto.

Bem, isso tudo era culpa dele mesmo, decidiu. Roarke tinha se casado com ela, não tinha? Ela bem que lhe explicou em detalhes a merda de esposa que iria ser para alguém como ele.

Ela *precisava* ter se apaixonado por um homem que era dono da maior parte do universo conhecido? Agora tinha de assumir, de vez em quando, o seu papel de esposa de magnata naquele estranho mundo de "negócios sociais".

Roarke não iria reclamar se ela se atrasasse. Na verdade, nem mesmo ficaria chateado. Já que uma tira tinha de se casar — e Deus sabia o quanto um policial trabalhava melhor quando era solteiro — pelo menos foi melhor ela ter escolhido um homem que compreendia que o trabalho dela atrapalhava os planos pessoais de ambos. O tempo todo!

E justamente pelo fato de que ele não iria reclamar nem ficar chateado, ela se sentia ainda mais culpada por ter esquecido o jantar e mais determinada a vencer o tráfego infernal.

Quebrando as próprias regras, Eve ligou a sirene e usou a viatura da polícia para obter vantagem pessoal.

Depois de evitar por muito pouco bater no para-choque de um táxi da Companhia Rápido, ela colocou o carro em modo vertical, fez uma curva abrupta para entrar na Quinta Avenida e ziguezagueou loucamente até a Terceira Avenida para, então, seguir rumo ao norte mais uma vez.

Devia ter dito a Peabody para avisar a Roarke que as pessoas da mesa deveriam pedir sua refeição sem precisar esperar. Não era preciso. Puxa, por que não tinha pensado nisso? Agora, todos estavam provavelmente sentados ali, morrendo de fome, enquanto ela matava a si mesma e a vários pedestres inocentes, tentando chegar a um restaurante estrangeiro no qual não conseguiria nem mesmo entender a *porra* do cardápio!

— Ligar guia de ruas! — ordenou. — Onde fica a bosta desse lugar? Restaurante Le Printemps, Nova York.

Um momento, por favor. Aguarde enquanto sua requisição está sendo programada. O restaurante Le Printemps fica localizado na Rua 93 Leste, número 212, entre a Segunda e a Terceira Avenidas. A senhora gostaria de fazer uma reserva?

— Eu *tenho* a porcaria da reserva! Desligar guia.

Mesmo com a tática camicase de direção, Eve chegou com trinta minutos de atraso. No instante em que conseguiu estacionar em fila dupla, algo que provocaria a ira extrema em milhares de pessoas e possivelmente causaria um tumulto intermunicipal, ela continuava atrasada.

Ligou a luz vermelha de "viatura em serviço" e percorreu em velocidade alucinante a metade do último quarteirão.

Parou do lado de fora do restaurante e passou os dedos pelo cabelo algumas vezes. Só então olhou para sua calça marrom-escura. Não viu nenhuma mancha flagrante de sangue e também não havia marcas de nenhum outro fluido corporal na gola em V da camiseta. Considerou a falta de sujeiras na roupa um bônus inesperado.

As buzinas já estavam disparadas em desespero e protesto pela forma como "estacionara" quando saltou do carro, enfrentando a neve que aumentara. Entrou no ambiente perfumado envolto em música suave do belo restaurante francês de cinco estrelas.

O *maître* voou em cima dela com aquela determinação de abutre que se lança sobre um animal morto na estrada.

— *Mademoiselle*... Sinto muitíssimo, mas não podemos receber pessoas vindas da rua.

— Mas como é que você vai receber as pessoas se elas não entrarem vindo da rua? Ela tirou o casacão. Peabody descrevera muito bem o lugar: megachique. Todas as mulheres do lugar cintilavam e reluziam. — Tome conta do casaco, Pierre, e cuidado com a sua bunda se ele não estiver do jeito que eu deixei.

— Mademoiselle... Devo pedir para que a senhorita se retire silenciosamente.

— Tudo bem, eu me mando, mas só depois que acabar de comer — Alisou a jaqueta marrom para se certificar de que a arma estava bem escondida. De repente, sentiu uma súbita vontade de exibi-la ali, só para ter o prazer de ver o *maître* de bunda travada bater com a cabeça no pé de uma mesa quando desmaiasse na frente dela.

— Escute aqui, meu chapa... — continuou ela. — Podemos sair na porrada aqui e agora, a fim de proporcionar aos seus clientes um belo show para acompanhar o jantar, ou você pode me dizer onde se encontra o meu grupo. A reserva foi feita em nome de Roarke.

Ele foi perdendo a cor gradativamente, começando no vermelho cólera e indo até o bege desbotado. Pelo visto, o nome de Roarke representava tanto poder quanto uma ameaça policial.

— Peço mil perdões, madame Roarke.

— Tenente Dallas, por favor. Onde é a mesa?

— Poderia me acompanhar, por favor?

— Cuidado com o meu casaco. Gosto dele.

— É claro. É uma peça belíssima. — Estalou os dedos. — Cuidem do casaco da madame... isto é, da tenente. Eu indico o caminho. Seu grupo já está instalado. Será um prazer lhe oferecer um coquetel.

— O que eles estiverem tomando está bom para mim. — Ela analisou o salão que resplandecia e seguiu o envergonhado *maître*.

Roarke a viu entrando. Sabia que chegaria atrasada e tinha escolhido a mesa com isso em mente. Adorava vê-la entrar nos lugares em passos largos que pareciam displicentes, com olhos de tira que pareciam absorver todos os detalhes.

Mesmo de calça comum e jaqueta, Eve, aos olhos dele, ofuscava todas as outras mulheres do lugar. Quando os olhos de ambos se encontraram, ele se levantou da cadeira.

— Boa noite, tenente.

— Desculpe o atraso.

— Champanhe para a minha esposa — ordenou, sem tirar os olhos de Eve. Ele mesmo afastou a cadeira para ela sentar. — Deixe que eu lhe apresente Natalie e Sam Derrick.

— Então, essa é Eve! Eu estava louca para conhecer você. — Natalie exibiu um sorriso imenso ao mesmo tempo em que os olhos analisavam as roupas de Eve.

— Fico feliz por ter conseguido vir se juntar a nós. — Sam estendeu a mão do tamanho de um frango assado e apertou a de Eve com força. — Roarke nos explicou o quanto é difícil você conseguir se afastar do trabalho.

— Não consigo imaginar como é que você faz para investigar *assassinatos*.

Eve olhou para Natalie com serenidade.

— Primeiro é preciso um cadáver. — Sentiu a mão de Roarke dando duas palmadinhas em sua coxa. — Mas depois temos de considerar um monte de detalhes — continuou. — Não é nem de perto tão interessante como o que aparece nos vídeos e no cinema.

— Ora, estou certa de que isso não é verdade. Mas não creio que devamos conversar sobre coisas desagradáveis. — Natalie sorriu novamente. — Sam estava começando a nos contar a sua história de como fisgou a maior perca que já se viu em Jasper County.

— Uau! — Foi só isso que Eve conseguiu expressar e se sentiu grata pelo cálice de champanhe que viu na mão. E pelo fato de Roarke apertar sua outra mão debaixo da mesa.

Olhem só para ele, pensou Eve... Sentado aí como se não pudesse estar mais interessado ou empolgado com nada além do destino de um peixe idiota. E é claro que ele também sabia que todos os olhos do lugar estariam voltados para ele em algum momento ao longo da noite.

Ela não podia culpar essas pessoas. Roarke se sentava à vontade, com um pequeno sorriso enfeitando o rosto maravilhoso e uma luz de interesse intenso nos olhos azuis penetrantes como laser. As luzes das velas e das lâmpadas rebrilhavam em sua vasta cabeleira preta.

Quando seus lábios se curvaram de forma mais acentuada, o coração de Eve literalmente batucou em suas costelas. Ele ainda conseguia provocar esse efeito nela: fazia descompassar seu coração, interrompia sua respiração e derretia seus ossos. E conseguia tudo isso só com um olhar.

Em algum momento, alguém lhe entregou um cardápio, e ela viu, num piscar de olhos, que aquele lugar oferecia refeições por preços que davam mais medo do que fome.

Sam e Natalie não se mostraram tão irremediavelmente entediantes quanto Eve imaginara. Apesar disso, grande parte da conversa girava em torno de atividades esportivas que lhe provocavam ainda mais desconforto do que comida francesa sofisticada.

Caça, pesca, caminhadas, navegar em canoas estreitas por rios caudalosos e dormir em tendas.

Talvez aquilo fosse uma espécie de culto radical sobre o qual Roarke estava disposto a aprender.

Mas havia muito humor na conversa, e eles obviamente curtiam o jantar e as histórias.

— Esta comida está maravilhosa. Sam, esta lagosta deixa sua perca gigante no chinelo. Você precisa experimentar. Não nos arrumamos para sair com muita frequência — continuou Natalie, segurando o garfo ao apontar para o marido. — Somos gente do interior, e é assim que gostamos de viver. De qualquer modo e de vez em quando, é bom visitar a cidade grande com muito estilo. Você certamente já está acostumada com esse ritmo — disse, olhando para Eve.

— Eu também não me arrumo para sair com muita frequência, como é óbvio.

Dessa vez, quando Natalie sorriu, seu jeito era mais caloroso.

— Querida, se eu tivesse a aparência marcante que você exibe, mesmo usando só uma calça simples e uma jaqueta, não usaria outra roupa. Da próxima vez, vocês é que precisam ir nos visitar. Vamos lhes apresentar a verdadeira culinária de Montana. Roarke, você precisa levar Eve para conhecer nossa casa.

— Sim, terei de fazer isso. — Ele ergueu o copo e sorriu para Eve por sobre a borda. Quando alguém o chamou pelo nome e ele olhou na direção da voz, Eve viu algo em seus olhos um lampejo forte e rápido. Algo que ela só via quando ele a olhava.

Logo essa luz sumiu, oculta subitamente por um véu de satisfação social. Mas Eve tinha reparado. Lentamente, ela olhou para trás e viu uma mulher especial.

Era estonteante de tão linda, num vestido vermelho ousado que conseguia ser muito elegante e sexy ao mesmo tempo. Suas pernas interminavelmente longas sumiam em meio ao brilho de sandálias de prata com tiras de couro finas como papel e saltos altíssimos. Seu cabelo era comprido, caía em ondas louras e delicadas, e era preso nas laterais da cabeça por algo pequeno e cintilante. Seus olhos eram muito verdes, brilhantes, tão cheios de vida e excitação que a faziam transbordar de poder sexual. Seus lábios eram carnudos, muito vermelhos e exuberantes, num forte contraste com a pele clara e luminosa.

— Roarke.

Ela repetiu o nome com uma espécie de ronronar rouco que fez os pelos da nuca de Eve se arrepiarem. Aproximou-se da mesa com os pés quase deslizando pelo chão, como algumas mulheres conseguem fazer, e estendeu as mãos para ele.

— Entre todas as espeluncas de todos os lugares do mundo! — murmurou ela no instante em que Roarke se levantou, e virou o rosto para receber um beijo.

— Magdelana — disse ele, com o sotaque irlandês passeando ao longo do nome, e roçou de forma quase imperceptível os lábios dela com os dele. — Que surpresa!

— Mal posso acreditar que seja você! — Magdelana pousou as mãos sobre o rosto dele e o apertou com carinho. — E tão lindo quanto sempre foi. Mais, até. Os anos fizeram bem a você, amado amante.

— A você também. Eve esta é uma velha amiga minha, Magdelana Percell. Magdelana, esta é minha esposa, Eve Dallas, e esses são nossos amigos Sam e Natalie Derrick.

— Esposa? Oh, mas é claro, é claro. Eu ouvi falar. Impossível não ouvir. Estou encantada em conhecê-la. Em conhecer a todos — completou, olhando para os Derricks. — Vocês precisam me desculpar por eu ter invadido a sua refeição de forma tão abrupta. Tudo que eu vi foi Roarke. — Sorriu para Eve com ar condescendente e um brilho especial nos olhos. — Vocês compreendem, não é?

— Ah, compreendemos, sim.

Com outro dos seus sorrisos de mil watts, Magdelana dispensou Eve e só faltou se derreter para cima de Roarke.

— Estou na cidade há poucos dias. Ia entrar em contato com você, para ver se conseguíamos marcar um encontro para colocar os papos em dia. Faz quanto tempo, meu Deus, uns... dez anos?

— Quase doze, eu acho.

— Doze! — Ela girou os olhos fabulosos para o alto. — Oh, Franklin, me desculpe! Apresento a vocês o meu acompanhante Franklin James. Este é Roarke, sua esposa e os Derricks.

Ele era uns trinta anos mais velho do que ela, pelo cálculo de Eve. Parecia próspero, saudável. E também, pensou, ligeiramente embriagado.

— Bem, agora vamos deixar vocês voltarem ao jantar. — Magdelana passou a mão pelo braço de Roarke, num gesto leve e, curiosamente, íntimo. — Estou empolgadíssima por rever você. — Dessa vez roçou os lábios pela bochecha de Roarke. — Vamos almoçar um dia desses e dar um passeio pela velha avenida das nossas lembranças? Você não se incomodaria, não é, Eve?

— Com o almoço ou com o passeio?

Magdelana riu numa espécie de gargarejo rouco e sexy.

— Precisamos curtir um almoço nós duas também, um programa só de garotas. Para trocarmos segredos sobre Roarke. Manterei contato. Foi tão bom conhecer você!

A conversa voltou para onde tinha parado: comida e pescaria. Embora o rosto de Roarke não o traísse em nenhum momento e ele demonstrasse muito interesse na companhia dos amigos, Eve o conhecia bem. Era por isso que sabia que, enquanto comia, bebia e falava, sua mente estava longe dali, do outro lado do salão onde a atordoante e bela Magdelana tomava um vinho quase tão vermelho quanto o seu ousado vestido.

Quando a noite terminou, eles colocaram os Derricks na limusine de Roarke, que levaria o casal de amigos para o hotel. Voltaram para casa na viatura de Eve.

— Uns dez assassinatos devem ter sido cometidos por causa da forma como você estacionou seu carro.

— Quem é ela?

— Já lhe contei. Ela e Sam são donos de grande parte de Montana, e são também proprietários de um dos mais bem-sucedidos resorts do estado.

— Não brinque comigo assim, meu caro... amado amante.

— Uma velha amiga. — Ele se virou e fitou Eve longamente. — Sim, fomos amantes. Isso faz muito tempo.

— Até aí já sei.

Ele suspirou.

— Ela trabalhava na mesma área que eu — confessou Roarke, encolhendo os ombros. — Não sei se continua na mesma profissão. — Esticou a mão e, como Eve tinha se colocado atrás do volante e assumira a direção do carro, lhe acariciou o cabelo enquanto ela dirigia, — Qual é o seu interesse nisso?

Vi algo se acender nos seus olhos, ela quis dizer.

— Nada, curiosidade, apenas. — disse, em vez disso. — Ela é um mulherão.

— Sem dúvida. Você sabe o que me passou pela cabeça no instante em que vi você entrar no restaurante?

— Graças a Deus, ela não está com os sapatos sujos de sangue?

— Não, mas foi uma boa sugestão. Pensei: lá vem a mulher mais maravilhosa do lugar. E ela é toda minha. — Colocou a mão por alguns segundos sobre a dela. — Obrigado por esta noite.

— Eu cheguei atrasada.

— Eu notei. Um caso novo?

— Sim, apareceu hoje de tarde.

— Conte-me tudo.

Eve se obrigou a afastar os velhos amantes da cabeça e repassou para Roarke as informações básicas sobre o crime.

Capítulo Quatro

Eve tomou uma ducha para lavar de vez os resíduos do longo dia, e tentou não ficar encucada quando Roarke não fez sua usual brincadeira de se juntar a ela debaixo dos jatos quentes. Uma mulher que ficava preocupada porque seu homem — que levara uma vida cheia de emoções e aventuras antes de conhecê-la — tinha encontrado uma antiga amante estava simplesmente pedindo por cólicas estomacais.

Ela não costumava ficar preocupada com essas coisas, lembrou a si mesma quando saiu da ducha e entrou no tubo para secar o corpo. Pelo menos isso nunca tinha acontecido até agora.

Estava dando muita importância a algo que... Não significava nada, decidiu. Apenas uma fração de um segundo. Quem quer que Roarke tivesse comido mais de uma década atrás, não tinha nada a ver com sua vida atual.

Nada *mesmo*.

Ele não estava no quarto quando ela entrou. Mas isso também não significava nada. Vestiu uma suéter, pegou um par de meias que, para sua surpresa, eram de caxemira, e foi para seu escritório doméstico.

A sala de trabalho de Roarke ficava ao lado, a porta estava aberta e as luzes acesas. Não havia motivo para ela não ir até ali só para ver o que estava rolando.

Ele estava sentado à mesa. O paletó e a camisa social tinham sido substituídos por uma suéter preta. A bola peluda que era o gato deles estava enroscada na ponta da mesa. Galahad piscou os olhos bicolores e depois os estreitou com ar de tédio.

— Trabalhando? — perguntou Eve, sentindo-se tola e esquisita.

— Um pouco. E você?

— Também. — Como não sabia o que fazer com as mãos, enfiou os polegares nos bolsos da frente da calça. — Resolvi trabalhar um pouco no novo caso.

Ele lhe ofereceu toda a atenção. Tinha um jeito especial de fazer isso, mesmo quanto tinha zilhões de coisas para resolver ao mesmo tempo.

— Quer alguma ajuda? — ofereceu.

— Não, estou numa boa. É só rotina.

A atenção dele voltou para a tela do computador.

— Tudo bem, então. Por favor, me avise se você mudar de ideia.

— Sim, tá legal.

— Tenente — chamou, quando ela se virou para sair. — Tente não beber mais do que um galão de café.

Por algum motivo Eve se sentiu melhor com a brincadeira dele. Foi até a cozinha montada em sua sala e programou meio bule de café no AutoChef, em vez do bule inteiro que normalmente pegaria.

Era bom ter um caso novo para ocupar o tempo, pensou. Ambos trabalhariam em suas rotinas por algumas horas. Levou o café para a mesa e abriu o relatório de Peabody sobre Craig Foster.

Logo depois soltou um palavrão.

— É melhor resolver logo isso — murmurou. — Tire isso da cabeça! — Começou uma pesquisa manual com o nome de

Magdelana Percell, ordenando que o sistema simplesmente colocasse os dados na tela, sem som Levou algum tempo para identificar sua presa específica, mas conseguiu fazer isso depois de limitar os dados por idade aproximada, descrição física e nacionalidade — a não ser que estivesse muito enganada quanto ao sotaque que ouvira. Acertou na mosca.

Magdelana Percell. Data de nascimento: 12 de março de 2029. Natural de St. Paul, no Minnesota. Pais: James e Karen Percell. Cabelo louro. Olhos verdes. Peso: 53 quilos. Altura: um metro e sessenta e cinco.

Eve analisou os dados sobre sua formação e notou que Magdelana tinha se formado muito cedo no ensino médio: quinze anos. Frequentara a Universidade de Princeton e tinha se formado em menos de três anos por meio de um programa de aprendizado acelerado. Com louvor.

— Muito inteligente — refletiu.

Casou-se com Andre Dupont em 22 de junho de 2048. Sem filhos. Divorciou-se em março de 2051. Tornou a se casar com Georges Fayette em 5 de abril de 2055. Sem filhos. Divorciou-se em outubro de 2059.

Renda anual aproximada: 13,5 milhões de dólares.

Residências: Paris e Cannes, na França.

Sem ficha criminal.

Eve se recostou na cadeira.

Os dados oficiais eram escassos e a informação de que não tinha ficha criminal era questionável, já que Roarke lhe dissera que tinham trabalhado juntos. Mesmo que não tivesse sido condenada e nem mesmo presa, deveria haver alguma informação em seus dados sobre, por exemplo, ter sido interrogada pela polícia em algum momento da vida.

Roarke limpara o histórico dela, percebeu Eve, e sentiu uma fisgada na barriga. Ele tinha *hackeado* os dados dela para limpar sua ficha, do mesmo modo que fizera com suas próprias informações do passado.

Ele a protegera.

Como aquilo era mais difícil de aceitar do que imaginava, Eve deu a busca por encerrada. Já descobrira mais do que queria saber.

Mergulhou no trabalho, leu o relatório de Peabody e as anotações do novo caso. Começou a fazer buscas entre os funcionários da escola e montou um quadro de informações sobre o crime. Ficou tolamente feliz quando Galahad chegou lentamente, pulou sobre sua poltrona reclinável e se espreguiçou.

— O que temos aqui — disse ela ao gato, pegando o café —, é um joão-ninguém, um homem absolutamente comum. Nada marcante, seu passado não teve altos e baixos. Cuidava da sua vida numa boa sem, aparentemente, pisar no calo de ninguém. Até que um dia bebe seu chocolate quente caseiro durante o intervalo de almoço e sofre uma morte dolorosa e muito desagradável. — Refletiu por alguns segundos. — Quem será que ficou puto a tal ponto com esse cara comum? Veja seus dados financeiros. Vivia dentro das suas posses, que não eram muitas. Fez seguro de vida, mas nada de espetacular. Não tinha posses, nem ações, nem imóveis, nenhuma obra de arte valiosa. Ganho financeiro está no fim da minha lista.

Ela se levantou e encostou o quadril na beira da mesa enquanto estudava os dados e bebia café.

— Entra em cena Mirri Hallywell. Também podemos considerá-la uma maria-ninguém. Trabalhava com a vítima, saíam juntos para pequenas sessões de estudo e coisas assim. Mas eram apenas amigos. Agora, me diga qual é a sua opinião: podem duas pessoas atraentes de sexos opostos e da mesma faixa etária, com os mesmos interesses e que curtem a companhia um do outro passar muito tempo juntos e continuar sendo apenas bons amigos? Ou será que o sexo, como costuma acontecer, acaba fazendo aflorar nas pessoas o seu lado mais primitivo?

Olhou novamente para a porta que unia os dois escritórios, chateada por sua linha de raciocínio ter voltado até Roarke e sua antiga acompanhante de divertimentos.

— É possível, claro que é possível. Mas não pressinto nenhuma centelha de fundo sexual aqui. Pode ser que o sentimento platônico tenha sido o nível máximo que o relacionamento alcançou. Entretanto, Hallywell teve oportunidade. Como também a esposa da vítima teve, naturalmente. Esse pode ser o lado feio de um triângulo ruim. Simples assim.

Mas seu instinto *não sentia* isso.

— Temos a velha história de "se eu quero o cara, mato a esposa". Era esse rumo que eu poderia tomar. Existe o velho sentimento do tipo "se eu não posso ter você, ninguém mais terá". Mas por que agora?

Voltou às anotações e às entrevistas que fizera. Ninguém com quem conversara tinha mencionado algum tipo de preocupação, briga, controvérsia ou escândalo envolvendo a vítima.

— Um joão-ninguém absolutamente comum — repetiu, olhando para o gato, que já roncava. — Sr. Limpeza Total.

— Se você está conversando com Galahad, isso é perda de tempo — assinalou Roarke, entrando.

— Ele está me ouvindo de forma subconsciente.

— A única imagem que está se formando no subconsciente dele é a do desejo por um salmão. Como vão as coisas para você?

— Voltas e mais voltas que acabam na estaca zero. Não existe motivo, nenhum suspeito. Ele não era o tipo do cara que acaba desse jeito. Morrer num assalto, talvez. Em algum ato aleatório de violência, certamente que sim. São coisas que podem acontecer com qualquer pessoa. Só que alguém que ele conhecia planejou tudo, armou a cena e executou o crime. E ninguém que o rodeava imagina um motivo para alguém querer sua morte, até onde eu procurei.

Roarke entrou na sala e foi olhar a foto da identidade da vítima que Eve já pregara no quadro da parede.

— Ele não seria o primeiro a ter uma vida secreta muito bem escondida por baixo da imagem de sujeito comum e inocente.

— Não, não seria, e eu continuo escavando por baixo da superfície. Ele poderia estar transando com aquela mulher ali. — Ergueu o queixo e apontou para o quadro, na parte onde estava uma foto de Mirri Hallywell.

— Bonita.

— Sim, mas a esposa era mais bonita. E, segundo o tira aposentado que mora debaixo do apartamento deles, os pombinhos recém-casados gostavam de se agarrar a cada cinco minutos. Então, um caso extraconjugal do marido me parece fora de propósito. Por outro lado, os homens nunca se cansam de sexo.

— Sim, nunca nos cansamos — Roarke deu um tapinha na bunda de Eve.

Ela dividiu o telão em dois e colocou Mirri e Lissette lado a lado. Tipos fisicamente opostos, refletiu.

— Para alguns o sexo é como sorvete, e os homens gostam de variar de sabor.

Roarke simplesmente sorriu e garantiu:

— Pois eu sosseguei com um único sabor.

— Pode ser, mas antes disso experimentou muitas das opções que havia na lista. Foster era jovem — continuou Eve, quando Roarke riu mais alto. — Não teve chance de experimentar muitos sabores novos. Essa música não me convence muito — murmurou —, mas é a única melodia que apareceu na minha cabeça até agora.

Ele se virou para analisar o quadro do crime que ela montara.

— Dinheiro está fora dessa equação, eu suponho.

— Não há tanto dinheiro assim.

— E ódio?

— Tinha de haver frieza. Um ódio frio. Esse não foi um crime passional. Veneno é um método... distante. Especialmente pelo fato de você não estar perto para ver a coisa acontecer. Não estou descartando a possibilidade do ódio — acrescentou —, mas nada vi desse tipo. Todos gostavam dele.

— Era isso que todos diziam sobre os Icoves — lembrou Roarke.*

Eva balançou a cabeça para os lados.

— Craig Foster não é como eles. Os Icoves eram arrogantes e loucos certamente, mas também muito ricos, privilegiados, e viviam sob os holofotes da mídia. Essa vítima estava feliz com a vidinha que levava. Darei uma olhada no apartamento dele amanhã. Também analisarei suas pastas e arquivos na escola. Talvez não fosse *ele* a pessoa com segredos a esconder. Se ele sabia de alguma coisa ou suspeitava de algo tão importante que valesse a pena envenená-lo... — encolheu os ombros. — Eu vou descobrir.

— Sem dúvida. — Roarke chegou mais perto e tocou a sobrancelha dela com os lábios. — Mas você pode dar início à caçada amanhã de manhã. Teve um longo dia de tira e tarefas de esposa.

— Tive mesmo. — Ela se deixou ser levada pela mão. — Os Derricks são gente fina. Mesmo assim eu não quero ir a Montana.

— Não deixe o seu medo de vacas tomar conta. Poderíamos ir até lá por uns dois dias e ficar no resort. Talvez cavalgar um pouco...

— Puxa, esse é meu sonho dourado! Subir num animal que pesa dez vezes mais do que eu e gritar: Eia!

— Isso é muito revigorante.

— Obrigada, mas prefiro caçar psicopatas para curtir emoções fortes.

---

*Ver *Origem Mortal.* (N. T.)

Eve perguntou a si mesma se Roarke, por acaso, já tinha cavalgado ao lado de Magdelana. Depois se perguntou quantas vezes teria cavalgado *a própria* Magdelana.

Droga!

Ela se virou, empurrou-o contra o portal e pressionou os lábios contra os dele num beijo enérgico e ávido.

— Isso também serve como um substituto para emoções fortes — anunciou ela, dando uma mordida leve no lábio inferior dele.

— Substituto, é?

— Bem, malucos são muito emocionantes.

— Então eu preciso trabalhar com mais vontade para lhe trazer novas emoções. — Ele inverteu as posições de ambos com destreza, colou a boca na de Eve e enfiou as mãos sob sua camiseta. — Não posso permitir que minha esposa saia em busca de maníacos homicidas só para ter emoções fortes, certo?

— Isso faz parte da minha rotina. Por outro lado... — Ela se ergueu, colada nele, e lhe enlaçou a cintura com as pernas. — ... eu já encerrei o horário de trabalho de hoje.

Suas bocas se uniram mais uma vez, numa busca ávida. Em seguida, Eve lançou a língua numa louca jornada pelo rosto dele e pela sua garganta. O gosto de Roarke, seu sabor *especial*, era tudo que ela mais desejava. Ele era *tudo*.

Ela manteve as pernas presas à cintura dele mesmo no instante em que a colocou sobre a cama, e em seguida lhe envolveu o pescoço com os braços.

— Diga que você me deseja — ordenou ela.

— Sempre. Isso é interminável.

— Mostre-me!

Tesão. Ela podia *sentir* o desejo dele. Nas suas mãos, no jeito como se moviam sobre ela, em tudo que tomavam e no que davam. Conseguia sentir o desejo naqueles lábios e no calor que o corpo dele emanava.

Mesmo assim não era o bastante. Tudo que ela sabia era que precisava de mais alguma coisa.

Pela primeira vez desde que tinham se conhecido, ela não imaginou o que poderia ser esse "algo mais". Sabia apenas que existia um cantinho gelado ali dentro que não sentia antes. Precisava que esse ponto fosse aquecido e o queria preenchido.

Desesperada, rolou para cima de Roarke e puxou a suéter dele, enfiando os dedos em sua carne e músculos

— Toque em mim — exigiu. — Toque em mim, agora mesmo!

A urgência no tom dela o deixou surpreso. E o excitou ainda mais. Banqueteou-se naquela pele e usou as mãos para explorá-la por completo. Ela gemeu o nome dele, num misto de prazer e apelo. Mas ainda tremia, cheia de desejos ainda não saciados.

— Eve. — Ele colocou a mão na bochecha dela, querendo ver seus olhos e fitá-los longamente. — Olhe para mim.

Ela fez o que pediu, lutando para se lançar num estado de abandono e simplesmente se deixar levar.

— Dentro de mim. Quero você dentro de mim!

Ergueu o corpo, não em sinal de oferecimento, mas de exigência, e o guiou até o centro dela.

Unidos por completo como só eles conseguiam fazer, disse a si mesma. No ritmo deles. No seu calor específico e com seu cheiro. Reparou que continuou com os olhos grudados nos dela até que sentiu a própria visão embaçar. Até entender que havia unicamente velocidade e movimento, um lançar-se de forma frenética e selvagem em busca da liberação aguda, prazerosa e redentora.

Quando sua respiração voltou ao normal e ela se enroscou nele com a pele ainda úmida de paixão, sentiu que ainda havia um cantinho frio dentro dela que o calor abrasador não conseguira alcançar.

• • •

De manhã, ele já estava em pé e fora da cama antes dela. Mas não ficara na saleta de estar bebendo café enquanto acompanhava o noticiário financeiro no telão.

Eve se aprontou para mais um dia de trabalho, mas sentiu de forma contundente a ausência da rotina — a conversa, o café da manhã compartilhado. Por que ele não estava ali para alertá-la sobre a escolha errada da jaqueta e da calça?

E na véspera? Por que não tinha forçado a barra para ajudá-la nas pesquisas e no trabalho? Por que não estava ali naquele exato momento, insistindo para que ela comesse alguma coisa?

Prendeu o coldre com um gesto irritado. Tudo bem. Ele estava muito ocupado e ela também. Ela não precisava nem queria um marido pegando no seu pé vinte e quatro horas por dia.

Caminhou a passos largos para o escritório a fim de recolher as pastas, mesmo sabendo que já remetera tudo para seu computador na Central. Virou-se casualmente na direção da porta da sala de Roarke e já tinha dado o primeiro passo quando ouviu a voz dele.

— Não, tudo bem, eu já tinha me levantado. Sim, velhos hábitos são difíceis de largar.

Roarke estava no *tele-link*, percebeu Eve. E como ouviu só a voz dele significava que tinha colocado o aparelho de modo privado.

— Sim, foi uma surpresa e tanto. Gostaria, é claro. Sim, temos muita coisa. Que tal então à uma da tarde no Sisters Three? Acho que você vai gostar do lugar. Quer que eu mande um carro buscá-la? Não, Maggie, não será problema algum. Tudo bem, nos vemos lá, então.

Maggie, pensou Eve, e sentiu um profundo desânimo na mesma hora. Nada de Magdelana, que era glamoroso e meio distante. *Maggie*, um apelido caloroso e cheio de afeto.

Entrou na sala e obteve algo que julgava quase impossível: pegara Roarke desprevenido. Mesmo assim não conseguiu ler o que se passou pela sua cabeça no instante em que a encarou sem expressão, voltando de um pensamento ou lembrança que não tinha nada a ver com ela. Mas de repente a sua atenção, acompanhada por um sorriso distraído, estava totalmente voltada para Eve.

— Ah, aí está você! — foi o comentário dele.

— Sim, aqui estou eu. Invadindo sua sala logo cedo.

— Tive uma videoconferência com um pessoal em Londres às seis da manhã, pelo nosso horário. — Atrás da mesa, o fax a laser sinalizava uma mensagem que chegava e que ele ignorou. — Ia voltar agora mesmo para convencer você a tomar café da manhã comigo.

— Muitos planos para refeições por hoje. Já combinou um almoço?

— Como assim? Ah, marquei um almoço, sim. Pelo jeito, Magdelana lembrou que eu costumo me levantar cedo. — Colocou o tablet que tinha sobre a mesa no bolso do paletó e se levantou da cadeira. — Nós dois vamos almoçar juntos.

— Foi o que ouvi. É melhor tomar cuidado com o lugar onde pisa, meu chapa.

— Cuidado com o quê?

— Essa não é a primeira velha amiga sua que o encontra por acaso e alimenta a esperança de voltar à ação com você, em nome dos velhos tempos. É melhor avisar logo de cara que agora você está dormindo com uma tira.

Um lampejo de irritação, leve como um sussurro, surgiu em seu rosto.

— Não tenho intenção de voltar aos velhos hábitos.

— Mas velhos hábitos são difíceis de largar, não foi o que você disse?

Dessa vez um ar frio invadiu os olhos dele, e um tom igualmente gélido surgiu em sua voz.

— Agora você anda ouvindo atrás das portas, tenente?

— Entrei na minha sala. Sua porta estava aberta. Eu tenho ouvidos.

— Então os use para ouvir uma coisa mais: vou almoçar com ela, nada além disso. — A cabeça dele se virou de leve e seus olhos num tom de azul selvagem se estreitaram ao fitá-la com ar de dúvida. — Ou você não confia em mim?

— Confiaria muito mais se você não se referisse a ela como uma *velha amiga* quando nós dois sabemos que ela era muito mais do que isso.

— Sim, ela era. Ela foi. Quase doze anos atrás. Uma década antes de eu colocar os olhos em você pela primeira vez. — Nesse ponto, um tom de pura indignação se juntou à irritação e ao gelo. — Santo Cristo, você está com ciúmes de uma mulher com quem eu não falo há muito tempo, nunca mais vi e em quem não penso há doze anos?

Eve simplesmente olhou para ele durante longos segundos.

— Mas está pensando agora — disse, por fim, e saiu da sala.

Desceu a escada quase correndo e ali estava Summerset, o mordomo sargentão de Roarke, seu guardião e homem de confiança em qualquer situação. Ele também era uma constante pedra no sapato de Eve. Estava em pé, alto, magro e vestido com seu indefectível terno preto; o cabelo grisalho penteado para trás como se fossem asas e exibia um frio desdém nos olhos escuros.

Eve simplesmente agarrou o casacão que deixara pendurado no primeiro pilar da escada, olhou para ele e avisou:

— Se você me dirigir a palavra, uma única palavra que seja, juro que arranco esse cabo de vassoura da sua bunda e o uso para espancar você até sangrar.

Seguiu a passos largos até a porta, virou-se e completou:

— Avise seu *guardião* que se eu fosse uma mulher ciumenta já teria dado uma surra *nele mesmo* até sair sangue, dois anos atrás. Droga!

Summerset ergueu as sobrancelhas de espanto, especulou alguma coisa consigo e então olhou para cima ao ver Roarke chegar ao alto da escada.

— A tenente me parece mais abrasiva do que o costume agora de manhã — comentou Summerset.

— Está de mau humor. — Com as mãos nos bolsos, Roarke franziu o cenho ao olhar para a porta da frente. Aquele era um tipo de mau humor muito incomum em Eve, refletiu. — Magdelana está na cidade. Eu e ela vamos almoçar juntos hoje. Pelo visto, Eve não apreciou essa notícia.

Olhou para Summerset, e a expressão que viu nos olhos do mordomo fez com que a raiva que mal conseguira controlar há pouco viesse à tona mais uma vez.

— Não comece você também! — advertiu Roarke. — Já enfrentei drama demais para um dia só e ainda não são nem oito da manhã.

— Por que você complicaria a sua vida?

— Não pretendo fazer isso. Vou encontrá-la apenas para a porra de um almoço! Deixe isso quieto — avisou Roarke, antes de voltar lá para dentro.

A neve se acumulara junto às sarjetas, e os meios-fios estavam cinzentos e muito sujos. Camadas escorregadias de gelo eram verdadeiras armadilhas nas calçadas e passarelas. Muitos passageiros semicongelados se acotovelavam sob uma proteção, quase submersos em roupas de lã, esperando pelo próximo maxiônibus. Nas esquinas, os donos das carrocinhas de lanches mantinham as grelhas acesas tanto para seu aquecimento pessoal quanto para os negócios.

O painel da viatura informava que a temperatura fora do carro era de terríveis quinze graus abaixo de zero.

Eve torceu para que Roarke congelasse sua bunda irlandesa.

Sentada ali em meio ao tráfego lentíssimo, deixou a cabeça tombar para a frente e encostou a testa no volante. Tinha lidado com o problema do jeito errado. Não tinha ideia de qual deveria ser a reação mais acertada, mas sabia que tinha estragado tudo. Agora ele estaria puto com ela na hora em que fosse se encontrar com aquela... com aquela *vadia*. Essa certamente não era uma boa estratégia.

Mas também... Por que diabos ela precisaria de alguma estratégia, afinal de contas?

— Esqueça isso, esqueça isso! — repetiu para si mesma. — Foi só um solavanco na estrada.

Mesmo assim, continuou a soltar fumaça pelo nariz durante todo o trajeto até o centro da cidade, e continuava revirando o problema na cabeça quando se apertou no elevador já lotado que a levaria à Divisão de Homicídios.

Foi direto para sua sala, mal cumprimentando com um grunhido as pessoas na sala de ocorrências. Fechou a porta e programou café na máquina.

Ali era um lugar de trabalho, lembrou a si mesma. As questões pessoais não eram permitidas. Era só o que importava. Decidiu beber seu café e olhar pela janela minúscula até sua mente estar limpa o suficiente para trabalhar.

Ainda estava bebendo e olhando pela janela quando, depois de uma leve batida na porta, Peabody entrou.

— Bom dia. Como foi o jantar de ontem?

— Eu comi. Pegue o seu casaco porque vamos ao apartamento da vítima.

— Agora? Não é melhor entrar em contato com Lissette para ver se ela está...

— Já mandei pegar o casaco.

— Sim, senhora.

Peabody não tornou a falar até as duas estarem dentro do carro.

— Eu perdi alguma coisa? Estamos considerando Lissette como principal suspeita?

— Quando foi que você começou a achar que ela não era suspeita?

— Não comecei, simplesmente pensei que a probabilidade de ser ela era pequena.

— A esposa teve a oportunidade. Quanto ao motivo, esposas sempre conseguem arranjar algum. Às vezes o motivo principal é elas terem se casado com um babaca. É por aqui que começamos. — Dirigiu em silêncio completo por algum tempo. — Quero ver onde ele morava — continuou, um pouco mais calma. — E como vivia. Como *eles* viviam. O cadáver nos diz que ele era um homem saudável de vinte e poucos anos que morreu por ingestão de uma dose letal de ricina. Isso é tudo que sabemos, mas não significa que era tudo que a vítima tinha a nos dizer.

— Certo, entendi essa parte. Está tudo bem com você?

— Não, não está nada bem. Mas não vou falar sobre o assunto. Vamos trabalhar. — Só que o silêncio pesado que caiu foi muito pior. Eve passou a mão pelo cabelo. — Fale um pouco sobre alguma coisa. Você nunca fecha a porra da matraca o tempo todo. Está na hora de falar sobre algum assunto, pelo amor de Deus.

— Hummm... Não consigo pensar em nada. A pressão é muito grande. Ah, oh, já sei! Está tudo combinado para amanhã à noite?

— Combinado para o quê?

— *Agora.*

— Se é agora, não é amanhã à noite. O que você fumou no café da manhã?

— Só comi *grapefruit* reidratada. O peso extra que ganhei durante as festas de fim de ano veio para ficar e não desgruda de mim. Tudo culpa dos *cookies.* — Peabody soltou um suspiro de lamento. — Minha bunda é feita basicamente de *cookies.*

— De que tipo? Eu gosto de cookies.

— De todos os tipos — disse Peabody. — Confesso minha fraqueza completa diante da maravilhosa variedade de opções nas latas de *cookies* de Natal. Minha avó os prepara a partir do zero.

— Pensei que *cookies* fossem preparados a partir de açúcar.

— O ponto zero *é* o açúcar. E também farinha, ovos e lascas de alfarroba, aquela substituta do cacau. E manteiga! Hummm... manteiga... — Peabody fechou os olhos e pareceu sonhar com aquilo. — Vinda de vacas de verdade.

— Mas vacas produzem leite. — Eve esperou até que um bando de pedestres acabasse de passar pela faixa. — Não entendo como alguém goste de beber alguma coisa que saiu de dentro de uma vaca. Como mijo, por exemplo.

— Você faz manteiga usando leite. Quer dizer, a manteiga verdadeira. Droga, agora fiquei com fome. Não posso falar de *cookies*, e agora a minha bunda está se expandindo a cada segundo só por causa desse papo. Eu estava falando de outra coisa... Ah, lembrei! *Agora*.

— Era agora, depois foi ontem e virou depois. Agora é *agora* novamente?

Com o cenho franzido, Peabody se virou no banco e olhou para Eve.

— Você está tentando me confundir? Pois conseguiu! Você sabe que estou falando do novo programa de Nadine no Canal 75. O nome é *Agora*. Você é a convidada principal da estreia, amanhã.

— Estou tentando não me lembrar disso.

— Mas vai ser *mag*. O que você vai vestir?

— Pensei em usar roupas só para variar um pouco.

— Qual é, Dallas, o programa vai ser exibido no país inteiro, no mundo todo e fora dele. Vai ser *megahype*. Deixe Roarke escolher a sua roupa.

Os olhos de Eve se estreitaram até se tornarem fendas e ela sentiu um rugir lhe subir pela garganta.

— Eu sei como me vestir. Uso roupas há muitos anos, sabia? — Tornou a pensar em Magdelana, no seu vestido vermelho ousado e nas sandálias de prata. — Sou uma tira e não uma piranha viciada em moda. Se ele queria alguém soltando as penas por aí em cima de saltos altíssimos e usando vestidos sofisticados, não deveria ter se casado comigo.

— Não creio que suas roupas tenham sido um fator determinante. — Com cautela, Peabody colocou a ponta do pé em águas perigosas. — Vocês tiveram uma briga?

— Não exatamente, mas acho que vamos ter. — Eve acelerou, passou raspando por um sedan e estacionou numa vaga do segundo andar, junto da calçada. — Essa foi por pouco.

— Eu que o diga. — Peabody lutou para recuperar o fôlego depois do susto e desceu correndo atrás de Eve até a calçada.

O frio cruel parecia penetrar nos ossos, e o vento forte chicoteava o rosto através dos desfiladeiros formados pelos prédios. Eve enfiou as mãos sem luvas nos bolsos e forçou a mente para se concentrar no trabalho.

— Se ela não tiver nada a esconder, não se incomodará com nossa presença dando uma olhada em sua casa. Se não aceitar, poderemos conseguir um mandado em dois tempos. Vamos procurar por algum sinal do veneno, inclusive a presença das sementes de mamona ou qualquer subproduto. Quero investigar o sistema de dados e comunicações deles, discos, pastas e papéis. Quero saber o que ele guardava na gaveta de cima da mesinha de cabeceira e o que mantinha escondido nos bolsos dos casacos. Serviço completo.

Peabody suspirou de alívio quando elas entraram no prédio e ela se viu livre das rajadas geladas de fevereiro.

— Se o apartamento deles for igual ao do sargento Kowoski, não vamos levar muito tempo.

Depois de subir a escada, Eve bateu na porta, que foi aberta por uma mulher com olhos cansados e brilhantes cachos em estilo rastafári.

— Posso ajudá-las? — perguntou a mulher.

— Tenente Dallas e detetive Peabody. Viemos ver Lissette Foster.

— Vocês são as policiais que estão investigando a morte de Craig? sou Cicely Bolviar, mãe de Lissy. Entrem, por favor. Ela está no banheiro. — Cicely lançou um olhar preocupado para a porta fechada do banheiro. — Está tomando uma ducha. Não dormiu a noite toda. Vou preparar o café da manhã porque ela precisa comer alguma coisa. Desculpem. — Tornou a se virar para Eve e Peabody e ofereceu: — Sentem-se. Vocês aceitam um café?

— Não queremos incomodar.

— Não é incômodo algum. Quero preparar algo para ela. Vamos nos encontrar com a família de Craig hoje à tarde para conversar sobre... — Seus lábios tremeram. — Falar dos arranjos para a cerimônia de... Vou preparar algo para ela comer.

— Quando foi que a senhora chegou a Nova York, sra. Bolviar?

— Ontem. Já era tarde da noite. Vim assim que... Quando Lissy me ligou para contar, eu vim. Ela precisa de sua *maman* agora. Ele também me chamava assim: *Maman*. — Ela foi até o recesso da cozinha, mas ficou parada como se não soubesse o que fazer em seguida.

— Era aqui que ela queria morar, a minha Lissy — continuou. — Como tinha Craig ao seu lado, eu não me preocupava. Daqui a alguns anos, segundo ele me contou... Puxa, eles ainda eram tão jovens... Daqui a alguns anos eles iriam dar início a uma família e eu seria a *Grandmaman*. Era o que ele dizia. Vocês sabem o que a pessoa que cometeu esse crime matou? Ela matou um menino doce e a família que ele e Lissy iriam construir. Matou essa alegria. A senhora sabe como foi que isso aconteceu?

— Precisamos conversar com sua filha.

— *Bien sûr*. Por favor, sentem-se. Vou preparar o café. Eles têm substituto de ovo. Lá em casa eu tenho ovos de verdade, postos pelas galinhas do meu vizinho, mas aqui... Ele era um rapaz doce. — Seus olhos cansados brilharam com lágrimas. — Um menino tão doce! Isso não deveria ter acontecido. Por favor, sentem-se.

Havia um sofá estofado em azul forte com almofadas em verde igualmente forte. Duas poltronas completavam o conjunto e nas mesmas cores fortes, só que em listras. Uma moderna estação de trabalho ocupava um dos cantos da sala; uma mesa e duas cadeiras ficavam no outro canto. A decoração, a ordem do lugar e as cores berrantes davam ao lugar minúsculo um ar funcional e estiloso.

Cicely foi até a porta do banheiro e bateu duas vezes.

— *Mignon*, a polícia está aqui. A tenente e a detetive. Ela vai sair já, já. — disse a Eve. — Vou preparar o café agora.

Lissette apareceu vestindo uma calça larga, camiseta e meias grossas. Parecia uma mulher que se recobrava de uma longa doença. Sua cor desaparecera por completo, seus olhos pareciam sem vida e muito inchados. Ela se movia com vagar, como se seus ossos doessem.

— Conseguiram descobrir mais alguma coisa? — Sua voz era como um metal enferrujado. — Algo sobre Craig?

Eve se levantou.

— Sente-se um pouco, sra. Foster.

— Fui até lá para vê-lo. Fomos todos vê-lo. Os pais dele e eu fomos até aquele lugar. Não era engano. A senhora tinha dito que não era. Eles ficaram arrasados. O pai e a mãe dele ficaram despedaçados. O que farei agora? — Como se só naquele momento tivesse noção das coisas à sua volta, olhou para o pequeno apartamento em torno de si. — O que vou fazer? *Maman*!

— Estou aqui, minha filhinha. Sente-se um pouco. — Cicely voltou e levou Lissette até uma das poltronas. — Por favor, a senhora não pode nos contar alguma coisa? Qualquer coisa? É tão difícil ficar sem saber o porquê ou como tudo aconteceu.

Eve fitou Lissette longamente.

— Seu marido foi morto ao ingerir uma quantidade letal de ricina.

— Ingeriu? A senhora quer dizer "comeu"? Ricina? O que é isso?

— Veneno — murmurou Cicely, e seus olhos se arregalaram, horrorizados. — Só sei isso. Trata-se de um veneno.

— Veneno? Mas por que ele comeria... Como foi que ele...?

— Estava no chocolate quente — contou Eve, e observou a mulher ficar com um tom claro de cinza.

— Não. Não. Não. Isso não é possível. Eu preparei o chocolate dele. Preparei eu mesma. Faço isso todos os dias, desde que o tempo começa a esfriar. Quando o clima torna a esquentar, eu faço chá gelado bem doce. Todos os dias. A senhora acha que eu feri Craig? Acha que eu...

— Não, não acho. — Depois de mais de onze anos na polícia, Eve sabia quando confiar no seu instinto. — Mas para tirar seu nome da minha lista de suspeitos e me dedicar a outras possibilidades precisaríamos examinar o seu apartamento. Gostaríamos de obter sua permissão para investigá-lo por completo, entrar no computador do seu marido, vasculhar o trabalho dele e os seus itens pessoais.

— Espere. Por favor, poderia repetir? — Lissette agarrou a mão da mãe com força. — A senhora disse "veneno"? Como é possível que ele tenha ingerido veneno por engano?

— Elas não acham que tenha sido por engano — disse Cicely. — Não é, tenente?

— Isso mesmo, não achamos.

— Mas então... — A cor voltou ao rosto de Lissette, um tom fraco de vermelho, quando ela se ergueu lentamente. — Foi deliberado? Alguém fez isso com ele? Por que razão? Ele nunca magoou ninguém. Nunca na vida!

— Sra. Foster, acreditamos que a ricina tenha sido colocada na bebida do seu marido em algum momento da manhã de ontem.

— Mas fui *eu* que preparei o chocolate. Fui eu! — Ela correu até a pequena cozinha. — Aqui, bem aqui. Todas as manhãs eu preparava o almoço de Craig porque ele gostava muito disso. Levava só alguns minutos e o deixava tão feliz que eu...

Cicely murmurou algumas palavras em francês ao se dirigir à filha.

— Não, não, não, eu fiz exatamente como sempre faço todas as manhãs. O sanduíche, a fruta, os salgadinhos que ele gosta. Preparei o chocolate como a senhora me ensinou, *Maman*. Ele adora. Foi aqui, bem aqui — espalmou as mãos. — Eu preparei o chocolate.

— Lissy. — Cicely limpou com as mãos o rosto da filha, cheio de lágrimas. — Não faça isso.

— Lissette, você colocou a bebida numa garrafa térmica?

— Sim, sim. — Lissette se recostou na mãe. — A garrafa térmica com copo grande e o nome de Craig gravado. Eu dei essa peça a ele, de presente, quando ele começou a dar aulas na escola. Uma pequena lembrança, junto com uma marmita preta para o almoço.

— Era isso que ele geralmente levava para a escola?

— Todos os dias, sim. Todo santo dia! Que diferença isso faz agora?

— Apenas detalhes — disse Eve, com naturalidade. Estamos investigando como e por que fizeram isso com ele; então cada detalhe importa. Gostaríamos de examinar todo o apartamento.

— Por quê? — Lissette olhou para as mãos. — Por que alguém machucaria Craig?

— Não tenho respostas neste momento.

— A senhora quer olhar nas nossas coisas porque isso vai ajudá-la a encontrar as respostas?

— Isso mesmo.

— Então pode olhar, vasculhe tudo. Ele tem mais coisas na escola. No seu computador e na mesa de lá. Faça tudo que precisar fazer. Mas não quero assistir. Não quero ver enquanto a senhora remexe nas nossas coisas. Podemos sair?

— Sim, claro.

— *Maman*, vamos sair um pouco para deixá-las... *Maman*, alguém matou Craig. Maman!

Ela se afastou enquanto a mãe confortava a filha e ajudava a jovem viúva a calçar as botas, pôr seu casaco e o cachecol.

— Vou levá-la para tomar o café da manhã — avisou Cicely, olhando para Eve. — Existe um café mais adiante, aqui na rua. Estaremos lá caso a senhora precise de nós.

— Obrigada. — Eve esperou até a porta se fechar atrás delas. — Ele usava o mesmo copo todos os dias.

— Combina com o seu perfil — disse Peabody. — Rotina.

— Sim. Portanto, ele não só bebia sempre a mesma coisa todos os dias, como usava a mesma garrafa térmica. Usava aquela garrafa térmica há mais de um ano. Talvez, por uma questão de eficiência, o assassino tenha comprado uma garrafa igual. Simplesmente trocou os copos.

— Podemos investigar a marca, o modelo e pesquisar em todas as lojas.

— Sim, podemos. Mas vamos examinar esta sala antes. Ao trabalho, Peabody.

Capítulo Cinco

Não havia nada no apartamento que servisse de pista para o assassinato. Nenhum veneno escondido em algum compartimento secreto, nenhuma correspondência ameaçadora, nem fotos comprometedoras.

Havia, até onde Eve conseguia ver... até onde conseguia *sentir*... apenas as vidas de duas pessoas comuns cujo casamento recente ainda brilhava de luz e novidades.

O espaço de trabalho comum aos dois exibia fragmentos profissionais dele e dela, e também os e-mails tolos e sexy que enviavam um ao outro. Sinais, pensou Eve, daquelas primeiras emoções urgentes de amor e entrosamento, quando nada era mais importante ou imediato que as duas pessoas envolvidas. Havia ligações do *tele-link* de Lissy para a mãe e vice-versa. E também uma de Mirri Hallywell, onde conversara com os dois Foster, confirmando com Craig uma data para ambos estudarem, e depois batendo papo com Lissy sobre o encontro romântico com alguém chamado Ben.

Na noite anterior à sua morte, Craig Foster tinha preparado a prova-surpresa que nem chegaria a aplicar nos alunos, e gastara quase uma hora preparando um trabalho sobre o desenvolvimento socioeconômico que acontecera depois das Guerras Urbanas.

O descanso de tela do computador era um retrato do casamento. Lissette em um vestido branco solto, Craig num terno preto e formal, compartilhando o que Eve imaginava ser o primeiro beijo deles já como marido e mulher.

— Isso foi duro — comentou Peabody, quando elas entraram de volta na viatura. — Circular por aquele lugar, cheio de coisas novinhas em folha. Tudo estava só começando e agora acabou. Os cálices de boa qualidade para vinho, provavelmente um presente de casamento, quase não foram usados; conjuntos de toalhas e cortina de banheiro; flores secas do buquê de casamento; o disco com vídeos da cerimônia e da festa. É duro.

— O mais duro é que nada do que havia ali apontou um motivo. Eles não têm dinheiro, não consomem drogas ilegais, a probabilidade de um dos dois estar envolvido em um caso extraconjugal é próxima de zero. Qual era o segredo dele?

— Segredo?

— As pessoas têm segredos. Cantinhos ocultos que guardam apenas para si mesmas. Coisas que um homem não contaria à esposa.

Franzindo o cenho, Peabody balançou a cabeça e retrucou:

— Nesse momento da vida deles e pelas vibrações que percebi, não vejo nenhum dos dois guardando segredos inconfessáveis.

— É isso que os torna secretos — murmurou Eve, procurando uma vaga perto da escola.

Ao entrarem no prédio, pararam no balcão da segurança e esperaram a liberação. Eve reparou que dois funcionários passaram pelo saguão usando braçadeiras de luto.

— Vamos marcar o tempo e calcular os movimentos da vítima. Se a ricina não veio da casa dos Foster, veio daqui.

Peabody pegou o tablet.

— A vítima entrou na escola às seis e quarenta e dois. A esposa declarou que ele saiu do apartamento por volta das seis e trinta.

— Veio a pé. Procurou um apartamento perto do trabalho para poder vir a pé e economizar o dinheiro do transporte. Como a caminhada leva de sete a oito minutos, é pouco provável que ele tenha parado em algum lugar pelo caminho. Nada está aberto a essa hora da manhã. A loja de conveniência do tipo vinte e quatro horas fica a três quarteirões, andando para o oeste.

Peabody confirmou com a cabeça.

— Existe uma *delicatéssen* um quarteirão adiante, mas ela só abre às sete.

— Muito bem, vamos lá: ele veste o casaco, pega a pasta e o pacote com o almoço, despede-se da esposa com um beijo e vai a pé para o trabalho. Entra pela porta principal, como nós fizemos. Passa pela segurança e assina a presença. Como ainda vai malhar um pouco, segue para a sala de aula e guarda o material do dia. Casaco, luvas, gorro, cachecol. E também a pasta, que contém sua última refeição.

Eve refez o caminho seguindo a rota mais lógica.

— Nenhuma das pessoas que interrogamos mencionou tê-lo visto antes de ele ir para a academia da escola. Mas ele passou em sua sala de aula antes disso.

Ela parou na porta da sala, abriu o lacre da polícia e entrou.

— Ele coloca a pasta sobre a mesa, guarda o almoço na gaveta e pendura o casaco. É um homem ordeiro e eficiente — murmurou. — Leva a bolsa de ginástica e o guarda-pó com ele para a academia.

— Afirmativo. — Peabody leu as anotações. — Temos a bolsa de academia com a roupa de ginástica dentro.

— Desce para o andar térreo — continuou Eve, enquanto refazia o caminho. — Vai malhar e deixa a sala vazia, o pacote com o almoço e a garrafa térmica sem ninguém por perto.

— Isso mesmo.

Refazendo o caminho, seguiram na direção da academia.

— De acordo com as declarações das testemunhas, ele já se exercitava nos aparelhos quando foi visto pela primeira vez nesse dia.

— Reed Williams o viu mais ou menos às sete e dez — confirmou Peabody.

— A que horas Reed Williams chegou na escola?

— Seis e quarenta e cinco.

— Então o que Williams ficou fazendo entre quinze para as sete e sete e dez? Vamos levar mais um papo com ele. Mosebly declarou ter visto a vítima chegar na piscina quando já estava saindo, mais ou menos às sete e meia.

— Ela chegou na escola às seis e cinquenta.

— Que bando de pássaros madrugadores! Vamos confirmar com ela também. E o quanto antes melhor — acrescentou, ao ver Mosebly vindo a passos rápidos na direção delas.

— Olá, tenente... Detetive. Fui alertada pela segurança de que vocês estavam aqui. — Vestia preto dos pés à cabeça: saia, casaco, botas. — Eu agradeceria muito se vocês passassem na minha sala sempre que chegassem na escola.

— Achávamos que a escola estava fechada para aulas hoje — rebateu Eve —, tendo em vista o que aconteceu.

— Depois de um encontro com nossos terapeutas e especialistas em saúde mental, decidimos manter a escola aberta. Achamos que seria melhor que os alunos mantivessem a rotina, estivessem uns com os outros e fossem capazes de conversar abertamente sobre seus medos e sentimentos. Fizemos um minuto de silêncio hoje de manhã e haverá uma homenagem póstuma no fim da semana. Houve algum progresso?

— A investigação está em andamento. O que você fez antes de nadar, ontem?

— Como assim?

— Você entrou na escola às seis e cinquenta. O que fez assim que chegou?

— Deixe-me pensar. Tanta coisa aconteceu desde então... Fui à minha sala para conferir a agenda e me organizar para o dia. Vi que tinha uma reunião às oito. Por quê?

— Detalhes. Você viu ou falou com alguém antes de nadar?

— Na verdade, sim. Conversei rapidamente com Bixley quando cheguei. Ele estava limpando a neve dos degraus da entrada. Pedi que ele limpasse e tirasse a neve da escada várias vezes ao longo do dia. Também estive com Laina Sanchez, nossa nutricionista-chefe, que chegou logo depois. Acho que comentei alguma coisa sobre o tempo. Fui para minha sala em seguida e passei algum tempo planejando o dia de trabalho. Depois fui nadar.

— Passou pela sala de musculação antes?

— Não. Usei o vestiário das funcionárias para colocar meu traje de banho e fui para a piscina. O que aconteceu com Craig, tenente? Os boatos estão se multiplicando e é muito preocupante para todos ficarmos assim, sem saber o que houve.

— Ele foi envenenado. Alguém de fora pode ter acesso à sala de musculação?

— *Envenenado*? — Ela recuou um passo. — Por Deus! Ele comeu algo estragado na nossa cantina? Comprou algum produto na máquina de lanches ou na cafeteria? Preciso falar com Laina imediatamente.

— Ele não pegou a comida em nenhum dos locais de venda da escola.

Uma expressão de óbvio alívio surgiu no rosto de Mosebly.

— Graças a Deus. Que coisa terrível — acudiu, depressa. — É claro que acho terrível que algo trazido de sua casa tenha provocado isso, mas preciso pensar nos alunos e no restante dos funcionários.

— Claro.

— Quer dizer que foi um acidente, afinal. Reação alérgica ou algo assim?

— Foi assassinato — declarou Eve, sem emoção, e viu a expressão de alívio de Mosebly se desfazer. — Diretora, preciso conhecer a localização de todas as pessoas que estavam aqui ontem antes de as aulas terem início e até o momento em que Foster parou para almoçar. Alguém de fora, além dos alunos e dos funcionários, tem acesso àquela área? — Eve apontou com a cabeça para a sala de musculação.

A mão de Mosebly se agitou sobre o peito.

— Preciso saber de tudo que aconteceu. Se isso foi um ato deliberado, os meus alunos podem estar em risco e...

— Não tenho motivos para achar que seja o caso. O alvo foi específico. Responda às minhas perguntas.

Mosebly pressionou as têmporas com os dedos.

— Por este lado só entram funcionários. Cartões magnéticos são exigidos. Os alunos têm seu espaço próprio, com acesso pelo outro lado da piscina. Os funcionários podem usar a área para atividades aquáticas antes e depois das aulas, desde que não haja treinos agendados. Falo de treinos para competições. Oh, Deus. Veneno!

— Cartão magnético — disse Eve, apontando para a porta.

Mosebly pegou um cartão no bolso e o passou pela ranhura.

Eve entrou. Viu-se em um espaço pequeno e eficiente que não estava sendo usado. Havia bicicletas ergométricas, pesos e esteiras. O salão de ginástica da casa de Eve era maior do que aquele e tinha equipamentos muito mais sofisticados, mas ela reconheceu que o espaço era bem planejado. Um bônus interessante para os funcionários.

— Foster sempre usava essas máquinas?

— Quase todos os dias. Incentivamos os funcionários da escola a usar os equipamentos. A maioria deles faz isso uma ou duas vezes por semana. Alguns, como Craig, aproveitam melhor essa oportunidade.

Eve concordou com a cabeça, seguiu pela sala e chegou a uma porta secundária. Os vestiários eram limpos e também eficientes. Balcões, cabines individuais com vasos sanitários, três chuveiros de cada lado separados por vidro fosco. Um espaço para homens e outro para mulheres.

— Qual desses armários era o dele? — perguntou Eve, no vestiário masculino.

— Não temos armários pessoais específicos — explicou Mosebly, falando depressa com um tom de quem, obviamente, preferia estar em outro lugar. — Quando a luz do painel fica vermelha, é sinal de que o armário está sendo usado. Se estiver verde, a pessoa simplesmente o usa e tranca com uma senha de seis dígitos.

— Vejo três deles com luz vermelha.

— Alguns usuários regulares mantêm seu equipamento para ginástica sempre aqui, por questões de conveniência.

— Preciso ver o que há aí dentro.

— A senhora não pode abrir um armário que alguém esteja usando.

— Posso, sim. Peabody?

— Armários e equipamentos de armazenagem em complexos educacionais ou prédios públicos não estão protegidos pelas leis de privacidade — declarou Peabody, enquanto Eve pegava o seu cartão mestre. — No curso de uma investigação policial, um membro da polícia de Nova York devidamente identificado poderá ter acesso a tais equipamentos de uso pessoal.

— Isso é invasivo e desnecessário. Para mim está óbvio que qualquer que seja a substância que provocou essa morte chegou aqui em algo trazido da casa da vítima.

Eve se encostou nos armários e retrucou:

— Sabe qual é o problema? Isso não é nada óbvio para mim. E em assuntos desse tipo, podemos afirmar que a diretora aqui *sou eu*.

— Mas a senhora não pode acreditar que algum membro da nossa escola faria algum mal ou desejaria prejudicar Craig.

— É claro que posso.

• • •

O primeiro armário tinha um par de tênis femininos com amortecedor a ar, um kit de maquiagem com tintura labial, desodorante, gel para cabelo, rímel, vários potes de creme para a pele e alguns frascos de perfume.

— Posso ser leiga nessa área — disse Mosebly, visivelmente incomodada —, mas está muito claro que Craig sofreu uma reação alérgica trágica diante de alguma coisa que comeu ou bebeu. E reafirmo: foi algo que ele trouxe de casa.

— Sim, pois eu diria que isso está tão claro para você porque qualquer outra hipótese seria péssima para a imagem da escola.

O armário seguinte era a versão masculina do primeiro. Um par de tênis, uma *nécessaire* que continha um pente, produtos para o cabelo e creme hidratante. Também havia um par de óculos de natação e um fone para usar debaixo d'água.

— Minha responsabilidade é proteger a reputação desta escola. Vou entrar em contato com nossos advogados imediatamente.

— Sim, faça isso. — Eve foi para o armário seguinte quando Mosebly saiu. — Ela é uma suspeita pouco provável.

— Não sei. — Sem conseguir resistir, Peabody fez uma careta infantil na direção de Mosebly, que estava de costas. — Ela está revoltadinha demais para o meu gosto.

— Está mesmo. Mas, se pretendia matar Foster, o mais provável é que fizesse isso longe da escola. Vamos observá-la com atenção, para o caso de sua lealdade profissional ser uma fachada, mas não a imagino trazendo um escândalo de tal porte para essas sagradas salas, sem falar na terrível mancha para sua atuação como diretora. Ora, ora, veja só que lindo!

O armário seguinte tinha um par de tênis como os outros, e uma *nécessaire* muito mais sofisticada, revestida em couro. Os produtos eram mais caros do que os anteriores e neles havia um generoso suprimento de preservativos.

— Lugar engraçado para guardar camisinhas — comentou Peabody. — A não ser que a pessoa pretenda se envolver em alguma ação desse tipo no vestiário da escola.

— Algo que eu aposto que é contra as regras. — Eve pegou um frasco de comprimidos. — Isso me parece Stay-Up, o remédio que mantém a pessoa sem dormir. Um menino travesso. RW — acrescentou, lendo as iniciais gravadas na *nécessaire*. — Meu palpite é Reed Williams.

Enquanto Peabody ia pegar Williams para interrogá-lo, apesar de ser horário de aula, Eve continuou a seguir o desenrolar da última manhã de Craig e foi para a sala dos professores.

Passou por dois alunos que lhe lançaram olhares desconfiados. Em silêncio, exibiram seus passes para a tenente.

— Eu *tenho cara* de monitora de escola, por acaso? — quis saber ela.

— Somos obrigados a exibir nossos passes para os adultos, sejam funcionários ou pais — explicou um deles.

— Tenho cara de mãe de alguém?

— Sei lá.

— Vocês ficam vagabundeando por aí muitas vezes durante as aulas?

— Temos passes.

— Sei, sei. Respondam à pergunta.

— Vamos à biblioteca fazer pesquisas para nosso projeto de Ciências.

— Hum, sei... Também estiveram fora de sala ontem, antes do meio-dia?

Os meninos trocaram olhares de cumplicidade antes de um deles responder.

— Acho que também fomos à biblioteca fazer as pesquisas ontem.

— Mas mostramos nossos passes para a sra. Hallywell.

— Que horas eram?

O segundo menino encolheu os ombros.

— Sei lá. Foi em algum momento da manhã. Estamos em apuros?

— Ficarão se não responderem à minha pergunta. Caso queiram saber, estou pouco me lixando se vocês estavam fora de sala para beber cerveja ou jogar alguma coisa. — Ignorou o primeiro menino, que não conseguiu prender uma gargalhada deliciosa. — Quero saber a que horas vocês encontraram a sra. Hallywell e onde a viram.

— Foi no final do segundo tempo, depois do recreio. Humm... Dez e meia ou algo assim. Ela desceu pela escada B, que fica ali. Por que a senhora quer saber?

— Porque sou xereta. Para onde ela ia?

— Sei lá. Os professores não têm de nos dizer nada. Eles não precisam dar satisfações, mas os alunos têm de contar tudo para eles.

— Sim, sempre foi desse jeito.

— Se a senhora não é professora nem funcionária, e também não é mãe de aluno, tem de ter um passe — argumentou um dos meninos, olhando para Eve com ar de estranheza.

— Vá fazer queixa de mim. Agora, caiam fora!

Eles saíram correndo como flechas, olhando para trás por sobre os ombros.

— Provavelmente estão construindo uma bomba caseira para o projeto de Ciências — murmurou Eve, e pegou as anotações. De dez às onze Foster tinha dado uma aula prática na sala de mídia que ficava no terceiro andar. — Interessante.

Usou o cartão mestre para entrar na sala dos professores. Como era horário de aula, a sala estava vazia. Imaginou mentalmente Craig entrando ali, pegando um refrigerante após a sessão de malhação, antes de dar a primeira aula. E conversando sobre filmes de ação.

A maioria ou todos os funcionários da escola já deviam estar no prédio a essa hora da manhã, na véspera, e certamente a maior parte dos alunos também. A garrafa térmica de Foster estava na gaveta de sua sala no segundo andar, onde poderia ser alcançada por qualquer pessoa.

A garrafa ficara ali enquanto ele malhava e também durante a aula prática.

Quanto tempo teria levado a ação?, especulou consigo mesma. Um minuto? Dois? Bastava entrar, abrir a gaveta e colocar o veneno na garrafa. Ou simplesmente trocar as garrafas, tornar a fechar a porta e sair da sala calmamente.

Um assassino esperto teria um plano B para o caso de alguém entrar de surpresa. "Vim aqui deixar um bilhete para Craig." Ou "Precisava confirmar um horário com ele." Era bem fácil fazer isso, bastava manter a calma.

Ela se virou ao ver Peabody entrar, acompanhada de Williams.

— Isso não poderia esperar? — quis saber ele. — O dia já está complicado o suficiente sem eu ter de sair da sala de aula e deixar a turma com um supervisor androide.

— Então não devemos perder tempo. Você saiu da sala ontem em algum momento entre dez e meio-dia?

— Segundo tempo, segunda-feira... Uma sessão de grupo de estudo. Sim, eu saí de sala por alguns minutos.

— Para fazer o quê?

— Fui ao banheiro. Eu bebo muito café. — Para provar o que dizia, foi até o AutoChef e programou uma caneca. — Eu sempre dou uma saída rápida durante esse tempo.

— Sua sala fica no mesmo andar e no mesmo bloco que a de Foster. Você viu alguém ou alguém o viu?

— Não que eu me lembre.

— Você tem um armário na sala de musculação.

— Sim, alguns de nós temos. É mais fácil do que trazer um par de tênis todos os dias.

— Só que você não tem só um par de tênis no armário, Reed. Pela minha experiência, quando um sujeito mantém tantas camisinhas à mão, é porque pretende usá-las.

Houve uma curta hesitação, mas logo Williams relaxou e tomou um longo gole de café.

— Na última vez em que verifiquei, ter camisinhas não era ilegal.

— Mas eu me pergunto o que a diretora Mosebly teria a dizer se soubesse que você mantém um suprimento tão grande de camisinhas no armário da escola; ou a associação de pais e mestres; ou o conselho de... como é mesmo?... educação

— Repito: preservativos não são ilegais.

— Mesmo assim. O que eles pensariam sobre um membro do corpo docente que mantém uma reserva de camisinhas assim, tão perto de todas essas mentes e corpos jovens?

— Levar proteção significa apenas isso: proteção. — Com um jeito descontraído, ele se encostou na mesa enquanto tomava o café. — A senhora carrega uma arma de atordoar no coldre, tenente. Até onde eu sei, porém, ainda não desferiu uma rajada contra ninguém aqui na escola.

— O dia está só começando — reagiu Eve, com leveza. — O que mais eu pensava mesmo sobre essas mentes inocentes? Ah, sim... Corpos inocentes. Meninas lindas e tão facilmente seduzíveis.

— Ora, pelo amor de Deus. — Dizendo isso, ele colocou o café com força sobre o balcão e o empurrou. — Isso é desprezível e nojento. Não sou pedófilo. Dou aulas há quatorze anos e nunca toquei em uma aluna de algum modo que pudesse ser considerado impróprio.

— Pelos padrões de quem? — perguntou Eve.

— Escute uma coisa: eu não gosto de meninas. Gosto de mulheres. Gosto *muito* de mulheres.

Eve estava disposta a aceitar essa afirmação como verdadeira. Mas insistiu:

— Gosta o bastante a ponto de trepar com elas no ambiente de uma escola?

— Não sou obrigado a responder a perguntas desse nível. Não sem a presença de um advogado.

— Ótimo, você poderá convocar um deles quando chegarmos à Central.

O choque substituiu a raiva.

— A senhora está me *prendendo*?

— *Você quer que eu faça isso*?

— Escute, escute. Por Deus. — Passou os dedos pelo cabelo. — Tudo bem, eu me encontrei com algumas mulheres. Isso não é crime, mas reconheço que é um comportamento questionável, devido ao meu trabalho. Mas esses encontros ocorreram entre adultos e foram consensuais.

— Nomes.

Ele tentou um pouco de charme e exibiu o sorriso de quem implorava por compreensão.

— Tenente, isso certamente não tem nada a ver com o motivo de a senhora estar aqui. Algumas dessas mulheres são casadas.

— Algumas?

— Eu gosto de mulheres. — O sorriso se ampliou. — Gosto de sexo. Isso não machuca ninguém.

— Alguma vez Craig notou que você gostava de sexo no vestiário?

— Não.

A resposta foi rápida demais e Eve percebeu a mentira.

— Ele era um cara muito certinho, não era? — insistiu Eve. — Se desse de cara com você durante um encontro desses, iria ficar chocado. Talvez revoltado. Ele ameaçou contar tudo à diretora?

— Eu não tinha problemas com Craig. Nem ele comigo. Pode perguntar a qualquer um.

— Farei isso. Voltaremos a conversar.

— Um tipo escorregadio — comentou Peabody, depois que ele saiu.

— Pode ter um motivo. Mentiu ao afirmar que Craig não sabia de seus jogos de vestiário.

Eve deixou a mente vagar enquanto falava e recriou a planta dos vestiários na cabeça. Ali havia muitos lugares para uma sacanagem básica, decidiu, se alguém decidisse usar o espaço para isso.

— Pode ser que ele não tenha conseguido convencer Craig a não entregá-lo, ou receou que ele pudesse fazer isso em algum momento. Precisou proteger a si mesmo, seu emprego e seu estilo de vida. Estava fora de sala enquanto Craig dava uma aula prática. Oportunidade. Isso o coloca no topo da minha lista, no momento. Vamos falar com Hallywell.

— Você quer que eu a traga aqui?

— Não, vamos tentar abordá-la em seu próprio ambiente.

O sinal que anunciava o fim das aulas tocou exatamente no instante em que elas saíam da sala do professores. Na mesma hora as crianças começaram a sair pelos corredores formando enxames, e o nível de decibéis subiu às alturas. Os alunos pareciam e soavam, na cabeça de Eve, como uma nuvem de gafanhotos, ou pelo menos essa era a imagem que a tenente tinha de um evento desse tipo.

Ou como formigas, pensou Eve, quando saíam dos formigueiros e desciam da colina aos milhares. Por simples questão de autopreservação, Eve deveria ter se refugiado na própria sala até a inundação passar, mas uma das crianças vinha direto na direção dela.

— Tenente Dallas. Com licença, por favor.

Uma menina lourinha, viu Eve, de olhos aguçados.

— Rayleen!

— Isso mesmo, senhora. O sr. Foster foi assassinado?

— Por que pergunta isso?

— Porque fui pesquisar no computador e descobri que esse é o seu trabalho. A senhora investiga assassinatos. Já resolveu um monte deles. Meu pai comentou que o fato de a senhora estar aqui significa que essa foi uma morte suspeita. Mas isso também pode significar acidente, causas naturais ou suicídio. Estou certa?

— Sim, certíssima.

— Só que a senhora voltou hoje, está fazendo mais perguntas e todos estão lhe contando o que pode ter acontecido.

Rayleen ajeitou os cachos longos, presos atrás da cabeça por dois prendedores de cabelo com formato de unicórnios.

— Muitas pessoas estão me fazendo perguntas por eu ter sido a aluna que o viu primeiro, e não quero relatar coisas que não sejam verdadeiras. E então? O sr. Foster foi assassinado?

— Estamos investigando.

— Não sei como isso poderia ser possível, porque ele era muito bom e gentil, e também porque esta é uma escola muito segura. A senhora sabia que nossa escola é considerada uma das melhores não só da cidade, mas também de todo o estado de Nova York?

— Puxa, é mesmo?

— Sou a melhor aluna da minha turma. — Com mais um dos sorrisos presunçosos que provocavam em Eve o estranho desejo de torcer aquele narizinho arrebitado, Rayleen apontou com o dedo para a estrela dourada que trazia na lapela.

— Que legal! — Eve tentou desviar de Rayleen, mas a menina recuou dançando e lhe barrou a passagem.

— No caso de o sr. Foster *ter sido* assassinado, minha mãe vai ficar ainda mais preocupada. Sou filha única, entende? Ela morre de preocupação comigo. Nem queria que eu viesse para a escola hoje.

— Mesmo assim você veio.

— Tivemos uma briga, meus pais e eu. Sou muito assídua, nunca faltei à escola, e isso foi um fator importante nas minhas notas de aplicação. Eu não queria faltar às aulas. Melodie não veio. Nossas mães conversaram e eu soube que Melodie teve pesadelos ontem à noite. Eu não tive, pelo menos não me lembro. Eu gostava muito do sr. Foster e já escrevi no meu diário o quanto vou sentir sua falta. Gostaria que ele não tivesse morrido.

— Sim, é duro.

Rayleen assentiu com a cabeça com ar sábio e comovido.

— Talvez eu possa ajudar. Talvez me lembre de algo que possa ser útil. Pode ser que eu ouça ou veja algo. Sou muito inteligente e muito observadora.

— Aposto que é, mas deixe isso por nossa conta.

— Não sei o que vai acontecer agora. — Seus olhos violeta brilharam com lágrimas. — Ninguém nos diz nada. Eu trabalhei muito no projeto do sr. Foster e agora nem sei se vai ser preciso ou não terminá-lo. Tenho de ir para a próxima aula, agora.

— É duro ser criança — observou Peabody, quando Rayleen se afastou delas com a cabeça baixa. — É muito duro quando acontece alguma coisa que estraga a inocência que a pessoa só consegue manter por poucos anos. Ela nunca mais vai se esquecer do instante em que entrou naquela sala e o encontrou.

— Um assassinato tira a inocência de qualquer um. Isso não deveria acontecer. Vamos caçar Hallywell. E conversar com Dawson também.

Elas foram informadas de que a srta. Hallywell ainda não tinha chegado à escola, mas encontraram Dawson no laboratório de química dando instruções a alguns alunos durante uma aula. Ao avistar Eve parada na porta, orientou os alunos a começarem a experiência sozinhos e saiu da sala.

— A senhora precisa falar comigo? Só posso ficar aqui por alguns minutos. — Virou a cabeça meio de lado para poder ver pela porta entreaberta o que seus alunos estavam aprontando. — Eles estão realizando um teste simples para identificar uma substância desconhecida, mas é preciso ficar de olho.

— Uma substância desconhecida de que tipo?

— Ahn... Açúcar, sal, amido de milho, farinha de trigo.

— Não basta provar?

— Bem, talvez... — deu uma risada curta. — Mas isso seria roubar no teste. — Ele ficou sério e fechou um pouco mais a porta. — É verdade o que estão dizendo sobre Craig? Ele foi envenenado?

— As notícias voam.

— À velocidade da luz. A assistente de Arnette a ouviu conversando pelo *tele-link* com o conselheiro legal da escola. Depois viu Dave e contou para ele, que se encontrou comigo e assim por diante. Não consigo acreditar.

— Você sabe o que é ricina?

— Ricina? — Seus olhos se arregalaram. — Sim, claro que sei. Mas... Mas Craig... De que modo ele poderia ter sido envenenado por ricina?

— É isso que nós vamos descobrir. Você sabe como preparar? Ricina?

— Eu... Não exatamente — confessou, depois de um momento. — Mas posso pesquisar se a senhora quiser que eu faça isso. Vou levar só um minuto.

— Não precisa. — Ela olhou para o ambiente e analisou o equipamento. — Você conseguiria preparar ricina aqui?

— Ahn... — Ele apertou os lábios. — Provavelmente conseguiria, sim, usando o equipamento da escola, requisitando alguns componentes e improvisando um pouco. A senhora quer que eu produza ricina aqui, tenente? Eu teria de pedir permissão superior para fazer isso — explicou, com um jeito de quem se desculpa. — Nenhuma substância tóxica é permitida nos laboratórios ou em qualquer lugar da escola, na verdade. Mas, se isso puder ajudá-la, creio que...

— Não, obrigada. Mais uma coisa... Com que frequência os alunos entram aqui sem ser vistos e conseguem fabricar uma bomba dessas que fedem ou explodem?

Ele riu e fez Eve pensar na imagem de um monge divertido.

— Hum... Pelo menos uma vez por semestre. Eu ficaria um pouco desapontado, caso isso nunca acontecesse. Se as crianças não tentassem, de vez em quando, expandir os limites que lhes são impostos, que graça haveria em ser criança?

Pelo menos por enquanto, Eve cortou Dawson da lista e foi de carro até o apartamento de Mirri Hallywell. Ela morava a alguns quarteirões do casal Foster, mas ninguém atendeu a campainha.

— Vamos tentar achá-la pelo *tele-link* — decidiu Eve enquanto desciam a escada de volta para a rua. — Acho melhor trabalharmos um pouco fora da escola, pelo menos por enquanto. As próximas entrevistas acontecerão na residência das pessoas. Vamos levar as perguntas até elas. Precisamos pesquisar os perfis das funcionárias e escolher as mais atraentes. Há boas chances de encontrarmos uma ou mais delas que vão admitir ter feito a dança da academia com Williams.

Quando chegaram ao portão da rua, esse portão se abriu e deixou que entrasse uma rajada de vento frio acompanhada por Mirri Hallywell e por um sujeito magro como um caniço.

— Desculpe. Oh... Oh... Tenente Dallas? A senhora veio aqui à minha procura?

— Exato.

— Eu estava... Nós estávamos... Fomos ver Lissy. Este é Ben. Ben Vinnemere. Fomos ver Lissy e ela nos contou que a senhora lhe disse que Craig foi assassinado.

— Mirri, que tal subirmos? — propôs Ben. — Poderemos conversar melhor lá em cima. Você precisa se sentar um pouco. — Lançou os olhos castanhos sobre Eve. — Estamos todos um pouco abalados. Tudo bem se formos conversar lá em cima?

— Será ótimo.

— Não pudemos ficar lá. — Encostando-se em Ben, Mirri começou a subir o primeiro lance de escadas. — Pareceria uma invasão. A mãe de Lissy estava lá, e é melhor que seja assim.

Não sei o que eu poderia fazer por ela. Você acha que deveríamos voltar lá?

— Hoje não — replicou Ben. — Faremos tudo o que tivermos chance, mas amanhã. Ela precisa de paz por hoje. Você também.

Ao chegar à porta do apartamento ele pegou a chave de Mirri e abriu a porta.

— Vou preparar um pouco de chá. Sente-se que eu vou fazer chá — anunciou para Mirri. — Aceita um pouco, tenente?

— Não, obrigada.

Ele lançou um olhar de pergunta para Peabody e ela fez que sim com a cabeça.

— Chá seria ótimo. Meu nome é Peabody. Detetive Peabody.

— Eu me sinto anestesiada — declarou Mirri. — Aqui no peito e na parte de trás da cabeça. Ela me contou que ele foi envenenado. Ricina. Ben conhecia essa substância.

— Sou revisor do *Times* — explicou, enquanto pegava xícaras no armário da pequena cozinha. — Conheço todo tipo de coisas.

— Ele explicou o que era, mas eu não consigo ver como... Não consigo entender o porquê.

— Onde você estava ontem entre as dez e as onze da manhã?

— Eu? — Ainda de casaco, Mirri se largou sobre uma poltrona. — Às dez da manhã? Em uma reunião do Clube de Teatro. Estamos trabalhando na peça que será apresentada na primavera.

— Ficou lá das dez às onze?

— Sim. Bem, também dei uma saidinha para descer e confirmar alguns detalhes na turma de Ciências do Lar. Eles estão fazendo algumas das roupas da peça, como parte da nota final desse semestre. Eu tinha esquecido o disco com os desenhos e cenários da peça quando estive lá, na última reunião.

— Você chegou à escola pouco depois das oito da manhã, ontem. Sua primeira aula não era às nove?

— Eu trabalho como monitora de alguns alunos às segundas e quintas-feiras de oito às oito e quarenta e cinco. Na verdade, eu até me atrasei um pouco. Não estou entendendo o porquê de a senhora... — A súbita percepção do que acontecia lhe provocou um choque que refletiu na expressão do rosto. — Ah, sim, entendi. Ben!

— Elas precisam perguntar, Mirri. — Sua voz estava calma quando ele voltou com o chá e colocou a xícara nas mãos dela. — Precisam fazer perguntas para recolher informações. Você quer ajudar, não quer?

— Sim, claro! Quero, sim. É que eu nunca fui interrogada pela polícia antes, muito menos duas vezes em dois dias, e sabendo agora o que aconteceu com Craig...

— Você viu alguém fora das salas durante esse período?

— Deixe-me pensar um instante, porque o dia inteiro se tornou uma confusão enevoada na minha cabeça. — Fechou os olhos e tomou um gole de chá lentamente. — Sim. Eu me lembro de ter visto dois alunos indo para a biblioteca. Preston Jupe e T. J. Horn. Eles usam o golpe da "pesquisa" toda semana, sempre que têm chance.

Abriu os olhos novamente e completou:

— Se havia mais alguém, eu simplesmente não reparei. Estava pensando na peça e me sentia irritada comigo mesmo por ter esquecido o disco.

Depois de entregar o chá a Peabody, Ben se sentou no braço da poltrona de Mirri e colocou a mão no ombro dela de forma carinhosa.

— Você tinha informação sobre algum conflito entre Craig e algum dos funcionários?

— Não, não tinha. Para ser honesta, acho que não havia conflito de nenhum tipo.

— Alguma vez você teve relações sexuais com Reed Williams?

— Não! Por Deus, absolutamente não — Ficou vermelha como um tomate, até a raiz dos cabelos. — Ben, eu nunca...

— Está tudo bem. Esse é o sujeito que Craig chamava de Casanova?

Mirri franziu a testa e recuou.

— Sim. Ele me convidou para sair algumas vezes, mas eu não estava interessada. Ele é muito ardiloso e calculista. Além do mais, é complicado quando você trabalha ao lado de alguém com quem já se envolveu, e eu não queria entrar nessa.

— Você malha? Usa o equipamento de ginástica da escola?

— Não tanto quanto deveria. — Corou novamente, um pouco menos dessa vez. — Quase nunca, para ser franca.

— Alguma vez Craig conversou com você sobre as atividades sexuais de Reed Williams?

— Essa situação é muito desconfortável. Acho que eu mencionei o fato a Lissy faz alguns meses. Disse que andava pensando em sair com Reed. Eu estava sem namorado fazia muito tempo, entende? Ela comentou isso com Craig, porque ele me procurou para contar que Reed estava envolvido com uma pessoa que não era apropriada, e disse que achava que eu devia me manter longe dele. Foi o que eu fiz.

— Você sempre seguia os conselhos de Craig?

— Não era assim que as coisas aconteciam. Eu confiava nos instintos dele e, nesse caso em particular, eles combinavam com os meus. Para ser embaraçosamente honesta, eu estava apenas me sentindo solitária. Não sou o tipo de mulher que os homens procuram.

— Como assim? — protestou Ben, e ela conseguiu exibir um sorriso.

— Você não precisou correr muito para me conquistar.

— Com quem Williams estava envolvido? — quis saber Eve.

— Não sei. Não consegui extrair essa informação de Craig, e bem que eu tentei. Quem não curte uma boa fofoca? Mas ele manteve a boca trancada a chave com relação a esse assunto. Creio que não contou nem mesmo a Lissy, porque eu perguntei. Se ele contou, pediu segredo dela. Reed tem uma péssima fama. Acho que ele curte isso, a fama de mulherengo. Não era de um homem que gosta de mulheres que eu estava a fim.

— Como assim? — Perguntou Ben mais uma vez, e dessa vez conseguiu arrancar uma risada dela.

— Ah, Ben... — Ela suspirou e encostou a cabeça na dele. — Reed é um bom professor e tem uma intuição muito boa para lidar com os alunos. Mas não é o tipo do homem a quem eu confiaria meu coração.

Eve queria algum tempo para pensar e se trancou em sua sala quando voltou para a Central. Montou um diagrama da escola com os movimentos de todos os membros do corpo docente na manhã do crime.

Passou-lhe pela cabeça a ideia de que talvez Williams não tivesse limitado seus jogos de sedução às colegas. Apesar de acreditar que ele se mantinha longe das crianças, talvez gostasse de molhar o biscoito entre as mães dos alunos.

Verificando os registros da segurança, notou que vários pais e mães tinham estado na escola na manhã do crime. Começou a pesquisar cada um deles e tentou não pensar no que Roarke estava fazendo naquele momento, enquanto ela trabalhava.

Tentou com muita força não pensar nele, sentado num restaurante, à espera para almoçar com uma ex-amante.

Capítulo Seis

Ela gostava de se atrasar. Nos encontros de negócios, lembrou Roarke, Maggie costumava ser tão pontual quanto um trem alemão. Porém, quando se tratava de assuntos pessoais, lazer ou prazer, adorava deixar um homem esperando.

Aquela era uma característica que no passado ele considerava charmosa, até mesmo divertida e tola. Ela sempre surgia com um visual de arrasar em um restaurante, um clube, uma festa, pelo menos meia hora depois da hora marcada, com o rosto iluminado com risos e desculpas. Mas seus olhos mostravam o que ambos sabiam: tudo era calculado.

Foi por isso que Roarke marcou meio-dia, mas fez a reserva para meio-dia e meia.

Chegou poucos minutos antes das doze e se acomodou na cabine de canto reservada por ele. Pediu água mineral e dispensou a carta de vinhos. Não tinha a intenção de propor brinde algum pelos tempos passados.

Observou o restaurante, pensando que aquele era o tipo de lugar que Magdelana adorava e Eve apenas tolerava. Luxuoso, sofisticado, cheio de pessoas dispostas a pagar caro só para verem e serem vistas mordiscando saladas absurdamente caras.

Seu humor ainda estava prejudicado pela briga com Eve de manhã — se é que aquilo tinha sido uma briga. E também pelo frio ar de desaprovação de Summerset. Roarke confessadamente não gostava de ser questionado e colocado em dúvida, especialmente pelas duas pessoas que acreditava que o conheciam melhor.

De onde surgiu aquela falta de confiança nele? O ataque de ciúmes tão pouco característico de Eve? "É melhor tomar cuidado", ela avisara, lembrou Roarke naquele instante — e se sentiu insultado mais uma vez.

Quer dizer que ele não merecia confiança deles por compartilhar uma refeição num lugar público com uma mulher que não via há muitos *anos*? Aquilo *era* um insulto, e a insinuação, intolerável.

Roarke teria de resolver esse problema com eles muito em breve.

Era melhor jogar aquilo para longe da mente, disse a si mesmo. Ele simplesmente almoçaria com uma mulher que, ele acreditava, tivera alguma influência numa época de sua vida. Mais tarde, iria lidar com a mulher que *mudara* sua vida.

Magdelana entrou do jeito como ele lembrava — quase correndo, com os cabelos, os quadris e as pernas ondulando de forma sensual. Com uma risada, deixou-se escorregar sobre o banco do recesso onde ficava a mesa e deu um beijo curto na bochecha de Roarke.

— Estou criminosamente atrasada.

— E eu acabei de chegar.

— Oh. — Ela fez um biquinho quase imperceptível e tornou a rir. — Você me conhece bem demais. — Jogou os cabelos para trás por sobre os ombros e lançou mais um de seus sorrisos curtos e maldosos. — Lembra-se de mim o bastante para se lembrar do que eu gosto de beber?

— Stoli Martini puro — pediu ao garçom. — Seco, com uma rodela de limão.

— Estou lisonjeada.

— Tenho boa memória.

— E para o senhor? — quis saber o garçom.

— Estou bem, obrigado.

— Volto já com o seu drinque, senhora.

Quando ele saiu, Magdelana pegou o copo de Roarke e tomou um gole discreto.

— Água?

— Tenho reuniões marcadas para hoje à tarde.

Depois de colocar o copo dele novamente sobre a mesa, ela acariciou a parte de trás da mão dele.

— Você sempre levou assuntos de trabalho tão a sério! Por outro lado, isso combina com seu jeito. Na verdade, fica um charme. É claro que você já estava subindo na vida muito depressa naquela época, mas agora...? — Ela se recostou e os olhos brilharam. — Como você se sente, amado amante, sendo Roarke, um homem de riqueza incomensurável, poder total e posição inigualável?

— Tenho tudo que quero, e isso sempre é satisfatório. E você?

— Mais ou menos. Sinto-me um pouco agitada e insegura. Acabo de sair do segundo casamento, o que é humilhante, pois eu tentei muito que a coisa desse certo. — Lançou-lhe um olhar significativo por trás dos cílios compridos. — Eu me divorciei de Andre, ou ele se divorciou de mim, há alguns anos. No fim, acho que nos divorciamos um do outro. Tudo correu de forma revoltante, de tão civilizada.

Com um jeito casual, Roarke tomou um pouco de água.

— Ele já era um homem civilizado, pelo que me recordo, quando nós o escolhemos como alvo.

— Você continua zangado comigo? Até hoje?

— Por que continuaria?

— Oh, bem... Eu tinha planejado ingerir um pouco de álcool antes de fazer isso, mas vamos encarar tudo a seco.

Ela se virou um pouco para ficar de frente para ele. Seus olhos de esmeralda eram diretos e firmes.

— Sinto muitíssimo pela forma como terminei tudo e pelo jeito como simplesmente abandonei você sem uma explicação.

— E fugiu com o alvo.

— Sim, com o alvo — concordou ela, com um longo suspiro. — É que me pareceu mais interessante e proveitoso, na ocasião, me casar com o alvo do que roubar dinheiro dele.

Sem tirar o olho dela, Roarke inclinou a cabeça.

— Aplicou um golpe em mim em vez de nele.

— Não queria que as coisas corressem desse modo, mas... Sim, no fundo foi isso mesmo. Sinto muito.

— Já passou muito tempo.

— Mesmo assim. — Mais uma vez, colocou a mão sobre a dele. — Eu poderia usar minha juventude e insensatez como desculpas, mas não farei isso. Foi terrível o que eu fiz. Fui egoísta e teimosa. — Parou de falar quando o garçom lhe trouxe o drinque, que foi servido de uma coqueteleira de prata com muita cerimônia.

— Os senhores gostariam de saber qual é o prato especial do dia? — quis saber o garçom.

A pergunta do garçom era parte da cerimônia, pensou Roarke. Uma espécie de teatro onde os diálogos eram preparados junto com os molhos, cortes e aromas.

Ela usava o mesmo perfume que costumava usar muitos anos antes. Uma assinatura pessoal, talvez, ou uma escolha deliberada para evocar lembranças nele.

Magdelana era muito jovem na época, pensou Roarke; tinha menos de vinte anos. Quantos atos de egoísmo e teimosia ele próprio cometera antes dos vinte anos? Tais atos eram numerosos demais para contar, admitiu.

Eles tinham apreciado muito a companhia um do outro numa determinada época e ele se ligara a nela. Em nome do passado iria aceitar seu pedido de desculpas e esquecer o resto.

Depois de pedirem o prato, Magdelana provou o martini e seus olhos sorriram para Roarke por sobre a borda do cálice.

— Serei perdoada?

— São águas passadas, Maggie. Já colocamos muito tempo e distância entre aquela época e o agora.

— Quase doze anos — concordou ela. — Agora, aqui estamos sentados juntos mais uma vez, só que desta vez é você que está casado.

— Sim, estou.

— E com uma tira! — Sua risada pareceu borbulhar — Você sempre foi um homem cheio de surpresas. Ela sabe a respeito dos seus... *hobbies*?

— Sabe o que eu era e o que eu fazia. — Lembrando-se disso, sentiu uma nova onda de irritação com a tolice de Eve. — Eu não me entrego mais aos velhos hábitos, já faz algum tempo.

— Sério? — Ela tornou a rir e piscou depressa. — Você não está de brincadeira? Saiu do jogo? De vez?

— Isso mesmo.

— Sempre achei que isso estava em seu sangue. Desisti do jogo porque era mais divertido ter o dinheiro de Andre para gastar como eu bem quisesse, sem precisar fazer nada por isso além de exibir uma boa aparência, ser charmosa e engraçada. Nunca imaginei que você fosse se aposentar por algum motivo, em qualquer tempo. Mas imagino que sua esposa tenha insistido nisso.

— Eu já tinha desistido desse caminho quase por completo quando a conheci. Foi uma evolução simples e uma escolha natural fechar a porta ao resto das minhas atividades ilícitas quando nos envolvemos. Ela nunca me pediu.

— Não? — Observando-o com atenção, Magdelana fez passar a unha pintada de escarlate pela borda do cálice. — Ela deve ser uma mulher muito especial.

— Ela é, sim. Uma mulher admirável.

— Só pode ser. Eu gostaria dela?

— Não. — Pela primeira vez foi ele que riu. — Nem um pouco.

— Que coisa para se dizer! — Ela deu um tapa no braço dele, de brincadeira. — Pois eu gostaria dela. Temos você em comum, para início de conversa.

— Não têm, não. — O olhar dele foi frio e claro. — Não sou mais quem eu era.

Bebendo novamente, ela tornou a se recostar para analisá-lo.

— Suponho que nenhum de nós seja como éramos. Eu gostava muito do que você era. Eu... Bem... — Sacudiu a cabeça e pousou a bebida. — Isso foi naquela época.

— E agora? O que você quer?

— Almoçar com um velho amigo e consertar as coisas. Esse é um bom começo, não acha? — perguntou, quando as saladas que tinham pedido foram servidas.

— Um bom começo para o quê, exatamente?

— Bem, pelo menos isso não mudou nem um pouco. — Erguendo o garfo, olhou para ele. — Sua natureza desconfiada. — Como ele permaneceu calado, ela brincou com a salada. — Senti falta de você, e confesso que isso piorou com as mudanças recentes na minha vida. Ando me sentindo um pouco nostálgica. Passei bons momentos com Georges, meu segundo marido. Gostava muito dele... Ainda gosto, na verdade. Nosso relacionamento me permitiu ter muito estilo e gozar da liberdade que eu costumava ter com Andre. Até mais, para ser franca. Pelo menos por algum tempo.

— Estilo você sempre teve.

Os lábios dela se abriram num sorriso.

— Eu sei, mas prefiro não ter de trabalhar por ele. Nunca gostei tanto dessa parte quanto você.

— O divórcio não deixou você pobre.

— Não, claro que não. O casamento sobreviveu a mais tempo que os acordos pré-nupciais nas duas vezes, e estou segura — encolheu os ombros. — E livre na vida. Tinha planejado entrar em contato com você assim que reunisse coragem. Aquele encontro casual de ontem à noite foi... Puxa, eu quase dei as costas e fui embora. Só que você já tinha me visto; então eu resolvi superar a insegurança. Como me saí?

Ele exibiu um sorriso fácil.

— Com a suavidade de sempre.

— Pretendia surpreender você, mas queria antes me preparar para isso e planejar o cenário. Diga-me uma coisa: o relacionamento com sua esposa lhe garante algum tipo de liberdade?

Roarke compreendeu a pergunta e o convite aberto que envolvia. Nem poderia compreender errado, já que a mão dela estava colocada de leve sobre a coxa dele.

— Eu não igualo casamento com prisão, mas o vejo como uma promessa. Um labirinto de promessas, na verdade. E eu levo as promessas muito a sério.

— Mesmo assim... — Ela colocou a ponta da língua sobre o lábio superior. — Se as promessas não tiverem um pouco de flexibilidade, tornaram-se mais fáceis de quebrar.

Havia desafio nos olhos dela e um sorriso do tipo "vamos brincar um pouco juntos". Um dia ele tinha achado irresistível essa combinação.

— Flexionar as promessas e transformá-las em algo que não eram para ser, no início? Você deve ser informada agora mesmo, Maggie, antes que diga ou faça algo que a deixará embaraçada, de que sou um homem completamente apaixonado pela minha esposa.

Ela olhou para ele por alguns instantes, com muita intensidade, como se tentasse descobrir se aquilo era sério. Lenta e deliberadamente, tirou a mão da coxa dele e a colocou novamente sobre a mesa.

— Eu achei que você tinha planejado algo diferente ao se unir a uma tira.

— Se você a conhecesse, perceberia logo que Eve não é nenhum alvo. Independentemente disso, eu não a trairia por nada. Nem por ninguém.

— Bem... — Ela encolheu mais uma vez os ombros e lançou o mesmo sorriso maldoso. — Não se perde nada por tentar.

Era melhor mudar de assunto, decidiu Roarke.

— Quanto tempo você planeja ficar aqui em Nova York?

— Depende. Você poderá me ajudar com relação a isso. — Quando ele ergueu uma sobrancelha, ela riu. — Essa não é uma proposta, amado amante. Tinha esperança de pedir um conselho seu. Um conselho relacionado com investimentos.

—- Acho que você deve ter seus próprios conselheiros financeiros.

— Sim, o pessoal que trabalha para Georges. Só que, por mais civilizado que todos nós sejamos, essa é uma situação delicada. Tenho uma bela almofada de segurança financeira, mas ela não é feita de valores declarados. Sendo assim, eu não gostaria de envolver os consultores eficientes e corretos de Georges em meus investimentos. No caso de um velho e confiável amigo que também tem habilidades fantásticas nessa área, a coisa é diferente. Foi você quem me ensinou, muito tempo atrás, a importância de termos algumas... almofadas financeiras. Pensei em investir em imóveis, mas quero proteger tudo debaixo de camadas legais para evitar alguns dos abutres de impostos.

— Você quer renda extra, aumento de lucros no que já tem ou simplesmente reforçar suas almofadas financeiras?

— Tudo isso, se eu conseguir.

— Qual o volume das almofadas?

Ela mordeu a ponta do lábio inferior, e seus olhos dançaram.

— Quinze, mais ou menos quinze, bem escondidos num lugar seguro. Eu gostava de Andre e de Georges, como já contei, e curtia muito o estilo de vida que usufruíamos. Mas nunca esperei que o sonho fosse durar para sempre, nos dois casos. Fiz uma ginástica financeira aqui e ali ao longo do tempo. E tenho muitas joias das quais não gosto. Gostaria de transformá-las em dinheiro líquido. De forma discreta.

— Quer imóveis em Nova York?

— Essa seria minha primeira escolha, a não ser que você tenha uma sugestão melhor.

— Vou pensar no assunto. Conseguirei lhe dar algumas opções, Maggie, mas você mesma terá de criar as camadas de segurança. Posso lhe apontar a direção certa e algumas pessoas competentes. Só isso.

— Já seria mais que o bastante. — A mão dela tocou o braço dele mais uma vez e o acariciou de cima a baixo. — Muito obrigada. Vou ficar hospedada no *pied-à-terre* de Franklin por enquanto. Vou lhe dar o endereço e meus números de contato.

— Está curtindo os benefícios da companhia de um homem mais rico e mais velho?

Ela pegou mais um pouco de salada e exibiu um sorriso luminoso.

— Não é a primeira vez.

Eve localizou a única fábrica em Nova Jersey que produzia óleo de rícino. Valia a pena ir até lá, decidiu, ainda mais porque se sentia confinada em sua sala.

Durante o caminho, Peabody a colocou a par de alguns dos seus resultados investigativos.

— Pesquisei os nomes dos pais, responsáveis e babás que foram à escola ontem. Coloquei no fim da lista aqueles que já tinham confirmado encontro com membros do corpo docente e também os que entraram e saíram durante os tempos de aula em que a vítima estava presente, o que nos deixou quatro nomes, apenas.

— Algum deles tem ligação com Foster?

— Dois deles têm filhos que estão nas turmas dele nesse semestre. Quis conferir e ver se algum dos alunos teve problemas acadêmicos ou disciplinares na escola. Só que a diretora Mosebly ficou revoltada por ter de me mostrar os registros.

— Ah, ficou? — A ideia colocou um brilho nos olhos de Eve. — Vai ser um prazer derrubar essa revolta dela. Vou conseguir um mandado.

— Oba, era isso que eu queria ouvir.

— Nos outros dois nomes, uma das mães tem um registro de agressão, dois anos atrás. Atacou um cara com um taco de beisebol durante o campeonato estudantil. Quebrou o ombro dele.

— Isso é que espírito esportivo.

— Escapou da cadeia porque foi condenada a prestar serviços comunitários e fez tratamento para combater excesso de agressividade com um terapeuta, além de pagar as despesas médicas do agredido. O cara a processou — acrescentou Peabody —, mas o caso não chegou ao tribunal porque houve um acordo entre as partes, de valor não divulgado. Quer que eu cave mais detalhes sobre isso?

— Vamos arrancar tudo dela pessoalmente.

— Hallie Wentz, solteira, uma filha de oito anos, Emily. Hallie é uma organizadora de festas.

— As pessoas contratam profissionais para organizar uma festa? Não entendo essas coisas. Se você resolveu oferecer uma festa, quanto trabalho pode dar fazer isso?

— Minha resposta para isso é: chá de bebê de Mavis.

Eve tentou não fazer uma careta ao se lembrar disso.

— Correu tudo bem, não correu?

— Sim, foi um sucesso completo porque você teve alguém, que no caso fui euzinha, que lidou com todos os detalhes.

— E eu paguei alguma coisa para você fazer isso?

Peabody franziu o cenho e coçou o queixo e confessou:

— Sou obrigada a dizer: *Touché*.

— Ninguém deveria ser obrigada a dizer *touché*.

— Está se sentindo melhor?

— Melhor do que quem? — rebateu Eve, ao sair da autoestrada.

— Do que você mesma, hoje de manhã.

— Era uma coisa que estava me encucando, mas aconteceu só na minha cabeça. — Era isso que Eve tinha decidido. — Já resolvi o problema.

Tinha sido burrice e uma atitude embaraçosamente *feminina* ficar bolada por causa de uma louraça de vestido vermelho. Os dois já deviam ter terminado o almoço a essa hora, calculou, e Roarke já estava de volta ao seu escritório esperando a próxima reunião, onde planejaria mais um passo para a dominação financeira global.

De volta ao normal. Isso era tudo.

Eve mal precisou se esforçar para tirar o problema da cabeça novamente; logo elas apresentavam os distintivos na segurança da fábrica e esperavam a liberação. E a gerente.

Ela era uma mulher pequena e animada com pouco menos de um metro e meio de altura, mesmo usando botas. Exibia um sorriso amplo e olhos tão brilhantes que fizeram Eve perguntar a si mesma o que teria ingerido no último intervalo de turno.

— Meu nome é Stella Burgess. Prazer em conhecê-la, tenente. Há algo que eu posso fazer para ajudá-la?

O sotaque de Nova Jersey em sua voz era tão profundo quanto o rio Hudson, mas transmitia boas-vindas e uma bela disposição para cooperar.

— Vocês fabricam óleo de rícino nesta fábrica, certo?

— Exato. Fabricamos uma grande variedade de produtos para área agrícola, nada para consumo humano. O óleo de rícino é usado em algumas indústrias como lubrificante. Não tanto nos Estados Unidos, mas exportamos grande quantidade. Ele também é usado na preparação de artigos de couro. Exportamos esse tipo também, mas fornecemos o produto aqui no país somente para clientes cadastrados. A senhora vai precisar acompanhar o processo de fabricação?

— Provavelmente não. Vocês têm algum cliente desse óleo aqui em Nova York?

— Posso verificar isso para a senhora, tenente. Temos provavelmente artesãos e artífices que o usam; eles preferem utilizar apenas produtos naturais. Se quiser, eu posso lhe fornecer a lista com os nomes.

— Sim, eu gostaria muito. Assim que você me explicar por que está cooperando comigo e se mostra disposta a entregar sua lista de clientes com tamanha generosidade e um sorriso.

— *'Scusi*? — disse ela, em italiano.

— Você não faz perguntas, Stella. Não criou obstáculos nem executou a velha dança sobre a privacidade dos clientes. É simplesmente "claro, vou buscar a lista".

Stella exibiu os dentes mais uma vez.

— Sim — explicou ela. — É que eu recebi o memorando.

— Que memorando?

— Do chefão. Ele nos enviou o primeiro memorando do ano. Determinou que todos os gerentes, chefes de departamento, supervisores, todo mundo enfim, devem oferecer cooperação completa e irrestrita à tenente Eve Dallas, *se* e *quando* ela aparecer solicitando informações relacionadas com nossos serviços e produtos. Certo?

— Certo. Também preciso da lista de horários de cada empregado da fábrica. Atual e retroativa aos últimos seis meses.

— Será providenciada — garantiu Stella, erguendo o polegar. — Peço só cinco minutos, ok?

— Claro.

Enquanto esperavam, Peabody olhou para o teto e assobiou uma canção qualquer.

— Pare de assobiar, Peabody.

— Estou só imaginando como é ser casada com um homem que é dono de tantos negócios e fábricas que sua mulher não conhece nem metade. — Deu uma cotovelada de camaradagem em Eve e completou: — Viu só? Ele emitiu um memorando.

— Isso tira a graça da coisa. Meu jeito intimidador ficou prejudicado.

— Pelo menos isso nos economiza tempo. Além de demonstrar consideração. Ele está sempre pensando em você.

— Esquisito.

Mas era bom ouvir isso, apesar de só servir para ela se sentir ainda mais idiota pela forma como se comportara de manhã.

Eve buscaria referências cruzadas e faria pesquisas paralelas nas listas que conseguira. Mas isso poderia ser feito na Central ou em casa. No momento, elas bateriam em algumas portas. A começar pela de Hallie Wentz.

Hallie morava numa casa geminada de dois andares e gerenciava seu negócio do andar de baixo. Eve a considerou o extremo oposto de Stella Burgess. Hallie era alta, magra, usava sapatos da moda com saltos altíssimos. Seus olhos eram frios e desconfiados quando analisou o distintivo de Eve.

Obviamente não recebera nenhum memorando.

— Do que se trata isso? Tenho uma cliente marcada para daqui a dez minutos. Tiras não são bons para os negócios.

— Craig Foster.

— Oh. — Hallie bufou com força e olhou para uma porta. — Escute, minha filha está na sala ao lado. Está muito abalada com o que aconteceu. Não quero que ela seja obrigada a falar com a polícia a respeito disso. Pelo menos até que se sinta melhor.

— Na verdade, viemos aqui falar com você.

— Comigo? Sobre o sr. Foster? Por quê?

— Estamos conversando com todo mundo que esteve na escola ontem.

— Certo. Certo. Esperem um minuto. — Foi até a sala, olhou lá para dentro e puxou a porta, deixando-a encostada. — Ela está estudando — disse a Eve e Peabody. — Minha filha é uma joia. O que vocês precisam saber?

— Vamos começar pelo princípio: por que você esteve na escola ontem?

— Foi o Dia de Mostrar e Compartilhar. Minha filha, Em, queria levar Butch para mostrá-lo aos coleguinhas. É o nosso papagaio cinzento — explicou. — É uma mascote muito grande e ela não conseguiria carregar a gaiola sozinha; então eu o levei até a sala de aula.

— Você entrou às oito e vinte, mas só saiu às dez e quarenta e dois. Quanto tempo teve de caminhar para levar Butch até a sala?

— É uma escola grande — disse Hallie, retomando o tom frio. — Vocês estão interrogando todos os pais?

— O lugar não é tão grande a ponto de você levar duas horas para entregar um papagaio. Você viu ou falou com o sr. Foster ontem?

— Não, não vi nem falei.

— Mas teve chance de vê-lo e conversar com ele no passado.

— Claro. Em foi aluna dele no semestre passado. Ele me pareceu um bom professor. Ela foi muito bem na matéria dele, e ele demonstrou muito interesse nela.

— E você demonstrou algum interesse nele?

Hallie respirou fundo.

— Não dou em cima dos professores de Em, mas, se fosse uma pessoa assim, certamente iria preferir a lourinha que dá aulas de teatro. Sou homossexual, pelo amor de Deus!

— Mas tem um registro de agressão, sra. Wentz.

— Ah, foda-se isso! — A raiva dela explodiu como brasas voadoras. — Aquele idiota, filho da mãe, bem que mereceu ter o ombro quebrado, e merecia muito mais. Vocês sabem do que foi que ele chamou minha Em? Filhote de lésbica.

Ela sugou o ar mais uma vez com força e ergueu a mão até conseguir retomar o controle.

— Ele já tinha me chamado de lésbica e eu o alertei para que não repetisse isso. Só que ele continuou me atiçando e começou a falar coisas desse tipo em voz alta durante os jogos. Ele a chamou de sapatona, disse algo na linha de "você não pode lançar dali, sua pequena sapata". Não foi a primeira vez que fez seus comentários homofóbicos durante um jogo, mas geralmente eram dirigidos a mim e não gritados a plenos pulmões para que ela pudesse ouvir. Não aceito que ninguém fale com minha filha desse jeito e não aturei mais.

Se aquele resumo era verdadeiro, Eve ficou surpresa pelo fato de a mulher não ter batido com o taco no crânio dele em vez de acertar só o ombro.

— O sr. Foster disse algo impróprio para sua filha alguma vez?

— Por Deus, nunca! Era um sujeito decente até onde eu sei. Um bom professor, que tornava suas aulas divertidas para os alunos. Emily gostava muito dele. Está chateada e confusa com o que aconteceu. Não quero que ela fique ainda mais confusa e preocupada do que já está.

— Então, conte-nos por que você ficou nas dependências da escola por duas horas e vinte e dois minutos.

— Santo Cristo! Fiquei dentro da sala de aula durante algum tempo conversando com as crianças e com Janine, isto é, a sra. Linkletter sobre Butch. Ajudei a estimulá-lo a falar para as crianças verem. Depois eu... Escute, isso terá de ficar registrado?

— Depende do eu seja "isso" — explicou Eve.

— Não tem nada a ver com o que aconteceu; então eu queria lhe pedir que o que eu vou contar não se espalhe, caso a senhora não considere relevante.

— Tudo bem.

— Fui até a cozinha da escola. Laina Sanchez é a nutricionista chefe de lá, mas faz uns serviços por fora para mim. Ela não deveria aceitar trabalho externo e não quero criar problemas para ela.

— Ela não os terá, pelo menos por causa disso.

— Ficamos conversando sobre um evento que estamos organizando na semana que vem. A cliente solicitou uma mudança no menu. Tomei uma caneca de café enquanto estava lá. Não tinha nenhum cliente marcado antes das onze e moro a dois quarteirões da escola. Então fiquei fazendo hora por lá. Só isso.

— Certo. Ela confirmará sua história?

— Creio que sim, mas escutem... Não perguntem a ela nada sobre isso dentro da escola, pode ser? Se Mosebly ouvir algum boato desse tipo, virá com tudo em cima de Laina.

— Você e Laina têm algum envolvimento?

Hallie relaxou o suficiente para sorrir.

— Não desse tipo. Eu costumava sair com a irmã dela, meio milhão de anos atrás. Depois, eu a ajudei a conseguir o emprego na Sarah Child quando eles precisaram de uma nova nutricionista. Ela tem um menino de dois anos para alimentar e outro a caminho. Laina e o marido precisam muito da grana que eu consigo para eles com esse trabalho extra.

— Não queremos prejudicá-la. — Há mais alguma coisa aqui, algo mais, pensou Eve. — Você viu ou ouviu algo diferente quando estava lá?

— Não. As aulas estavam apenas começando quando eu desci para ir até a cozinha. E o segundo período de aulas estava no início quando eu saí, depois do recreio. Eu ajudaria vocês se pudesse. Quando algo ruim assim acontece perto da minha filha, quero saber quem, o que e por que motivo. Não poderei protegê-la se não for assim.

Talvez proteção fosse um ângulo a ser analisado, refletiu Eve enquanto elas caminhavam mais um quarteirão e meio para o próximo nome da lista.

— Ela agrediu um sujeito com um taco de beisebol só porque ele xingou a filha...

— Você teria feito a mesma coisa — argumentou Peabody.

— Difícil dizer, já que eu não sou lésbica e não tenho uma filha. Mas acho que você tem razão, e me parece que o cara mereceu a porrada. O que um pai ou uma mãe seriam capazes de fazer para proteger um filho? Talvez não fosse com um pai ou um professor que Foster tinha problemas, se é que tinha problemas com alguém. Pode ter sido um aluno.

— Que problema alguém pode ter com uma criança que tem entre seis e doze anos?

— Você é uma ingênua partidária da Família Livre, mesmo. Crianças aprontam todo tipo de coisas desagradáveis. Talvez ele tenha apanhado algum dos alunos ou das alunas roubando, colando numa prova, fazendo um boquete no banheiro, usando drogas.

— Caraca, Dallas!

Eve foi em frente.

— Ele chamou os pais para uma pequena conversa e avisou que a transgressão iria ser comunicada à diretoria. O aluno ou aluna teria de receber uma ação disciplinar, fazer terapia, receber uma suspensão ou talvez expulsão. Essa é uma das escolas mais importantes do estado, segundo nos informou a pentelhinha da filha de Straffo. Ninguém quer o filho ou filha expulso de um lugar tão importante, nem manchas em seu histórico. O que aconteceu não poderá ser denunciado se Foster estiver morto.

— Envolvimento dos pais na escola dos filhos, só que levado ao extremo. Estive pesquisando encontros da vítima com os pais na semana que antecedeu o crime.

— Vamos procurar encontros que tenham se repetido. E quando conseguirmos o mandado vamos conferir se algum aluno teve problemas com outros professores.

Nenhum dos outros nomes da lista estava em casa. Elas encontraram uma adolescente mal-humorada em um dos endereços. Ela contou que seus pais e o monstrinho — Eve imaginou que seria o irmão menor — tinham ido a um jogo de basquete. Em outra residência, a empregada androide informou que a mãe tinha levado a *jovem senhorita* para a aula de caratê e seu pai estava preso numa reunião que demorara mais do que o esperado.

De volta à Central, Eve resolveu forçar a barra para conseguir o mandado mais depressa, e fez uma pequena dança da vitória quando conseguiu o que queria sem suar muito. Seu único desapontamento é que já era quase fim do dia e seria difícil encontrar alguém na escola para levantar os registros que precisavam ser analisados.

Começou a fazer algumas referências cruzadas, porém parou. Já estava no fim do turno. Poderia trabalhar em casa e convencer Roarke a ajudá-la. Isso seria uma espécie de cachimbo da paz entre eles, pelo que acontecera de manhã, refletiu.

Jantariam alguma coisa e ela o colocaria a par dos novos rumos do caso. Já que os empregados de Roarke e suas listas de clientes estavam sendo investigados, nada mais justo que ele fosse informado sobre o rumo das investigações.

Além do mais, ela sentia falta dele, admitiu, ao dar o dia de trabalho por encerrado. Sentia falta *deles juntos*.

Quando se afastava da mesa para se levantar, Peabody colocou a cabeça na porta.

— Temos uma mulher chamada Magdelana Percell aqui fora, pedindo para falar com você.

O centro da barriga de Eve pareceu afundar e depois se contorceu como um punho cerrado.

— Ela falou sobre a natureza do que deseja?

— Não, disse apenas que era assunto pessoal. Não me lembro de ter visto o nome dela em nenhuma das listas que estamos investigando, mas...

— Tudo bem, ela não está nas listas, mesmo. Mande-a entrar e depois pode ir para casa.

— Para casa? Mas tem só vinte minutos que o turno acabou. O que vou fazer com esse período de tempo inesperado?

— Apresente-se no escritório de minha casa às oito da manhã, sem falta. Vamos tentar pegar algumas das pessoas listadas em casa antes de elas saírem para sei lá onde diabos precisam ir. Depois, vamos para a escola. O mandado chegou.

— Um ponto para a nossa equipe! Dallas, eu posso ficar aqui mais um pouco, se você quiser.

— Não, eu prefiro que não. Mande-a entrar.

Aquilo não era nada e não tinha importância, lembrou Eve a si mesma. Ela simplesmente veria o que Magdelana Percell queria. Depois iria para casa e a tiraria da cabeça.

Não era a primeira vez que iria bater um papo ridículo com uma das antigas namoradas de Roarke. E provavelmente não seria a última.

Ouviu o conhecido clique-clique de saltos altos femininos chegando sobre o piso vetusto da Central e se sentiu ainda mais ridícula ao fingir que analisava atentamente um relatório policial.

Ao erguer os olhos, Magdelana surgiu, cheia de sorrisos tentadores, vestindo um terninho preto com um provocante colarinho de pele.

— Obrigada por me receber — começou ela. — Não sei se você se lembra de mim, mas fomos apresentadas rapidamente ontem à noite. Eu sou...

Eve não estava a fim de corresponder ao sorriso, e certamente não queria parecer tentadora nem provocante. Seu tom foi neutro.

— Sei quem você é.

— Oh... Muito bem, então — disse Magdelana, depois de um curto intervalo. — Que labirinto, esses corredores! Este é o ponto central da força policial de Nova York, eu suponho. E esta é a sua sala? — Ela olhou em torno, observando o armário de aço com a lateral amassada, a janela minúscula, a mesa muito gasta. Suas sobrancelhas perfeitas se ergueram. — Não é exatamente o que eu esperava. Seu posto é tenente, certo?

— Isso mesmo.

— Humm... Espero não estar interrompendo algum tipo vital de trabalho policial.

— Para ser franca...

Magdelana piscou os olhos cor de esmeralda uma única vez.

— Isso é estranho. Eu esperava que não precisasse ser. Resolvi vir até aqui para vê-la e perguntar se você aceita que eu lhe pague um drinque para conversarmos um pouco depois do seu trabalho.

— Por quê?

— Quero deixar bem claro que não queria lhe causar nenhum problema.

Eve se inclinou na cadeira e a girou vagarosamente.

— Você assassinou alguém dentro da minha jurisdição?

— Não. — Ela lançou um sorriso curto e brincalhão. — Pelo menos, não recentemente.

— Nesse caso, não temos nada a falar.

— Eve. — Sua voz era suave, tanto quanto seus movimentos quando ela encostou o quadril na mesa de Eve. — Eu só queria tranquilizá-la e garantir que o que aconteceu entre mim e Roarke rolou há muitos anos. Éramos praticamente crianças quando nos envolvemos um com o outro. Você não precisa ter nada com o que se preocupar.

Eve virou a cabeça de lado.

Pareço preocupada?

— Eu não a conheço, como poderia avaliar? Roarke garantiu que eu não gostaria de você, e eu sou tão do contra que vim até aqui para provar a mim mesma que ele estava errado. É por isso que eu planejei tomarmos um drinque para dissipar qualquer problema potencial. Ainda mais agora que ele vai me ajudar em alguns assuntos.

— Engraçado. — A fisgada na barriga de Eve se tornou mais intensa e lhe provocou náuseas. — Você me parece o tipo de mulher que consegue cuidar dos próprios assuntos muito bem sem precisar de ajuda.

— São assuntos de negócios. Nós duas sabemos que Roarke é incomparável quando se trata de questões financeiras. Ou, devemos ser justas, quando se trata de *qualquer* assunto. — Deu uma risada leve. — Mas se trata unicamente de negócios, eu juro. Depois que almoçamos hoje, ele concordou em trabalhar comigo e me ajudar, mas subitamente me ocorreu que você poderia achar que haveria mais entre nós do que apenas negócios. Afinal de contas, ele é um homem maravilhoso, muito atraente, e no passado nós já fomos...

— *Foram!* Esse é o tempo certo do verbo, nesse caso.

— Sim. Claro! Sabe o que é?... Eu lhe causei muita dor, muito tempo atrás, e não quero me sentir responsável por tornar a fazer isso. Se as coisas correrem como eu planejo, vou cuidar de negócios aqui em Nova York durante algum tempo, e espero que possamos ser todos amigos.

Eve conhecia um papo furadíssimo como esse quando era jogado na sua cara.

— Sabe de uma coisa, srta. Percell? Tenho uma quantidade tão grande de amigos que minha lotação está esgotada. Você terá de procurar novos amigos em outro lugar. Em relação às questões comerciais de Roarke, isso é assunto dele. Quanto a você, especificamente, vamos deixar uma coisa bem clara: você não me parece burra; então não acredito que suponha que é a primeira das mulheres descartadas por Roarke que volta do passado para procurá-lo. Você não me preocupa. Na verdade, eu nem sequer me interesso muito pela sua figura. Isso é tudo que você queria?

Lentamente, Magdelana se afastou da mesa.

— Puxa, Roarke nunca se engana, não é verdade? Eu não gosto de você.

— Aww... — reagiu Eve, fazendo um biquinho.

Ela foi até a porta, mas parou, encostou-se na maçaneta e olhou para trás mais uma vez.

— Só mais uma coisa... Ele não me descartou. *Fui eu* que o descartei. E como você também não me parece uma mulher burra sabe que isso faz toda a diferença.

Eve ouviu o clique-clique dos saltos altos irem se dissolvendo ao longe. Quando desapareceram de vez, recostou-se na cadeira, fechou os olhos e sentiu o estômago se contorcer.

Porque sabia que nem ela nem Percell eram burras.

Capítulo Sete

A sensação de fadiga se instalou de vez quando Eve entrou pelos portões da mansão. Agora estava longe do barulho incessante, das multidões, das explosões de raiva, do ritmo cruel da cidade grande, pensou ela, para entrar no mundo de Roarke.

Exclusivo, privativo, perfeito. O caminho até a casa era belo, de grande efeito. Fazia curvas através de gramados cobertos pela neve tranquila, imperturbada por pés apressados e tráfego impaciente, formando um imaculado tapete branco que levava até a imensa casa de pedra com muitas janelas.

Todas elas brilhavam com luzes, ouro e calor.

Ela já se habituara a isso, pensou. Estava acostumada a deslizar pelos portões de ferro e ver a estonteante casa que se espalhava pelo terreno e se projetava para o céu com suas torres grandes e pequenas, como um castelo de fantasia que sobressaía na escuridão.

Sala após sala, a casa se estendia por trás de muito vidro e pedra. Alguns dos aposentos eram práticos e outros divertidos, mas sempre transbordavam de elegância. Todos eram lindos; refletiam a visão que Roarke tinha do mundo e do que ele precisava construir, ter e controlar.

Não apenas pelo status, pela elegância e pelo privilégio — embora tudo isso tivesse um papel importante na vida de Roarke —, mas porque ele precisava, e muito, ter um *lar*.

O que Eve tinha acrescentado a tudo aquilo?, perguntou a si mesma. Algumas tralhas, um gato órfão e um escritório muito simples ao qual certamente faltava estilo, pelos padrões de Roarke.

Droga, pelos padrões de qualquer pessoa, reconheceu.

Mas ela aprendera a se encaixar naquele ambiente e tinha construído um lar ali, ao lado dele. Não tinha? Apesar das chances remotas de isso acontecer, ela e Roarke tinham montado ali uma vida que era importante para ambos.

Ela não permitiria que um fantasma do passado arruinasse tudo aquilo.

Estacionou o carro na frente da casa e subiu os degraus da escada principal. Roarke tinha construído tudo aquilo, mas agora o lugar também era território dela, seu terreno de atuação. Ninguém iria invadi-lo sem sair sangrando da briga.

Entrou e viu Summerset, que se materializou no saguão tendo o gato junto aos tornozelos, lançando uma sombra gorda.

— Antes que eu me esqueça, vá lamber sabão e saiba que eu dispenso o resto da conversa — declarou ela, logo de cara. — Tenho muito trabalho.

— Ele ainda não voltou para casa.

O estômago de Eve se apertou um pouco quando ela despiu o casacão de couro.

— Obrigada pelo relatório.

— Ele precisou remarcar algumas reuniões porque tirou uma hora pessoal para almoçar.

Eve pendurou o casaco no pilar do primeiro degrau da escada e girou o corpo. Pelo menos tinha um alvo à mão para descarregar a raiva que lhe piorava a náusea do estômago.

— Você mal podia esperar para me jogar isso na cara, não é? Aposto que está rebolando de alegria por dentro desde que soube que Maggie está na cidade. Pois bem, pode enfiar...

— Muito pelo contrário — interrompeu ele, com calma absoluta. — Eu não apreciei nem um pouco essa novidade. Gostaria de alguns minutos do seu tempo, tenente.

— Para quê?

O maxilar de Summerset se enrijeceu e Eve percebeu que estava enganada. Havia agitação debaixo da aparente calma do mordomo.

— Eu detesto falar sobre os assuntos pessoais de Roarke pelas costas dele, e a senhora está tornando tudo ainda mais difícil. Entretanto, sinto que minhas preocupações não me deixam muita escolha, nesse momento.

A boca de Eve ficou seca.

— Que tipo de preocupações?

— Venha à sala de estar por alguns minutos. A lareira está acesa.

— Tá legal, tá legal. — Eve foi para a sala. O fogo crepitava em vermelho e dourado. Os ricos revestimentos dos estofados cintilavam sob a luz das chamas; a madeira antiga, muito bem cuidada e polida, rebrilhava. Parada em pé, no meio da sala, Eve se sentiu gelada até os ossos.

— A senhora não quer se sentar?

Ela fez que não com a cabeça, foi até a janela e olhou lá para fora.

— O que você precisa me contar? — perguntou.

— Vou lhe servir um pouco de vinho.

— Não. — Ela não conseguiria lidar com o efeito do vinho porque sua cabeça já começava a latejar. — Abra o bico logo.

— Ela é uma mulher perigosa, tenente.

— Perigosa em que sentido?

— Ela manipula e gosta de controlar tudo. Aprecia a aventura dos conflitos que semeia. E tem poder, como geralmente acontece com as mulheres muito belas. No caso dela, todas essas características já eram muito fortes há doze anos, e não creio que tenham perdido espaço em seu perfil.

— Não perderam — murmurou Eve. — Ela é muito marcante.

— Além disso, é dona de um intelecto fortíssimo.

— Por quanto tempo eles estiveram juntos? — Ao ver que ele continuou calado, ela o encarou. — Não tente me enrolar. Quanto tempo?

— Alguns meses. Quase um ano.

Ela tornou a se virar para a janela porque sentia uma espécie de dor agora, bem no coração.

— Muito tempo. Como tudo terminou?

— Eles tinham planejado um golpe. Levaram semanas lapidando o plano. — Talvez Eve não quisesse vinho, mas ele queria um drinque. Precisava de algo para ajudá-lo a levar aquilo até o fim. — O alvo era um homem muito rico que tinha uma soberba coleção de arte.

Summerset foi até um bar laqueado, pegou uma garrafa e se serviu de uma dose de uísque puro.

—- O papel de Magdelana era se envolver com o ricaço e desenvolver uma relação entre os dois. Ele era muito mais velho do que ela, mas tinha uma queda por mulheres jovens e vibrantes. Ela deveria conseguir informações privilegiadas quanto à segurança do lugar, às rotinas da casa e à localização das obras de arte. Ela e Roarke decidiram subtrair dois quadros de Renoir. Só dois. Roarke já não era, desde essa época, do tipo que mergulha muito fundo em um único poço. No dia em que estava combinada a execução do serviço, com Magdelana e o alvo bem longe da casa, no iate dele, ela fugiu com a quase vítima.

— É melhor um pássaro na mão...

— Precisamente. Roarke teve de desistir do serviço, é claro, pois não tinha certeza sobre a validade das informações que conseguira, nem tinha como saber se não cairia numa armadilha. Isso lhe custou muito, em vários níveis.

— Mas ele não foi atrás dela depois disso e a obrigou a pagar pelo prejuízo? — Ela se virou novamente para a janela, compreendendo o que acontecera e completou: — Não fez nada disso porque estava mais ferido do que zangado, certo? Ele a amava?

— Era completamente apaixonado por ela.

Algo se retorceu dentro de Eve.

— Isso é pior — murmurou ela. — Muito pior.

— Concordo. — Summerset tomou um gole do uísque. — Ele tolerou muita coisa dela durante o tempo em que estiveram juntos. Ela adorava correr riscos, tanto em nível pessoal quanto profissional. A senhora a viu pessoalmente, ela tem uma espécie de luz interna. Roarke foi atraído por isso.

— Ela é esperta. — Foi só o que Eve conseguiu dizer, depois de alguns segundos. — É muito instruída e inteligente. Fiz uma pesquisa sobre ela.

— Naturalmente que fez. Sim, ela era uma jovem muito inteligente.

— Ele certamente a admirava por isso e gostava muito do que via. Mais até do que a atração física, isso deve ter tido um peso importante.

Ele hesitou por um momento. Summerset já tinha visto Eve ser atingida por uma rajada a laser a sangue-frio, naquela mesma sala*. Mas as palavras que iria dizer provocariam ainda mais danos nela.

— Magdelana sabia tudo sobre arte, música e literatura. Roarke sempre sentiu muita sede de conhecer mais e de experimentar coisas que lhe tinham sido negadas quando ele era criança

* Ver *Vingança Mortal.* (N. T.)

Ela também tinha uma boa cabeça para números e um apetite voraz por... glamour, digamos assim.

— E gostava de roubar. Isso também deve ter servido de apelo para ele.

— Sim, ela gostava de pegar coisas alheias. Quando ele lhe trazia um presente, ela se mostrava eufórica por algum tempo, mas preferia muito mais quando ele lhe oferecia algo roubado. E queria sempre mais, muito mais, e conseguia ter tudo que desejava sem precisar pedir diretamente. Tinha um jeito especial de fazer as coisas. E vai querer mais agora.

— Ela apareceu na minha sala na Central antes de eu sair, agora há pouco.

— Ah... — Ele olhou para o fundo do copo novamente e bebeu mais um gole. — Ela certamente faria isso... Plantar algumas sementes venenosas sob o disfarce de acalmar as águas turbulentas.

— Algo desse tipo, sim. Ela tentou me enrolar e eu percebi muito bem. Mas plantou a sementinha, sim, isso ela conseguiu. Contou que ele tinha aceitado trabalhar com ela em alguns assuntos relacionados com negócios. Se conseguiu convencê-lo a dar mais um golpe ou simplesmente preparar o terreno para ela... Cristo!

— A senhora não pode permitir isso.

— Eu não posso *permitir* nada quando se trata de Roarke. Ninguém consegue isso.

— Mas exerce influência sobre ele. Use-a. Ela é um ponto fraco que ele tem. Sempre foi.

— Tudo que eu posso fazer é questionar Roarke de forma objetiva. Não consigo lidar com insinuações, indiretas ou manobras. — A enxaqueca parecia estar lhe apertando o crânio, e a dor de estômago dava nós em sua barriga. — Insinuações são um insulto para nós dois e eu não consigo dar indiretas de nenhum tipo. Pelo menos não no nível dela, isso com certeza. No fim, a escolha será dele. Sempre foi. Eu preciso trabalhar.

Ela resolveu sair e deu alguns passos, mas antes de chegar à porta se voltou e fitou Summerset longamente.

— Ela é manipuladora, isso eu já percebi. Também é linda, educada, sofisticada e inteligente. Tão inteligente que pode apostar sua bunda magra que ela vai ficar muito feliz em usufruir das coisas que Roarke tem ao alcance dos dedos, hoje em dia. Basicamente, ela me parece o tipo de mulher que faria você dançar de felicidade, caso ele me trocasse por ela.

Respirou fundo para tentar manter a voz firme e continuou.

— Ela não chegaria em casa deixando um rastro de sangue pelo chão e certamente saberia o vestido mais adequado para usar na próxima recepção que Roarke organizasse aqui. Aliás, ela nem mesmo *se esqueceria* sobre a porcaria da recepção por estar ao lado de algum cadáver. Então, por que você está me contando tudo isso?

— Sim, ela seria um brilhante ornamento pendurada no braço de Roarke. Fala francês e italiano fluentemente e tem um estoque ilimitado de charme para espalhar quando bem deseja. E certamente usaria Roarke. Pegaria o que quisesse e depois iria exigir mais. E se fosse necessário, ou simplesmente por um capricho qualquer, ela o lançaria aos lobos só para ver quem venceria a luta.

Ele terminou de tomar o uísque lentamente e completou:

— A senhora, tenente, muitas vezes é grossa, certamente rude, e não tem quase noção alguma de como se comportar, em público, no papel de esposa de um homem com a posição de Roarke. Mas faria qualquer coisa, não importa o risco pessoal que isso envolvesse, para mantê-lo livre de todos os males. Ela nunca conseguirá amá-lo. A senhora, por sua vez, jamais conseguirá fazer outra coisa que não seja isso.

Não, refletiu Eve ao sair da sala. Ela nunca conseguiria fazer outra coisa na vida a não ser amá-lo. E não era estranho ela ter se esquecido do quanto o amor pode trazer medo e sofrimento para quem ama?

Ela não sentira nada disso antes de conhecê-lo. Nunca sentira aquela revolução interna, aquela dor e aquela ânsia, o medo trêmulo da perda.

E também nunca conhecera a sensação extrema do aconchego, a felicidade inebriante que cobre e se espalha sobre todo o resto.

Foi direto para a sua sala e programou um bule inteiro de café. Antes de Roarke entrar em sua vida, ela muitas vezes — na verdade, quase sempre — se enterrara no trabalho. Não havia motivo para fazer diferente agora.

Mais que isso: ela estava diante de um dever de honra.

Um homem estava morto. Um homem que, por todos os sinais até agora encontrados, era um sujeito simpático, bom, um homem comum que tinha muita coisa para oferecer à sociedade.

Eve não tinha nenhum indício nem motivo para acreditar que ele seria capaz de machucar alguém ou desejasse o mal de outra pessoa. Não praticara atos deploráveis ou indecentes de qualquer tipo, não usara nem traficara substâncias ilegais.

Não roubara nada, não extorquira nada de ninguém, não traíra sua esposa.

Almoçar com outra mulher não era traição, pensou, ao levar o café para a mesa. Trepar loucamente com outra mulher doze anos antes do casamento também não era traição.

Roarke nunca a trairia. Quanto a isso, ela podia estar tranquila.

Mas será que ele gostaria de fazê-lo? *Essa* era a questão incômoda.

Que não tinha nada a ver com Craig Foster.

Ela se sentou, colocou os cotovelos sobre a mesa e pousou a cabeça sobre as mãos. Precisava clarear um pouco as ideias, apenas isso. Esclarecer tudo. Talvez fosse melhor tomar um analgésico para acabar com a porcaria de dor de cabeça que lhe martelava o cérebro.

Chateada, abriu a gaveta de cima da mesa, pois sabia que Roarke tinha deixado um frasco ali com os pequenos comprimidos azuis.

Detestava tomar remédios, mas não conseguiria sequer raciocinar direito, a não ser que tomasse uma pílula daquelas.

Engoliu o comprimido com alguns goles de café no instante em que Galahad entrou quase aos pulos, tomou impulso e pulou sobre a sua mesa. Aboletou-se com o traseiro sobre o tampo e olhou fixamente para Eve.

— Tenho muito trabalho! — avisou ela. Mas proporcionava um estranho conforto passar a mão sobre a cabeça dele e ver o gato esticar o corpo em reação à carícia. — Preciso trabalhar um pouco, senão vou enlouquecer.

Virando-se na cadeira, inseriu no sistema os discos onde iria pesquisar primeiro.

— Computador, buscar referências cruzadas entre os empregados e clientes apresentados no disco A e pais ou responsáveis, administradores, corpo docente e funcionários listados no disco B. Relatar qualquer correspondência.

Entendido. Processando...

— Tarefa secundária: pesquisa completa em todos os nomes do disco C incluindo ficha criminal, dados financeiros, empregos, estado civil e educação.

Entendido. Processando...

Talvez surgisse alguma coisa em um dos pais ou responsáveis que estiveram na escola na manhã do crime.

— Tarefa seguinte: colocar no telão número Um os dados completos dos membros do corpo docente, administradores e funcionários da Sarah Child Academy, em ordem alfabética.

Entendido. Dados apresentados no telão Um... Primeira tarefa foi completada. Nenhuma correspondência...

— Sim, isso teria sido fácil demais. Usar as mesmas listas e fazer referência cruzada com parentes, ex-cônjuges e pessoas que morem no mesmo domicílio.

Entendido. Processando... Tarefa secundária foi completada. Como deseja ver os resultados?

— Exibir resultados no monitor. — Recostando-se com o café na mão, Eve analisou os dados.

Não viu nada importante. Alguns registros leves aqui e ali. — A sempre popular posse de substâncias ilegais para uso pessoal, uma acusação de roubo em loja de quatro anos atrás. Nenhum crime violento, nem tempo na cadeia para ninguém.

Antes de se lançar na avaliação dos dados no telão, fechou os olhos e deixou a mente focar no que já sabia e no que queria saber.

Veneno no chocolate quente. Garrafa térmica deixada sozinha em local acessível em diversos momentos ao longo da manhã. Rotina.

— Espere!

Ela se sentou reta, estreitou os olhos e resolveu tentar uma nova abordagem. Ligou para Lissette Foster.

— Aqui fala a tenente Dallas — avisou. — Desculpe incomodá-la novamente, mas tenho mais algumas perguntas. Você mesma prepara o chocolate quente todas as manhãs, certo?

— Sim, é como eu lhe disse. Fui eu que preparei o chocolate para Craig.

— E você costuma tomar ou provar a bebida?

— Nunca. São calorias demais — explicou ela, num tom cansado. — Mas usava chocolate de verdade junto com o leite de soja e o leite em pó. Ele não sabia disso.

— Como assim?

— Chocolate de verdade é caro demais. Ele não sabia que eu comprava o produto e colocava um pouco na bebida, como minha mãe sempre faz. Ele adorava o sabor e costumava dizer que ninguém no mundo conseguiria fazer igual. A diferença era a colher de chocolate verdadeiro que eu dissolvia na bebida todas as manhãs.

— Mais alguém sabia desse truque?

— Minha mãe. Foi ela que me ensinou a fazer isso. Também comentei sobre isso no trabalho, com certeza. Para me gabar, de certo modo. Talvez tenha contado a Mirri também. Era um segredinho que eu escondia de Craig. Ele não gostaria de que eu gastasse tanto dinheiro com ele.

— Eu reparei nos ingredientes da bebida em sua cozinha e na embalagem de chocolate em pó dentro de um pote de Vital Fem, um complemento vitamínico.

Lissette sorriu de leve e confirmou.

— Como ele nunca xeretava nas minhas vitaminas, eu escondia o chocolate ali.

— Mandamos os ingredientes e o líquido da garrafa térmica para o laboratório. Mais alguém sabia onde você guardava tudo?

— Os ingredientes da bebida, talvez, mas não o chocolate. A senhora acha...

— O laboratório vai determinar se algum dos ingredientes foi adulterado. Esteve alguém no apartamento de vocês no último fim de semana antes da morte do seu marido?

— Não. — Ela esfregou os olhos cansados. — Acho que não. Estive fora no sábado, fazendo compras. Mas Craig estava em casa. Ele não mencionou a visita de ninguém.

— Mais alguém tem a chave da sua casa e o código de segurança?

— Mirri tem, para emergências. Mas...

— Tudo bem. Seu prédio não tem câmeras de segurança nem porteiro, certo?

— Não conseguiríamos pagar por isso. Moramos numa região tranquila e nunca tivemos problema algum.

— Muito bem, sra. Foster. Obrigada pelo seu tempo.

Então havia um "e se...", refletiu Eve. E se alguma pessoa ou pessoas desconhecidas tivessem entrado no apartamento dos Foster e conhecessem seus hábitos? Poderiam ter colocado o veneno na mistura. Talvez Craig tivesse recebido uma visita sem contar para a esposa.

Ou... Isso não precisava ter acontecido na véspera, pensou. Ou talvez ele tivesse sorte algumas vezes e bebesse o chocolate sem ingerir veneno em quantidade suficiente para matá-lo.

Pegou o relatório laboratorial e leu a análise do conteúdo dos restos da garrafa térmica. Ali não hão havia sido encontrado chocolate de verdade.

Isso significava que o assassino não sabia da receita secreta de Lissette.

Considerando as possibilidades, Eve se levantou e foi até o quadro que montara na parede. Estudou a vítima e as fotos da cena. Tamborilou com os dedos na coxa enquanto analisava a foto da garrafa térmica.

Nada de especial nela, decidiu. Era uma garrafa comum, tamanho grande, que devia custar cerca de cinquenta dólares. Revestimento preto brilhante com o primeiro nome da vítima gravado em prata sobre o fundo preto. Parecia nova.

Tinha sido usada todos os dias durante mais de um ano. Por que parecia tão nova?

Talvez fosse nova mesmo. Ela já tinha especulado sobre isso e agora estava chovendo no molhado. Droga!

— Assim seria mais rápido — murmurou. — E mais simples. Por cinquenta paus o assassino poderia trocar a garrafa velha pela nova em três segundos. Não seria necessário colocar o veneno na bebida. Bastava trocar a garrafa e guardar a original na pasta ou na mochila, deixando no lugar a outra, com veneno.

Muito mais esperto, pensou. E menos complicado.

Pegou o relatório dos peritos da cena, mas já sabia que um item tão vital quanto uma segunda garrafa térmica com o nome da vítima gravado não teria passado despercebido se tivesse sido encontrado na escola.

— Computador, rodar programa de probabilidades com as seguintes opções relacionadas com o caso HP-33091-D: o veneno foi adicionado na garrafa térmica da vítima na manhã da morte. A segunda opção é a garrafa ter sido trocada por uma idêntica contendo o veneno, também na manhã da morte. Qual das duas opções tem maior probabilidade?

Entendido. Processando...

Eve serviu mais café na sua caneca, circulou diante do quadro e acabou se sentando diante da mesa.

As duas probabilidades não apresentam diferenças de viabilidade com base nos dados apresentados.

— Que grande ajuda a sua! — Aquilo era importante, decidiu. Era vital saber como a coisa acontecera.

Com a ausência do chocolate verdadeiro na bebida envenenada, a teoria de a bebida ter sido adulterada dentro do apartamento dos Foster ficava fora de questão.

Colocar o veneno no local seria mais fácil e mais eficaz. Mas haveria um fator de risco.

Trocar a garrafa era mais esperto, mais eficiente e à prova de riscos.

Uma busca mais completa teria de ser feita na escola no dia seguinte. Mas Eve seria capaz de apostar que o assassino tinha levado a garrafa original de Craig como lembrança. Ou então a teria descartado bem longe da escola.

Pegou a foto com a descrição da garrafa e deu início a uma busca pelos locais de venda daquela marca e modelo; lugares que oferecessem opção de personalizar o produto; lojas físicas e on-line.

Mais de vinte lojas só em Manhattan ofereciam aquele item, e outros sessenta pontos eram lojas on-line.

Mas havia uma pista, pensou. Não importa a garrafa, ela sabia que a bebida tinha sido preparada pelo assassino. Alguém que não sabia do ingrediente secreto de Lissette.

Ia pegar o café novamente quando viu Roarke no portal.

— Olá, tenente.

— Oi.

Eles se fitaram com ar desconfiado quando ele entrou.

— Eu não esperava voltar tão tarde para casa.

— Isso acontece.

A referência cruzada foi completada. Não foi encontrada correspondência de nenhum tipo.

— É... Muitas vezes o mundo não é tão pequeno quanto gostaríamos que fosse — comentou Eve, pegando o café.

— Você teve um longo dia.

— Digo o mesmo para você.

Ele se sentou na quina da mesa e baixou a cabeça até os olhos ficarem no mesmo nível dos dela.

— Está rolando alguma desavença entre nós, Eve?

Ela detestava sentir aquilo: uma vontade estranha de pousar a cabeça sobre a mesa e simplesmente chorar. *Detestava*!

— Não sei em que pé estamos.

Ele estendeu a mão e passou os dedos sobre o cabelo dela.

— Você tocou num ponto sensível, hoje de manhã. E conseguiu me deixar muito irritado. Afinal de contas, você não confia em mim?

— Acha que eu estaria sentada aqui se não confiasse?

— Se é assim, não deveria haver problemas entre nós.

— As coisas não são tão simples.

— Eu amo você de forma absoluta. Não há nada de simples nisso, mas é um sentimento completo. Você não me deu um beijo de "até logo" hoje de manhã. — Ele se inclinou e roçou os lábios sobre os dela.

Uma sensação de ternura cresceu dentro de Eve, sem que ela conseguisse evitar.

— Até logo — murmurou, e isso o fez sorrir.

Ele tornou a roçar os lábios nos dela, dessa vez com mais calor e doçura.

— Olá. Aposto que você ainda não jantou.

— Estou agitando alguns pontos na minha investigação e nem tive tempo de pensar em comida.

— Pois pense nisso agora. — Ele a tomou pela mão, entrelaçou os dedos e usou a outra mão para acariciar Galahad, que veio bater com a cabeça no braço dele. — Você me parece muito cansada, tenente. Está com olheiras, do jeito que fica quando não come ou não dorme direito. Vou preparar alguns hambúrgueres, porque geralmente você não resiste a essa tentação. Poderá me falar sobre o caso enquanto come.

Ele não queria falar sobre o que acontecera de manhã, reparou ela, nem do seu encontro com Magdelana. Estava colocando o assunto de lado, com sutileza. Mas aquilo tinha de ser discutido. De forma clara e objetiva.

— Ela foi me procurar no trabalho.

Nada mudou em seu rosto e ele nem sequer piscou. Não era de espantar que ele fosse letal nas reuniões de negócios.

— Magdelana?

— Não, a Rainha do Festival da Primavera.

— Está um pouco cedo para a primavera, não acha? Será que a rainha veio participar das comemorações do Dia da Marmota, em fevereiro?

— Puxa, como isso é engraçado! Voltemos ao assunto, sim? Ela apareceu no fim do turno para me ver. Pensou que pudéssemos levar um papo amigável, tomar um drinque e nos tornar amigas. Adivinhe qual foi minha resposta?

Ele se afastou da mesa.

— Desculpe se deixei você aborrecida, Eve — foi para um painel embutido na parede, onde pegou uma garrafa de brandy. — Ela é extrovertida e impulsiva. Imagino que estava curiosa a seu respeito.

— É isso que você imagina? — Sentiu a raiva lutar com alguma coisa dentro dela, algo que reconheceu como sofrimento agudo. — Mesmo depois de avisá-la que ela não iria gostar de mim?

Ele olhou para Eve, serviu-se do brandy e tornou a tampar a garrafa.

— Não mais do que você iria gostar dela. Muito provavelmente ela tomou essa iniciativa para provar que eu estava errado.

Ponto fraco, foi o que Summerset lhe dissera.

— Acho que isso estava no fim da sua lista de intenções. Você vai trabalhar com ela?

Dessa vez a irritação escapou do controle de Roarke e surgiu em seu rosto.

— Não vou, não.

— Então ela é mentirosa?

— Se ela disse isso se expressou mal ou então você entendeu errado.

— *Eu* entendi errado?

— Por Deus, Eve. — Ele tomou um longo gole de brandy. — Você está tentando me colocar contra a parede e não devia haver parede nenhuma. Compartilhamos um almoço perfeitamente inocente em que ela aproveitou para pedir minha ajuda em investimentos que pretende realizar. Concordei em orientá-la e lhe indicar nomes de pessoas com as quais ela pode trabalhar. Nada que eu já não tenha feito por outras pessoas inúmeras vezes.

— Ela não é "outras pessoas".

— Que papo sem sentido! — Surgiu a raiva, forte e plena. — O que você esperava que eu respondesse? "Desculpe, mas não posso lhe indicar nomes de consultores financeiros porque minha esposa não gostou de saber que nós trepamos doze anos atrás"? Isso não é do seu feitio, Eve.

— Não tenho como saber, já que nunca me vi numa situação como essa antes.

— Que situação, exatamente?

— Ter uma mulher de quem você gostou no passado jogada na minha cara. Saber que ela queria que eu sentisse exatamente isso.

— Como eu não sou a porra de um androide, já gostei de outras mulheres antes de conhecer você. Aliás, você já se encontrou com algumas. Quanto a Magdelana, por que ela iria querer entrar em rota de colisão com você? — quis saber ele. — Não teria nada a ganhar com isso. Sua reação é exagerada e você está criando um caso absurdo com base em algo que aconteceu anos antes de eu sequer saber que você existia. Quer que eu tranquilize você? Quer promessas, juras eternas? Depois de tudo que fizemos para sermos o que somos um para o outro?

— Como é que pode ela ter feito todas as provocações e você achar que *eu* sou a errada? Você não a enxerga como ela é.

— Mas enxergo você. Estou vendo minha esposa se enrolar num nó de ciúmes por algo que ficou no passado.

Ele colocou o brandy de lado e ordenou a si mesmo que se acalmasse.

— Eve, eu não posso voltar ao passado e mudar tudo que aconteceu, nem o que eu fiz tantos anos atrás. E nem faria isso, mesmo que pudesse. Por que aceitaria uma coisa assim? Cada passo que eu dei no passado me levou, de algum modo, aonde estou hoje. Cada momento daqueles me trouxe até você.

Isso não vinha ao caso, pensou Eve. Ou vinha? O problema é que tudo que queria sair de sua boca parecia, mesmo para ela, como os choramingos de uma mulher carente.

— Como você pode me garantir que ela não quer seguir em frente a partir do ponto em que você caiu fora?

— Se pretendia isso ou ainda pretende, sairá desapontada. Eve, você e eu não chegamos um ao outro quando éramos crianças, e também não éramos inocentes. Se cada um de nós se encrespar por causa de relacionamentos passados que surgiram e acabaram antes de nos conhecermos, ficaremos sempre presos a esses nós.

— Como é que pode você vir com um papo desses? — Ela se levantou num pulo. — Você cobriu Webster de porrada aqui mesmo, nesta sala.*

— Ele estava com as mãos em você bem aqui, dentro da *nossa casa.* Foi completamente diferente. — As palavras saíram como chicotes quentes ou lâminas afiadas. — Nem por isso eu achei que você pudesse tê-lo convidado, incentivado ou tolerado. Você e eu ficamos quites naquele dia, tenente, e você chegou a ameaçar me dar uma rajada com a arma de atordoar. Que porra você quer de mim agora?

— Eu sei que porra *ela* está querendo! Está planejando um novo golpe? Quer que você...

— Se planeja isso, não me comunicou. Na verdade, foi exatamente o contrário. E, se ela estiver bolando algum golpe, isso não me diz respeito. É assim que você me vê? Um homem tão fraco e sem personalidade que voltaria aos erros do passado, não só ferindo a lei como me jogando na cama de outra mulher?

— Não.

— Independentemente do que ela possa estar querendo, Eve, não conseguirá mais de mim do que concordei em lhe dar: algumas opções de investimentos básicos. Será preciso que minha assistente coloque tudo sob a forma de um contrato para você ler?

A garganta de Eve ardeu, a enxaqueca voltou e ela não conseguiu nada, exceto deixá-lo puto da vida e manter Magdelana exatamente no meio dos dois.

---

*Ver *Julgamento Mortal.* (N. T.).

— Eu detesto isso — desabafou ela. — Detesto me sentir assim e agir desse modo. Detesto que estejamos aqui em pé de guerra por causa dela... Colocando-a no centro da nossa relação.

— Então pare. — Ele foi até onde ela estava, colocou as mãos nos seus ombros e acariciou seus braços de cima a baixo antes de puxá-la para perto de si. — Se tivermos de brigar, que seja pelo menos por um motivo real. Não isso. Você não é apenas o centro do meu mundo, Eve. — Beijou-lhe as sobrancelhas, as têmporas e os lábios. — Você é *todo* o meu mundo.

Ela o enlaçou com os braços e apertou com firmeza. Ele tinha respondido a todos os questionamentos ao dizer aquilo. Colocara o problema de lado, muito longe deles.

— A culpa é sua por eu amar você desse jeito. Por um instante, apertou o rosto contra o ombro dele. — É sua culpa eu ser tão idiota com essas coisas.

— Claro que é. — Ele passou a mão sobre o cabelo dela, pousou a bochecha contra os fios castanhos. E sentiu-se relaxar por dentro. — Vamos nos sentir idiotas juntos, daqui para a frente. Está melhor assim?

Melhor, pensou ela. Mas a coisa não terminara. Eve tinha tanto medo do que pudesse acontecer em seguida que disse a si mesma, mais uma vez, para deixar o problema de lado. Simplesmente esqueça, repetiu mentalmente.

— Está bom o suficiente — foi o que acabou por dizer.

Desejando mudar o tom da conversa, ela se afastou um pouco e comentou:

— Burgess, de Nova Jersey, cooperou muito comigo.

— Fico feliz em saber disso. — Ele traçou um caminho com o indicador, descendo pela boca de Eve e indo até a covinha do seu queixo. — Quem é Burgess e por que esse sujeito cooperou tanto com você em Nova Jersey?

— Burgess é uma mulher. Trabalha como gerente da fábrica que você tem lá e recebeu seu memorando.

— Meu... Ah! Eu enviei um memorando a várias das minhas fábricas e empresas. Na primeira semana do ano. Até que isso foi conveniente hoje, não foi?

— Ajudou a chegarmos direto ao ponto. Mas para sua informação, eu não me incomodo de brigar para alcançar o ponto aonde preciso ir. Mesmo assim, obrigada. Você fabrica óleo de rícino, certo?

— Tenho certeza de que sim.

— Ricina, o veneno que matou Foster, é um subproduto obtido da massa de sementes de mamona, que são processadas para chegar ao óleo.

— A fábrica está envolvida no crime? — quis saber ele, estreitando os olhos.

— Até agora eu não encontrei nenhuma ligação entre alguém da fábrica e a minha lista de suspeitos. Bem que isso seria prático e oportuno. Não tenho um motivo também, pelo menos algo que seja claro. É possível que Foster tenha visto, em algum momento, um dos outros professores trepando com alguém durante o horário das aulas, um comportamento obviamente impróprio. Mas assassinato é uma reação muito extrema para alguém que foi pego no flagra com as calças arriadas.

— Talvez Foster estivesse chantageando o transgressor ou a transgredida.

— Não há indícios, e isso estaria totalmente fora das características dele. Não encontrei uma única pessoa com quem ele não se desse muito bem, incluindo o infame transgressor. Estou à espera de alguns relatórios laboratoriais e pretendo dar uma olhada em todos os membros do corpo docente, grupo de funcionários, serventes e administração da escola. Além dos pais dos alunos. Mas até agora não surgiu nada que me pareça promissor.

— Por que não me deixa dar uma conferida nisso? Olhos novos, visão nova.

— Mal não vai fazer.

Ele se esquecera de convencê-la a comer alguma coisa, pensou Eve ao se sentar novamente e organizar os dados. Isso lhe passou despercebido, decidiu. Provavelmente era melhor assim. Ela não estava com muita fome, mesmo.

Quando ela dormiu, o sono foi muito partido e cada pedaço era cheio de sonhos. Os sonhos eram conversas misturadas e confusas de suas brigas com Roarke, interrogatórios e seu encontro com Magdelana Percell. Com as vozes ainda misturadas na mente, ela acordou exausta.

Mas ele estava onde costumava ficar todas as manhãs, bebendo café na saleta de estar da suíte, com os dados financeiros do dia rolando no telão sem som.

Eve se arrastou até o chuveiro e tentou afastar a fadiga com jatos forte de água muito quente.

Quando voltou ao quarto, o telão exibia o noticiário matinal. Ela foi direto pegar café.

— Você não dormiu bem — observou ele, olhando-a longamente.

— Esse caso está me incomodando.

— Bem que eu gostaria de poder ajudar mais.

Ela deu de ombros, levou o café para o closet e disse:

— Pode ser que algo novo surja hoje.

— Há um conjunto de roupas novas naquela sacola ali para o programa de Nadine hoje à noite.

— Por que eu precisaria de roupas novas para isso? — perguntou ela, franzindo o cenho ao olhar para a sacola.

— Considere isso uma precaução para o caso de você ter um dia de trabalho normal e acabar com sangue na roupa ou a calça rasgada por prender um suspeito, depois de uma louca perseguição a pé.

— Do jeito que as coisas estão, vou passar a maior parte do dia enterrada em papelada, sem chegar a parte alguma.

— Se acontecer essa triste situação... Não, por favor, essa jaqueta não!

— O que há de errado com ela? — Embora sua cara fosse de irritação, no fundo Eve estava feliz com o comentário dele, pois era uma coisa normal, e ela lutou para não sorrir como uma idiota.

— Isso não vai ficar muito bem na televisão.

— Nem eu.

— É verdade. Entretanto... Ele se levantou e foi até o closet.

— Eu não preciso que você escolha as roupas que eu vou usar.

— Ora, minha querida Eve, é claro que precisa. E muito! — Pegou um casaco em tons de bronze que Eve jurava que nunca tinha visto, uma calça marrom-escura e uma blusa creme de gola rulê.

— Seja selvagem, audaciosa e coloque um par de brincos — sugeriu, colocando as peças sobre o encosto do sofá. — Argolas de ouro discretas, talvez.

Quando ela ensaiou um rosnado, ele lhe pegou o rosto entre as mãos e a beijou de forma ardente, demorada e profunda.

— Amo essa boca — murmurou —, especialmente quando está prestes a ser sarcástica. Que tal um pouco de ovos com bacon?

— Isso me provoca mais entusiasmo do que usar argolas de ouro nas orelhas.

Mas ela achou um belo par de brincos, vestiu-se e ficou satisfeita por ele ter brincado com ela a respeito das roupas.

Quando estava prestes a se sentar com ele, o gato pulou no braço da poltrona, de olho no bacon, e o *tele-link* no bolso de Roarke tocou.

Ela percebeu quem era no instante em que ele pegou o aparelho e olhou para a tela.

— Atenda — pediu Eve, ao ver que ele se preparava para recolocar o *tele-link* no bolso. — Aposto que ela também acorda cedo.

— A caixa postal vai gravar a mensagem. Vamos comer antes que esfrie.

— Atenda — insistiu Eve. — Peabody vai chegar a qualquer momento, mesmo. Mais tarde a gente se vê.

— Droga, Eve.

— Mais tarde! — repetiu, e saiu andando.

Capítulo Oito

— Gostei da roupa — comentou Peabody, entrando na casa no instante em que Eve descia a escada. — Roarke, acertei?

— Quem mais? Obviamente se ele me deixasse à solta para escolher as próprias roupas, eu cometeria crimes de estilo que poderiam assustar criancinhas e embaraçar multidões.

— Seria uma contravenção, sem dúvida. Não vamos para a sua sala? Para o seu AutoChef?

— Não. — Eve pegou o casaco enquanto Summerset assistia a tudo em pé, impávido e silencioso. — Todo mundo resolveu colocar o pé para fora da cama bem cedo hoje. É melhor minha viatura estar exatamente onde eu a deixei ontem — avisou ao mordomo, com rispidez. — Senão eu vou pegá-la na garagem arrastando você pela orelha e vou passar com ela por cima de você. Várias vezes.

— O que a senhora chama de "viatura" está do lado de fora, envergonhando a fachada da casa.

— Vá na frente, Peabody — ordenou ela, apontando para a porta e esperando até que a parceira saísse. — Quero ser informada caso ela apareça aqui. Quero saber se ela aparecer nesta casa. Entendido?

— Sim.

Ela marchou para enfrentar o frio sem gorro nem luvas, e se colocou atrás do volante.

— Primeiro endereço.

Peabody o entregou e pigarreou para limpar a garganta.

— Noite difícil?

— A vida é cheia de noites difíceis.

— Escute, se você quiser desabafar, é só abrir o bico, porque é para isso que existem parceiras.

— Surgiu uma mulher na vida de Roarke.

— Essa possibilidade não existe.

A frase foi dita tão depressa e com tamanha confiança que Eve se sentiria reconfortada, sob outras circunstâncias. — Surgiu uma mulher — repetiu. — Um rabo de saia com quem ele esteve envolvido muito tempo atrás. Seriamente envolvido. Ela voltou e está se jogando para cima dele. Ele não concorda que ela esteja "se jogando". Não percebe o que ela é por baixo do brilho e do *glamour*. Temos um problema.

— Você tem certeza? — Foi preciso um único olhar colérico de Eve para Peabody bufar com força. — Tudo bem, você tem certeza. Em primeiro lugar, vou logo dizendo que Roarke não chifraria você com ninguém. Mas é claro que uma vadia em posição de ataque é sempre uma tentação forte. É melhor você levar um papo com ela e mostrar seus músculos. Ou podemos convencê-la a dançar miudinho e colocar seu traseiro glamouroso num voo só de ida para a Sibéria.

— Bom plano. — Eve parou num sinal vermelho e passou as mãos sobre o rosto. — Não posso fazer isso; não posso tocar nela; não posso dar um monte de marteladas na cabeça dela e depois enterrar o corpo em White Plains.

— É verdade. Bloomfield é um lugar melhor que White Plains para a desova.

Eve sentiu vontade de rir.

— Não sei como lidar com isso, não tenho como forçar a barra com ele e não faço ideia da distância que devo manter. Não conheço os passos e a estratégia. Acho que já estraguei tudo.

— Quer saber de uma coisa, Dallas? Acho que você deveria simplesmente avisar a ele que isso machuca.

— Nunca precisei dizer nada desse tipo para Roarke antes. Ele percebe as coisas que eu sinto antes mesmo de mim. — Balançou a cabeça. — Isso está me esculhambando por dentro. Está esculhambando nós dois. Mas agora eu preciso colocar tudo de lado e cuidar do meu trabalho.

Ela relatou a conversa com Lissette Foster e a ausência do ingrediente-chave no conteúdo da garrafa térmica.

— Isso indica que o veneno foi adicionado à bebida antes de ele chegar à escola, mas provavelmente numa garrafa falsa — completou Eve.

— Bem... — Peabody deixou a informação brincar na cabeça. — Veneno é um método mais utilizado por mulheres do que por homens.

— Estatisticamente, sim.

— Segundo Lissette, Mirri Hallywell conhecia o ingrediente secreto. E se por acaso, já sabendo que a polícia descobriria a receita, Mirri o deixou de fora deliberadamente? Assim, Lissette poderia ser seu álibi.

— Um pouco intrincado demais — refletiu Eve. — Mas não impossível.

— Ou Lissette poderia ter deixado de colocar o chocolate pela mesma razão. Mas eu concordo — aceitou Peabody, antes de Eve comentar. — Essa bola não quica muito bem.

— Se não jogarmos a bola, como poderá quicar?, perguntou. — Vamos manter essas possibilidades em cima da mesa.

Eve estacionou junto ao meio-fio e, ao saltar, ficou mais animada ao perceber o olhar de profundo desdém que o porteiro do prédio lançou, com seus olhos de águia.

— Não é permitido deixar lixo diante do prédio, dona.

— Ei, você faz ideia de quantos favores sexuais minha parceira aqui teve de prometer para conseguir esse carro?

— Mas você é que ficou de cumprir as promessas — lembrou Peabody.

— Talvez eu consiga me esquivar da palavra empenhada. Enquanto isso — exibiu o distintivo —, você vai tomar conta daquele monte de lixo como se fosse um XR-5000 acabado de sair da vitrine. E também vai interfonar para... Quem mesmo a gente veio ver aqui, Peabody?

— Os Ferguson.

— Você vai ligar para os Ferguson e avisar que viemos conversar com eles.

— O sr. Ferguson já deixou o prédio esta manhã. Tinha uma reunião durante o café da manhã. A sra. Ferguson ainda está em casa.

— Então vá fazer o que eu mandei.

Ele não pareceu nem um pouco satisfeito, mas ligou para o apartamento liberou a entrada.

E elas se viram em pleno caos.

Eileen Ferguson tinha uma criança de idade indeterminada no colo, apoiada no quadril. O menino tinha uma gosma cor-de-rosa em torno da boca e usava pijamas decorados com dinossauros sorridentes.

Eve refletiu que dinossauros só poderiam estar sorridentes quando o jantar estivesse pronto para ser devorado. Portanto, por que será que os adultos decoravam as roupinhas dos seus pimpolhos com dinossauros sorridentes? Ela nunca conseguiria entender.

Do fundo vieram guinchos, latidos e gritos de guerra que poderiam ser de pura alegria ou terror extremo. Eileen vestia uma suéter cor de ferrugem, calça larga preta e pantufas de pelúcia cor de algodão doce. Seu cabelo castanho estava preso num longo rabo de cavalo e seus olhos castanho-claros pareciam estranhamente plácidos, considerando o nível de decibéis.

Eve especulou consigo mesma se ela teria fumado um baseado antes de atender a porta.

— Essa visita deve ser para falar de Craig Foster, certo? Entrem por sua própria conta e risco. — Recuou para deixá-las passar. — Martin Edward Ferguson, Dillon Wyatt Hadley! — Falou sem gritar, mas a voz aparentemente gentil estava carregada de ameaças. — Parem com a bagunça agora mesmo, senão vou desmembrar esse cachorro e jogar os pedaços no reciclador de lixo. Desculpem, aceitam café? — disse ela, simpática, voltando a olhar para Eve e Peabody.

— Ahn... Não.

— O cão é um androide da raça terrier. Num momento de total insanidade eu o comprei para Martin em seu aniversário. Agora estou pagando o preço por isso.

Eve notou que o barulho diminuiu. Talvez, de vez em quando, outros itens da casa *realmente* fossem parar no reciclador de Eileen.

— Sentem-se. Vou só colocar Annie na cadeirinha.

A cadeirinha era um objeto redondo e colorido com dezenas de botões brilhantes e coisas que giravam loucamente para entreter dedinhos curiosos. Ela também apitava, zumbia e emitia um som de gargalhada que Eve considerou ligeiramente assustador. Mas Annie se interessou pelos sons na mesma hora.

— Ouvi dizer que o sr. Foster foi envenenado — disse Eileen, largando-se numa cadeira preta com assento côncavo. — É verdade?

— Sim. Descobrimos que o sr. Foster ingeriu uma substância venenosa.

— Por favor, me digam se é seguro mandar as crianças para a escola.

— Não temos motivo para acreditar que haja algum perigo para os alunos.

— Graças a Deus... Por vários motivos. Não quero que aconteça nada com Martin ou com algum dos outros. Só que, meu Pai-do céu, não quero ficar com meus dias tomados por quatro crianças.

— Quatro?! — repetiu Eve, atônita, e sentiu uma torrente imediata de medo e solidariedade. — Só Martin Ferguson está matriculado na escola, segundo os registros.

— Sim, mas estou no rodízio de mãe da semana.

— Como assim?

— Eu levo o grupo todo... Martin e Dillon, que estão lá em cima; Callie Yost, que vai chegar a qualquer momento; e Macy Pink. Essa última eu pego no caminho, ela mora a um quarteirão daqui. Levo todos os quatro para a escola e os pego no fim do dia. No caso de aulas canceladas ou num dos numerosos feriados escolares, tomo conta deles em casa. Fazemos rodízio. Toda semana uma das mães assume essa função.

— Você foi até a escola no dia em que o sr. Foster morreu. Chegou logo depois das oito e ficou lá durante quarenta minutos.

— Sim, eu os levei bem cedo e os deixei na creche. Depois tive de entregar doze *cupcakes* no departamento de nutrição da escola para eles serem examinados e aprovados.

— É comum pais ou alunos levarem comida de fora para a escola?

— Não com tantos afazeres em casa. Mas era aniversário de Martin, e por isso eu preparei os *cupcakes*. Já tinha uma pré-liberação para eles. Não é permitido levar comida de fora para grupos de alunos sem liberação prévia. É preciso preencher um formulário — explicou Eileen —, especificar o tipo de comida e listar todos os ingredientes para o caso de alguma das crianças ter alergias, condições especiais, restrições culturais ou familiares.

Eileen parou de falar, começou a tirar roupas minúsculas de uma cesta e dobrá-las em pacotinhos ainda menores.

— Essas exigências são um saco, em minha opinião, mas todas as regras da escola são muito severas. A diretora e a nutricionista precisam autorizar cada item. Parece até uma questão de segurança nacional. Eu consegui a liberação e paguei pelo suco de laranja que me esqueci de comprar para acompanhar os *cupcakes*. Só então percebi que tinha levado a mochila de Callie em vez da sacola de fraldas de Annie. Tive de voltar à creche para destrocar. Foi nesse momento que percebi, depois de sentir no ar o perfume *eau de Annie*, que ela precisava desesperadamente de uma nova fralda. Mas resolvi o problema. Acho que levei mais ou menos quarenta minutos nisso tudo.

— Durante esse tempo, quem você viu e com quem conversou?

— Bem... Laina, a nutricionista; Lida Krump, a responsável pela creche e sua assistente, Mitchell. Também estive com a diretora Mosebly rapidamente. Eu e ela nos encontramos no corredor quando eu já estava saindo e conversamos por um minuto. "Como vai, feliz aniversário para Martin" e coisas desse tipo. Também vi Craig Foster indo para a sala dos professores. Não cheguei a falar com ele, simplesmente acenei e continuei andando. Gostaria de ter tirado alguns segundos para cumprimentá-lo de forma adequada, mas as pessoas sempre acham que vai haver outra oportunidade.

— Você o conhecia bem?

— Tanto quanto qualquer professor da escola, eu acho. Sempre nos encontrávamos andando pela vizinhança e participávamos dos encontros. Duas vezes em cada semestre havia reuniões de pais e mestres. Até mais, se houvesse necessidade. Eles sempre me chamavam para conversar sobre Martin — acrescentou, com um sorriso torto.

— Martin tinha problemas com o sr. Foster? — quis saber Eve.

— Na verdade, Martin e Craig interagiam muito bem. Craig adorava tudo que Martin fazia, dava para ver.

— Mas você era chamada para resolver dificuldades.

— Ah, muitas vezes — ela riu abertamente. — Eles sempre se referem a Martin como um menino "agitado", que é como os professores costumam descrever crianças com problemas de mau comportamento. Decidimos colocá-lo numa escola particular porque há mais tempo de dedicação dos professores para cada aluno e mais disciplina. Está dando certo.

Ouviu-se um ruído de algo se quebrando, risadas histéricas e latidos enlouquecidos. Eileen sorriu, meio sem graça.

— Quase sempre — brincou.

— E quanto aos outros professores? Reed Williams, por exemplo.

— Sim, eu o conheço, claro. — Embora dissesse isso com ar casual, desviou o olhar por alguns segundos.

— Você o encontrava fora da escola, sra. Ferguson?

— Não. *Eu* não.

— Isso significa que *outras* sim.

— Talvez. Mas não vejo o que isso possa ter a ver com Craig.

— Detalhes são importantes. Soubemos que o sr. Williams praticou ou tentou praticar várias abordagens de cunho sexual.

— Puxa vida!... — Ela expirou com força. — Ele costumava passar cantadas nas mulheres. Tudo era muito sutil e refinado. Não existe nada de palpável com que eu possa acusá-lo, se desejasse fazer isso. Mas uma mulher nota quando um homem está a fim dela. E a maioria dos homens percebe quando uma mulher não está interessada. Ele tirava o time de campo nesses momentos. Nunca tive nenhum problema com ele ou *por causa* dele.

— Mas outras tiveram?

— Escute, eu sei que ele deu em cima de Jude Hadley. Ela me contou e disse que eles se encontraram para alguns drinques. Ela é divorciada e cedeu à tentação. Depois resolveu que esse não era o tipo de envolvimento que procurava. Especialmente depois que eu vi Williams em companhia de Allika Straffo.

— Você os viu...? — encorajou Eve.

— Na festa de fim de ano da escola. Foi uma espécie de... — Ela se remexeu um pouco, obviamente desconfortável. — Eu reparei na forma como eles olhavam um para o outro. Num determinado momento ele a tocou, um leve roçar da mão ao longo do braço dela. Mas ela ficou vermelha como um pimentão. Ele saiu para dar uma volta e logo depois ela o seguiu. Voltaram para o salão separados, cerca de dez ou quinze minutos depois. Mas ela reapareceu na festa com aquele olhar... Sabe como é, sonhador e solto. Se eles não foram dar uma rapidinha, eu seria capaz de comer aquele maldito cãozinho androide.

— Muito interessante! — comentou Eve, quando ela e Peabody tornaram a sair para a rua no frio do inverno. — Allika Straffo, mãe de uma das crianças que encontrou a vítima, parece ter curtido trepadas "rapidinhas" com Reed Williams, uma das pessoas que teve chance para matar Craig Foster.

— Foster teria ameaçado denunciar Williams em algo que iria envolver Allika Straffo? Pode ser, mas eu lhe digo uma coisa: não consigo imaginar Williams revoltado a ponto de envenenar Foster para evitar ser denunciado por um caso com a mãe de uma aluna.

— Allika Straffo, por sua vez, é casada. E casada com um homem poderoso. Ela poderia ter ficado revoltada a esse ponto.

— Mas não há registro da presença dela na escola no dia do crime.

— A filha dela estava lá.

— A filha dela? Ah, *qual é*, Dallas? Você acha que ela colocou a própria filha para ser a agente dela? Uma garota assassina? Uma criança exterminadora?

— Pode ser que a menina estivesse protegendo a mamãe.

— Ei, espere um instante — disse Peabody, entrando no carro. — Em primeiro lugar, deixe-me lembrar de que estamos falando de uma menina de dez anos.

— Já houve casos de crianças assassinas. — Eve tinha só oito anos quando matou o próprio pai. Quando o esfaqueou várias vezes, sem conseguir parar.

— Sim, mas geralmente isso acontece por pânico, medo, raiva, impulso. Normalmente uma menina com dez anos de idade, simpática, família de classe alta, não coloca ricina na garrafa térmica do professor. Aí já é forçar um pouco a barra.

— É, eu sei. Mas talvez ela não soubesse que o estava envenenando. Mamãe diz: "Ei, vamos aprontar uma brincadeira com o sr. Foster hoje."

— Fica meio difícil engolir que a mãe de alguém faça a filha matar um dos seus professores na escola por estar tendo lições particulares de sacanagem com outro.

Não, decidiu Eve, essa versão também não a convencia. Mesmo assim...

— Vale a pena darmos uma passadinha lá para conversar com ela.

A cobertura dos Straffo ficava num prédio de revestimento prateado e forma de projétil, de onde se divisavam vistas maravilhosas do rio através de suas janelas de vidro cintilante e amplos terraços.

Tanto o porteiro quanto o sistema de segurança do prédio pareciam sofisticados e intimidavam os visitantes, mas também eram eficientes. Eve e Peabody foram liberadas rapidamente depois de se identificarem.

A porta da cobertura foi aberta por uma jovem com sardas que cobriam um rosto corado com ar saudável e complementado por cabelo cor de cenoura. Seu sotaque irlandês era tão forte que parecia palpável.

Eve sentiu uma fisgada na barriga ao ouvir a musicalidade do sotaque e se lembrar de Roarke na mesma hora.

— A sra. Straffo já vira atendê-las. Ela e Rayleen estão acabando de tomar o café da manhã. O que as senhoras querem que eu lhes sirva? Café? Chá?

— Não, obrigada, estamos bem. De que parte da Irlanda você é?

— Sou de Mayo, na região oeste. A senhora conhece o lugar?

— Não exatamente.

— É lindo, a senhora vai gostar muito se tiver chance de visitar. Posso pegar seus casacos?

— Não é preciso, obrigada. — Eve a seguiu pelo saguão amplo e subiu um lance de escada à direita, onde arcos largos levavam a salões com janelas muito altas. — Há quanto tempo você trabalha para os Straffo?

— Cerca de seis meses. Por favor, fiquem à vontade. — Apontou para dois sofás elegantes cobertos por almofadas de gel. Havia um recesso na parede onde se destacava uma lareira em pedras rubras e brancas; as chamas exibiam um misterioso tom de azul que combinava com o estofamento dos sofás. Cubos transparentes serviam de mesinhas laterais e, dentro deles, flores luxuriantes e pontudas se entrelaçavam.

— As senhoras têm certeza de que não querem que eu lhes traga algo quente para tomar? Hoje está muito frio lá fora. Ah, aí vem a sra. Straffo. E eis nossa princesa.

Allika era loura como a filha, mas as pontas dos fios de cabelo muito curtos tinham sido platinadas por um excelente profissional. Tinha olhos cor de mirtilos maduros e sua pele era branca e suave como leite. Vestia uma suéter curta que combinava com os olhos e a calça cinza pedra que chamava atenção para suas pernas muito compridas.

Segurava a mão da filha.

O rosto de Rayleen parecia mais brilhante e ávido por novidades.

— Mamãe, essas são as policiais que estiveram na escola: tenente Dallas e detetive Peabody. Vocês vieram nos contar que descobriram o que aconteceu com o sr. Foster?

— Ainda estamos trabalhando para descobrir.

— Rayleen, agora você precisa ir com Cora pegar seu casaco — avisou a mãe. — Não deve se atrasar para a escola.

— Posso ficar aqui e conversar com vocês? Esse seria um atraso aceitável, como uma consulta médica, e não me fará perder pontos de aplicação e assiduidade.

— Hoje não.

— Mas *fui eu* que o encontrei. Sou uma testemunha. — No instante em que Rayleen fez um beicinho de desapontamento, Allika pegou o rosto da filha entre as mãos e lhe beijou as duas faces.

— Seja a minha boa menina e vá com Cora agora. Vejo você à tarde, na volta da escola.

Rayleen deu um longo suspiro.

— Eu gostaria de ficar e conversar com vocês — disse a Eve, mas obedeceu à mãe e saiu da sala com Cora.

— Ela está lidando com esse horror de forma admirável, para ser franca. Mesmo assim, teve pesadelos essa noite. Sei que é uma coisa terrível de se dizer, mas vivo lamentando não ter sido outra criança a encontrá-lo, junto com Melodie. Apareceram novidades? Algo que vocês não queriam dizer na frente de Rayleen?

— Poderia nos informar se a senhora, sua filha ou seu marido tinham algum problema com o sr. Foster?

— Problema? Não. Na verdade, ele era o professor favorito da minha filha. Rayleen obteve as notas mais elevadas da turma, na matéria dele. É uma aluna excepcional e Craig a indicou como líder da turma. Ela também é líder de turma em Literatura e Ciências da Computação. Adora a escola.

— Qual foi a última vez em que a senhora viu o sr. Foster?

— Na mais recente reunião de pais e mestres, que aconteceu em... humm... Novembro, acho. Não, não, desculpem, eu me enganei. Deve ter sido na festa de fim de ano da escola, em dezembro. A escola cancela as duas últimas aulas do dia, e os pais ou responsáveis são convidados. A orquestra e o coral da escola se apresentam. É muito interessante — acrescentou, com uma risada curta. — Tomamos refrigerantes depois da apresentação. Eu vi o sr. Foster lá e conversamos rapidamente. Rayleen lhe entregou um pequeno presente: uma caneca de café que ela mesma fez na aula de trabalhos em cerâmica. Tudo isso é tão trágico. Eu gostaria de mantê-la em casa por alguns dias.

Ela retorceu os dedos sobre as coxas.

— Ray está determinada a não perder aulas. Meu marido também foi muito firme quanto a ela continuar a frequentar a escola normalmente. Eu perdi na votação — explicou, com outro sorriso curto. — Provavelmente eles dois estão com a razão, mas é duro mandá-la de volta para lá depois do que aconteceu.

— O sr. Foster alguma vez conversou com a senhora sobre o sr. Williams?

— O sr. Williams? — Ali estava... Um lampejo de choque e culpa misturado com um pouco de medo, identificou Eve. — Não que eu me lembre. Por que conversaria?

— A senhora e o sr. Williams se dão muito bem, certo?

— Tento ser amigável com todos os professores e funcionários da Sarah Child.

— Mais amigável com uns do que com outros.

— Não gosto das implicações do que a senhora está dizendo, tenente, nem as compreendo. — Ela se levantou de repente, mas sua atitude era mais de pânico que de autoridade. — Acho que vocês deviam se retirar agora mesmo, se isso é tudo.

— Claro, podemos ir embora. Mas passaremos no escritório do seu marido para discutir esse assunto com ele.

— Esperem! — pediu Allika, quando Eve já se levantava. — Esperem. — Não sei o que vocês ouviram por aí, nem em que acreditaram, mas... — Olhou para o saguão e respirou lentamente ao ouvir Rayleen conversando animadamente com Cora enquanto saíam para a escola. — Esse assunto não lhes diz respeito, não é da conta de vocês.

— Tudo que tenha relação com o sr. Foster é da nossa conta.

— Minha vida pessoal... Vocês não têm motivo para conversar com Oliver a respeito de fofocas.

— Foster sabia sobre você e Reed Williams? Por acaso a ameaçou, ou a Williams, de que iria delatar o caso de vocês?

— Não era um caso! Foi apenas uma fraqueza, uma fraqueza momentânea. Terminei tudo faz algumas semanas.

— Por quê?

— Porque despertei para a realidade. — Ajeitou o cabelo. — Eu tenho... Sempre que as festas de fim de ano se aproximam eu fico com problemas de depressão. Nosso filho, nosso Trev querido, morreu há três anos, na manhã de Natal.

— Oh, eu sinto muitíssimo ouvir isso — reagiu Peabody, com um jeito sincero. — Como foi que ele faleceu?

— Ele... — Allika se largou novamente no sofá. — Estávamos passando as festas de fim de ano em casa... Tínhamos uma casa em Connecticut. Meu filho... Ele tinha dois aninhos. Trev!... Era empolgadíssimo com Papai Noel. Saiu da cama mais cedo. Ainda estava escuro quando... Bem, ele caiu, rolou a escada. Uma escada tão grande, um menino tão pequeno. Devia estar correndo, foi o que disseram... Corria para ver o que Papai Noel tinha trazido. Caiu da escada, quebrou o pescoço e...

— Ó Deus, meus sentimentos — continuou Peabody. — Não creio que exista nada mais difícil para um pai ou uma mãe enfrentar do que isso.

— Eu me despedacei. Foram necessários muitos meses de tratamento para eu me recuperar. Não creio que algum dia vá me sentir completa ou inteira novamente, nem que deva esperar isso. Mas tínhamos Rayleen. Tínhamos outra criança em casa que precisava muito de nós. Não temos mais a casa em Connecticut, mas temos Ray, e ela merece usufruir de uma vida normal.

— Então você se envolveu com Reed Williams porque estava deprimida — declarou Eve, incentivando-a a contar mais.

— Sei que isso não é uma boa desculpa. Já sabia enquanto tudo estava acontecendo. Mas, sempre que o Natal se aproxima, a dor volta. Quando isso ocorre, eu tranco do lado de fora uma parte de mim. Reed... Ele me ajudou a desbloquear algumas coisas aqui dentro, apenas isso. Foi muito excitante, mas também tolo. Meu marido e eu não somos as mesmas pessoas que éramos antes de Trevor morrer. Mas tentamos ir em frente, continuamos tentando. Eu fui burra e tola; se ele descobrir o que fiz, isso vai magoá-lo muito. Não quero que isso aconteça.

— E se Foster tivesse denunciado o envolvimento de vocês?

— Mas ele não sabia de nada! — Ela colocou a mão na garganta e a esfregou com força ali, como se sentisse dor. — Não sei como poderia ter descoberto. Nunca mencionou nada comigo a respeito e nós conversamos, como relatei, na festa de fim de ano. Foi um grande erro, eu reconheço, mas tudo se resumiu apenas a sexo. Duas vezes. Só duas vezes. Não significou mais do que isso, nem para mim nem para Reed.

— Williams disse alguma coisa a você sobre Foster?

— Não conversávamos muito. Era apenas físico, tudo era superficial e depois acabou.

— Ele ficou chateado quando acabou?

— Nem um pouco. Aliás, devo admitir que isso só serviu para eu me sentir ainda mais idiota. — Fechou os olhos, empinou os ombros e os lançou para trás. — Tenente... Se a senhora, por algum motivo, tiver de contar o que aconteceu a Oliver, peço-lhe que me deixe falar com ele antes. Gostaria de ter a chance de tentar me explicar antes de ele saber de tudo por meio da polícia.

— Não vejo nenhum motivo para comentar isso com ele, no momento. Se isso mudar, eu a avisarei antes.

— Obrigada.

Eve e Peabody conseguiram esclarecer e classificar as visitas de todas as outras pessoas que tinham estado na escola na manhã do crime, mas continuavam sem nada de sólido depois das entrevistas. Eve voltou para o centro da cidade.

— Quantas vezes você acha que Allika Straffo foi assim tão "burra" ao longo do casamento? — quis saber Eve.

— Acho que essa foi a primeira vez. Ela me pareceu muito nervosa, muito culpada e cheia de remorsos para que seja um hábito. Quer saber de uma coisa? Acho que Reed Williams farejou a vulnerabilidade dela e seguiu em frente. E não creio que Foster soubesse do caso.

— Por quê? — insistiu Eve.

— Por tudo que sabemos a respeito dele, Foster era um sujeito correto e muito certinho. Não consigo imaginá-lo levando um papo casual com Allika, do tipo conversa de festa, se soubesse que ela andava realizando proezas sexuais com Williams. Ela também teria percebido que ele sabia. Altos níveis de hormônios sexuais aumentam o instinto, em minha opinião. Ela se mostraria excitada, talvez culpada, e perceberia se ele soubesse. Acho que ela simplesmente cometeu um erro.

— É isso que o adultério é? — perguntou Eve.

Peabody fez uma careta e se encolheu de leve.

— Tudo bem, é traição, um grande insulto. Ela insultou e traiu o marido com Williams e agora precisa viver com isso na consciência. E Roarke não vai trair nem insultar você desse jeito.

— Não se trata de mim.

— Eu sei, mas as coisas estão se misturando na sua cabeça e não deviam.

Se deviam ou não, o fato é que estavam lá e Eve não gostava disso. Mas continuou fazendo o seu trabalho. O laboratório não encontrou vestígio algum de ricina na mistura, nem na base líquida que Eve pegara no apartamento dos Foster. Isso confirmou que o veneno tinha entrado em cena só no momento do crime.

Voltou a analisar a cronologia que montara e acrescentou alguns detalhes obtidos nas entrevistas da manhã. Gente entrando e saindo da escola. Pessoas andando pelo lugar, parando para bater papo, circulando pelos corredores e passando umas pelas outras.

Ela precisava de uma ligação de alguém com o veneno.

Passeou diante do quadro que montara, sentou-se à mesa e fechou os olhos. Tornou a se levantar mais uma vez, leu novamente as anotações e relatórios. Caminhou pela sala de um lado para outro.

Mas sua mente não se concentrava em nada. Numa tentativa de estimular o organismo, abriu a parte traseira do computador e tateou com cuidado em busca da barra de chocolate que pregara com fita adesiva ali dentro.

Tinha sumido.

— Alguém levou a porra da barra! — Dava para ver a marca da fita adesiva no lugar onde ela prendera o chocolate. O traiçoeiro ladrão de chocolate tinha atacado mais uma vez.

Não foi a primeira vez que ela considerou a possibilidade de instalar câmeras e microfones ocultos em sua sala. Um simples sistema de vigilância, uma barra de chocolate como isca e ela iria desmascarar o ladrão safado.

Mas não era desse jeito que ela queria agarrá-lo. Aquilo, pensou, era uma batalha de vontades e de intelecto, e não de tecnologia.

Sua decepção por ver sua dose de chocolate arrancada bem debaixo do seu nariz a deixou ocupada e distraída durante vários minutos. Por fim desistiu, entrou em contato com o consultório da doutora Mira e intimou a assistente da médica a marcar uma hora para recebê-la.

Enviou cópias das pastas para a médica e um conjunto de arquivos para o comandante Whitney, acompanhado de um memorando onde avisava seu chefe de que tinha marcado uma consulta com a psiquiatra que analisava perfis de criminosos para a polícia.

Fechou os olhos mais uma vez, pensou em pegar café. E adormeceu na mesma hora.

Estava num quarto na cidade de Dallas. O ambiente era gélido e as luzes vermelhas e sujas da boate de *striptease* que funcionava do outro lado da rua piscavam. A faca estava em suas mãos e pareciam cobertas de sangue. Ele estava caído ali perto; o homem que lhe dera a vida. O homem que a estuprara, que a espancara e atormentara durante tanto tempo.

Tudo acabado agora, pensou ela, uma mulher adulta segurando a faca, e não mais uma criança. Tudo acabara e deveria ficar assim. Uma mulher adulta cujo braço ainda parecia urrar de dor pelo osso quebrado no braço da criança.

Ela conseguia sentir o cheiro do sangue, o cheiro da morte.

Acalentando o braço quebrado, se afastou da cena do crime e se virou para escapar.

A porta do quarto ao lado estava aberta e, lá dentro, duas figuras se moviam de forma fluida e de certo modo bela sobre a cama. As luzes se acendiam e se apagavam sobre elas. O cabelo do homem era escuro e brilhante, e seus olhos brilhavam muito. Ela conhecia as curvas do seu rosto, os seus ombros, a linha forte das suas costas, o movimento dos músculos que desciam por ali.

A mulher dentro da qual ele estava gemia de prazer, e seu cabelo louro rebrilhava ainda mais sob o efeito da luz vermelha e feia.

A dor foi pior do que a do osso quebrado, pior do que a dos estupros. Vibrava através de todas as suas células, todos os músculos, todos os poros.

Atrás dela o pai de Eve, apesar de morto, deu uma risada.

"Você não esperava que ele fosse realmente ficar com você, certo? Olhe para ele e olhe para ela. Você não chega nem perto desse nível de beleza. Todo mundo trai, garotinha."

E ela era a garotinha perdida mais uma vez, tremendo, enjoada, com muita dor e desespero.

"Vá em frente, vingue-se deles. Você sabe como."

Quando ela olhou para baixo, sentiu a formato da faca em sua mão e viu que a lâmina estava molhada e vermelha.

Capítulo Nove

Se olhares penetrantes pudessem matar alguém, o que a assistente superprotetora de Mira lançou sobre Eve a teria derrubado na mesma hora. Mas conseguiu sobreviver ao ataque, entrou e encontrou Mira sentada atrás da mesa.

Como sempre, a psiquiatra parecia calma e com aparência composta. Seu cabelo cor de carvão tinha crescido muito rápido e estava lançado para trás de um jeito quase impertinente, num estilo que Eve nunca tinha visto. Eve sempre se sentia sacudida quando as pessoas modificavam coisas básicas em sua aparência. Eram coisas que a deixavam fora do contexto, por assim dizer, decidiu.

O cabelo de Mira exibia um estilo jovial, esportivo, e deixava à mostra um pouco mais do lindo rosto da médica. A doutora vestia um dos seus elegantes terninhos, numa cor que Eve imaginava que fosse cinza, mas parecia uma névoa espessa. De algum modo, isso fazia sobressair ainda mais os olhos de Mira, de um azul suave, tornando-os mais profundos.

Ela usava ouro branco para completar o quadro; brincos espiralados e uma corrente trançada no pescoço, de onde descia um pingente de pedra clara colocado sobre uma base entalhada.

Eve se perguntou se Roarke teria considerado aquela uma imagem que ficaria bem na televisão, e decidiu que nada poderia ser mais perfeito.

— Olá, Eve. — Mira sorriu. — Desculpe, mas ainda não tive chance de ler seu relatório por completo.

— Pois é, eu invadi sua rotina.

— Sempre existe espaço para encaixar alguma coisa importante. Mas você pode me fazer um resumo do caso — continuou, levantando-se para ir até o AutoChef. — Caso difícil?

— A maioria sempre é.

— Mas você me parece muito cansada.

— É que não estou chegando em lugar algum. A vítima era um professor de História. Escola particular — começou Eve, e completou as lacunas enquanto Mira programava o chá floral que tanto apreciava.

A psiquiatra apontou uma poltrona enquanto Eve falava e se sentou em outra depois de entregar uma das xícaras para Eve.

— Envenenamento é um método distante para matar — comentou Mira, provando o chá. — Mantém as mãos do assassino limpas. Não é necessário contato físico. É um ato destituído de paixão, na maioria das vezes. Um modo considerado feminino. Não é exclusivamente feminino, obviamente, mas se trata de uma escolha comum entre as mulheres.

— Não consigo determinar um motivo. A possibilidade no topo da lista é a vontade de silenciá-lo. Pelo que soubemos, ele tinha conhecimento de que um dos colegas professores gostava de colecionar casos com as colegas de trabalho e mães de alunos.

— Isso, potencialmente, seria motivo para ações disciplinares e até demissão. Envenenamento por ricina — refletiu Mira. — Um método meio fora de moda, até mesmo exótico. E menos eficiente que outras opções, mas fácil de conseguir se a pessoa tiver algum conhecimento de ciência.

— Funcionou às mil maravilhas.

— Sim, certamente funciona. Portanto, o assassinato foi planejado, cronometrado e executado. Não aconteceu por impulso, nem no calor do momento ou de uma discussão. Foi calculado.

Equilibrando o pires sobre o joelho de um jeito que Eve achava espantoso e admirável, Mira continuou.

— É possível, claro, que o veneno fizesse parte da rotina diária ou profissional do assassino, e esse acesso fácil o tenha transformado no meio escolhido. Pelo que você me contou, a vítima não tinha conhecimento de que poderia estar em perigo ou se encontrar sob ameaça, nem supunha ter despertado a ira mortal de alguém.

— Ele seguia com sua rotina numa boa — confirmou Eve. — Ninguém próximo dele relatou alguma mudança em sua rotina.

— Eu diria que o assassino acalentou esse ressentimento, raiva ou motivo enquanto continuava a desempenhar suas tarefas do dia a dia. Planejou os detalhes e teve acesso ao método. Essa eliminação era simplesmente algo que precisava ser feito. Ele não precisou observar a morte da vítima, nem tocá-la ou falar com ela. Também não estava preocupado com o fato de que, muito provavelmente, uma criança ou um grupo de crianças poderia encontrar o corpo.

Mira considerou a situação por mais um minuto e continuou:

— Caso tenha sido um pai ou uma mãe, eu diria que se trata de alguém que coloca suas próprias necessidades e desejos acima das emoções do filho ou filha. Um professor? Alguém que enxerga as crianças como parte do trabalho, unidades genéricas e não indivíduos de pouca idade. Isso foi um meio para alcançar um fim. E foi feito de forma muito eficiente, com o mínimo de envolvimento pessoal.

— Ele não busca atenção nem glória. E não é louco.

— Diria que não. Mas é alguém que consegue seguir rigidamente um cronograma e trabalha de forma ordenada.

— Vou analisar atentamente o corpo docente e os funcionários da escola mais uma vez, além dos trabalhadores de apoio. Cronogramas são a pedra fundamental do funcionamento de uma escola, pelo que eu me lembro. Alguém lá de dentro teria um conhecimento melhor, mais claro e mais completo da programação e dos horários da vítima.

Eve se levantou e andou um pouco pelo consultório.

— Além do mais — continuou —, o assassino realmente poderia estar no local. Isso era esperado. Não há nada suspeito em aparecer para trabalhar, e simplesmente se dedicar às tarefas diárias. Alguns dos pais e responsáveis sempre levam as crianças para a escola; outros vão entregar alguma coisa, participar de reuniões, mas o assassino teria de saber que, se o seu nome estivesse na lista de presença da escola sem um bom motivo para isso, daríamos uma boa olhada nele.

— Alguém poderia ter acesso às dependências da escola sem ter assinado presença ou marcado hora?

— Sempre existe um jeito e isso será verificado à risca. Mas não me agrada essa possibilidade. — Eve tornou a se sentar na poltrona, mas logo se levantou novamente com um jeito agitado, algo que levou Mira a observá-la com mais atenção. — Entrar sem ser visto deixa o nome fora da lista potencialmente, mas não é tão eficiente quanto deixar marcada sua presença pelos meios lícitos e normais. Seria mais arriscado do que o necessário. O assassinato foi arriscado, mas, como a senhora disse, calculado. Houve uma previsão do tempo que a ação levaria. Aposto que o filho da mãe treinou tudo antes.

Enfiou as mãos nos bolsos e brincou, distraída, com as fichas de crédito que trazia no bolso.

— De qualquer modo, obrigado pelo seu tempo, doutora

— Vou ler o arquivo completo, montarei um perfil mais formal e depois lhe darei minha opinião.

— Muito obrigada.

— Agora, conte-me o que há de errado.

— Acabei de contar. Um cara foi morto. Não tenho pistas sólidas.

— Você não confia em mim, Eve?

Aquela tinha sido exatamente a mesma pergunta que Roarke tinha feito a Eve na véspera e quase com o mesmo tom paciente. Isso a derrubou. Sua respiração ficou levemente ofegante antes de ela conseguir controlá-la.

— Surgiu uma mulher — conseguiu dizer, por fim.

Mira conhecia o coração e a cabeça de Eve bem o bastante para compreender que aquilo era muito pessoal e não tinha nada a ver com assassinato.

— Sente-se.

— Não posso. Não posso. Surgiu uma mulher que ele conheceu há muito tempo e com quem se envolveu no passado. Pode ser que ele a tenha amado. Acho que amou. Ó, Deus! Ela voltou e ele está... Não sei o que fazer, estou estragando as coisas. Não consigo parar de estragar as coisas.

— Você acha que ele foi infiel a você?

— Não. — Sem conseguir se controlar, Eve apertou os dedos sobre os olhos. — Quer dizer... Uma parte de mim quase disse "ainda não", enquanto o resto quer pensar "pare com essa besteira!". Isso não é do feitio dele. Mas o fato é que ela está na área e... Não é como as outras.

— Antes de qualquer coisa, deixe-me dizer que em minha opinião, pessoal e profissional, Roarke ama você a tal ponto, Eve, que não existe espaço para mais ninguém. E concordo com sua avaliação: ser infiel a você não se enquadra no jeito normal dele agir. Não só por causa desse amor, mas também porque ele respeita muito você e também a ele mesmo. Dito isso, conte-me um pouco mais sobre essa mulher.

— Ela é linda. Lindíssima, na verdade. É mais nova, mais bonita e tem muito mais classe do que eu. Também tem peitos maiores. Sei que esse detalhe parece ridículo, mas...

— Claro que não é ridículo. Já odeio essa mulher intensamente.

Eve riu e uma lágrima acabou lhe escorrendo pelo rosto, mas foi logo enxugada.

— Sim, obrigada. Seu nome é Magdelana, mas ele a chama de Maggie, às vezes. — Encostou a mão na barriga. — Eu me sinto enjoada. Não consigo comer e mal tenho dormido.

— Eve, você precisa conversar com ele a respeito disso.

— Já conversei. Nós conversamos, mas tudo que fizemos foi rodar em círculos e reclamar um do outro. Não sei como lidar com isso. — Dividida entre a frustração e o medo, Eve passou as mãos pelo cabelo. — Não conheço as regras desse jogo. Summerset me avisou que ela é perigosa.

— Summerset?

— Pois é... — Eve notou um ar de riso no jeito surpreso de Mira. — Uma porretada na cabeça, não é? Na verdade ele prefere a mim, e não ela, para ficar com Roarke. Nesse momento, pelo menos.

— Isso não me surpreende nem um pouco. E por que ele diz que ela é perigosa?

— Ela usa as pessoas e as descarta, segundo Summerset me contou. Abandonou Roarke de uma hora para outra por um interesse pessoal, doze anos atrás.

— Faz muito tempo, então. Ele devia ser muito jovem.

— Era, sim. — Eve concordou e viu que Mira a compreendia. — Dói mais quando a pessoa é jovem e ainda não está preparada para ser magoada desse jeito. O pior foi isso: ela o largou. É pior. Muito pior, porque representa uma página que não foi virada, pois a relação não chegou ao fim pela ordem natural das coisas, desgaste ou algo assim. Ela o dispensou e caiu fora. E agora voltou a entrar em cena.

Ela tornou a se sentar, mas na beira da poltrona.

— Estávamos num restaurante sofisticado. Era um jantar de negócios e eu cheguei atrasada. Esse novo caso tinha caído em minhas mãos e eu fui para lá sem nem mesmo mudar de roupa. Estava com aquele aspecto, a senhora sabe como é. De repente ela pronunciou o nome de Roarke. Ele olhou para trás e viu a mulher escultural que o chamara. Vestido vermelho, loura. E estava ali por um instante... Surgiu bem ali, no fundo dos olhos dele. Ele não olha para mais ninguém daquele jeito a não ser para mim, mas olhou para ela. Só por um segundo. Menos de um segundo, na verdade, só meia batida de coração. Mas o olhar especial surgiu. Eu vi.

— Não duvido da sua palavra.

— Senti um calor forte entre eles. Consegui sentir.

— Lembranças, Eve, são forças poderosas. Você sabe disso. Mas relembrar sentimentos não os torna viáveis.

— Ele foi almoçar com ela.

— Humm...

— Foi muito aberto e honesto a respeito de tudo, não fez coisa alguma pelas minhas costas, não senhora, nada disso. Depois, ele me contou que ela lhe pediu conselhos em uma situação de negócios. Só que ela me relatou mais tarde que... A figura apareceu na minha sala na Central.

— Ela foi ver você?

Eve teve de se levantar e andar pela sala.

— Disse que queria me pagar um drinque e bater um papo. Chegou toda sorridente e veio com o velho papo de "podemos ser amigas". Só que o que ela me disse não era o que pensava, nem o que tinha em mente. Nossa, isso tudo parece meio idiota.

— Não parece, não — discordou Mira com o mesmo tom calmo. — Você foi treinada para ouvir o que as pessoas *não dizem*. Mesmo em se tratando de um caso intensamente pessoal, você ouviria esse algo mais.

— Ok. — Eve expirou com força. — Muito bem. Ela estava me sondando, atirando migalhas, jogando verde... Deu a entender que ela e Roarke iriam trabalhar juntos. No fundo está brincando comigo, e eu ainda não consegui encontrar o ritmo certo para chutar a bunda dela e atirá-la para fora de campo.

— Por mais que isso seja satisfatório, chutar a bunda dela para fora de campo não vai resolver o seu problema. É Roarke quem tem de fazer isso. Você já contou a ele o quanto isso está magoando você?

— Eu me sinto uma completa idiota. Ele não fez nada! O fato de existir esse calor e um lance que rolou entre eles no passado... Bem, quanto a isso ele não pode fazer nada. Aconteceu e pronto. Mas ela sabe disso e vai usar essa arma. Então... Acho que ele vai ter de fazer uma escolha.

— E você tem alguma dúvida de que ele ama você?

— Não. Mas ele a amou antes.

— Quer meu conselho?

— Acho que quero, já que despejei todo esse problema em cima da senhora.

Mira se levantou, segurou Eve pelos braços e aconselhou:

— Vá para casa e durma um pouco. Tome um calmante, se quiser, mas o importante é descansar a cabeça por algumas horas. Depois disso, conte a Roarke como você se sente. Diga o quanto se acha idiota, o quanto ficou magoada, e ressalte que sabe que ele não fez nada. Sentimentos nem sempre são racionais e razoáveis. Por isso é que são sentimentos. Você tem todo direito de ter os seus, mas ele também tem o direito de saber como você está diante de tudo.

— Em teoria parece bom. O problema é que, mesmo que eu conseguisse organizar meu dia para armar as coisas desse jeito, não poderei fazer isso. Tenho a porcaria daquele compromisso com Nadine hoje à noite.

— Ah, é claro. Hoje é a estreia do novo programa de Nadine, *Agora*. Dennis e eu vamos assistir vocês. — Nesse momento, Mira fez uma coisa que raramente fazia ou Eve raramente permitia: passou a mão sobre o cabelo de Eve. Em seguida se inclinou para a frente e beijou seu rosto. — Você vai estar maravilhosa, e quando o programa acabar e você tiver curtido uma bela noite de sono decente vai conversar sobre tudo isso com Roarke. Talvez a escolha final seja dele, mas as coisas que eu sinto e tudo o que sei me afirmam categoricamente que a escolha dele será sempre você.

— Mas ela fala francês e italiano.

— Que vaca!

Eve conseguiu dar uma gargalhada e fez algo que nunca tinha feito: baixou um pouco a cabeça, colou a testa na de Mira e fechou os olhos.

— Ok — disse ela, baixinho. — Ok.

Misturar tudo e colocar para fora todas aquelas emoções era algo que poderia ter provocado uma terrível dor de cabeça em Eve. Apesar disso, porém, ela se sentiu melhor.

Ao voltar para a sua divisão, viu Peabody sentada na sala de ocorrências, conversando com uma mulher miúda de cabelos pretos. Peabody deu um tapinha carinhoso no braço da mulher e se levantou.

— A tenente chegou. Dallas, esta é Laina Sanchez. Estávamos conversando um pouco. Será que poderíamos usar a lanchonete?

— Claro. — Eve reparou, quando a mulher se levantou com dificuldade, que a mulher estava em estado de gravidez avançada.

— Eu achei que deveria vir até aqui. — A voz de Laina tinha um leve sotaque latino e parecia rouca. — Falei com Hallie depois que a senhora e ela conversaram. A detetive Peabody me interrogou na escola no dia em que... no dia em que Craig morreu. Então eu resolvi vir procurá-la.

— Ótimo. — Ao chegar à lanchonete, Eve viu Baxter e Treheart, o tira experiente e o inocente. Ambos estavam sentados junto de uma mesa de canto, diante de um sujeito magricela e agitado que usava óculos muito escuros.

Cara esquisito com jeito de viciado, decidiu Eve. Provavelmente era um dos informantes de Baxter. Passou rapidamente em revista seus arquivos mentais para tentar lembrar em que casos os seus colegas estavam trabalhando, enquanto Peabody oferecia algo para Laina beber.

Homicídio no submundo, lembrou. Um turista morto que, pelo visto, tinha tentado se dar bem em um dos buracos terríveis que existiam debaixo das ruas de Nova York.

O olhar de Baxter cruzou com o dela por um breve instante, mas naquele olhar ela percebeu que o viciado estava trazendo algo que iria levar a investigação adiante.

Pelo menos alguém conseguira uma pista decente.

Eve pegou água porque o café da lanchonete da Central era revoltante. Sentou-se em seguida e deixou Peabody guiar a conversa.

— Agradecemos muito você ter vindo nos procurar, Laina. Tenente, Laina veio até aqui de metrô, mas eu prometi a ela que a levaríamos de volta para casa de carro. Poderemos fazer isso, certo?

— Claro, sem problema.

— Laina, você não quer relatar para a tenente Dallas o que acabou de me contar?

— Tudo bem. Eu faço trabalhos extras para Hallie, algumas vezes. Sei que ela contou sobre nosso acordo para a senhora, e também sei que não devia fazer isso. É que um dinheirinho a mais ajuda em casa e Hallie tem sido muito boa comigo. Ela comentou que a senhora já conversou com ela e me contou tudo o que foi dito.

— E por que não me conta agora a sua versão, sra. Sanchez?

— Sim. — Laina concordou com a cabeça. — Primeiro eu gostaria de confirmar que nós realmente nos encontramos na cozinha naquele dia de manhã. Tomamos café, conversamos sobre a mudança que teria que ser feita no menu e outros assuntos... Enfim, batemos papo, como amigas fazem.

Ela se remexeu um pouco na cadeira e colocou a mão sobre a barriga imensa.

— Hallie me contou que a senhora perguntou a ela sobre o sr. Williams e quis saber se ele... se tinha havido algo pessoal entre eles. Eu sei, é claro, que Hallie não tem interesse em homens para esse tipo de coisa. Mas nós duas também conversamos sobre algo que ela não quis contar para a senhora, porque é minha amiga.

— Aconteceu alguma coisa pessoal entre você e o sr. Williams?

— Não. — Laina enrubesceu e fechou a mão com força sobre o pequeno crucifixo de prata que usava no pescoço. — Não, nada disso. Sou casada. Isso significa que existem limites que não podem ser ultrapassados, isto é, para mim e para meu marido existem limites. Para o sr. Williams esses limites são menos definidos. Ele flertava comigo. Era uma coisa desconfortável, por causa de nossas posições na escola. Mas eu achava tudo inofensivo. Até o dia em que ele me tocou. Ele colocou a mão sobre o meu seio.

Eve esperou um segundo e perguntou:

— E então...?

— Bati na mão dele com uma colher — Laina repetiu o gesto que fizera, cheia de indignação. — Bati com muita força. Ele achou aquilo engraçado. Não contei nada ao meu marido, porque ele não iria achar nada engraçado. Aliás, eu não contei a ninguém, porque não queria perder o emprego.

— Ele continuou a assediar você?

— O sr. Williams me convidou para jantar, me chamou para tomar alguns drinques e me propôs ir para a cama com ele. Tornou a me tocar, mas dessa vez eu lhe dei uma bofetada forte. Mesmo assim ele não desanimou. Eu deveria ter denunciado o seu comportamento, sei disso, mas, quando ameacei fazer uma denúncia caso ele não parasse, simplesmente deu de ombros. Ele trabalha na escola há muito mais tempo do que eu, e todos acreditariam mais nele do que em mim. Ele certamente diria que fui eu quem o tinha assediado e eu seria despedida.

— E o que você fez?

— Nada. Tenho vergonha de confessar isso, mas não fiz nada. Ele foi embora e eu continuei chorando. Não consegui parar. Foi quando Craig entrou, me encontrou chorando e me perguntou o que havia de errado. Eu não lhe contei nada, mas acho que ele percebeu. Certamente tinha passado pelo sr. Williams ao entrar na sala; então eu acho que ele soube. O sr. Williams nunca mais tornou a me incomodar depois desse dia. Acho que Craig mandou que ele me deixasse em paz.

Ela deu um longo suspiro e bebeu um pouco da água.

— Eu devia ter contado tudo isso à detetive Peabody quando ela conversou comigo naquele dia, só que não raciocinei direito. Tudo que me passou pela cabeça foi que Craig estava morto. Ele era um homem tão bom e estava morto. Nem me lembrei do que tinha acontecido naquele outro dia.

— Quando foi que isso aconteceu? O dia em que Craig a encontrou chorando?

— Foi antes do recesso do fim do ano. Já faz muitas semanas. Não creio que isso possa significar alguma coisa, mas Hallie achou que eu deveria lhe contar, tenente. Disse que a senhora deveria saber de tudo. Eu só gostaria que a senhora não precisasse contar nada disso ao meu marido. Ele vai ficar furioso por eu não ter lhe contado nada e também ficará revoltado com o sr. Williams. Ele certamente causaria problemas na escola.

— Não há razão para contarmos nada disso ao seu marido, sra. Sanchez, mas permita que lhe diga uma coisa. Se você foi sexualmente assediada por Reed Williams, deveria denunciá-lo. Se fez isso com você, também deve ter feito com outras mulheres. Ele não pode exercer o cargo que ocupa e não deveria escapar impune pelo que faz. Você deveria contratar um advogado e processar esse filho da mãe.

— Quem acreditaria em mim?

— Eu acredito.

Eve continuou sentada ali por mais alguns momentos enquanto Peabody saía com Laina, a fim de lhe providenciar transporte para casa. Williams, pensou. Apesar de não haver evidências de violência em seu *modus operandi*, era um predador sexual. Desse status para o de assassino não seria um salto muito grande.

De um modo ou de outro, o filho da mãe merecia levar umas boas porradas.

Ela se levantou da mesa no instante em que Baxter vinha em sua direção.

— Oi, Dallas — cumprimentou ele, analisando-a com a cabeça de lado. — Irmãzinha, você está com o aspecto de uma mulher atropelada por um maxiônibus.

— Meu nome é Tenente Irmãzinha! E vá enxugar gelo, por favor.

— Ficar soterrada por uma avalanche de gelo e neve não a deixaria pior do que isso. Mas deixe para lá. Pegamos uma pista quente no caso Barrister.

— O turista de Ohio, certo?

— Omaha. Dá no mesmo. O consciente cidadão-modelo que Trueheart está acompanhando até a porta veio até aqui de livre e espontânea vontade para servir de testemunha.

— Aquele sujeito com cara de esfregão sujo é um dos seus informantes?

— Sim, está na minha lista de colaboradores. — Baxter estava à vontade e encostou o traseiro na mesa. — O fato é que ele presenciou o que houve, farejou tudo por lá durante um ou dois dias e depois entrou em contato. A vítima tombou no submundo, por baixo da esquina da Broadway com a Rua 38, na boate Fogo do Inferno. Você conhece a espelunca?

— Conheço. Um lugar temático baseado em sadomasoquismo onde são aceitos grupos e festas. Eles simulam sacrifícios humanos todas as noites por lá. Eu adoro passar ali de vez em quando para relaxar depois de um dia de trabalho puxado.

— Sim, isso faz o seu estilo. — Baxter riu. — Então foi isso: a vítima entrou na espelunca com um relógio de grife, sapatos brilhantes, atitude de poderoso. Alugou uma escrava e pagou pelo pacote *Deluxe*, que oferece servidão em grande estilo.

— *Deluxe*?

— Sim. Correntes, chicotes, mordaça com bolas em cores à escolha do freguês, pequeno Taser, coleira e gargantilha com cadeado. São três horas de festa.

— Como assim, as fantasias não estão incluídas?

— Fantasias fazem parte do pacote *Super Deluxe.* Mas ele escolheu um dos cubos transparentes que ficam sobre o salão. Planejava apresentar um belo show para a multidão.

— Que simpático!

— Mas ele queria estar doidão na hora em que fosse gozar e escolheu Sykes para lhe fornecer drogas. — Como Baxter não era tão exigente quanto Eve, em se tratando de café, foi até o canto da lanchonete e digitou sua senha na máquina. — Quer um pouco?

— Não. Eu geralmente dispenso beber lama feita de terra misturada com mijo de cavalo.

— Como eu dizia, ele exigiu uma amostra grátis da droga. Já viu isso? Queria ficar doidão antes mesmo de pagar. Sykes sugeriu que ele fosse se foder, mas o cara insistiu. Garantiu que tinha muita grana para gastar, mas queria uma provinha antes. Cutucou Sykes e exibiu uma pilha de notas altas. "Quero uma provinha! Se me agradar eu compro a caixa inteira." Só que Sykes, que já tinha provado um pouco do próprio bagulho, reagiu com simpatia e propôs o seguinte acordo: "Tudo bem, seu cara de cu cagado, veja se você gosta da minha provinha." — E lhe ofereceu doze facadas grátis com sua faca de açougueiro.

— Podemos dizer que foi direto ao ponto doze vezes — comentou Eve, e esperou até que Baxter encostasse o traseiro na mesa novamente

— Ra-rá! — foi a reação dele. — Depois de a provinha ser oferecida, Sykes arrastou o cadáver de Barrister para cima e o atirou fora da espelunca, deixando-o largado na base da escadaria da passagem que leva à Broadway, onde ele foi chutado e surrado impiedosamente por dois universitários idiotas que estavam a fim de curtir uma aventura no submundo.

— Uma bela fábula urbana! E você sabe onde encontrar Sykes?

— Coloquei dois agentes na cola dele, posicionados no seu último pouso conhecido. Pensei em começar por aí porque quero deixar meu garoto na parte de cima das calçadas da cidade. Lá embaixo é uma selva.

— Em cima ou embaixo tem pouca diferença.

— Pensei em deixar Trueheart comandar o interrogatório quando tivermos Sykes na jaula. É um bom lugar para o garoto brincar.

Eve pensou em Trueheart, com seu rostinho de bebê. Uma experiência desse tipo provavelmente seria boa para ele, e Baxter não iria permitir que a coisa degringolasse.

— Tudo bem, quem manda no treinamento dele é você — disse Eve. — Mas notifique a Divisão de Drogas Ilegais depois de encerrar o caso. Eles podem escolher no cardápio as acusações contra Sykes a partir daí. E o enquadre em homicídio qualificado antes de qualquer passo.

— Esse é o meu plano. Ah, mais uma coisa para você: "Merda."

— Como assim?

— É o que as pessoas da área desejam umas às outras quando se apresentam para o público, apesar de isso me parecer completamente idiota. Estou falando do novo programa de Nadine: *Agora*.

— Santo Cristo! — foi o que Eve disse, e saiu dali rapidamente.

• • •

Eve encontrou Peabody diante da maquina de venda automática logo depois da sala de ocorrências. Seu rosto era a imagem da concentração profunda, enquanto escolhia algo entre as opções oferecidas.

— Energy ou Goo-Goo? A Energy é nutricionalmente equilibrada, mas a Goo-Goo é mais gostosa e vai me proporcionar momentos de grande alegria, pelo menos até bater a culpa. Qual é a melhor?

— Você vai acabar escolhendo a que oferece chocolate e açúcar falsos. Por que se torturar tanto?

— Por favor, tenente, isso é um processo complexo e a tortura é parte dele. Vai ser Goo-Goo. Você quer?

O que Eve queria de verdade era a barra de chocolate que escondera em sua sala. A que tinha sido roubada e já era.

— Tudo bem, que se dane — cedeu, aceitando a Goo-Goo.

Depois que a máquina chilreou o saltitante jingle da Goo-Goo e recitou os dados nutricionais do produto até Eve sentir uma vontade quase incontrolável de atacar o equipamento a marteladas, ela e Peabody ficaram ali comendo as barras doces.

— Quero que Williams seja trazido para interrogatório o mais depressa possível. Vamos mandar pegá-lo na escola. Escolha dois guardas imensos, intimidadores e com caras de maus.

— Boa ideia. Assustador, mas será como se você dissesse que não tem tempo para ir pegá-lo pessoalmente.

— Vamos agendar a sala de interrogatório B. Baxter e Trueheart vao trazer um suspeito e eu quero deixar a sala A para eles.

— Conheço dois policiais perfeitos para irem à escola.

— Agite tudo, então. — Eve fez uma careta ao olhar para a barra que segurava na mão. — Esses troços não deixam você meio nauseada?

— Claro, isso faz parte da emoção.

Eve deixou metade da sua Goo-Goo para Peabody e sugeriu:

— Mergulhe de cabeça nesse açúcar. Enquanto isso, vou tentar conseguir mais um mandado para invadir a casa de Williams e fuçar em seus brinquedinhos eletrônicos.

Eve entrou em contato com Cher Reo, assistente da promotoria, e soube que a loura bonita já estava no prédio da polícia. Elas se encontraram na sala de Eve onde o café, pelo menos, era de primeira linha.

— Sabe de uma coisa? — começou Reo —, era de imaginar que as coisas fossem desacelerar um pouco durante esse tempo cruel. Só que, apesar do frio e do gelo, as pessoas continuam estuprando, roubando e rasgando umas às outras. — Reo tomou um gole de café e apreciou o sabor. — Isso quase me faz sentir orgulho de ser nova-iorquina.

— Pois é, nós não permitimos que o clima atrapalhe a nossa desordem. Quero falar com você sobre o meu professor assassinado. — Eve repassou todos os novos dados e justificou o pedido de um mandado de busca contra Reed Williams.

— Laina Sanchez apresentará queixa oficial contra ele?

— Não sei dizer ao certo. No momento ela está preocupada com seu marido, que poderá quebrar a cara de Reed Williams caso desconfiar do que aconteceu. Mas ela veio nos procurar e contou tudo de forma franca e direta. Esse sujeito está caçando mulheres dentro de uma escola.

— Você suspeita que ele possa estar atacando alunas?

— Não tenho nada que aponte nessa direção, mas não está fora das possibilidades. A mim, parece que a vítima levou um papo do tipo "caia na real" com ele. Não há outro motivo para Williams ter deixado Sanchez em paz. Outros depoimentos indicam que Craig teria visto Williams em situações comprometedoras, junto de pessoas impróprias. A escola é um bom local de trabalho; paga bem, oferece belos benefícios, é limpa e bonita, mas também representa um bufê do tipo "coma quanto puder" para um cara como Reed Williams.

— Puxa... — Reo tomou mais café. — Por que será que eu nunca consigo encontrar um cara tão legal assim?

— Que tal processá-lo e conseguir que ele vá para a cadeia? Vocês poderão desenvolver um relacionamento por correspondência.

— Puxa, mal posso esperar.

— Então é isso... Se a vítima ameaçou denunciar Williams, ele pode ter decidido eliminar a ameaça.

— Ele tem histórico de violência, ficha criminal ou responde a algum processo civil?

— Não, mas a pessoa precisa começar em algum lugar. O que eu tenho é o bastante para assegurar um mandado de busca, Reo.

— Talvez. Eu posso ajudar, sim — decidiu. — Só que o fato de o sujeito ser um porco não o transforma num porco assassino. Encontre-me algo que prove que ele é.

Quando Reo saía da sala, olhou para trás e completou:

— A propósito... Estou louca para ver você e Nadine logo mais na TV.

Eve simplesmente suspirou e repousou a cabeça entre as mãos. Por fim, balançou-a para os lados e entrou em contato com Feeney, seu amigo pessoal e capitão da DDE, a Divisão de Detecção Eletrônica.

O capitão apareceu na tela. Tinha o rosto de alguém experiente, com olheiras sob os olhos, complementado por um cabelo cheio de pontas cor de gengibre, algumas já ficando brancas, que se espalhavam para todos os lados.

— Yo! — foi o cumprimento dele.

— Preciso de um homem da sua área. Já que Peabody não me irritou hoje eu gostaria de contar com McNab, se você puder dispensá-lo. É trabalho de detetive eletrônico na cena de uma busca. O mandado vai chegar a qualquer momento.

— Quem morreu? Alguém que eu conheço?

— Professor. Escola particular. Envenenamento por ricina.

— Ah, já sei, ouvi falar por aí. Educação é uma área perigosa. Pode ficar com o meu garoto.

— Obrigada. Ah, mais uma coisa, Feeney... Sua mulher alguma vez pegou no seu pé por causa de outras mulheres?

— Que outras mulheres?

— Ah, sim, boa pergunta. Mas quando você estava me treinando e trabalhávamos na rua como parceiros passávamos o tempo todo juntos, lembra?

— Ei, espere um instante... Você é mulher?

Isso fez Eve rir e se achar uma tola.

— O pior é que sou — disse ela. — McNab poderá nos encontrar na garagem daqui a quinze minutos. Obrigada.

McNab era uma vitrine de moda ambulante, desde as pontas de seu cabelo comprido e brilhante até a sola alta de suas botas roxas com amortecimento a ar. Sua parca chegava à altura da canela e tinha um tom tão forte de laranja que provocava lágrimas em quem olhasse; seu gorro tinha listras roxas e laranja, em zigue-zague. Os lóbulos de suas orelhas eram enfeitados com muitas bolinhas prateadas.

Apesar do que Eve considerava uma escolha de roupas questionável, McNab era um detetive eletrônico muito competente. Seus dedos eram ágeis e seus olhos verdes aguçadíssimos.

Ele se instalou no banco de trás da viatura. Pelos movimentos que Eve identificou pelo espelho retrovisor e pelas risadinhas abafadas de Peabody, ele certamente estava enfiando a mão entre o banco da frente e a lateral do carro, tentando fazer cócegas em sua companheira de apartamento.

— Detetive, se você pretende manter o uso dessa mão, é melhor afastá-la da minha parceira, pelo menos até a hora do tempo livre de vocês.

— Desculpe, tenente. É que a visão e a proximidade da sua parceira destroem a minha autodisciplina.

— Continue assim e eu vou destruir todos os seus dedinhos — avisou Eve, saindo para a rua.

O prédio onde Williams morava não tinha porteiro, mas contava com um robusto sistema de segurança. Os distintivos dos três policiais tiveram de ser escaneados e autorizados antes das portas externas se abrirem, deixando-os entrar no saguão pequeno. Eve percebeu a presença de câmeras de segurança ali, além de duas poltronas e uma palmeira artificial.

— Apartamento 5-E — informou Peabody.

Entraram em um dos dois elevadores e Eve ordenou o quinto andar.

— Esse lugar é mais sofisticado do que o prédio onde a vítima morava.

— Williams já se formou e dá aulas há quase quinze anos. Ele também tem mestrado. Deve ganhar quatro vezes mais do que a vítima, no mínimo. Sem contar uma ou outra aula particular que ele possa dar por fora sem precisar registrar o ganho. — Peabody ficou com o dedo mindinho ligado ao de McNab durante toda a subida, mas se afastou dele quando o elevador parou no quinto andar.

— Ligar a filmadora — anunciou Eve, e pegou a chave mestra. — Aqui fala a tenente Eve Dallas, acompanhada da detetive Delia Peabody e do detetive Ian McNab. Estamos entrando no apartamento de Reed Williams, depois de termos conseguido um mandado judicial de busca e apreensão.

Enquanto liberava a tranca, continuou:

— McNab, quero que você verifique todos os sistemas de dados e comunicações, a correspondência dele, conversas, o que ele andava procurando e o que comprava. Pacote completo.

Ela franziu o cenho ao analisar o apartamento. A sala de estar não era espaçosa, mas era tão grande quanto o apartamento inteiro da vítima. A janela não tinha nenhuma vista espetacular, mas havia um sofá grande em preto brilhante com revestimento de gel e muitos detalhes cromados. Ele também tinha um telão para melhorar a disposição e um sofisticado sistema de entretenimento.

As obras de arte nas paredes eram severas e modernas. Um círculo, uma linha reta, tudo em cores primárias e branco. As janelas eram dotadas de telas de privacidade, que no momento estavam ligadas. Eve foi até o local onde ficava a cozinha. Tudo era sofisticado e brilhante ali também, notou. Branco, preto e vermelho. Os equipamentos que compunham o ambiente lhe pareceram topo de linha, e ela apostava que as marcas também deviam ser famosas.

— Verifique a cozinha, Peabody. Se ele usa veneno, pode ser que seja burro ou arrogante a ponto de guardar o material lá. Vou vasculhar o quarto.

O lugar era impressionante. Eve imaginou que Williams devia considerar aquilo sexy. Para ela, tudo parecia sinistro e repulsivo. A cama era o ponto principal do aposento; grande como uma piscina, fora coberta por uma colcha vermelha cintilante que lhe dava um aspecto de molhada. Dos dois lados havia tapetes muito espessos pretos, em pele artificial.

Eve achou que o espelho iluminado que pendia do teto em leve ângulo representava um clichê quase cômico. As obras de arte ali eram desenhos em bico de pena representando casais com órgãos sexuais exagerados que copulavam em diversas posições.

Ao erguer a colcha, Eve encontrou lençóis pretos e, por baixo, um colchão em gel que ondulou sob a pressão da sua mão.

Que nojento!

As gavetas da mesinha ao lado da cama continham uma cornucópia de brinquedos sexuais e drogas para aumentar a libido incluindo duas substâncias ilegais que eram consideradas indutoras de estupro. Ela guardou tudo em sua sacola de evidências.

— Você tornou essa parte mais simples para mim — disse Eve, em voz alta, seguindo para o closet.

Notou as roupas profissionais de um lado — dois ternos, paletós esporte, camisas, calças. Sua roupa de lazer, guardadas do outro lado, era bem menos conservadora.

Eve se perguntou quem, em sã consciência, iria gostar de ver um homem adulto usando uma malha elástica preta de corpo inteiro, dos pés à cabeça.

— Ei, Dallas, você precisa ver uma coisa que... — McNab parou na porta do quarto e soltou um longo assobio. — Uau! Travessuras sexuais! — Ele analisou os desenhos em moldura preta. — Esses dois são ultraflexíveis. — Coçou a garganta e se agachou um pouco para analisá-los por diferentes ângulos.

— O que eu preciso ver?

— Hein? Ah, desculpe, fiquei fascinado com o ambiente. Sexo é a religião desse cara. É admirável, de um jeito doentio. Ele passa muito tempo no computador frequentando salas de bate-papo, redes sociais, sites especializados... Todos ligados a sexo. E compra muitos brinquedos.

— Sim, ele tem um belo estoque. Achei até um pouco de *whore* e de coelho louco, que são drogas proibidas.

O ar de diversão de McNab se desfez.

— Agora já não acho nada admirável, nem de um jeito doentio.

— Alguma ligação com a vítima?

— Não na máquina que eu investiguei.

— Ele fez pesquisas sobre venenos? Ricina ou outros?

— Nada. Talvez esteja tudo escondido em alguma pasta oculta, depois eu posso olhar com mais calma. Seus arquivos da escola estão aqui também. Planos de aulas, listas com as notas dos alunos, essas coisas. Nada que pareça estranho. — Ergueu a cabeça. — Aposto que há uma câmera em algum lugar aqui neste quarto.

— Câmeras! — Eve olhou para o espelho com os olhos semicerrados. — Bem lembrado.

— Aposto dez paus como elas estão ocultas. Quer que eu dê uma olhada?

— Faça isso. — Ela seguiu em direção ao banheiro — Mas fique longe da gaveta de brinquedos.

— Ah... Tenente Estraga-Prazeres!

Capítulo Dez

Eles não acharam evidência alguma que ligasse Williams ao veneno ou à morte de Craig, mas encontraram material suficiente para colocá-lo em apuros. Eve convocou uma equipe de peritos, só para amarrar as pontas soltas, e se preparou para o interrogatório.

— Vamos começar pelo assassinato e fazer as perguntas de rotina — disse Eve a Peabody. — Ele ainda não exigiu a presença de um advogado. Está com excesso de confiança na própria esperteza.

— Se quer saber, esse cara pensa com a cabeça de baixo quase todo o tempo.

— Concordo. Vamos usar isso a nosso favor. Vamos bancar uma dupla de garotas comuns. Pela prévia nos discos que McNab já investigou, esse aqui gosta de sexo com várias garotas. Vamos insistir nas questões relacionadas com a vítima, depois abordamos as drogas ilegais encontradas na casa dele e voltamos a falar do assassinato.

Vamos jogar com tudo ao mesmo tempo, pensou Eve ao entrar na sala de interrogatório. Quero que ele perca o equilíbrio.

— Até que enfim! Vocês sabem quanto tempo eu fiquei aqui esperando? — reclamou Williams. — Fazem ideia do mal que fará à minha reputação profissional ser tirado de sala de aula por dois policiais fortões com cara de idiotas?

— Vamos chegar à sua reputação profissional dentro de um minuto. Antes eu preciso registrar esse interrogatório e lhe explicar seus direitos e deveres legais. Tudo precisa ser formalizado.

— Meus direitos? — O corpo dele estremeceu, como se tivesse levado um choque elétrico. — Por acaso eu fui preso?

— Em absoluto, sr. Williams. Só que este é um interrogatório formal, e existem procedimentos que foram criados para protegê-lo. O senhor quer alguma coisa para beber além de água? Café?... Já aviso que é péssimo... Um refrigerante?

— Quero acabar logo com isso para poder ir embora.

— Vamos tentar acelerar as coisas. — Eve ligou o gravador e recitou a lista atualizada de direitos e deveres do interrogado. — O senhor compreende os seus direitos e obrigações sobre esse assunto, sr. Williams?

— Claro que sim. Só que isso não torna as coisas menos desagradáveis.

— Suponho que não. Agora, vamos reconstituir seus movimentos do dia em que Craig Foster foi morto.

— Por Deus! Eu já fiz minhas declarações. Cooperei com a polícia.

— Escute. — Eve se sentou e esticou as pernas. — Esse é um caso de homicídio, um assassinato que aconteceu numa escola onde menores foram envolvidos e prejudicados.

Ela ergueu a mão espalmada em um gesto de "o que eu posso fazer?"

— Precisamos escavar todos os detalhes — continuou. — As pessoas muitas vezes se esquecem de detalhes importantes, e é por isso que repetimos as entrevistas. É rotina.

— Sentimos muito pela inconveniência que estamos lhe causando — acrescentou Peabody, com um sorriso de compreensão. — Precisamos ser minuciosas.

— Tudo bem, tudo bem. Mas tentem fazer a coisa direito dessa vez.

Ah, sim, pensou Eve. Muito arrogante e acostumado a intimidar garotas.

— Faremos o nosso melhor. Pela sua declaração anterior e pela declaração de outras pessoas o senhor viu e/ou falou com a vítima pelo menos duas vezes no dia de sua morte. Isso está correto?

— Sim, sim, sim. Uma vez na academia, bem cedo, e depois na sala dos professores antes de as aulas começarem. Já lhe disse isso.

— E sobre o que foi mesmo que o senhor e o sr. Foster conversaram na academia?

— Não conversamos. Já lhe disse isso também.

Eve fingiu conferir as declarações nos arquivos.

— Hum-humm... Mas o senhor e a vítima tiveram ocasião de bater papos antes disso.

— Ora, por Deus, claro que sim. Trabalhávamos juntos.

— E essas conversas eram pouco amigáveis?

— Não sei do que está falando.

Eve cruzou as mãos sobre os arquivos e sorriu com ar de vitória.

— Então vamos ser claros. Quando o sr. Foster lhe buzinou os ouvidos há algum tempo por suas atividades de caça no trabalho e no terreno das mães da escola em busca de sexo, o senhor diria que essas conversas eram amigáveis?

— Considero essa pergunta um insulto.

— Pelas declarações que temos de mulheres que o senhor assediou e seduziu, muitas delas consideram o *seu* comportamento e as *suas* tentativas de avanço um insulto. — Fechou os arquivos e tornou a sorrir. — Qual é, Reed, sabemos como a banda toca, você e eu. Essas mulheres não reclamaram. Elas gostavam da atenção que você lhes dedicava e de toda a excitação. Você não as espancava por aí, nem as estuprava. Eram atos consensuais, e Foster, pelo que eu pude observar, enfiou o nariz onde não devia.

Williams respirou fundo.

— Permita que *eu* seja bem claro. Nunca neguei que desfruto de certo grau de sucesso sexual entre as mulheres. Para mim, não é ilegal aproveitar esse sucesso em companhia de colegas ou mães de estudantes, por falar nisso. No máximo antiético, talvez.

— Bem, na verdade é ilegal praticar atos de natureza sexual nas instalações de uma escola em que menores estejam presentes. Portanto, se você gozou desse sucesso durante o horário de aula ou nas dependências da escola... onde o senhor guarda um admirável estoque de camisinhas, por sinal... Cometeu um crime.

— Isso é conversa fiada.

— É meio chatinha essa situação, eu lhe garanto, mas preciso cumprir a lei. Posso falar com o promotor para pegar leve na transgressão, mas preciso registrar tudo em detalhes.

— Eu nunca fiz sexo em áreas onde os alunos poderiam ter acesso.

— Que bom, isso é ótimo. Mas fez em áreas onde a vítima poderia ter acesso. Certo?

— É possível, mas estamos falando de um homem adulto. Eu gostaria de saber exatamente o que a senhora quer dizer sobre mulheres se sentindo insultadas e dando declarações sobre relacionamentos que teriam tido comigo.

— Não posso lhe revelar os nomes, isso foi parte do acordo que fiz com elas. Como eu disse, é óbvio para mim que tudo foi consensual. Por que será que elas estão recuando agora?

— Eu diria que é o distúrbio provocado pelo assassinato — sugeriu Peabody. — Essas mulheres não estão acostumadas a conversar com a polícia e quando o fazem, ainda mais para falar de algo tão chocante quanto um assassinato, as coisas acabam lhes escapando da boca sem querer. Precisamos fazer o acompanhamento de tudo, sr. Williams. Esse não é exatamente o tipo de trabalho que apreciamos. Minha opinião é que devemos cuidar da nossa vida e deixar que os outros cuidem da sua em relação a essa área. Mas precisamos esclarecer tudo.

— Eu fiz sexo, ninguém se machucou. Fim da história.

— Mas Craig Foster desaprovava esse comportamento — disse Eve, incentivando-o a continuar.

— Para um cara que tinha uma esposa tão gostosa, ele era muito puritano.

— Você passou uma cantada nela também?

— Tentei só sentir o terreno quando ela apareceu na escola pela primeira vez. Nessa época ela estava muito ligada nele... neles dois. Mais tarde, alguns meses depois, o casamento entrou na rotina e talvez eu tenha dado mais uma farejada nela. Mas havia muitas outras. Sou bom no que faço.

— Sim, aposto que é. Craig talvez tivesse um pouco de inveja disso. O que acha?

Williams ergueu as sobrancelhas.

— Nunca pensei no assunto nesses termos, mas pode ser, sim. É bem provável, na verdade. Ele era um cara pintoso e um excelente professor, isso eu reconheço. Na maior parte do tempo nos dávamos bem. Só que ele começou a ficar xereta e forçar a barra por causa de algumas das minhas atividades. Que eram pessoais, por sinal.

— Ele o ameaçou?

— Eu não chamaria isso de ameaça.

— O que foi, então?

— Um sermão — Williams olhou para o teto, com ar de impaciente.

— Esse sermão levou você a encerrar essas atividades?

— Eu passei a me comportar de forma mais discreta, digamos assim. Passei a escolher melhor as mulheres. — Ergueu um ombro. — Não vale a pena agitar demais as coisas.

— Mas você não ficou preocupado com a possibilidade de ele procurar Mosebly por desaprovar o que fazia ou até mesmo passar por cima dela e procurar a secretaria de educação?

Ele sorriu, com ar sereno.

— Nunca achei que Foster tivesse peito para isso. Ele não gostava de escândalos. Basicamente, o que achava de mim não me interessava.

— Bem... — Eve puxou o lóbulo, pensativa. — Isso poderia ter muito interesse para ele, especialmente se descobrisse que o senhor utilizava substâncias ilegais em algumas dessas atividades privadas.

— O quê?

— Uma substância conhecida nas ruas como *whore*, a outra como *coelho louco*, que encontramos na gaveta de brinquedos sexuais em sua mesinha de cabeceira. Oh, acho que me esqueci de mencionar que a informação que conseguimos reunir foi suficiente para nos garantir um mandado de busca e apreensão em sua residência. Menino mau, Reed. Muito, muito mau.

— Isso é ultrajante! Uma armadilha!

— Isso é um mandado. — Eve pegou uma cópia impressa que estava na pasta. — Não vemos com bons olhos o uso e a posse dessas substâncias em particular. Nada de "cada um cuida da sua vida" quando chegamos nesse ponto. O promotor também pensa igual. Aposto que a comissão da Sarah Child e o sindicato dos professores também não aceitarão isso muito bem.

— E tem mais uma coisa — continuou Eve e reparou que, pela primeira vez, ele começou a suar. — Isso me deixa encucada, pensando aqui, com minha mente desconfiada, se um sujeito que consegue nas ruas esses itens também não seria capaz de conseguir veneno em quantidade suficiente para eliminar uma ameaça. Ele fez muita pressão sobre você, não fez?

Eve se levantou, deu a volta na mesa e se colocou atrás dele, falando por sobre o seu ombro.

— Um canalha enxerido, esfregando ideias puritanas na sua cara e na sua vida. E você com um esquema tão legal rolando!... Colegas, funcionárias da escola, mães de alunos, responsáveis e babás. Para você, era como colher ameixas maduras em um galho baixo. Foster queria afastar você desse galho e prejudicar seu trabalho. Pior do que isso: toda a sua carreira!

— Não, a coisa não era assim. Ele não fez nada disso.

— Claro que fez. Outros podiam saber ou suspeitar, mas fingiam olhar para o outro lado e não se incomodavam. Mas esse cara resolveu tomar uma atitude contra você. Passar sermão? O babaca não tinha esse direito, certo? E ali estava ele, todo santo dia pegando no seu pé, o tempo todo na sua cola, para o caso de você aprontar algo que ele não gostava de ver. Sentado à sua mesa todo dia com o almoço cuidadosamente embalado, trazido de casa. Rotina. Um tédio! E uma pedra no seu sapato. Onde foi que você conseguiu a ricina, Reed?

— Eu nunca tive ricina nenhuma. Nem sabia que diabo era ricina até essa semana. Não matei ninguém.

— Você deve ter ficado puto ao ver que Mirri Hallywell preferia estudar com Craig Foster em vez de brincar de deitar e rolar com você naquele sua imensa cama vermelha. Isso era um insulto inaceitável. Você precisava acabar com ele. Tinha de fazê-lo. Foi por isso que saiu sorrateiramente da sua aula quando Foster estava fora da sala dele e cuidou do incômodo. Foi rápido, fácil. Problema resolvido!

— Isso é mentira! Isso é loucura. A senhora é louca.

— Mas existem formas de amenizar o que aconteceu, Reed. Digamos que ele estivesse chantageando você. Espreitando o que acontecia. Uma ameaça constante. Era você ou ele. Era fundamental você se proteger, certo?

— Eu nunca cheguei nem perto da sala dele naquele dia. Não o matei, pelo amor de Deus. Eu estava em companhia de uma pessoa quando saí da minha sala naquela manhã. Tenho uma testemunha.

— Quem?

Ele abriu a boca, mas tornou a fechá-la. E olhou firmemente para a mesa.

— Quero um advogado. Exijo meu direito de conversar com um advogado. Não darei mais declaração de nenhum tipo até conseguir um representante legal.

— Tudo bem, mas para sua informação eu vou lhe comunicar uma coisa: você está preso por posse de substâncias ilegais e por oferecê-las a outras pessoas. Temos isso registrado nas imagens da sua câmera travessa. Pode entrar em contato com o advogado antes de ser fichado.

Eve continuou a trabalhar com o interrogatório na cabeça e acrescentou novas imagens ao quadro do crime. Tinha fotos dos frascos na gaveta de acessórios sexuais de Williams e o ligou, no quadro, com Laina Sanchez, Allika Straffo, Eileen Ferguson e Mirri Hallywell. Quem mais ele tinha abordado?, especulou consigo mesma. Com quem se dera bem e com quem não conseguira nada?

Era preciso rever todos os discos da câmera do quarto. Isso não seria divertido? Pelo menos ela conseguira que McNab ficasse ali, analisando os discos do sistema de segurança do prédio nos últimos três dias. Embora ela duvidasse que fosse aparecer algo importante.

Tomou mais café, mas não funcionou. Eve estava cansada até os ossos, e a cafeína não iria mudar isso. Solicitou uma intimação judicial para analisar os dados financeiros de Williams. Com a acusação das drogas ilegais, isso seria moleza.

Verificou suas mensagens e viu que Nadine tinha ligado duas vezes para lembrá-la da hora do programa. A jornalista também pediu que ela vestisse uma roupa apropriada e perguntou se já tinha surgido alguma pista sólida sobre o caso Foster.

Nhé-nhé-nhé... Uma perturbação!

Mas por que Roarke não tinha ligado para perturbá-la?

Devia estar revoltado por ela ter saído de casa sem muito papo, naquela manhã. Ora, mas não era Eve quem tinha o contato de um ex-namorado na porra do *tele-link* pessoal, certo?

Ela se sentou e começou a ruminar seus problemas, mas logo Peabody enfiou a cabeça na fresta da porta.

— O advogado de Williams chegou. Você consegue adivinhar quem é?

Eve levou um segundo para pensar.

— Você só pode estar de sacanagem comigo!

— Não sei se estou de sacanagem ou não, porque ainda nem disse o nome dele e...

— Oliver Straffo? Mas que tipo de ironia doentia é essa?

Peabody fez cara de frustrada ao ver que Eve adivinhara sua grande surpresa.

— Pois é, ele entrou aqui cheio de onda e está aconselhando seu cliente a não dar mais nenhuma declaração, nem responder a mais perguntas até eles dois conversarem longamente. Depois quer falar conosco.

— Humm... — Eve olhou para o quadro, onde a foto de Allika estava na fila das mulheres abatidas pelo irresistível Williams. — Isso vai ser interessante.

Quem sabia o que a respeito de quem?, questionou-se Eve, pensando em Allika e na sua filha. Como é que ela iria descobrir quem sabia o que sobre quem sem fazer a situação explodir na cara de uma pessoa inocente?

Talvez Oliver Straffo tivesse o direito de saber que sua esposa tinha levantado a saia para um verme como Williams. Mas não era sua função delatar uma esposa tola, a não ser que aquilo a ajudasse a encerrar o caso.

— Estamos pisando em ovos — murmurou Peabody quando elas entraram na sala de interrogatório

— Como assim? Você quer comer ovo? Agora?

— Não, quero dizer que vamos pisar em ovos a partir de agora. É uma expressão, Dallas. Significa que precisaremos ser muito cautelosas — explicou.

— Pensei que isso significasse algo do tipo "não dá para fazer ovos estrelados sem quebrar alguns".

— Não, o certo é "Não dá para fazer omelete sem quebrar os ovos". Só que o que temos aqui é o oposto do que diz o ditado. Os ovos já foram quebrados, mas não devemos pisar nas cascas.

— É um ditado idiota, porque, se os ovos já foram quebrados, as pessoas estão pouco se lixando para a porcaria das cascas, certo? — argumentou Eve. — Mas eu entendi o que você quer dizer. Vamos nessa.

Assim que entrou na sala, Eve notou que Williams readquirira a confiança. Um advogado de defesa poderoso conseguia fazer isso por um suspeito, fosse ele culpado ou inocente. Straffo estava sentado, vestia um terno com corte perfeito e tinha as mãos cruzadas sobre a mesa.

Não disse nada até Eve ligar o gravador.

— Um dos meus associados já está redigindo uma petição em que solicita que o seu mandado de busca seja invalidado e que a busca e apreensão sejam consideradas ilegais.

— Você não vai conseguir isso.

Ele sorriu de leve, mas seus olhos cinzentos continuaram frios como aço.

— Veremos. Enquanto isso, devo ressaltar que suas tentativas de envolver meu cliente no assassinato de Craig Foster são absurdas. Indulgência sexual não é crime, muito menos indício de assassinato.

— Sexo e assassinato andam juntos como dois pombinhos, Straffo. Nós sabemos disso. A vítima tinha conhecimento da indulgência do seu cliente nas dependências da escola e durante o horário das aulas. O que, como você sabe, é ilegal.

— Um delito leve.

— Suficiente para provocar demissão em qualquer instituição de ensino. E também, segundo minha pesquisa, motivo para cancelamento da licença para lecionar neste estado. Aliás, autoproteção também caminha lado a lado com assassinato.

— Você não tem nem mesmo uma difusa evidência circunstancial, Dallas. Apenas suspeita de um possível comportamento impróprio e tolo. Não há provas de que meu cliente e a vítima tenham sequer discutido alguma vez, no passado. Na verdade, eu posso e vou fornecer declarações de seus colegas de trabalho atestando que não havia conflitos entre eles; inclusive, ambos eram amigos. Você não tem nada que ligue a arma do crime ao meu cliente; nenhuma testemunha o viu entrar na sala da vítima no dia do crime porque, na verdade, ele não foi lá.

— Ele saiu da aula por um período em que a vítima também estava fora de sala. Como todas as turmas estavam em aula, a entrada dele na sala da vítima não foi testemunhada por ninguém.

— Ele não estava sozinho durante o período em que esteve fora de sala. Se for necessário, ele lhe fornecerá o nome da pessoa com quem estava. Ainda não entrei em contato com essa pessoa para conversar sobre o assunto porque prefiro, bem como o meu cliente, não divulgar o nome dela neste momento. Temos confiança, no entanto, de que ela confirmará a declaração do sr. Williams.

— Você teve muito tempo e oportunidade para entrar e sair da sala de Foster — disse Eve, olhando para Williams. — E também tinha muitos motivos.

— Eu...

— Reed! — Tudo que Straffo fez foi pronunciar seu nome, e Williams se calou. — Tudo que você tem, tenente, é uma questionável ação de busca e apreensão, que não lhe ofereceu nada que sirva de ligação entre meu cliente e esse assassinato.

— Não há nada de questionável no meu mandado de busca e apreensão. Quanto ao seu cliente, seus hábitos abomináveis fizeram com que a vítima o colocasse contra a parede. Seu cliente já declarou, e temos isso gravado, que a vítima soube dos seus maus costumes e reclamou disso com ele.

— A situação foi discutida entre ambos, mas depois disso eles deram continuidade ao amigável relacionamento de trabalho. — Straffo fechou a pasta que tinha aberta diante de si, para a qual mal olhara durante a conversa. — Se isso é tudo que você tem, Dallas, vou solicitar que meu pedido para o cancelamento da validade do seu mandado seja acelerada. E quero que meu cliente seja levado para um local de custódia mais apropriado, até sua liberação.

— Sua filha frequenta aquela escola. Foi uma das alunas que encontrou o corpo de Foster. Você já viu as fotos da cena do assassinato? Você vai aceitar isso e defender o homem suspeito de cometer o crime?

O rosto de Straffo ficou mais rígido e sua voz mais fria.

— Não vou racionalizar sobre o fato de que todas as pessoas têm direito a defesa, mas acontece que conheço o sr. Williams há mais de três anos. Acredito em sua inocência.

— Ele tem *whore* e coelho louco na mesinha de cabeceira. Já sabemos que andou trepando na escola enquanto sua filha estava tendo aulas.

— Presumivelmente.

— Presumivelmente uma ova! É esse o tipo de pessoa que você quer que ensine sua filha?

— Essa conversa é imprópria, tenente. A entrevista está encerrada. — Ele se levantou e fechou a pasta. — Espero que meu cliente seja removido daqui até que minha petição seja apreciada.

Eve fitou Straffo longamente.

— Peabody, leve esse saco de bosta para a carceragem. Sabe de uma coisa, Straffo? Às vezes as pessoas recebem exatamente o que merecem.

O pedido foi rejeitada. Eve foi até o tribunal e acompanhou a batalha renhida entre Straffo e Reo. O mandado se manteve. A busca e apreensão foram aceitas, e também a detenção por posse e distribuição de drogas.

Mas foi Straffo quem venceu a luta pela liberação do preso sob fiança.

Do lado de fora da sala, Reo encolheu os ombros.

— Straffo não conseguiria cancelamento do mandado, e eu não conseguiria vencer a luta contra a liberação do suspeito por fiança. Acho que ficamos no empate. Consiga-me evidências fortes o bastante para um indiciamento por assassinato, Dallas, e prometo colocar esse tarado nojento atrás das grades.

— Estou correndo atrás disso.

— Straffo vai solicitar um acordo sobre a acusação de porte de drogas ilegais, e meu chefe vai aceitar. — Reo ergueu a mão, antecipando a reação de Eve. — As coisas funcionam desse jeito, Dallas, nós duas sabemos disso. Portanto, a menos que você consiga provar que o suspeito ofereceu aquelas substâncias para alguém sem a pessoa saber ou consentir, ele vai levar só uma multa, cumprir uma sessão obrigatória de terapia e sairá em liberdade condicional.

— E quanto à sua licença para lecionar? Será revogada?

— Você realmente quer acabar com a carreira dele?

Eve se lembrou de Laina Sanchez corando na cozinha da escola.

— Sim, eu quero acabar com a carreira dele.

Reo assentiu com a cabeça.

— Vou trabalhar para isso. Agora, é melhor você se preparar, porque entrará ao vivo na TV daqui a duas horas.

— Merda!

Enquanto Eve seguia, muito a contragosto, para o estúdio do Canal 75, Roarke limpava a mesa para fazer o mesmo. Esperava que o fato de estar lá pessoalmente pudesse tornar as coisas mais fáceis para Eve, e não mais difíceis.

Não sabia nem poderia dizer com certeza como as coisas sairiam, e isso o frustrava. Eve não era uma mulher previsível, refletiu, mas ele a conhecia bem. Seus estados de espírito, o ritmo deles, seus gestos e tons.

Só que agora ela estava um pouco enevoada em sua mente.

Roarke queria colocá-la novamente em foco. Precisava disso. Só que não pretendia enevoar sua própria imagem só para acalmar uma ofensa imaginária e absurda à qual ela estava se apegando.

Ela o confrontara, o questionara — praticamente o interrogara, pensou, sentindo uma nova onda de irritação. Duvidara dele e o fizera se sentir culpado sem que tivesse feito nada para se sentir assim.

Pensou na mão de Magdelana em sua coxa e no convite que ficara implícito nesse ato. Pois bem, ele fechara a porta para ela de forma direta, não foi? Na mesma hora e de forma clara.

Sob outras circunstâncias, ele até poderia ter contado a Eve sobre a tentativa da antiga amante, e ambos ririam da cena. Só que era óbvio que, no momento, esse era o tipo de informação que era melhor guardar para si mesmo.

E o pior é que *isso* o fazia se sentir culpado.

Porra! Ele iria exigir confiança, pensou, ao se levantar da mesa e olhar pela imensa janela da sala. Isso era inegociável. Quase todo o resto também era, admitiu, e colocou a mão no bolso para acariciar o botão cinza que sempre carregava consigo.

O botão que tinha sido dela e agora era dele, desde o primeiro dia em que a conhecera. Nada nem ninguém no mundo jamais o atingira com a força de Eve, ali parada, usando o surrado casaco cinza de tira, sem tirar os olhos dele.* Nada nem ninguém tinham conseguido segurá-lo como ela fizera desde então, e sempre faria.

Por causa disso, todo o resto era negociável. Ele seria capaz de dar mais e mais para Eve, e sempre descobriria que ainda havia um poço de coisas onde mergulhar para novas entregas. Porque ela continuava a preenchê-lo, dia após dia, sem parar.

Ele aguentaria o clima de zanga entre os dois, percebeu. As brigas eram parte do que eles eram. Mas não tinha certeza de conseguir aguentar aquela fissura. Portanto, eles teriam de arrumar um jeito de consertar tudo.

Quando ele se virou, o *tele-link* de sua mesa tocou. Ligação interna.

— Sim, Caro.

— Desculpe, sei que você vai sair daqui a minutos, mas a srta. Percell acaba de chegar e gostaria de vê-lo. Ela diz que é assunto pessoal. Desculpe, mas ela conseguiu convencer os seguranças a deixá-la subir e está na sala de espera.

Roarke pensou em mandar Caro dispensá-la. Se alguém tinha condições de espantar Magdelana dali, essa pessoa era Caro. Mas lhe pareceu injusto com todos os envolvidos usar uma mulher para servir de escudo contra outra por causa das ridículas desconfianças de uma *terceira*.

Sob nenhuma hipótese ele se deixaria levar como um cordeiro daquele jeito, mesmo pela mulher que amava.

---

*Ver *Nudez Mortal*. (N. T.)

— Tudo bem, mande-a entrar. Preciso do meu carro pronto daqui a dez minutos.

— Muito bem, então. Ah, avise à sua esposa que nós vamos assisti-la.

— Vou deixar para contar isso depois de o programa acabar. Ela está irritada com toda essa agitação. Obrigado, Caro.

Ele passou a mão no cabelo e olhou em torno de sua sala. Um local muito distante do seu primeiro ambiente de trabalho, refletiu. De todas as formas possíveis.

Era chegado o momento de encontrar um jeito, pensou, de deixar bem claro para as mulheres que o pressionavam dos dois lados que não haveria volta para o que havia antes e nenhum desejo, por parte dele, de empreender essa viagem.

Ela entrou com uma pele dourada atirada sobre os braços, o cabelo sexy lhe descendo em camadas e o rosto brilhante, cheio de energia. E, sim, tudo isso o fez se lembrar do que acontecera entre eles um dia. Não havia como evitar.

— Olhe para você! Olhe para isso! — Depois de jogar o casaco sobre uma poltrona, Magdelana fez um círculo completo com o corpo.

Roarke olhou para Caro, assentiu com a cabeça e ela se retirou da sala em silêncio, fechando as portas.

— Estou no covil do grande magnata global, um lugar ao mesmo tempo luxuoso, elegante, de gosto impecável e absolutamente másculo. Bem, esse ambiente é a sua cara, não é mesmo? — Ela seguiu na direção dele com os braços estendidos.

Ele os segurou por um breve instante. Não havia como evitar o contato sem os dois fazerem papel de idiotas.

— Como está, Maggie?

— Nesse momento? Absolutamente impressionada. — Olhou para a mesa. — O que você faz aqui, exatamente?

— Um pouco de tudo que precisa ser feito e muita coisa do que eu escolho fazer. E por você, em que posso ajudá-la?

— Pode me oferecer um drinque. — Ela se sentou no braço de uma das poltronas, cruzou as longas pernas e lançou o cabelo comprido para trás. — Andei fazendo compras e fiquei arrasada de cansaço.

— Desculpe, mas estou de saída.

— Oh. — Exibiu um biquinho de frustração. — Negócios, imagino. Você sempre adorou cuidar de negócios. Eu nunca percebi que você realmente *gostava* de trabalhar. Mesmo assim... — Descruzou as pernas, levantou-se e foi até a janela, de onde Nova York se espalhava para todos os lados e para cima. — Benefícios maravilhosos. — Olhou para Roarke por sobre os ombros. — Eu sempre imaginei você na Europa, escalando seu caminho para o sucesso no Velho Mundo.

— Nova York combina comigo.

— Pelo visto combina mesmo. Eu queria lhe agradecer. Já tive algumas reuniões com os consultores financeiros que você me indicou. Ainda é cedo para dizer, mas acho que a coisa vai funcionar às mil maravilhas. Eu nunca saberia por onde começar sem a sua ajuda.

— Pois eu acho que você encontraria seu caminho com facilidade. E vejo que anda muito ocupada — acrescentou. — Fazendo compras, participando de reuniões, visitando minha esposa na Central de Polícia.

Fazendo uma careta e fingindo recuar, Magdelana se virou, mas manteve a silhueta recortada em meio à energia e às torres da cidade.

— Ela lhe contou. Eu receava isso. Não sei o que estava pensando... Isto é, na verdade eu sei, sim. Estava curiosíssima a respeito dela e queria conhecê-la um pouco melhor. O encontro não correu bem.

— Ah, não correu?

— Eu estraguei tudo, sem dúvida. Ela me detestou antes mesmo de eu entrar pela porta. Quando me acalmei e lambi minhas feridas, compreendi tudo perfeitamente. Ali estava eu... — sorrindo com facilidade, abriu os braços — ...Uma antiga amante do marido dela que entrou quase valsando em sua sala se ofereceu para lhe pagar um drinque, cheia de sorrisos e sinais amigáveis. Ela deve ter sentido vontade de me dar umas boas bofetadas.

— Eve raramente dá bofetadas. Um bom soco na cara faz mais o estilo dela.

— Sinto muitíssimo. Eu agi de forma totalmente errada. E ela foi tão... ríspida que eu me senti ofendida. Não sei como consertar as coisas. Eu lhe causei algum problema em casa?

— Eu avisei que você não iria gostar dela.

— E estava certo, como sempre. É estranho imaginar que você gostou de nós duas. De qualquer forma, sinto muito. Acho que, de certo modo, eu estava em busca de contatos, ligações. Amigos. Supus que ela e eu pudéssemos nos dar bem. Afinal de contas, o que nós tivemos, você e eu, são águas passadas.

O convite voltou aos seus olhos e sua voz se tornou suave, sedutora, e ela completou:

— Não é, Roarke?

— Isso mesmo.

— Muito bem, ora veja... Acho que ela deve estar pensando que a história sempre se repete e confesso que eu esperava que isso acontecesse. Acho que não seria aconselhável eu pedir desculpas a ela pessoalmente, certo?

— Não será necessário. Nem inteligente. Eu lhe desejo coisas boas, Maggie, é claro, mas se você está em busca de contatos, ligações e amizades por meu intermédio serei obrigado a desapontá-la. Isso irrita minha esposa.

— Oh. — As sobrancelhas dela se ergueram, seus lábios tremeram e formaram um sorriso forçado antes de ela reassumir o controle. — Se você fosse outra pessoa, eu seria capaz de dizer que ela certamente o domesticou.

— Em vez de levantarmos esse ponto ou afundarmos nele, prefiro lhe dizer apenas que ela me faz feliz. Estou de saída, Maggie.

— Sim, você já disse. Eu só queria pedir desculpas pelos problemas que causei e lhe agradecer mais uma vez por me ajudar em nível profissional. — Sua voz tremeu de leve. — Não devo atrasá-lo mais.

Pegou o casaco e completou:

— Se você vai mesmo sair agora, talvez eu possa descer em sua companhia.

— Claro. — Quando ela ergueu o casaco, ele a ajudou a vesti-lo e foi pegar o dele. — Você está de carro ou quer que eu mande levá-la?

— Estou de carro, obrigada. Roarke... — Ela balançou a cabeça. — Acho que queria só repetir, mais uma vez, que sinto muito. E admitir aqui, entre nós, antes de descermos e o passado ficar enterrado em definitivo, que não consigo evitar o lamento de saber que nunca mais serei a mulher da sua vida.

Ela apertou a mão dele e se afastou.

Ele usou o *tele-link* do escritório para avisar à sua assistente que estava deixando o prédio e iria acompanhar a srta. Percell até fora do prédio. Foi até uma das paredes da sala e apertou com o polegar um sensor oculto no revestimento da parede, que se abriu e desvendou um elevador pessoal.

— Que cômodo! — Magdelana riu de forma afetada, como as mulheres fazem quando lutam para parecer descontraídas. *Gadgets* sempre foram algumas das suas curtições. Ouvi falar que sua casa aqui em Nova York é espetacular.

— Sim, moramos com muito conforto. Térreo! — ordenou ao sistema, e o elevador começou a descer suavemente.

— Tenho certeza de que sim. Sua esposa deve apreciar muito todo esse... conforto.

— Para ser franco, ela precisou de alguns meses de adaptação. — Uma expressão de carinho surgiu em seu rosto. — Até hoje isso a deixa constrangida, de vez em quando.

— Já ouvi falar de pessoas ricas que se sentem constrangidas diante dos pobres, mas não me imagino me sentindo sem graça por causa deles.

— O dinheiro não significa para ela o mesmo que para nós, Maggie.

— Sério? — Olhou para ele com os olhos molhados. — E o que significa para nós?

— Liberdade, é claro. Também poder e conforto. Mas por trás de tudo isso — olhou para ela e sorriu de leve —, o importante é a emoção do jogo, certo?

Ela sorriu de volta, mas seu rosto exibia arrependimento.

— Nós sempre nos entendemos bem, Roarke.

— Isso não é verdade. — Ele saltou e pegou o braço dela de forma automática, levando-a através do imenso saguão de mármore com seus mapas que se moviam, lojas cheias e lindos canteiros de flores.

Do lado de fora a limusine dele e, logo atrás, a dela estavam estacionadas silenciosamente junto da calçada. Quando a acompanhou até o carro, ela se virou uma última vez. O brilho provocado pelas lágrimas em seus olhos cintilava ainda mais agora, sob a luz do sol.

— Talvez não tenhamos nos compreendido muito bem, afinal. Pode ser que isso seja verdade. Mas aqueles foram bons tempos para nós, não foram? Houve bons momentos.

— Sim, houve.

Ela ergueu a mão e o tocou no rosto. Ele enlaçou os dedos delicadamente sobre os pulsos dela e ficaram ali por um momento, no vento e no frio.

— Adeus, Maggie.

— Adeus, Roarke. — As lágrimas brilharam ainda mais nos cílios dela no instante em que entrou no ambiente aquecido da limusine.

Ele observou o belo carro que se afastava, como uma pluma branca que pincelava o oceano de tráfego.

Então entrou em sua limusine para ir até o lugar onde sua esposa estava.

Capítulo Onze

Eve foi arrastada pela estação de TV por uma assistente chamada Mercy, muito ativa e energizada. Eve decidiu que estava sem paciência alguma para aquela agitação enquanto a funcionária seguia ao longo dos corredores, arrastando a convidada ao longo de pontos de conferência e soltando uma enxurrada de palavras curtas num monólogo ágil, enquanto só faltava saltitar pelos labirintos em seus pequenos sapatos pretos.

— Todo mundo está empolgadíssimo com a estreia desta noite. Nadine é a maior estrela da mídia no momento, e nossa estação ficou incrivelmente honrada e feliz por ela ter optado em continuar conosco e fazer esse programa aqui. Além do mais, receber você como primeira convidada é mais que *mag*. Puxa, vocês duas juntas são, tipo assim... O evento mais quente da semana na TV.

Mercy tinha cabelo cor-de-rosa armado com rabinhos de cavalo espetados em várias direções, como pequenas borboletas esvoaçantes, e borboletas ainda menores pareciam sair do arco espesso de sua sobrancelha esquerda.

Uma visão desconcertante.

— Primeiro você precisa conhecer o produtor, o diretor e o chefe da técnica. Depois, vamos direto para a sala de maquiagem e camarim. Posso lhe providenciar qualquer coisa que você queira. Estarei à sua disposição durante todo o programa. Café, chá, água sem gás ou com gás, refrigerantes. Nadine me disse que você gosta de café. Vamos falar com o diretor rapidinho.

— Eu não quero...

Mas Eve foi quase empurrada para dentro de uma sala e teve sua mão apertada com entusiasmo antes de ser levada para outra sala, onde sofreu uma nova série de apertos de mão.

O ar parecia vibrar tanto que sua cabeça doeu.

Em seguida, ainda com Mercy falando do seu jeito rápido e agudo, mais parecendo um lulu da Pomerânia com algumas doses de zeus na cabeça, Eve foi arrastada até a sala de maquiagem. Ali, uma fileira de espelhos fartamente iluminados cintilava diante de um balcão muito comprido e lotado de uma variedade espantosa de potes, tubos, pincéis e instrumentos estranhos que mais pareciam ferramentas perigosas projetadas para tortura.

Foi então que ela avistou algo pior — muito pior do que a lembrança de que estava ali por pressão do seu chefe e por amizade para aparecer na TV... Muito pior do que os guinchos agudos em seu ouvido... Muito pior do que ter consciência de que alguns ou todos aqueles instrumentos, potes, frascos e tubos seriam usados nela. Havia uma mulher em pé atrás de uma cadeira de encosto alto exibindo um sorriso cheio de dentes.

— Oh, minha Nossa Senhora!

— Vocês duas já se conhecem? — tagarelou Mercy. — Trina, vou deixar a tenente Dallas sob suas mãos mágicas e vou pegar café para ela. Nadine comprou uma marca especial para a convidada. Você vai querer alguma coisa para beber?

Trina, cabelo cheio de fios pretos e brancos que saíam como uma fonte do alto da cabeça e olhos num tom sobrenatural de verde, pegou uma capa azul em um gancho.

— Água seria ótimo. Sem gás.

— Volto já!

— Você está com o aspecto parecido com o de um cocô de cachorro, Dallas — comentou Trina.

— Isso só pode ser um pesadelo recorrente. Vou socar minha cara até acordar — avisou Eve.

— Com essas olheiras imensas debaixo dos olhos, você já parece ter sido socada várias vezes só hoje. Vou consertar isso.

— Por que você está aqui? Por que tinha de ser você?

— Em primeiro lugar porque eu sou a melhor e Nadine sabe disso. Ela pode contratar a melhor. Além disso, eu vim por sua causa. Se não fosse por você, eu nunca teria conhecido e tratado de Nadine na sua casa. — Trina sacudiu a capa azul como um matador diante do touro e se curvou. — Eu lhe sou grata por isso.

— Quer dizer que, indiretamente, fui eu mesma que trouxe essa provação para a minha vida? — quis saber Eve.

— Sorte sua ser eu, Dallas. Porque sou a melhor e você sabe disso. E também porque consigo, de um jeito que milhares jamais conseguiriam, fazer com que você saia daqui parecendo você mesma.

— Mas eu já me pareço comigo mesma.

— Não, você se parece com um cagalhão de cachorro. Mas sei que está em algum lugar debaixo dessa aparência, e vou resgatá-la. Vou ressaltar suas feições para você aparecer diante das câmeras, mas não vou fazê-la sair desta cadeira parecendo uma acompanhante licenciada que anda vagabundeando por aí.

Em sua vida havia poucas pessoas que conseguiam dedilhar a corda oculta de medo que existia no coração de Eve. Trina era uma delas. Como se soubesse disso, Trina sorriu novamente e deu uma batidinha no encosto da cadeira.

— Sente-se. Tudo vai acabar rapidinho, antes mesmo que perceba.

— Lembre-se de que estou armada — ameaçou Eve, mas se sentou. Que escolha tinha?

— Como é que pode você estar com essa cara? — quis saber Trina. — Não parece uma pessoa que acabou de voltar de férias. Mavis me contou que você e Roarke tiraram alguns dias de folga na praia. — Passou os dedos pelos fios de cabelo de Eve, franziu a testa e deixou deslizar os fios. — Precisamos dar uma aparada nisto aqui.

— Deus, ó Deus.

Trina simplesmente colocou a capa sobre o colo de Eve.

— E como é que pode você não ter ido visitar Mavis e sua linda bebezinha desde que voltou?

Uma coisa boa a respeito da capa, pensou Eve, é que ela poderia torcer e retorcer os dedos ali debaixo, caso sentisse necessidade disso. Ninguém iria ver.

— Ainda não tive tempo.

— Sua melhor e mais antiga amiga acabou de se tornar mãe de uma bebê. — Trina baixou a cabeça de tal forma que seus rostos se tocaram e os olhos verdes penetrantes da esteticista fitaram os de Eve longamente no espelho. — Sabia que tive de me sentar em cima de Mavis para impedi-la de vir até aqui hoje? Está frio demais para sair na rua com a neném. Você precisa arrumar um tempinho para ir vê-la.

— Tudo bem. Eu vou.

— Belle é a coisinha mais linda que algum dia respirou sobre a face da Terra, juro por Deus. — Erguendo-se novamente, Trina apertou os polegares em algum ponto na nuca de Eve e os moveu lentamente, descendo até os ombros. — Sua musculatura está uma confusão de nós, como sempre.

Eve simplesmente fechou os olhos. Ouviu Mercy voltar, ficar de blá-blá-blá e tornar a sair. Ouviu pequenos cliques e zipes enquanto Trina fazia só Deus saberia o que com o seu cabelo. Deu um pulo para a frente quando a cadeira foi recostada.

— Você precisa relaxar, ok? Se não ficar bem na fita, eu também não vou ficar, certo?

— Puxa, essa é a minha preocupação constante o tempo todo. — Mas Eve tornou a fechar os olhos. Era apenas uma noite, lembrou a si mesma, e conseguiria aguentar. Aquilo era algo pequeno comparado ao grande esquema das coisas.

Dedos ágeis e polegares poderosos foram apertados com gentileza ao longo dos seus maxilares, têmporas, nas laterais do pescoço e nos ombros. A sessão de acupressura, combinada com a sensação de fadiga que parecia se dissolver lentamente, fez com que ela adormecesse por alguns minutos.

Voltou à superfície ouvindo um murmúrio excitado e uma agitação quase palpável, como se o ar fizesse cócegas em seu rosto. E sentiu o cheiro dele. Antes mesmo de sua mente clarear o suficiente para reconhecer o ritmo e o tom da sua voz, Eve sentiu o cheiro natural de Roarke.

— Estou quase acabando — avisou Trina. — A roupa que Dallas está vestindo ficou ótima. Portanto, aposto que foi você quem escolheu. Mas vou dar uma olhada nesse vestido que você também trouxe, caso fique melhor. De qualquer modo, a figurinista da estação também vai querer dar uma olhada nela.

— Não vou trocar de roupa — resmungou Eve.

— Pronto, aqui está ela, de volta. — Trina colocou a cabeça na posição vertical novamente. Como ela estava de costas para o espelho, tudo que Eve viu diante de si foi Roarke.

— Bom dia — disse ele. Pegando a mão de Eve, acariciou de leve, com o polegar, a parte de trás. — Você está com um ar descansado.

— São milagres que eu realizo todos os dias — apregoou Trina. — Vamos só dar uma ajeitada final no cabelo. — Algo deveria ter acontecido, ja que Trina colocara sobre a bancada as ferramentas do seu ofício. — Quer saber de uma coisa? É melhor deixar para fazer isso na hora em que ela estiver para entrar no ar. Preciso verificar algumas coisas, mesmo, e Nadine já deve estar pronta para seu toque final. A Sala Verde fica logo ali, do outro lado do corredor. É um ambiente muito legal.

Tirou a capa azul de cima de Eve e convidou:

— Quer dar uma olhadinha antes de sair?

Eve ergueu os olhos e se viu no espelho. Como Trina anunciara, ela se parecia consigo mesma. Um pouco mais brilhante, talvez, imaginou, com os olhos e lábios bem definidos e com um pouco mais de cor, mas estava reconhecível. E o "cocô" de cachorro tinha sido definitivamente enterrado.

— Está bom — reconheceu ela.

— Bom? — debochou Trina. — *Agora* é que parece que você acabou de voltar das férias. Não derrame nada nessa jaqueta, porque eu acho que eles vão querer que use essa roupa no ar.

— Pode deixar que eu faço com que ela se comporte. — Pegando a mão de Eve mais uma vez, Roarke a encaminhou até a Sala Verde, que na verdade era pintada num tom claro de pêssego.

Havia uma tela gigantesca sintonizada no Canal 75, sofás e poltronas generosos num calmo mar central em verde. Generosas tigelas com frutas, queijo e biscoitos estavam espalhadas sobre uma bancada larga.

— Eu não esperava que você fosse aparecer.

Roarke ergueu uma sobrancelha.

— Claro que eu viria, é uma noite importante.

— E trouxe outra roupa para o caso de eu ter destruído a que vestia.

— Isso faz parte do serviço.

— Eu achei que você estivesse pau da vida comigo.

— E eu imaginei que você estivesse revoltada comigo. — Dessa vez, ao pegar as mãos dela, ele as levou aos lábios. — Por que não esquecemos tudo aquilo? Fiquei remoendo o assunto quase o dia todo e estou cansado de carregar esse peso por aí.

— Acho que você me disse uma vez que os irlandeses gostam de remoer as coisas e se preocupar.

— Ah, adoramos. Costumamos usar esse hábito para compor canções e escrever histórias. Mas estou farto disso, por agora. Embora nunca me farte de você.

O coração dela ficou mais leve. Como conseguira ficar em pé o dia todo, matutou, com aquele coração tão pesado?

— Eu amo você.

Ele a puxou para junto dele, tocou-lhe uma das sobrancelhas com os lábios, desceu para as bochechas, beijou a covinha que havia debaixo de sua boca e esfregou o queixo contra o dela. Ela pressionou o corpo contra o dele e lhe enlaçou a cintura com os braços, ao mesmo tempo em que aprofundavam o beijo.

— Eu poderia oferecer minha sala para vocês se divertirem — disse Nadine, encostando-se no portal —, mas Dallas já está toda maquiada.

Eve manteve os braços em torno de Roarke por mais um momento, antes de se afastar.

— Você lançou Trina em cima de mim.

— Eu *consegui* que Trina preparasse você — corrigiu Nadine. — Ela é competente ao extremo; por isso eu a contratei para trabalhar no meu programa. Além do mais, achei que, para essa primeira noite, você iria preferir um "demônio" que já conhecesse.

— Bom argumento — decidiu Eve.

— Você parece bem, e isso é essencial. Forte, alerta, inteligente, muito atraente — Nadine avaliou tudo longamente, dando uma volta em torno de Eve. — E com um jeito marcante de tira. Vamos deixar o glamour por minha conta.

— Você o usa de forma maravilhosa — elogiou Roarke. — Parece radiante, Nadine, está tão brilhante quanto uma joia.

— Estou mesmo, não é? — Rindo, Nadine balançou os cachos elegantes do seu cabelo louro com raias mais claras e deu uma voltinha estilosa, abrindo de leve seu paletó azul néon ao mesmo tempo em que exibia a saia muito justa e a blusa agarrada na cintura. Os sapatos tinham altíssimos saltos-agulha que faziam sobressair a corrente de diamantes que usava no tornozelo.

— Não pensei que fosse ficar nervosa, mas estou. Há muita coisa em jogo nesse programa de estreia. Dallas, não quero combinar respostas com você, nem nada desse tipo. Mas também não quero que a entrevista pareça banal ou combinada, e vou logo avisando que preciso tocar em algumas questões pessoais.

— Vou sair para deixá-las à vontade — ofereceu Roarke, mas Nadine balançou a cabeça para os lados.

— Nada disso. Você conseguirá correr mais do que eu nesses sapatos, caso Dallas fuja correndo por aquela porta. Vamos nos sentar.

— Vou pegar algo para bebermos, então. — Roarke apontou para a bancada cheia. — Ou comermos.

— Depois. — Nadine apertou a barriga ao se sentar em um dos sofás. — Meu organismo está em estado de alerta total.

— Eu também não quero — declarou Eve. — Por que você está tão nervosa? Vai fazer o que faz sempre.

— É isso que estou dizendo a mim mesma, mas nunca fiz um programa exatamente como esse na vida. Isso era o maior sonho da minha carreira, e agora que tenho tudo em minhas mãozinhas ávidas não posso deixar cair no chão. Portanto...

Nadine se colocou na beira do assento, como se fosse ela quem estivesse se preparando para fugir dali a qualquer momento.

— Vamos ter de citar o caso Icove. Foi aquela cobertura que me garantiu esse programa. Mas não quero falar só disso. É claro que vou recontar o escândalo, ainda mais depois do sucesso que foram o vídeo e o livro. O mercado de bebês clonados ainda é notícia quente e vamos discutir o assunto*. Aliás, por falar em bebês, Belle é um nome belíssimo. Por Deus, aquela menina é linda, não é?

* Ver *Origem Mortal*. (N. T.).

Eve se encolheu um pouco.

— Muito linda.

— Fiz uma entrevista com Tandy e com Mavis sobre o que aconteceu, e vamos passar partes dela durante o intervalo. Basicamente, porém, quero conversar sobre o que você faz e como trabalha. Quanto você conseguirá me adiantar a respeito do assassinato de Craig Foster?

— A investigação está em andamento.

Nadine não perdeu o ritmo, nem a chance de exibir uma careta de deboche.

— Vou precisar de mais do que isso: as pistas que estão sendo investigadas, as possibilidades em aberto, os atores do drama, a cena do crime, a vítima. O programa se chama *Agora* por um bom motivo, certo? Mas vamos deixar tudo para que seja conversado no ar. Sei que é um programa jornalístico, mas também teremos de falar sobre Roarke.

Nadine ergueu a mão antes de Eve ter chance de reclamar.

— Não posso entrevistar a tira de Roarke num veículo importante como esse sem falar dele. Não se preocupe, não vou perguntar se ele usa cuecas samba-canção ou prefere as coladas no corpo. Quero só um panorama dele, digamos assim. — Lançou um olhar divertido e curioso para Roarke, que simplesmente riu e balançou a cabeça.

— Como consegue equilibrar o trabalho com a vida pessoal — continuou Nadine. — Quero saber se o casamento mudou seu jeito de trabalhar ou a forma como encara sua função. Vamos falar sobre isso em vários momentos, portanto... — olhou para o relógio de pulso. — Preciso me preparar. Trina virá dar uma última olhada em você daqui a alguns minutos. Depois, Mercy os levará até o estúdio principal e vamos em frente a partir daí, Dallas. — Nadine apertou a mão de Eve com força. — Obrigada.

— É melhor deixar para agradecer depois. Pode ser que você não goste das minhas respostas.

— Obrigada — repetiu. Levantou-se em seguida e se virou para Roarke. — Que tal um selinho aqui, gostosão? — bateu com os dedos sobre os lábios. — Para dar sorte.

Ele foi até onde ela estava e a beijou de leve na boca.

— Aposto que vai dar mais de trinta por cento de audiência, recorde nacional — afirmou ele.

— Que Deus escute o que saiu dos seus lábios.

No fim deu tudo certo, até onde Eve pôde avaliar. Apesar disso, não conseguia imaginar por que alguém se sentiria tão empolgado por se ver sentado diante de uma imagem gigantesca de Nova York, debaixo de refletores quentes demais, enquanto câmeras robóticas rastejavam suavemente à sua volta, como cobras.

A música de fundo diminuiu e ela reparou que Nadine respirou fundo três vezes enquanto um sujeito no chão fazia sinais com os dedos. Então Nadine lançou os olhos na direção de uma das câmeras robóticas.

— Boa noite. Sou Nadine Furst e este é o *Agora*.

Elas conversaram rapidamente, como Nadine avisara, sobre o caso Icove, que fora solucionado no final do outono. Sim, Eve acreditava que as leis contra a clonagem humana eram justas e corretas. Não, não considerava os clones, propriamente ditos, culpados pelo que os Icove tinham feito.

Assistiu a pequenas inserções, onde foram exibidas entrevistas com Tandy Applebee, seu marido e seu filho recém-nascido; depois foram ao ar as gravações com Mavis, Leonardo e Belle. As duas mulheres ficaram com os olhos cheios de lágrimas ao falar de sua amizade, de como Eve conseguira salvar a vida de Tandy e também a do bebê que por pouco fora vendido no mercado negro e acabou batizado com o nome de Quentin Dallas Applebee. A emoção aumentou na parte em que relataram que o mistério só foi solucionado poucas horas antes de seus bebês nascerem.

— Como isso fez você se sentir? — quis saber Nadine.

— Como alguém que fez o seu trabalho.

— Só isso?

Eve se mexeu de leve na poltrona e resolveu abrir o jogo.

— Às vezes o caso investigado se torna pessoal. Não deveria acontecer, mas não há como evitar. Dessa vez foi pessoal. Mavis e eu somos amigas há muito tempo; ela e minha parceira também são muito ligadas. Foi Mavis quem me obrigou... Obrigou nós duas, na verdade..., a procurar por Tandy. Mavis merece todos os louros pelo sucesso do caso, pois lutou para encontrar a amiga. Podemos dizer que, dessa vez, foi o sentimento de amizade que, no fim, serviu de ligação entre os eventos e ajudou a solucionar o crime. Meu trabalho não foi apenas encerrar o caso, era uma questão de buscar a justiça. Foi o que eu fiz.

— Seu trabalho é exigente, perigoso e poderoso. Você é casada com um homem de quem o tempo exige muito, um homem que algumas pessoas poderiam chamar de perigoso e que, certamente, também é muito poderoso. Como consegue equilibrar o trabalho com a vida pessoal?

— Talvez tendo consciência de quem nem sempre esse equilíbrio será alcançado, apesar de eu estar casada com um homem que consegue essa façanha. Muitos tiras... Sabe como é... — desconversou. — Podem surgir conflitos pessoais nesse ponto porque o trabalho da polícia exige que eu trabalhe durante muitas horas, às vezes em momentos inconvenientes que atrapalham agendas e compromissos sociais. Eu acabo me atrasando para jantares importantes, encontros ou lá o que seja.

— Isso parece ter pouco peso — atalhou Nadine. — Na realidade, porém, esses jantares, encontros, e seja lá mais o quê, são parte vital da vida pessoal de um casal como vocês dois.

— Isso mesmo. Mas o fato de que as questões profissionais se atropelam e invadem minha vida pessoal faz parte da vida, é simples assim. Faz parte do meu trabalho. E é uma situação difícil para ser enfrentada por um civil, dia após dia. Em minha opinião, casar com um tira geralmente é uma má aposta, em termos de vida conjugal. Mas alguns conseguem fazer com que a coisa funcione. Quando funciona, isso acontece porque a outra parte entende bem a situação; respeita e valoriza o trabalho ou, pelo menos o compreende. Nesse ponto eu tive sorte.

Ela desviou o olhar para o lugar onde Roarke estava em pé, atrás das câmeras, e repetiu baixinho:

— Muita sorte.

Nesse ponto entrou o intervalo comercial, que era o que mantinha o programa e bancava os custos da produção. Trina surgiu do nada com um monte de pincéis.

— Muito bom — elogiou Nadine, olhando para Eve.

— Está quase acabando?

— Quase. — A apresentadora não comentou em voz alta, mas comemorou consigo mesma o momento fabuloso em que Eve desviara os olhos dela e permitira que a emoção lhe surgisse no rosto, ao garantir que tinha muita sorte. Trinta por cento de audiência uma ova! Só aquele instante iria garantir que os números subiriam acima da estratosfera.

— Sua investigação atual — começou Nadine, quando o programa recomeçou —, trata do chocante assassinato de Craig Foster, um professor de História. O que você pode nos contar sobre o caso?

— A investigação está em andamento.

— Você disse que o assassino conhecia a vítima. — disse Nadine, comemorando secreamente a voz e olhar seguro de Eve, que dera um contraste perfeito ao momento. — Fale sobre a vítima — emendou. — Quem era Craig Foster?

— Ele era, até onde apurei, um jovem e dedicado professor, um marido amoroso, um bom filho. Um homem gentil e meticuloso. Era simples, responsável e normal na forma como trabalhava e vivia; e parecia muito feliz com isso.

— O que isso lhe diz sobre o assassino?

— Sei que o assassino conhecia e compreendia os hábitos de Craig Foster e usou esse conhecimento para tirar a vida dele; sei que ele ceifou a vida de um marido, um filho, um professor; sei que ele não fez isso no calor de uma discussão, nem por impulso, mas de forma fria e bem calculada.

— O que torna esse crime particularmente hediondo é ele ter sido cometido em uma escola onde crianças entre seis e 13 anos circulam pelos corredores. Na verdade, o corpo foi descoberto por duas meninas, certo?

— Você falou em hediondo. Assassinato, por definição e por natureza, é um crime hediondo. O local onde ele foi perpetrado, nesse caso, poderá torná-lo ainda mais duro para algumas pessoas. Mas foi cometido de forma muito eficiente.

— Como assim? — quis saber Nadine, inclinando-se um pouco.

— Os hábitos da vítima. O assassino precisou, unicamente, acompanhar e cronometrar a rotina diária da vítima, conhecer seus horários de aula e usar esses elementos. Ter alunos, professores e funcionários ali perto, caminhando pelos corredores, nas salas e nas outras dependências da escola, foi uma vantagem. Ele a aproveitou.

— E seus suspeitos? Você interrogou várias pessoas até agora. Hoje você levou Reed Williams, outro professor da Sarah Child Academy, para interrogatório.

— Sim, interrogamos o sr. Williams, mas a denúncia final foi por outro delito. Ele não foi acusado do assassinato do sr. Foster.

— Mas ele é suspeito? Seu principal suspeito?

— A investigação segue ativa e em andamento — repetiu Eve. — Até que o caso seja encerrado, continuaremos a questionar vários indivíduos. Não tenho condições de adiantar mais detalhes, no momento.

Nadine fez mais investidas nessa questão, mas Eve bloqueou todas. Quando o diretor fez sinal para avisar que o tempo se esgotava, Nadine se inclinou mais uma vez.

— Diga-me uma coisa, tenente: se o assassino estiver nos vendo *agora*, o que gostaria de lhe dizer?

— Que minha parceira e eu estamos lutando por Craig Foster nesse exato momento. Temos um trabalho a realizar, e somos muito boas nisso. Ele deve aproveitar para ver muitos programas de TV agora, porque na cela onde ficará pelo resto da vida não são permitidos aparelhos para entretenimento.

— Obrigada, tenente Dallas. Aqui é Nadine Furst — disse a apresentadora, virando-se para a câmera. — Boa noite, por *Agora*.

— Você esteve perfeita — elogiou Roarke, quando eles finalmente conseguiram sair da estação de TV.

— Deve ter sido bom, sim, já que Nadine pulou e fez uma dancinha de vitória no instante em que as câmeras idiotas foram desligadas.

— Perfeito — repetiu Roarke, e virando-a de frente para ela colocou os lábios sobre os dela. — Exceto pelo erro no uso de um pronome.

— Hã?...

— Você disse "Eu tenho sorte". A declaração correta, querida Eve, é "Nós temos sorte". — Ele a beijou novamente, de leve. — *Nós*.

— Acho que temos, sim. Cadê minha viatura? — perguntou, dando uma olhada em volta ao chegar à garagem.

— Mandei alguém levá-la de volta só para poder ir para casa com minha esposa.

— Nesse caso, você dirige. — Fez uma pausa e completou: — Fiquei contente por você aparecer aqui. — Ao entrar no carro, reclinou o banco, esticou as pernas e suspirou. — Nadine se empolga de verdade trabalhando naquele circo de malucos. Existe gente de todo tipo.

— Tem mesmo. Aposto que um monte de gente deve estar se perguntando como é que você consegue fazer o que faz, dia após dia. E então...? Reed Williams é o seu assassino?

— Está no topo da lista de possibilidades, no momento. Agora ouça isso: Oliver Straffo vai ser o advogado de defesa dele.

— Mas Straffo é um profissional muito caro para defender alguém que vive com um salário de professor.

— Williams ganha bem. Escola particular, muitos anos de magistério. Só que foi a filha de Straffo que encontrou o corpo. Williams é o principal suspeito de matar Foster na escola da filha de Straffo, num lugar onde a menina poderia ter escorregado em todo aquele sangue e vômito. Mesmo assim o pai dela vai defendê-lo. Como eu disse, existe gente de todo tipo.

— É possível que Straffo acredite na inocência de Williams.

— É, pode ser. Straffo não sabe que sua própria esposa é um dos troféus sexuais do acusado. Williams gosta de passar o rodo entre as funcionárias da escola e as mães dos alunos. Tem a moral de um coelho. Aliás, posse de coelho louco é uma das acusações que abrimos contra ele. Encontramos a droga na gavetinha de diversão do quarto. Até agora só temos a posse de drogas contra ele, mas foi nesse momento que Straffo foi chamado. Isso me intriga.

— Advogados fazem o que precisam fazer, tenente.

— Eu sei, mas digamos que você tivesse uma filha e descobrisse que um dos professores dela anda brincando de esconder o salame em plena escola. — Como sua posição era confortável demais e Eve receou acabar caindo no sono, ergueu o banco. — Ou descobrisse que ele usa substâncias ilegais para sua própria satisfação sexual. Você pularia para defendê-lo assim que fosse chamado?

— Difícil dizer. Mas, em princípio, seria pouco provável. Por outro lado, talvez Straffo também tenha a moral de um coelho.

— Aposto que Straffo não pularia tão depressa se soubesse que seu cliente andou molhando o biscoito no café com leite que lhe pertence.

— Você pretende contar isso a ele?

Eve pensou em Allika, sua culpa e seus medos.

— Não, a não ser que isso tenha ligação com o crime. Se eu descobrir e conseguir provar que Reed Williams matou Craig Foster porque Foster sabia do seu caso amoroso, aí, sim, Straffo vai receber uma má notícia.

— Tem certeza de que ele já não sabe?

— Não, não tenho. E estaria olhando com atenção se pudesse colocá-lo na cena do crime ou perto dela. Ele chegou ao seu escritório às oito e meia na manhã do crime. Isso lhe daria um curto espaço de tempo para agir na escola, mas seria forçar a barra. Ele participou de uma reunião com os sócios de oito e meia às nove; depois ficou em sua sala, junto dos auxiliares paralegais, a assistente e várias outras pessoas entrando e saindo, até ir a um encontro com um cliente na hora do almoço, ao meio-dia. Parece que está limpo nessa história.

— Não sei se há motivos para desconfiar dele. Não foi Foster que papou sua esposa, afinal de contas. Agora, se Williams tivesse sido morto...

— Reputação. — Eve encolheu os ombros. — Não seria absurdo supor que Foster pudesse ter sido morto para proteger uma reputação. No caso de Williams, o sinal iria soar mais forte. Não creio que Straffo gostasse de ver tornada pública a infidelidade da esposa. — Eve fez um esforço para evitar um bocejo. — Isso seria ruim para a sua imagem.

— Pois lhe garanto, tenente... Se eu estivesse na posição de Straffo, iria mirar em você e no seu amante, não num espectador inocente.

— Digo o mesmo para você, meu chapa. — Como aquilo a fez pensar em Magdelana novamente, Eve tirou a ideia da cabeça. — De qualquer modo, vamos continuar espremendo Williams e ver o que aparece. Ahn... Estou sendo cobrada por um monte de gente que acha que nós... Uso *nós* porque é o único pronome aceitável nesse caso... Deveríamos ir visitar Mavis e o bebê.

— Tudo bem.

— Só isso? Tudo bem?

— Vai ser bom. Afinal, nós sobrevivemos ao nascimento. Um bebê enroladinho numa manta cor-de-rosa será um belo momento de alívio depois daquele sufoco.

— É, acho que sim. Peabody avisou que precisamos levar um presente. Um urso de pelúcia ou algo assim.

— Isso deve ser bem simples.

— Ótimo. Você fica com essa missão. Não entendo essa história de urso. Afinal, ursos não são aqueles bichos que as pessoas geralmente evitam para não serem devoradas?

Quando ele riu, ela o olhou com ternura. Só de olhar para Roarke e notar o riso em seus olhos quando ele a fitou fez com que tudo dentro dela se aquecesse.

Eve colocou a mão sobre a dele no instante em que ele entrou pelos portões da casa.

— Vamos tentar alcançar aquele equilíbrio sobre o qual Nadine perguntou — propôs ela. — Por algum tempo, nada de caso, trabalho ou obrigações. Apenas você. Apenas eu.

— Minha combinação favorita.

Eve tomou a iniciativa e o enlaçou com os braços, esfregando os lábios nos dele assim que saltaram do carro. O calor que tinha surgido dentro dela se espalhou como uma primavera. Todas as dúvidas, todas as dores, todos os medos e todas as perguntas se dissolveram na mesma hora.

Só você, pensou novamente quando os dois entraram em casa. Só eu.

Por acordo tácito, seguiram direto para o elevador. Subir a escada levaria tempo demais. Uma vez dentro da cabine, enquanto subiam, ele tirou o casacão dos ombros dela e ela fez o mesmo com o paletó dele. Mas os gestos não eram apressados, nem frenéticos. Em vez disso, eram suaves e leves, com o conhecimento de que eles estavam retomando algo que escorregara para fora do seu alcance, mas só por um momento.

O quarto estava banhado pelo brilho do luar, suave e azulado, entrando pelas janelas e pela claraboia que ficava sobre a cama. Despiram um ao outro e se distraíram mutuamente com beijos longos, vagarosos e carícias sensuais.

O coração de Eve parecia estar de volta, exatamente no lugar onde pertencia, e bateu mais depressa e forte contra o dele.

— Senti falta de você — disse ela, apertando-o com mais força. — Senti falta de nós.

— *A ghra* — murmurou ele em idioma celta, e isso a deixou arrepiada.

Ela era novamente dele, completamente dele. A mulher forte, complicada, infinitamente fascinante e toda dele. Ali perto e toda dele, sem nada entre os dois. O sabor dela o preencheu; as linhas longas e esbeltas do seu corpo o incitaram.

Ali estava o equilíbrio que Nadine mencionara. O equilíbrio que só quem sentia, conhecia ou tinha poderia compreender por completo. Eles se encaixavam; as arestas complexas e ásperas de ambos simplesmente se encaixavam. Um se juntava ao outro e o tornava inteiro.

Quando eles se deitaram na cama, ela o enlaçou com as pernas e suspirou mais uma vez. Um som do qual ele conhecia o significado: estavam em casa, por fim. Precisando oferecer mais, ele usou os lábios, as mãos, o corpo, até que o suspiro virou um gemido.

Mais ninguém, pensou ela, poderia jamais alcançá-la tão fundo quanto ele. Sentindo-o estremecer sob o seu toque, percebeu que com ele acontecia o mesmo.

Ao ultrapassar a primeira crista de uma onda de sensações, ela emoldurou o rosto dele com as mãos. Puxou os lábios dele sobre os dela mais uma vez, num beijo de ternura avassaladora.

— Meu amor — repetiu ele, em irlandês. *Minha única. Meu coração.* Ela ouviu a voz dele no instante em que ele a penetrou, deslizando suavemente para dentro dela, e viu os olhos dele brilhando enquanto eles se deixavam escorregar juntos na emoção.

Mais tarde, enroscada contra ele, contente e quase cochilando, ela murmurou:

— Sorte de nós dois.

E o ouviu rir baixinho na escuridão, antes de se deixar envolver pelo sono.

Capítulo Doze

Ele estava enfurecido. Não conseguia acreditar que ela iria levar aquilo adiante. Era blefe, decidiu. Estava blefando.

Reed Williams dava braçadas largas em golpes fortes e enfurecidos. Tentou jogar um charme para cima dela, depois apelou para a raiva e fez ameaças. Mas a maldita Arnette estava se mostrando cabeça-dura a respeito daquilo: uma diretora tem que se guiar por princípios.

Ou pelo menos demonstrar isso. Vaca hipócrita.

Tudo blefe, pensou mais uma vez, ao atingir a parede do outro lado da piscina e virar o corpo com uma cambalhota para fazer outra travessia. Resolveu atravessar a piscina mais cinco vezes e deixá-la esquentar a cabeça um pouco.

Ele tinha certeza de que ela o apoiaria. Mesmo que vacilasse, ele confiava no risco ao próprio cargo dela, algo que asseguraria a situação dele.

Tudo culpa daquela maldita tira, decidiu. Só podia ser uma sapatona, mesmo — ela e a parceira de olhos castanhos. Verdadeiras vacas!

Quase todas as mulheres eram vacas, um homem precisava apenas aprender a lidar com elas.

E saber como lidar consigo mesmo. Saber como lidar com qualquer coisa que aparecesse.

Tinha lidado bem com Craig, não tinha? Um pobre-diabo.

Agora ele não iria permitir que jogassem a culpa do assassinato desse pobre-diabo em cima dele, ainda mais agora, que podia contar com Oliver Straffo.

Essa era uma ironia interessante e linda. Não que a esposa de Straffo tivesse sido uma transa inesquecível e excitante. Mas toda aquela culpa e aquele sofrimento tinham dado um certo sabor à rápida trepada na festa de fim de ano e depois à outra, mais calma, no meio do dia na casa dele.

Mas Deus sabia que ele já comera mulheres muito melhores.

O certo é que não iria pedir sua demissão por ter feito um pouco de sexo, isso com certeza! E se Arnette insistisse nisso e levasse em frente os procedimentos formais para demiti-lo... Bem, ele já a tinha avisado: não iria afundar sozinho.

Quando ele tornasse a confirmar sua determinação, ela certamente se acalmaria.

Um pouco agitado demais, terminou a última travessia e se apoiou na borda da piscina enquanto tirava os óculos de natação.

Foi quando sentiu um zumbido curto e uma picada junto do alto da cabeça. Ergueu a mão para matar o bicho, que parecia um mosquito. Mas seus dedos formigaram.

Seu coração bateu com muita força e sua garganta se fechou. No momento em que sentiu a visão embaçar, piscou depressa e viu alguém. Quis gritar, mas saiu apenas um grunhido baixo. Tentou erguer o corpo para fora da piscina, mas suas mãos e braços estavam como anestesiados. Perdeu a firmeza da mão na beira da piscina e bateu com o queixo na borda.

Não sentiu dor alguma.

Ofegando muito e lutando por um pouco de ar, entendeu que era fundamental manter a cabeça fora d'água. Engasgou-se, tentou agitar os braços e se ordenou a flutuar. Bastava boiar um pouco até conseguir raciocinar novamente.

— Deixe-me ajudá-lo — disse a pessoa que viera assassiná-lo. Ela pegou o tubo comprido de limpar a piscina, com uma rede na ponta, e o estendeu. Pressionando suavemente sobre o ombro dele, empurrou-o para baixo da linha-d'água e o manteve lá embaixo sem muito esforço.

Até que os espasmos do seu corpo cessaram.

Eve saiu do chuveiro revigorada, como se tivesse renascido. Tinha andado um pouco fora do ritmo, admitiu; um pouco zonza, como se estivesse fora do ar por alguns dias. Mas agora isso acabara.

Sentiu-se grata por poucas pessoas saberem que tinha se permitido ficar obcecada, atingida e virada do avesso por causa de uma loura presunçosa e manipuladora. Magdelana Percell, prometeu a si mesma enquanto sentia o ar quente do tubo secador de corpo girar em torno dela, era carta fora do baralho, oficialmente.

Pegou um robe e decidiu que estava com tanta fome que conseguiria encarar o que Roarke chamava de café da manhã irlandês completo. Depois de ter comido um daqueles e enchido a pança de café, iria direto para a Central.

Ia reavaliar a investigação Foster desde o início, com a cabeça limpa. Talvez a névoa pessoal em que se encontrava a tivesse deixado escapar algum fato importante.

Saiu no quarto e viu que Roarke já estava lá, tomando café e analisando os últimos dados financeiros, com o gato batendo a cabeça em seu braço, como se dissesse: "Você não vai comer? Onde está o café da manhã?"

— Você já deu comida a esse saco de banha? — quis saber Eve.

— Dei, sim, mas ele negaria isso, se pudesse falar. Eu, no entanto, estava esperando sua chegada para comer.

— Acho que eu consigo colocar algo dentro da barriga. Alguns ovos e outras coisas.

— Você precisa um pouco dessas "outras coisas". — Ele se levantou, cortou o caminho dela para o closet e deu um aperto forte em sua bunda. — Acho que perdeu mais de um quilo nos últimos dias.

— Pode ser.

— Minha avaliação é sempre exata quando se trata de você. — Ele a beijou entre os olhos. — Estou pensando em pedir um café da manhã irlandês completo.

— Bem, isso certamente vem com um monte de "outras coisas". — Ela entrou no closet com um sorriso nos lábios. Era bom estar de volta e em boa sintonia. — Se eu arrumar um tempinho hoje e você conseguir encaixar um intervalo na sua agenda — propôs Eve, começando a escolher as roupas que iria vestir —, talvez possamos dar um pulinho na casa de Mavis e Leonardo. Vou ligar para ela daqui a pouco e ver se eles estão a fim de nos receber.

— Por mim está ótimo. — Ele ligou o telão no noticiário matutino antes de ir até o AutoChef. — Um urso de pelúcia, certo?

— Foi o que Peabody disse. Ou algo nessa linha.

— Acho que é melhor deixar essa tarefa por conta de Caro. Tenho certeza de que ela saberá escolher a coisa certa. Quero apenas que você avise a ela ou a mim se quer que eu a pegue na Central ou que nos encontremos lá.

Eve estava prendendo o coldre com a arma quando ele se virou.

— Foi uma pena você não ter aparecido no programa de Nadine desse jeito. Em mangas de camisa, com a arma ao lado do corpo. Sexy e perigosa.

Eve soltou uma risada de deboche e se sentou para calçar as botas.

Ele foi colocar os pratos sobre a mesa e, depois de lançar um olhar de advertência para Galahad, colocou Eve em pé.

— Sexy — repetiu —, perigosa... E toda minha.

— É melhor manter distância, garotão. Estou armada.

— Exatamente do jeito de que gosto. Que tal fazermos a coisa óbvia e manjada para o Dia dos Namorados? Um romântico jantar para dois, regado a muito champanhe, um pouco de dança e quantidades absurdas de sexo criativo?

— Talvez eu esteja disponível para um programa desses.

Quando, diabos, era esse tal Dia dos Namorados?, pensou Eve.

Ele riu, lendo perfeitamente os pensamentos dela.

— Dia quatorze de fevereiro, minha tola sentimental, ou seja, depois de amanhã. Se o trabalho interferir, poderemos jantar mais tarde e seguir o resto da programação.

— Combinado. — Como aquilo pareceu o movimento certo, pousou a cabeça sobre o ombro dele.

Perdeu a primeira e a segunda frase ditas pela repórter animada. Mesmo quando o nome de Roarke foi citado — e também o dela — Eve não percebeu o que se passava.

Mas ele ficou rígido debaixo dela, e Eve prestou atenção à notícia. O ar dentro do seu corpo pareceu evaporar por completo e a deixou oca.

Ele estava em pé diante de Magdelana, muito juntos. Olhava para baixo, para os olhos dela, com um levíssimo sorriso no rosto. Um rosto que Magdelana segurava com intimidade, emoldurando-o com as duas mãos.

"... ela já foi identificada por nossas fontes. Trata-se da socialite europeia Magdelana Percell, recentemente divorciada de Georges Fayette, um riquíssimo empresário francês. Pelo visto, a srta. Percell tem um bom olho para encontrar homens ricos, pois foi vista almoçando com Roarke alguns dias atrás no exclusivo restaurante Sisters Three, aqui em Nova York. Segundo nossas fontes, o casal degustou saladas variadas e curtiram uma longa conversa íntima. Estamos nos perguntando se a tenente Eve Dallas, uma das policiais mais famosas de Nova York e casada com Roarke há mais de um ano e meio, está investigando este caso."

— Que porra é essa? — murmurou Roarke. — Que bosta de papo-furado é esse? Desculpe por eles...

Parou o que dizia ao ver que Eve, lenta e deliberadamente, se afastava dele. E reparou no rosto dela. Estava pálido como uma folha de papel, seus olhos sombreados escuros e chocados contrastando com a palidez assustadora.

— Por Cristo Jesus, Eve, você não pode...

— Preciso ir trabalhar. — As palavras pularam em sua garganta como se não tivessem passado pelo cérebro, e ela não tinha certeza de tê-las pronunciado na ordem correta.

— Que se foda o que eles falam. Que se foda *tudo isso*! Eu não fiz coisa alguma de errado e você devia saber disso. Droga, Eve, você já devia saber sem eu nem precisar dizer. Eu a acompanhei para fora do prédio. Ela foi me ver no escritório e eu ofereci a ela menos de dez minutos, antes de lhe mostrar a porta da rua. Se quer mesmo saber, confesso que me senti mesquinho ao fazer isso, mas preferi ferir os sentimentos dela a provocar um segundo de infelicidade em você.

Ela falou devagar e com determinação enquanto se afastava dele.

— Preciso que você fique longe de mim.

— Foda-se isso! Porra, Eve. Será que agora eu vou ser julgado e condenado só porque um idiota estava com um *tele-link* apontado para o lugar exato no momento certo? No momento em que uma mulher por quem um dia eu me interessei estava me dando adeus? Você acha que eu seria capaz de constranger você ou a mim mesmo fazendo algo desse tipo?

— Mas foi o que fez. Constrangeu a nós dois. Mas isso não importa, não é essa a questão principal.

— Não vou me desculpar por ajudar uma mulher a entrar no carro numa rua pública no meio de uma porra de um dia como outro qualquer. — Passou os dedos pelo cabelo num gesto que ela reconhecia, mesmo num momento tenso como aquele, como de total frustração. — Você é esperta demais para cair nessa. Sabe que existe um monte de gente que adora jogar lama na imagem de pessoas como nós. E mesmo assim você me acusa de...

— Eu não acusei você de nada.

— Ah, mas acusou, sim, de várias formas. — A frustração se transformou subitamente em fúria e insulto. — E conseguiu fazer isso sem emitir uma única palavra. Preferia que você me dissesse um monte de desaforos a olhar para o seu rosto. Isso está me matando. Vamos resolver isso de uma vez por todas e acabar com esse inferno.

— Não. Não. Nesse momento eu nem quero estar aqui. — Com muito cuidado, pegou a jaqueta. — Não quero estar junto de você, agora. Porque não consigo lutar nesse instante. Não consigo raciocinar. Não tenho nada para dizer. Você vai vencer a discussão, se precisar fazê-lo, porque eu não tenho o que argumentar.

— Não se trata de vencer. — O sofrimento extremo que viu no rosto dela e na sua voz drenou a raiva que Roarke sentia. — Preciso apenas saber se você acredita em mim. Se você confia em mim. Se você me conhece.

As lágrimas começaram a cair. Ela não conseguiria mesmo segurá-las por muito mais tempo. Vestiu a jaqueta.

— Vamos conversar sobre isso mais tarde — propôs.

— Quero saber uma coisa, Eve — disse ele, quando ela se virou. — Só uma coisa... Você acredita que eu trairia você com ela?

Ela puxou com força o pouco do ar que lhe restava nos pulmões e se virou para encará-lo.

— Não. Não, eu não acredito que você seria capaz de me trair com ela. Não acredito que você me trairia com alguém. Mas receio muito e meu coração está sofrendo por saber que talvez você possa olhar para ela, depois para mim... E se arrepender do que fez.

Ele deu um passo na direção dela.

— Eve!...

— Se você não me deixar ir embora agora, a coisa não vai funcionar.

Ela saiu do quarto na mesma hora e desceu a escada. Ouviu Summerset chamá-la pelo nome, no saguão, mas continuou indo em frente. *Vá embora*, foi só o que conseguiu pensar. *Dê o fora daqui*!

— A senhora vai precisar do seu casaco. — Quando ela escancarou a porta, Summerset colocou o casaco em volta dos seus ombros. — Está muito frio. Eve... — Quando o mordomo a chamou baixinho pelo seu nome de batismo, pela primeira vez na vida, isso quase destruiu sua última linha de defesa. — Você vai permitir que ela use vocês dois desse jeito?

— Não sei, eu... — Seu comunicador tocou. — Ó, Deus. Ó, Deus — Parou com os ombros caídos e atendeu. — Bloquear vídeo!— ordenou. — Aqui é Dallas falando.

Emergência para a tenente Eve Dallas...

Ela enfiou os braços nas mangas do casaco enquanto ouvia a ordem para se dirigir à Sarah Child e respondeu enquanto caminhava a passos largos para a viatura.

E sentiu que Roarke a observava da janela do quarto deles no instante em que saiu dirigindo para enfrentar mais um dia de trabalho.

Eve se colocou acima do corpo de Reed Williams e bloqueou todo o resto da sua vida que não tivesse relação com o trabalho. Já conhecia Eric Dawson, o homem que encontrara Williams flutuando na piscina e pulara na água para tentar salvá-lo. Naquele momento ele estava no vestiário masculino em companhia de um guarda.

Os paramédicos chamados tinham feito de tudo para ressuscitá-lo, mesmo depois das várias manobras tentadas por Dawson, seguidas pelas da enfermeira Brennan. Mas todos os procedimentos para retomada do seu ritmo cardiorrespiratório tinham falhado.

Portanto, a cena do crime e o corpo tinham sido seriamente comprometidos. E Reed Williams continuava mortinho da silva.

Eve se agachou e examinou a marca roxa e os arranhões artificiais ao longo do maxilar. A não ser por essas marcas, o corpo parecia intocado nesse primeiro exame. Ele usava sunga de natação preta e um par de minióculos de lente azul, que ainda flutuavam na piscina.

Como Peabody ainda não tinha aparecido no local, Eve virou o corpo para analisar as costas, as pernas e os ombros.

— Não há traumas, com exceção dos ocorridos no maxilar, e também arranhões nas costas, consistentes com o movimento de ter sido puxado para fora da piscina. Não há sinais de luta. — Ela se levantou e começou a circundar a piscina. — Não existem sinais visíveis de sangue. No caso de ter havido sangramento, ele já foi dissolvido pela água. — Franzindo o cenho, olhou em volta em busca de uma arma que pudesse ter provocado o ferimento no maxilar.

— A vítima talvez estivesse na beira da piscina — continuou. — Alguém a atacou e a vítima caiu de costas na água. Perdeu a consciência e se afogou? Talvez, talvez, mas a marca roxa não é tão severa. Mas pode ter acontecido, sim.

Ela continuou caminhando e avaliou a borda da piscina. Voltou ao ponto inicial, tornou a se agachar e usou os micro-óculos e uma minilanterna para dar uma olhada mais detalhada no ferimento.

— Linhas retas. Foi mais um arranhão do que um corte. Ele já estava na água, provavelmente. Sim, o ângulo confere, certo? A vítima está dando suas braçadas matinais, chega na beira da piscina e se apoia na borda por alguns segundos. Sim, é isso que as pessoas fazem. Mas ele escorregou, perdeu o apoio da mão e bateu com o queixo na borda. Mas por quê? Simples falta de jeito? Não me parecia um sujeito desajeitado. E isso é que fez com que batesse com o queixo e se afogasse? Ou teve ajuda?

Voltou ao corpo e balançou a cabeça para os lados.

— Não há marcas de pele debaixo de suas unhas. Não há selante, nada. Tudo limpo, sem marcas. O que uma pessoa faz quando alguém segura a cabeça dela dentro d'água? Ela luta, arranha. E se eu estivesse na borda da piscina segurando a cabeça de alguém dentro d'água... Fosse um sujeito forte, por exemplo, alguém que se exercita com regularidade... Provavelmente iria bater com a cabeça da vítima na borda da piscina, por garantia. Seria fácil considerar um golpe na cabeça, numa circunstância dessas, como algo acidental.

Franzindo o cenho mais uma vez, ela começou a apalpar a parte de trás da cabeça de Williams. Nenhum galo, nenhum arranhão, nada de traumas.

Tudo parecia simples, fácil de explicar. Parecia acidental.

Mas Eve pensou: *Sem chance de isso ter sido um acidente!*

— Coloquem uma etiqueta nele e o ensaquem — ordenou Eve, levantando-se. — O médico legista deverá determinar a *causa mortis*. Peça prioridade para Morris. Quero que os peritos analisem as bordas. Quero que busquem vestígios de sangue ou fragmentos de pele.

Ela foi em frente e entrou no vestiário, onde Dawson estava sentado, vestindo um conjunto de moletom muito largo e bebendo café quente.

— Policial — disse Eve, dirigindo-se ao guarda. — A detetive Peabody está para chegar a qualquer momento. Peça para ela vir para cá.

— Sim, senhora.

— Olá, sr. Dawson.

— Ele estava boiando. — As mãos de Dawson começaram a tremer de leve. — Seu corpo estava flutuando. A princípio eu pensei que ele estivesse simplesmente boiando, entende? Do jeito que as pessoas fazem para relaxar. Mas logo vi que não era o caso.

— Sr. Dawson, vou gravar suas palavras. O senhor compreende a necessidade disso?

— Sim, sim.

— O sr. Williams já estava dentro da piscina quando o senhor chegou ao local?

— Sim, estava... — Ele respirou fundo e colocou a caneca de café de lado. — Na verdade, eu estava à procura dele. Tinha visto Arnette... isto é, a diretora Mosebly, e ela me perguntou se eu poderia assumir o quarto tempo de Reed para as aulas de hoje. Esse é meu tempo de estudo. Ela me contou que ele tinha sido suspenso e ela iria dar início ao processo do seu desligamento da escola, a não ser que ele se demitisse nas próximas vinte e quatro horas. Eu me senti péssimo com essa notícia.

— O senhor era amigo do sr. Williams?

— Todos nós nos damos bem aqui. Sempre tivemos um relacionamento amigável, nunca houve conflitos nem problemas. Até... Ó, Deus. — Ele abaixou a cabeça novamente e apertou a parte alta do nariz. — Eu concordei em ficar como monitor da turma, mas perguntei se poderia conversar com ele, para ter alguma ideia do seu plano de aula. Não sei o que eu queria.

Ele pousou a cabeça, com o cabelo ainda molhado, entre as mãos.

— Ela me disse que achava que Reed estava esvaziando seu armário de trabalho. Fui olhar na sala dos professores, mas ele não estava lá. Foi então que eu resolvi ir até a academia da escola. Seu armário ainda estava com a luz vermelha ativada, mas ele não estava nos aparelhos de musculação. Dei um pulinho na piscina para procurá-lo e...

— O que você viu?

— Ele estava boiando de bruços. A princípio, eu... Eu apenas achei que... Talvez tenha dito "Droga, Reed, que confusão terrível". Mas ele continuou boiando e eu percebi que... Bem, eu pulei na água. Eu estava de roupa e devia pegar uma boia para fazer isso, mas eu não pensei em nada na hora. Simplesmente pulei, virei-o de barriga para cima e o reboquei até a borda. Tirei-o da piscina.

Tive de sair da água primeiro para depois puxá-lo. Fiz respiração boca a boca e tentei a ressuscitação cardiorrespiratória. Todos nós, professores, recebemos treinamento para fazer isso. Não sei durante quanto tempo eu tentei ajudá-lo, mas ele não estava respirando. Chamei Carin pelo interfone... A enfermeira Brennan. Pedi que ela ligasse para a emergência pedindo uma ambulância e fosse até a piscina.

— Ela atendeu de imediato.

— Sim, chegou logo depois. Ao chegar lá, também tentou reanimá-lo, tentou muito. Foi então que os paramédicos apareceram, mas eles disseram que já tinha morrido.

— Onde estão os seus sapatos?

— Sapatos? — Ele olhou para os pés descalços. — Eu me esqueci de tirar os sapatos. Estava com roupas de trabalho quando mergulhei na piscina. O policial disse que eu poderia vir trocar de roupa. Acho que me esqueci de calçar os chinelos aqui no vestiário. Talvez se eu tivesse chegado na piscina um pouco mais cedo, um minuto mais cedo... Se eu não tivesse ido procurá-lo na sala dos professores antes...

— Não creio que adiantasse, sr. Dawson. O senhor fez tudo que pôde.

— Quem dera eu tivesse feito. Eu quase me afoguei uma vez, quando tinha 10 anos. Minha família costumava passar as férias na costa de Jersey no mês de agosto. Eu fui para longe demais da praia e não consegui voltar. As ondas continuavam me carregando para longe da praia e já não dava mais pé. Meu pai me salvou e trouxe de volta. Foi até onde eu estava e me puxou por todo o caminho até a beira. Ele me deu uma bronca terrível por eu ter ido nadar tão longe e depois chorou. Simplesmente se sentou na areia e chorou. Eu nunca me esqueci disso, nem do quanto eu fiquei apavorado. É um jeito terrível de morrer.

— É verdade. Se bem que quase todos os jeitos de morrer são terríveis.

Ela ainda lhe fez mais algumas perguntas, mas se aquele homem tinha sido responsável pela morte de Williams, em vez de apenas estar traumatizado por ela, Eve seria capaz de comer o próprio distintivo.

Ela o liberou e foi vistoriar novamente o armário pessoal de Williams. Encontrou mais um dos seus bons ternos, camisa social, gravata e sapatos caros. Planejava se vestir bem para o dia de trabalho. Não lhe pareceu que pretendesse pedir demissão do emprego.

Pode ser que tivesse outro compromisso, refletiu. Procurou na *nécessaire*, mas não achou nada estranho. Pegou a pasta no instante em que ouviu os passos duros das botas de inverno de Peabody.

— Williams é nosso cadáver do dia — informou Eve, sem olhar para trás. — Foi encontrado boiando de bruços na piscina, sem chance de recuperação. Encontrei marcas e arranhões no seu maxilar; pode ser que tenha sido agredido, mas me parece que ele mesmo se arranhou na borda da piscina. Há também arranhões nas costas, compatíveis com o movimento de ter sido puxado para fora da água. Nenhum outro trauma visível.

— Então parece morte acidental.

— Sim, parece. Se tiver sido acidente, eu sou mico de circo. Vamos analisar seus arquivos eletrônicos, mas pelo que vi em sua pasta parece que os planos dele para hoje eram dar aulas, normalmente. — Olhou para a parceira e completou: — Uma das testemunhas alega que ele estava suspenso de suas funções na escola e seu processo de demissão estava pronto para ser posto em ação, caso ele não se demitisse em vinte e quatro horas.

— Mesmo assim ele veio trabalhar e usou as instalações da escola. — Peabody deu uma olhada dentro do armário. — E pelo que vejo aqui pretendia tornar sua demissão mais difícil. Quem será que pretendia enfrentar hoje de manhã?

— É isso que vamos descobrir, mas aposto em Mosebly.

Elas procuraram a diretora em sua sala, passando com facilidade pela assistente que estava atrás da mesa com olhos vermelhos e fungando. Mosebly andava de um lado para outro na sala, falando com alguém num *headset*. Ergueu a mão uma vez para pedir que Eve e Peabody esperassem um pouco.

— Sim, é claro — dizia ela. — Farei isso. A polícia chegou aqui. Ligo para o senhor de volta assim que conversar com elas. — Mosebly tirou o *headset* e o colocou sobre a mesa. — Era o presidente do nosso conselho de administração — explicou, esfregando os dedos entre as sobrancelhas. — Este é um momento muito difícil. Se vocês puderem me dar licença, preciso cancelar as aulas de hoje e mandar os alunos para casa.

— Ninguém sairá daqui — disse Eve, com naturalidade.

— Como assim? Acabou de acontecer uma segunda morte. A senhora não pode querer que os alunos...

— Ninguém sai da escola até eu autorizar. Ninguém entra a não ser que eu libere. A que horas você conversou com o sr. Williams esta manhã?

— Desculpe, minha cabeça está explodindo. — Ela foi até a mesa, abriu uma gaveta e pegou uma caixinha esmaltada. Pegou o que Eve reconheceu como um analgésico comum. Depois de se servir de um copo-d'água, ela se sentou e tomou o comprimido.

Aquilo iria amenizar a dor de cabeça, pensou Eve, e também daria a Mosebly alguns instantes para se recompor e decidir o *que* contar e *como* contar.

— Entrei na escola às sete ou pouco depois. Para ser franca, a morte de Craig Foster gerou muita preocupação entre os pais e o conselho. Participei de várias reuniões e cheguei cedo hoje para dar prosseguimento a questões administrativas.

— Incluindo o processo de demissão de Reed Williams.

— Sim. — Ela apertou os lábios de leve. — Parece frieza minha dizer isso agora, mas não havia escolha. Ele foi fichado por posse de substâncias ilegais e está ou, no caso, *estava* sob suspeita de ter assassinado Craig. Williams era um risco inaceitável para nossos alunos. Disse-lhe isso abertamente quando ele veio me procurar ontem à noite, aqui na escola.

— Ontem? Ele veio aqui depois de sair da audiência que lhe concedeu liberdade sob fiança?

— Isso mesmo. Sugeri, inicialmente, que ele tirasse uma licença, mas ele se mostrou irredutível em seguir em frente como se nada tivesse acontecido. Apesar de a maior parte dos alunos já ter ido para casa àquela hora, eu me preocupei com a possibilidade de ele armar um escândalo e pedi que ele viesse conversar comigo aqui nesta sala, em particular.

Mosebly passou a mão pelo cabelo e ajeitou o casaco do terninho que vestia.

— Foi muito desagradável, devo confessar — continuou. — Expliquei a ele a necessidade de evitarmos mais escândalos. Três pais já tiraram os filhos da escola e exigem que o pagamento anual lhes seja restituído. Quando se tornar público que um dos professores foi preso...

Parou de falar e balançou a cabeça para os lados.

— Como ele recebeu sua sugestão? — quis saber Eve.

— De forma péssima. Está dentro dos meus direitos suspender um professor por suspeita de comportamento ilegal ou imoral, mas demissão é mais complicada. Ele sabia disso. Estufou o peito e ameaçou que seu advogado e o representante do sindicato dos professores iriam esmagar qualquer tentativa de demissão feita por mim ou pelo conselho de administração.

— Você não deve ter gostado nem um pouco disso.

— Não, claro que não — confirmou Mosebly, com os olhos flamejando de raiva. — Apesar de acreditar que poderíamos e até iríamos conseguir demiti-lo, seria uma confusão terrível. Que certamente acabaria resultando na perda de mais alunos.

— E menos lucro.

— Isso mesmo. Sem lucro, não podemos fornecer o nível de educação que nossos alunos esperam e merecem.

— E mesmo assim ele veio até aqui hoje. Você trocou palavras com ele na piscina? Sei que você foi nadar hoje, diretora

Mosebly. — Eve esperou até Mosebly piscar. — Sua toalha, ainda úmida, estava no cesto de roupa suja do vestiário feminino. Uma toalha.

— Conforme já declarei antes, costumo nadar de manhã. Eu realmente vi Reed, sim, quando já saía da piscina. E, sim, trocamos palavras. Eu disse que o queria fora das instalações da escola e ele me informou que iria nadar um pouco e depois tomar um café com bolinhos antes de dar as aulas de hoje.

— Desafiando a sua autoridade — completou Eve.

— Ele se mostrou presunçoso e arrogante a respeito de tudo. Não nego que discutimos e que eu estava muito zangada. Mas ele estava mergulhando na piscina, muito vivo, quando eu saí. Tomei uma ducha, me vesti e vim direto para cá, a fim de comunicar o fato e descrever a situação ao conselho de administração.

— A que horas foi isso?

— Deviam ser oito da manhã, mais ou menos, quando eu cheguei à minha sala e fiz a ligação. Depois disso encontrei Eric... o sr. Dawson... e lhe pedi para ficar como monitor no quarto tempo de Reed. Também falei com Mirri e Dave, designando cada um deles para os outros tempos de aula de Reed.

Parou de falar e suspirou.

— Foi um pequeno pesadelo ajeitar esse horário. Eu pretendia esperar que Reed saísse do vestiário para lhe dar mais uma chance de abandonar a escola por vontade própria. Se não conseguisse isso e seguindo ordens do conselho, eu iria chamar a segurança para acompanhá-lo até o lado de fora de nossas instalações. Não sabia que a enfermeira Brennan tinha chamado a ambulância até ver os paramédicos entrando na escola com muita pressa. Não sabia que... não fazia ideia do que tinha acontecido.

— Mas já conhece a rotina a partir de agora. Preciso dos nomes de todas as pessoas que estavam no prédio entre sete e oito e meia da manhã de hoje. Minha parceira e eu vamos dar início aos interrogatórios.

— Mas... mas foi um acidente.

Eve sorriu de leve.

— Foi exatamente o que você disse sobre Foster.

Havia poucas variações nos nomes dos funcionários que estavam na escola, reparou Eve. Mas foi interessante notar que Allika Straffo tinha marcado sua entrada com a filha às sete e trinta e dois, mas só marcara a saída às oito e doze.

O equipamento determinara a hora da morte de Williams em sete e cinquenta.

Matutava um pouco sobre aquilo quando chamou Mirri Hallywell para interrogatório.

— Não sei quantos golpes desse tipo ainda conseguiremos suportar — começou Mirri. — Esse lugar parece uma tumba, é como se estivesse amaldiçoado. Sei que pareço dramática, mas é isso que sinto.

— Por que você chegou tão cedo hoje? Vi que você marcou sua entrada às sete e quinze.

— Ahn... Clube de Teatro. Estamos nos encontrando antes de as aulas começarem, no auditório. Trocamos ideias e assistimos a algumas cenas da peça *Nossa Cidade*.

— Vou precisar da lista dos alunos e dos funcionários presentes. E também pais e responsáveis.

— Claro, tudo bem. Eu era a única funcionária.

— Você saiu do auditório em algum momento durante a reunião?

— Não. Fiquei lá de sete e meia às oito e quinze. Na verdade eu cheguei um pouco antes das sete e meia para preparar o vídeo, e saí depois de oito e quinze quando desliguei o equipamento. Só ouvi falar de Reed quando cheguei à minha sala.

— Mas sabia que Williams tinha sido preso ontem.

— Todo mundo sabia. — Ela ergueu um ombro. — Não posso dizer que fiquei surpresa e também... Provavelmente eu nem devia dizer uma coisa dessas, mas fiquei um pouco satisfeita. Foi um castigo merecido, entende? Mas isso? Ele se afogar do jeito que aconteceu é horrível. Não sei como isso pode ter acontecido.

— Vamos bater um papo com a frágil e adorável sra. Straffo — avisou Eve, sentando-se atrás do volante. — Quero saber como está lidando com a ironia de ver seu marido defendendo o homem com quem ela o traiu. E também o que fez na escola durante quarenta e cinco minutos.

— Allika Straffo não estava na lista dos pais presentes no auditório durante a reunião do Clube de Teatro. — Peabody se remexeu um pouco no banco e manteve os olhos voltados para a frente, grudados na rua. — E então... Como estão as coisas?

— Que coisas?

— É que eu... Assisti por acaso a um programa de TV agora de manhã enquanto comia um sonho. Vi aquela matéria ridícula sobre a loura e Roarke. Qualquer um consegue ver que não tem nada a ver.

— Então por que falou nesse assunto?

— Desculpe.

— Não — disse Eve, depois de um minuto. — Tudo bem, não serve de nada descontar a raiva em você por causa disso. A fofoca já saiu da caixa, mesmo, já era. Mas vai continuar fora da caixa porque não faz parte do nosso trabalho. Ficou claro?

— Claro.

— Não posso permitir que faça — continuou Eve, depois de mais um minuto de incômodo silêncio. — Não posso nem me permitir pensar no assunto, no momento.

— Tudo bem. Vou só dizer uma coisinha e depois tornar a fechar a tampa da caixa: o boato é furado.

— Obrigada. Muito bem, por que a sra. Straffo trouxe a filha para a escola hoje. Por que não a babá?

— O nome certo é *au pair*, no caso de pessoas ricas. Mas a pergunta é boa.

Eve estacionou em frente ao prédio.

— Vamos perguntar a ela, então.

Ainda tiveram de passar pelo porteiro que tentou bloqueá-las.

— A sra. Straffo colocou a cobertura onde reside em modo de privacidade. As portas e os *tele-links* estão desativados. Ela não quer ser perturbada.

— Meu chapa, eu não sei quanto você recebe de bônus de Natal dos Straffo, mas este é um bom momento para perguntar a si mesmo se vale a pena ser rebocado até a Central de Polícia e ser mantido sob custódia por obstrução da justiça. Isto aqui é um distintivo. Veja e choramingue. Depois recue, senão você vai passar as próximas horas no xadrez.

— Estou só fazendo meu trabalho.

— Todos nós estamos, certo? — Eve deu dois passos, mas parou e se virou. Você viu a *au pair* dos Straffo hoje de manhã?

— Cora? Ela saiu por volta de nove horas. Tinha várias incumbências. Disse que a sra. Straffo não estava se sentindo muito bem e tinha ativado o modo de privacidade. Ainda não voltou da rua.

— E quanto à sra. Straffo? A que horas ela voltou da rua, agora de manhã?

— Cerca de oito e meia, talvez um pouco mais tarde. Realmente não me pareceu muito bem.

— Chegou a pé ou de carro?

— Veio caminhando. Levou a menina para a aula. A escola fica a dez minutos daqui, a pé. Elas saíram daqui correndo. A menina disse que se atrasaria para a reunião, se elas não se apressassem.

— Mas geralmente não é a *au pair* que leva a menina para a escola e a pega depois? — quis saber Peabody.

— Geralmente, sim — confirmou o porteiro. — Mas um dos Straffo a leva de vez em quando.

Subindo até a cobertura, Eve calculou o tempo. Ela saiu da escola e caminhou de volta para casa. Levou uns bons quinze minutos para fazer esse percurso. Sem pressa. Subiu, deu algumas incumbências para a *au pair* e se trancou em casa.

Queria privacidade.

Ao chegar à cobertura, Eve tocou a campainha. A luz de segurança piscou e o sistema computadorizado entrou em ação.

Sentimos muito, A família Straffo ativou o modo de privacidade plena. Por favor, deixe seu nome e dados para contato. Alguém da família irá retornar sua mensagem assim que for possível.

Eve balançou o distintivo diante do scanner.

— Estamos aqui para tratar de um assunto de polícia. Minha ordem é suspender o modo de privacidade. Vá avisar à sra. Straffo de que ela deve abrir a porta.

Um momento, por favor, enquanto sua identificação é verificada... Identidade confirmada; por favor, espere alguns segundos.

Eve já acalentava a ideia de socar a porta com o punho quando ela se abriu. O porteiro tinha razão. Allika Straffo não parecia nada bem.

Vestia um elegante pijama de seda, mas a beleza da roupa não sobressaía em seu rosto pálido e cheio de olheiras.

— Por favor, isso não pode esperar? Estou doente.

— Você estava ótima ainda há pouco quando levou sua filha à escola. Aconteceu alguma coisa lá que a deixou passando mal? Talvez você esteja se sentindo um pouco estranha desde que seu marido aceitou defender seu amante.

— Ele não é meu amante. Aquilo não passou de um erro. Por favor, me deixe em paz.

— Isso não vai acontecer. — Eve colocou a mão na porta antes de Allika ter chance de fechá-la. — Você foi consertar o erro esta manhã?

— Estou cansada. — Lágrimas lhe encheram os olhos e acabaram por cair. — Doente e cansada. Eu queria que tudo isso acabasse logo.

— Foi por isso que ajudou Williams a afundar pela terceira vez?

— Do que a senhora está falando? Ah, Deus, entrem logo, entrem de uma vez. Estou cansada demais para ficar em pé na porta discutindo. — Ela se afastou da entrada, foi para a sala de estar, sentou-se em um dos sofás e deixou a cabeça cair entre as mãos.

— Fiz papel de idiota. Foi de uma burrice sem tamanho ter permitido que ele tocasse em mim. Agora eu vou ter de pagar por isso durante quanto tempo mais?

— Ele pressionou você por dinheiro?

— Dinheiro? — Ela ergueu a cabeça. — Não, não. A pressão foi ele ligar para Oliver e convencer meu marido a defendê-lo. Que tipo de homem faz isso? E o que significavam todos aqueles vidrinhos no quarto dele? Agora, como é que eu posso ter certeza de que ele não os usou em mim? Estou enojada.

— Foi por isso que resolveu ir lá confrontá-lo agora de manhã?

— Não. Pretendia fazer isso. Tentei convencer Oliver a não aceitar defendê-lo, mas ele estava determinado. Eu tinha de saber o que Reed tinha dito para o meu marido, precisava convencê-lo a procurar outro advogado.

Eve se sentou.

— Vamos gravar seu depoimento para a proteção de todos os envolvidos. Antes disso, vou ler seus direitos.

— Mas...

— Você é casada com um advogado, sabe como essas coisas funcionam. Ligar gravador. — Eve recitou a lista de direitos e deveres da depoente e observou o rosto de Allika enquanto ela ouvia tudo. — Você compreendeu quais são seus direitos e obrigações com relação a esse assunto?

— Claro. Compreendi, sim.

— Você levou sua filha para a escola hoje de manhã e chegou lá por volta de sete e trinta.

— Sim, resolvi levá-la e vi que Reed já tinha chegado, pela lista de pessoas que apareceu na tela. Levei Rayleen até o auditório e voltei. Imaginei que naquela hora da manhã ele deveria estar na academia da escola, mas não o encontrei lá. Decidi olhar na piscina. Eu os ouvi discutindo assim que saí do vestiário.

— Ouviu *quem* discutindo?

— Reed e a diretora Mosebly. Estavam discutindo e gritando muito um com o outro. Ela lhe disse que ele estava acabado e que seria desligado do corpo de professores da escola. Avisou que se ele não se demitisse ela providenciaria para que ele fosse mandado embora.

— Por que motivo isso a incomodou tanto? — perguntou Eve.

— Não me importei... Quer dizer, não fiquei satisfeita, mas não foi isso que me incomodou. Pensei em sair dali. Não queria que a diretora me encontrasse naquele lugar. Mas nesse momento ele disse: "Tente fazer isso, Arnette." Disse essas palavras com um tom divertido na voz, acho que chegou a rir.

Ela estremeceu e continuou o relato.

— Eu nunca o tinha ouvido falar daquele jeito, de forma tão dura e desagradável. Reed sempre foi muito gentil e charmoso comigo, mesmo quando eu lhe disse que considerava um erro o que tínhamos feito. Foi muito compreensivo. Mas o que eu ouvi...

— O que mais você ouviu?

Allika umedeceu os lábios com a língua.

— Ele disse a ela que não iria levar aquele tombo sozinho. Se ela o pressionasse, ele a pressionaria de volta. Perguntou o que ela achava que o conselho de administração da escola iria pensar quando descobrisse que ela já tinha trepado com ele... Foi essa a palavra que ele usou. Disse que a diretora tinha trepado com ele, um dos membros do corpo docente da escola que ela administrava, e ali mesmo naquela piscina. No sagrado ambiente da escola. E também na sala dela. Fiquei enjoada ao ouvir isso, senti nojo quando ele começou a descrever o que os dois tinham feito juntos.

— E Mosebly? — quis saber Eve. — Como ela reagiu diante da ameaça de ser exposta?

— Não sei. Eu fui embora dali porque estava muito enjoada. Fui até um dos banheiros e vomitei lá.

Apertou os lábios com os dedos e fechou os olhos com força.

— Eu me senti tão envergonhada... Envergonhada e enojada comigo mesma e com o que tinha feito. Era aquele o tipo de homem com que eu tinha traído meu marido? E agora ele está usando isso a seu favor. Está usando Oliver porque sabe que eu sou covarde demais para contar ao meu marido o que fiz. Sabe que vou ficar na minha, e acho que a diretora Mosebly vai ficar quieta também. Portanto, ele vai simplesmente seguir em busca da próxima presa.

— Não vai não. Ele está morto.

Allika olhou para Eve com muito espanto. Então seus olhos viraram para cima e ela se deixou cair como se fosse feita de geleia sobre o chão muito polido.

Capítulo Treze

Quando Allika voltou a si, entrou na mesma hora num terrível estado de histeria. Os soluços, os tremores e os olhos esbugalhados poderiam significar culpa, a cena dramática de uma boa atriz ou simplesmente choque. Eve deixou para julgar isso depois, porque a *au pair* entrou nesse momento, trazendo algumas sacolas de compras.

— O que foi? O que aconteceu? Por Deus, foi alguma coisa com Rayleen?

— Não, a menina está bem. — Eve esperou até Cora largar as sacolas de compras no chão e correr para ficar ao lado de Allika. — Acalme-a. Dê-lhe um calmante, se for preciso. Vamos terminar a conversa depois.

— Tudo bem. Shhh, querida. — Cora transformou a voz numa melodia suave, do jeito que fazem as mulheres que são profissionais de saúde por natureza. — Venha com a Cora, sim? Tudo vai ficar bem, querida.

— Está tudo se despedaçando. — Allika soluçou quando Cora a ergueu do chão. — Ele morreu. Meu Deus, ele morreu!

Os olhos de Cora voaram para Eve.

— Outro professor — informou Eve.

— Oh, minha nossa. Tudo bem, querida, venha comigo. Você precisa se deitar um pouco.

Cora a levou pelo elevador, em vez de subir a escada. Envolvia Allika com os braços quando as portas se fecharam e aguentava o peso da outra mulher como se ela fosse uma criança.

— Entre em contato com Mosebly, Peabody — ordenou Eve, mantendo os olhos fixos no segundo andar. — Quero que ela vá até a Central. Torne a convocação suave e agradável. Peça desculpas. Você sabe como bancar a solidária.

— Sim. Só mais algumas perguntas... Seria melhor conversarmos longe da escola... Entendi.

Quando Peabody pegou seu *tele-link* para fazer a ligação, Eve subiu a escada de forma casual. Estava apenas analisando o ambiente de uma possível testemunha e uma potencial suspeita, disse para si mesma. Algo perfeitamente compreensível e aceitável. Totalmente legal.

E, se levasse algum tempo olhando os outros aposentos da casa a partir das portas abertas, isso não seria uma violação de direitos.

Analisou o que imaginou ser o escritório doméstico de Straffo. Espaçoso, estiloso, mobiliado com móveis estofados em couro cor de chocolate e toques dessa cor também na decoração. Bela vista da cidade, telas de privacidade ligadas. Sofá pequeno, nada que servisse de convite para um sujeito se esticar e tirar uma soneca. Um homem voltado para os negócios.

Do outro lado do corredor, um local que Eve imaginou se tratar da sala de estar íntima de Allika. Havia uma pequena escrivaninha com pernas recurvadas e uma cadeira no mesmo estilo. Cores pastéis, reparou. Tons verdes e rosados, e uma pequena lareira. Sobre o consolo da lareira, fotos emolduradas. Eve viu várias da menina, da família, uma do marido e da esposa quando eram mais jovens e alegres, ambos sorridentes. Nenhuma foto de um menino.

O filho falecido.

Telas de privacidade ali também, mas cortinas em verde-claro nas janelas. Uma banqueta discreta para colocar os pés, um belo conjunto de chá, flores.

O aposento além desse parecia um quarto de brincar. Domínio da filha, pensou. Brinquedos, uma escrivaninha em tamanho pequeno, muitas cores vivas, eram tantos elementos em rosa algodão-doce que os dentes de Eve pareceram doer só de pensar.

A menina tinha um computador só dela, notou Eve, complementado por um telão e centro de entretenimento pessoal, um aparelho de chá, mesa e cadeiras. O canto onde ficava a escrivaninha tinha sido decorado para parecer um escritório "para crianças ricas que frequentam boas escolas". Arquivos arrumados e material para pintura que parecia ter sido usado para criar alguns dos quadros das paredes.

No quarto ao lado Eve viu, pela porta aberta, uma cama larga e confortável. Tudo muito infantil, muito frívolo, em rosa e branco; uma imensa coleção de bonecas, casinhas e móveis minúsculos.

Eve achou tudo aquilo um pouco arrepiante. Para que as bonecas precisavam de cadeiras, camas e mesas? A não ser que adquirissem vida no silêncio da noite e usassem tudo aquilo.

Sim, muito sinistro.

Foi em frente, passando pelo quarto que Cora tinha fechado. Eve ouviu a mulher murmurando coisas para Allika e a acalentando.

Em seguida, encontrou um quarto de hóspedes digno de um hotel cinco estrelas.

Portanto, havia três quartos e três banheiros. Certamente o quarto principal também era uma suíte. Ainda havia o quarto de brincar, uma sala de estar e um escritório, tudo isso só no segundo piso.

Olhou para cima, desejando ter uma boa desculpa para circular pelo último andar.

Em vez disso ficou no corredor até que Cora saiu silenciosamente do quarto principal. A serviçal colocou um dedo nos lábios ao fechar a porta do aposento.

— O quarto não é à prova de som — explicou, aos sussurros, e fez sinal para que Eve a acompanhasse até a escada que ia para baixo.

— Por que os quartos não têm tratamento de som num lugar como este?

— A senhora Straffo não quis, pelo que me contaram. Gosta de ouvir Rayleen à noite. Eles tinham um filho que morreu, entende?

— Sim, já soube disso.

— Eu lhe dei um calmante, conforme a senhora sugeriu. Ela deve dormir um bom par de horas. Sugeri chamar o marido, mas ela me disse para não fazer isso e chorou mais ainda. Não sei o que fazer.

— Como anda o clima entre os Straffo nos últimos dois dias?

— Ah, puxa... — Cora ajeitou o cabelo brilhante. — A senhora Straffo está muito nervosa. Como a senhora é da polícia, não é indiscrição contar que ela não gostou de o marido defender o professor que foi preso. Trocaram palavras duras por causa disso, ontem à noite. Ela estava muito chateada, sem dúvida, e quis saber o que ele faria se esse homem também fosse acusado da morte do sr. Foster. O sr. Straffo disse que ela não devia se meter na vida profissional dele.

— As paredes não são à prova de som — continuou ela, com um sorriso tímido —, e foi a primeira vez que os ouvi brigando desse jeito desde que vim trabalhar aqui. Resolvi distrair Rayleen um pouco ao ver o que acontecia. Encontrei-a no quarto de brincar preparando os deveres de casa, como costuma fazer todas as noites antes do jantar. Estava com fones nos ouvidos, escutando música — Cora colocou as duas mãos nas orelhas. — Isso foi bom, pois a poupou de ouvir a briga.

— E hoje de manhã?

— Foi tenso. Como já tinha sido ontem à noite, por sinal. Mas não houve discussão de nenhum tipo enquanto eu e Rayleen estávamos por perto. — Cora olhou para as sacolas que colocara no chão ao voltar para casa. — A senhora se importaria se eu levasse as compras para a cozinha e começasse a arrumar tudo?

— Não, tudo bem. — Eve fez sinal para Peabody e pegou uma das sacolas. — Pode deixar que eu levo esta aqui.

A sala de jantar tinha entrada em arco, notou; muito prata, preto e uma porta que dava para um imenso terraço. A cozinha, onde se chegava por uma porta à direita, tinha o mesmo esquema de cores e alguns detalhes em azul néon.

— A sra. Straffo levou Rayleen para a escola hoje — começou Eve, colocando a sacola sobre uma bancada larga revestida de aço inox.

— Obrigada, tenente. Sim, ela fez isso. — Cora começou a guardar mantimentos em um armário revestido de preto brilhante e na imensa unidade de refrigeração prateada. — Um dos pais a leva, de vez em quando. Mas geralmente isso é planejado com antecedência. Eles têm tanta consideração que me informam dos planos e avisam que eu posso aproveitar esse tempo para mim mesma, se quiser. Hoje de manhã foi diferente; a senhora me avisou que iria levar a menina à escola logo depois que o sr. Straffo saiu.

Fechou a porta do último armário e ofereceu:

— Posso oferecer alguma coisa à senhora e à sua parceira, tenente? Chá, talvez?

— Não, obrigada.

— Se não se importarem, vou me servir de uma xícara. Para vocês verem o quanto estou preocupada. Outro professor morreu, a senhora disse? Essas coisas sempre acontecem em triplo, sabia? — Enquanto programava o chá, lançou um sorriso sem graça para Eve. — Superstição, eu sei. Mesmo assim... Oh, meu Deus,

Rayleen! Acho que eu deveria ir buscá-la na escola, mas não devo deixar a senhora Straffo sozinha.

— Alguém vai entrar em contato com o pai dela.

— Tudo bem então, acho melhor assim. — Pegou o chá e suspirou. — Que situação!

— Como a sra. Straffo estava quando voltou da escola depois de deixar Rayleen?

— Chegou em casa com uma aparência péssima e confirmou que se sentia arrasada. — Cora se sentou num banco junto de uma mesa pequena para tomar o chá. — Ela me mandou fazer algumas coisas, comprar coisas, e avisou que queria que o apartamento fosse colocado em modo de privacidade para poder dormir sem ser incomodada. Eu lhe preparei um pouco de chá e fui cumprir minhas ordens.

— Você costuma receber muitas incumbências dela?

— Ah, claro. Isso faz parte do meu trabalho. Isso não significa que ela me faça trabalhar até a exaustão, pelo contrário.

Eve pensou no conjunto de quarto de dormir e de brincar no andar de cima.

— E você passa muito tempo em companhia de Rayleen.

— Passo, sim, e ela é uma menina adorável. Quase sempre — completou Cora, com uma risada. — Mas a sra. Straffo não deixa a criação dela por minha conta, compreende? — É comum as mães fazerem isso. Nesta família eles passam muito tempo juntos, aqui e fora de casa. A sra. Straffo é uma mulher adorável e muito gentil. O sr. Straffo também. Mesmo assim, se me permite dizer, acho que ele não deveria defender aquele homem, já que isso incomoda tanto sua esposa. E agora ele está morto! Ela me contou que ele tinha morrido quando eu a coloquei na cama. Pobrezinha! Seus nervos estão em frangalhos por causa de tudo isso.

Quando elas saíram da cobertura e Peabody informou a Eve que Mosebly tinha concordado em fazer mais uma entrevista na

Central, Eve refletiu que iria deixar em frangalhos, naquele dia, os nervos de mais gente.

Seus próprios nervos pareceram se esticar e quase romper quando entrou na sala de ocorrências. Várias conversas foram interrompidas. Um silêncio desconfortável se instalou antes de elas continuarem. Algumas pessoas a fitaram rapidamente, mas logo olharam meio de lado.

Nenhuma piadinha foi feita sobre sua participação no programa de Nadine, na véspera.

Essa não era a fofoca mais importante do dia, refletiu Eve, caminhando a passos largos até sua sala e se forçando a não bater a porta com força. A fofoca do momento era o marido da tenente e a louraça estonteante.

Programou café e notou que havia mensagens de Nadine, de Mavis, de Mira e também da repórter fofoqueira que colocara a matéria no ar naquela manhã. Essa última poderia fritar eternamente no inferno, pensou.

Ignorou a culpa por não responder às mensagens de Mavis e de Nadine, e ouviu a de Mira.

— Eve, já preparei o perfil completo que você me pediu e já o enviei. Se houver algum assunto pessoal sobre o qual você queira falar comigo, entre em contato. Estarei disponível.

— Não, não quero conversar sobre o assunto — resmungou Eve, e apagou a mensagem.

Em vez disso, entrou em contato com o gabinete do comandante, pedindo permissão para lhe apresentar um relatório oral. Mais tarde ela enviaria o relato escrito. Ainda precisava falar com Morris, o legista, lembrou a si mesma quando tornou a sair da sala. E dar mais uma olhada no apartamento de Williams. E também pedir a Feeney para analisar os equipamentos eletrônicos dele.

Sabia o que fazer, como conduzir um caso e como encerrá-lo.

Era o resto da sua vida que ela não sabia como gerenciar.

Subiu pelas passarelas externas. Certamente as pessoas lançariam olhares de curiosidade em sua direção, mas isso era melhor do que sentir esses mesmos olhares perfurando sua nuca no espaço confinado de um elevador.

A assistente de Whitney evitou olhá-la de frente.

— Pode entrar direto, tenente, o comandante a espera.

Whitney estava sentado bem atrás de sua mesa de comando. Ombros largos, mãos grandes. Seu rosto parecia sombrio e seus olhos escuros eram diretos.

— Olá, tenente.

— Bom dia, senhor. Acredito que existam novos fatos que liguem o homicídio de Craig Foster com a morte por afogamento de Reed Williams.

Ele se recostou na cadeira enquanto a ouvia apresentar um relato completo dos desdobramentos do caso, sem interrompê-la.

— Você optou por não trazer Allika Straffo para depoimento — disse, por fim.

— Não neste momento, senhor. Não conseguiríamos extrair nada dela, comandante. Acredito que pressionar Mosebly nos trará material mais suculento. Apesar de ambas terem tido motivo e oportunidade, é mais fácil imaginar Mosebly segurando a cabeça da vítima debaixo d'água. Ambas tinham algo a perder, mas o tom das declarações de Allika Straffo antes de ser informada da morte de Williams lhe dá um bom crédito. Ela poderia ter usado o espaço de tempo entre o assassinato e...

— Caso tenha sido assassinato.

— Sim, senhor, caso tenha sido. Ela poderia ter usado esse tempo para se preparar e planejar como lidar com os questionamentos. Continuo de olho nela, mas Mosebly se encaixa melhor nesse perfil.

— E Foster?

— Pode ser que Williams o tenha envenenado. Ele não gostava de ser colocado contra a parede e sabemos que Foster fez exatamente isso, pelo menos em uma ocasião, ao condenar suas atividades sexuais. Com a nova informação de que Williams tinha se envolvido sexualmente com Mosebly e se pudermos confirmar que Foster sabia disso, a coisa muda de figura. Mosebly tinha mais a perder. O fato de Foster saber comprometia sua posição e sua autoridade. Ninguém gosta que seus assuntos pessoais sejam tornados públicos, especialmente por subalternos.

— É verdade. — Os olhos do comandante permaneceram fixos nos dela. — Use tudo isso e extraia esse material suculento.

— Sim, senhor.

— Minha esposa e eu acompanhamos a sua participação no novo programa de Nadine Furst, ontem à noite. — Ele sorriu de leve. — Você se saiu muito bem. Sua conduta e suas respostas foram um belo crédito para o nosso departamento. O secretário Tibble entrou em contato comigo hoje pela manhã para dizer a mesma coisa.

— Obrigada, comandante.

— É uma questão de relações públicas, Dallas, e você lidou com a questão muito bem. Pode ser, digamos, difícil se tornar uma figura pública, ter de enfrentar e lidar com as inevitáveis invasões de privacidade que andam de mãos dadas com qualquer tipo de notoriedade. Se você achar, em qualquer momento, que esse disse-me-disse está afetando o seu trabalho, espero que se sinta à vontade para conversar comigo a respeito.

— Isso não vai afetar meu trabalho.

Ele fez que sim com a cabeça.

— Vou acompanhar sua entrevista com Mosebly, se tiver chance. Se não puder fazer isso na hora, vou assistir à gravação na primeira oportunidade. Está dispensada.

Eve se virou para sair.

— Dallas? Fofoca é uma forma de entretenimento feia e traiçoeira. Talvez seja por isso que as pessoas não consigam resistir. Um bom tira sabe que ela tem alguns bons usos, do mesmo modo que um bom tira reconhece quando é distorcida e moldada segundo os interesses de quem a divulga. Você é uma boa tira.

— Sim, senhor. Obrigada.

Embora soubesse que ele estava tentando ser gentil, a fisgada do embaraço a acompanhou até o fim das passarelas aéreas.

Seu *tele-link* de bolso assinalou que uma mensagem acabara de entrar no correio de voz antes de ela entrar na sala de ocorrências. Ela pegou o aparelho e viu na tela que o recado era de Roarke.

A vontade de simplesmente apagar a mensagem e deixá-lo sem resposta a fez se sentir pequena e covarde. Xingou baixinho e tocou o recado.

O rosto dele encheu a tela, e seus letais olhos azuis se fixaram nela.

— Tenente, não quero atrapalhá-la. Se conseguir encaixar algum tempo livre hoje, gostaria de um pouco dele. Se não for possível ou se você for teimosa demais para tornar isso viável, espero conseguir esse tempo e sua atenção hoje à noite. Em casa. Vou terminar dizendo só mais uma coisa: você me deixa puto, mas mesmo assim eu a amo com tudo que existe em mim. É melhor receber logo uma resposta sua, Eve, senão eu juro que vou lhe dar uns chutes no traseiro.

Ela guardou o *tele-link* novamente no bolso.

— Vamos ver quem sai com a bunda mais roxa, meu chapa.

Mas o coração dela tinha dado uma pequena cambalhota; de prazer ou de dor, ela não saberia dizer.

— Oi, Dallas. — Baxter se afastou da sua mesa e correu atrás dela. — Ahn... Bela apresentação com Nadine ontem à noite.

— Você tem algo a me dizer que vai me ajudar no caso, detetive?

— Na verdade, não. Só que... Escute, Dallas, você não vai dar atenção para toda essa...

Ela fechou a porta da sala na cara dele, mas não sem antes reparar no seu ar de solidariedade e preocupação.

Colocou mais uma tampa na sua chaleira de emoções, sentou-se e colocou o foco em redigir o relatório, até receber o aviso de que Arnette Mosebly tinha chegado e estava na sala de interrogatório.

Assim que entrou, Mosebly reclamou:

— Puxa, tenente, eu imaginei que nossa conversa iria acontecer na sua sala pessoal.

— É porque você ainda não conhece minha sala. Mal existe lugar lá para mim, muito menos para três pessoas. Obrigada por ter vindo.

— Quero cooperar, tanto na condição de cidadã como na de diretora da Sarah Child. Quanto mais tudo isso for passado a limpo e encerrado, melhor será para a escola.

— Sim, sei o quanto a escola é importante para você.

— Claro.

— Deixe-me só oficializar as coisas. Ligar gravador! Entrevista com Arnette Mosebly conduzida pela tenente Eve Dallas e acompanhada pela detetive Delia Peabody, as três presentes na sala, em uma conversa relacionada com a morte de Reed Williams, ocorrida no dia de hoje. — Eve se sentou. — Sra. Mosebly, a senhora veio até aqui de livre e espontânea vontade?

— Vim. Como já disse, quero cooperar.

— Agradecemos muito. Para garantir sua proteção, vou ler seus direitos.

— Meus direitos? Mas eu não...

— É apenas rotina — explicou Eve, com casualidade, e recitou o texto. — Você compreendeu todos os seus direitos e obrigações com relação a esse assunto?

— Claro que sim.

— Muito bem. Mais uma vez, agradecemos sua colaboração.

— A morte de Reed foi um choque para nós... E uma grande perda para todos — acrescentou. — Em especial por ter acontecido num intervalo tão pequeno, logo depois da morte de Craig.

— Você se refere a Craig Foster, que foi assassinado na escola que você dirige.

— Sim. Aquilo foi e continua sendo uma tragédia.

— Oh, desculpe. Você aceita café ou alguma coisa?

— Não, obrigada, estou bem.

— Esses dois homens — continuou Eve —, Foster e Williams eram seus conhecidos.

— Sim. — Mosebly cruzou as mãos com cuidado sobre a mesa. Suas unhas eram muito bem tratadas, pintadas num tom claro de coral. — Eles trabalhavam no corpo docente da Sarah Child, escola de onde eu sou diretora.

— Você sabia que Reed Williams foi interrogado por causa da morte de Foster?

Seu maxilar se apertou com força e formou uma expressão severa que, Eve imaginou, devia provocar fisgadas de medo no estômago de qualquer aluno.

— Todos nós ficamos sabendo, sim. Fui informada de que a senhora conversou com Reed e que ele foi preso sob outras acusações.

— Sim, posse de substâncias ilegais, especificamente duas drogas banidas de nossa sociedade e que são geralmente usadas em atividades sexuais.

— São drogas de indução ao estupro. — Os lábios de Mosebly ficaram finos de tão apertados. — É de indignar. Eu respeitava Reed como professor, mas essa informação sobre sua vida pessoal é chocante.

— Você entrou em rota de confronto com o sr. Williams por causa desse assunto.

— Entrei. — Nesse momento surgiram o orgulho e a autoridade, tanto no erguer do queixo quanto na fria arrogância em seus olhos. — Quando ele foi preso e acusado, entrei em contato com nosso conselho de administradores para informá-los de tudo. Foi acertado que Reed tinha de ser suspenso imediatamente, e sua demissão seria exigida. Caso ele se recusasse a cumprir essa ordem, eu deveria dar início ao seu processo de desligamento.

— Essas coisas são complicadas e geralmente difíceis. Dadas as circunstâncias, tais fatos iriam gerar muita publicidade indesejada para a sua escola.

— Sim. Mas segundo as mesmas circunstâncias não havia escolha. Os alunos são nossa principal prioridade em todos os assuntos.

Compreendendo o ritmo da conversa e com sua excelente percepção do tempo certo, Peabody encheu um copo com água e o ofereceu a Mosebly.

— Alguns pais já tiraram seus filhos da escola — comentou Peabody. — Você provavelmente teve de tranquilizar vários outros. Afinal, tudo aconteceu sob o seu comando. Você deve ter recebido um bocado de pressão do conselho, também.

— O conselho está muito preocupado, é claro. Mas tem nos dado apoio. No entanto, a coisa ficaria mais turva se Reed resolvesse remexer no lodo fétido. A senhora sabe como é, tenente, completou, virando-se para Eve. — Quando uma pessoa sai da linha ou cai na água, tenta afundar o barco todo junto com ela.

— As pessoas gostam disso — concordou Eve. — Não querem afundar sozinhas e não se importam com as reputações que possam destruir pelo caminho. Você declarou agora há pouco que viu e conversou com Williams hoje de manhã na beira da piscina.

— Isso mesmo. Eu já estava saindo quando Reed entrou e eu lhe lembrei, com firmeza, da suspeita que pairava sobre sua cabeça. Pedi mais uma vez pela sua demissão e lhe expliquei as consequências, caso ele se recusasse a apresentá-la.

— Qual foi a reação dele?

— Disse que tinha confiança em seu advogado, que ele e o representante do sindicato dos professores iriam bloquear essa demissão. — Balançou a cabeça para os lados, expressando um óbvio desagrado. — Deixei-o sozinho lá para entrar em contato com o presidente do nosso conselho, e decidimos fazer com que o sr. Williams fosse retirado da escola pelos nossos seguranças.

— E você o deixou nadando numa boa, na piscina? — quis saber Eve. — Mesmo depois de ele desafiar sua autoridade?

— Eu não teria condições físicas de retirá-lo da piscina à força.

— Creio que não. — Franzindo o cenho, Eve analisou suas anotações na pasta. — Você não mencionou a briga com muitos gritos que teve com ele.

— Pode ser que eu tenha elevado um pouco a voz, mas não descreveria nossa discussão como uma "briga com muitos gritos"

— É mesmo? Eu também gosto de me fazer escutar de forma bem firme e clara quando brigo com alguém. Especialmente quando estou sendo ameaçada. Você também se esqueceu de mencionar isso. Que ele a ameaçou.

Houve uma piscada curta, e Mosebly desviou os olhos de Eve.

— Não me lembro de ele ter feito isso.

— Alguém ouviu vocês dois brigando. Ele a ameaçou sim, Arnette. Ameaçou tornar público que você e ele tinham usado aquela piscina para fazer mais coisas, além de dar atléticas braçadas, e também tinham usado sua sala para mais do que planejar aulas. Como você acha que o conselho de administradores da escola iria receber essa informação? Quanto tempo mais acha que conseguiria manter seu cargo de diretora quando Williams contasse a eles que você tinha feito sexo com ele?

— Isso é absurdo. — Ela engoliu em seco e suas mãos cruzadas sobre a mesa se soltaram e se espalmaram sobre a mesa. — Um insulto!

— Sabe de uma coisa? Eu bem que perguntei a mim mesma como é que uma mulher tão severa, tão orgulhosa de sua reputação e da escola que servia permitiria que um saco de bosta como Williams permanecesse no quadro de professores. Matutei bastante sobre isso. Você tinha de saber que ele estava molhando o biscoito por ali.

— Nunca houve uma reclamação desse tipo contra...

— Ah, pode parar, Arnette! Você sabia muito bem que ele estava envolvido em atividades extracurriculares. E debaixo do seu nariz! — Eve apontou para Mosebly do outro lado da mesa. — Era o seu navio, mas você deixou para lá. Como poderia ir com tudo em cima dele quando ele já tinha estado em cima de você?

— Ficou entre a cruz e a espada — concordou Peabody. — Procurar o conselho e ficar desprotegida ou não dizer nada e ter de tolerar o comportamento dele? Pelo menos a segunda opção preservaria as reputações de todos.

— A sua — completou Eve, virando-se para se sentar do lado de Mosebly na mesa, apertando-a um pouco. — A da escola também. Foster foi procurá-la, extraoficialmente, para lhe contar que Reed Williams andava assediando Laina Sanchez? Por acaso ele pediu conselhos sobre como lidar com isso?

— Acho que... Acho que eu deveria ter um advogado presente antes de responder a qualquer outra pergunta.

— Claro, você pode seguir por esse caminho. É claro que, a partir do momento em que fizer isso, as coisas vão ficar mais complicadas. Como você acha que o glorioso conselho de administração vai reagir, Peabody, quando descobrir que a diretora Mosebly precisa de um advogado?

— Nada bem. — Peabody apertou os lábios e balançou a cabeça. — Provavelmente eles não vão reagir nada bem.

— Não há razão para nada disso — sugeriu Mosebly, erguendo a mão. — Vamos esclarecer tudo só entre nós, aqui e agora. Não há motivo para envolver nenhum advogado no assunto, nem o conselho.

— Nenhum advogado então, Arnette?

— Não. Vamos apenas... Vou lhe contar tudo que eu sei. Sim, é verdade, Craig veio me procurar no ano passado. Estava muito chateado e preocupado. Disse que Reed andava pressionando Laina a fazer sexo com ele, contou que isso a deixava desconfortável, e também relatou que ele a havia tocado de maneira imprópria. Disse que já tinha conversado com Reed pessoalmente e o alertara sobre o caso. Porém, como sabia que Reed tinha feito comentários inapropriados e abordado outros membros do corpo docente, queria tornar o alerta oficial.

— E você fez isso?

— Sim, chamei Reed para conversar. Ele não demonstrou arrependimento, mas se manteve afastado de Laina. Ficou muito aborrecido com Craig. Mas se mostrou divertido com o fato de que eu, logo depois de assumir o posto de diretora, ter tido um... encontro sexual com ele. Isso foi um erro terrível, é claro, um momento de fraqueza. Algo que nunca deveria ter acontecido, e eu jurei que nunca mais tornaria a acontecer.

— Mas aconteceu.

— Sim, no mês passado, durante minha sessão matinal de natação. Ele chegou e entrou na piscina. Ele estava... Nós estávamos... Bem, as coisas simplesmente aconteceram. — Pegou a água e tomou um longo gole. Depois fechou os olhos, exibindo os cílios compridos. — Eu me culpo por aquilo. Fiquei arrasada pela minha falta de juízo e de controle. Só agora percebo que tudo aconteceu porque ele me drogou.

Tornou a abrir os olhos e Eve viu a mentira dançando em seus olhos e também reparou no seu ar calculista.

— Ele me deu a droga de estupro, como eu tenho certeza de que fez da primeira vez. Eu me julgava responsável, mas não era. Ninguém é culpado sob essas condições.

— Como foi que ele lhe deu a droga?

— Ele... Ele me ofereceu uma garrafa de água, pelo que me lembro.

— Quer dizer que, em meio às braçadas, vocês dois pararam de nadar e, enquanto agitavam a água com os braços, resolveram beber um pouco de água?

— Eu não estava na piscina. Obviamente eu não me fiz clara. Saí da água assim que ele entrou. Embora trabalhássemos muito bem juntos, eu não me sentia exatamente confortável estando com ele ali sozinha numa situação como aquela.

— Mas se sentiu confortável o bastante para tomar um gole de água da garrafa dele.

— Estava com sede. Depois, me senti quente e estranha. Nem consigo me lembrar direito. — Baixou a cabeça e a cobriu com a mão. — De repente estávamos novamente na água e ele estava... Eu estava...

Nesse momento, como se executasse uma coreografia, Mosebly cobriu o rosto com as duas mãos e começou a chorar.

— Eu me senti tão envergonhada!

— Claro, aposto que sim. Continue entoando essa linda melodia para nós dançarmos. O que aconteceu no instante em que você estava sendo violada de forma tão indigna?

— Como pode ser tão dura e cruel, tenente?

— Muitos anos de prática e diversão. Craig Foster contou à esposa pouco ante de morrer que tinha visto Williams em companhia de uma pessoa com a qual ele não deveria estar. Meu voto é que ele viu Reed com você. Foster costumava usar a piscina sempre.

Mosebly fechou os olhos. Eve se perguntou o que poderia estar acontecendo atrás daquela pálpebras fechadas.

— Sim, ele nos viu. Depois disso... Mais tarde, Reed riu muito e disse que Craig tinha enchido os olhos de verdade dessa vez. Foi horrível.

— O que você fez a respeito?

— Nada. *Nada*. Tinha esperança de que Reed estivesse mentindo. Que estivesse dizendo aquilo só para eu sentir mais medo e mais culpa.

— Então foi muito conveniente, diante dessa situação, que Craig acabasse ingerindo chocolate envenenado.

— Conveniente?! — Os ombros de Mosebly se lançaram para trás e seus olhos flamejaram de indignação. — A morte de

Craig foi uma tragédia em nível pessoal e um desastre em potencial para a escola.

— Mas salvou seu traseiro, certo? Com Craig fora do caminho, mais ninguém sabia sobre a sua... levianidade com Williams. Ele, por sua vez, ficou calado porque gostava do emprego, da segurança que gozava ali e também do campo livre para brincar.

Eve se levantou, deu a volta em torno de Mosebly e se inclinou junto dela, de repente.

— Só que, a partir do momento em que esse emprego estivesse ameaçado, ele arrastaria você na lama junto com ele. Você e a escola. Você é uma mulher forte e saudável, Arnette. Uma nadadora forte e vigorosa. Aposto que você, especialmente se estivesse pau da vida, teria forças para afogar um homem.

— Ele estava vivo quando eu saí da piscina. Estava muito vivo! — Segurou a água com uma das mãos, que tremia muito. — Sim, eu me senti revoltada, mas fui embora dali. Ele poderia ameaçar contar ao conselho que tínhamos feito sexo, mas como conseguiria provar? Seria a palavra dele contra a minha. A palavra de um usuário de drogas ilegais que seduzira ou tentara seduzir membros do corpo docente? Ou a palavra da diretora com reputação sem máculas? Saí dali com a intenção definida de garantir que ele saísse dali desempregado. Acabado!

— Acredito em você. Mas agora ele está acabado de verdade, não é?

— Eu não matei ninguém. Fui estuprada! Na condição de vítima de estupro, tenho direito a manter minha privacidade intocada e também direito de me consultar com uma terapeuta. Estou requisitando as duas coisas nesse instante. Se vocês registrarem oficialmente o meu estupro e usarem o meu nome eu posso e certamente processarei esse departamento. A não ser que eu seja acusada de um crime ligado ao meu estupro, vocês serão obrigadas a manter meu anonimato. Quero me consultar com uma terapeuta especializada em casos de estupro. Não posso responder a mais nenhuma pergunta agora. Estou abalada demais.

— Por solicitação da entrevistada, o interrogatório está encerrado. Peabody!

— Vou marcar a terapeuta. — Peabody torceu os lábios quando se dirigiu à porta. Antes de sair parou. — Extraoficialmente eu posso dizer o que bem quiser, certo? Você é uma vergonha — afirmou, olhando para Mosebly. — É um insulto a todas as mulheres que alguma vez fizeram sexo contra a vontade. De um jeito ou de outro, saiba que vamos enquadrar você e seu traseiro patético.

Mosebly ergueu o queixo assim que Peabody saiu da sala.

— É terrível a forma como as vítimas ainda têm de suportar o peso da culpa pelo abuso sexual que sofrem.

Eve pensou na menina que tinha sido e nos pesadelos que a acompanhavam ao longo de toda a vida.

— Você não é vítima de ninguém.

— Vaca. Ela é uma vaca mentirosa — reagiu Peabody, ainda fumegando enquanto caminhava pelo corredor. — Quero fritar o traseiro dela. — Quando a parceira parou diante de uma máquina de venda automática, Eve teve esperança de que ela a chutasse. Torceu muito para que isso acontecesse.

Só que, depois de alguns segundos, Peabody pescou algumas fichas de crédito no bolso e pediu uma lata de Pepsi sem calorias.

— Por que você diz que ela é uma vaca mentirosa?

— Ah, *qual é*?

— Não, estou perguntando a sério.

Peabody tomou um pouco do refrigerante e se encostou na máquina.

— Você a deixou sobressaltada quando jogou na sua cara que a safada tinha feito sexo com Williams. Foi aí que ela percebeu que estava desprotegida. Nesse momento as engrenagens começaram a girar em sua cabeça. Puxa quase deu para ver... clack, clack, clack...

— Vaca — repetiu Peabody, e tomou mais um gole. — Ela usou o fato de Williams ter sido apanhado com drogas ilegais em casa. Suas reações foram todas falsas, Dallas. Ela não é nenhuma vítima de estupro. Não vi nenhum sinal de vergonha nela, nem culpa, nem medo, nenhum sinal de violação pessoal. Sua linguagem corporal, seu tom de voz, suas expressões faciais. Pode ser que ela convença o glorioso conselho de administradores, mas é tudo conversa fiada.

Peabody parou para respirar um pouco e inspirou com força antes de beber mais um gole de Diet Pepsi.

— Williams era um lixo humano, mas ela é outra forma de lixo. Uma pessoa que usa as outras, uma manipuladora, covarde e hipócrita. Uma vaca mentirosa!

— Que dia de muito orgulho para mim! — Eve pousou a mão sobre o ombro de Peabody. — Sim, ela é lixo, uma vaca mentirosa. Mergulhou na rodada de trepada sincronizada com Williams por livre e espontânea vontade. Vai ser difícil provar o contrário, já que ele foi eliminado da competição, mas nós sabemos o que aconteceu. A pergunta é: será que a vaca mentirosa é uma assassina?

— Provavelmente. Teve motivo e oportunidade para matar as duas vítimas.

— Nós bem que gostaríamos que ela fosse a assassina — reconheceu Eve. — No lugar de justiceiras que querem acabar com as vacas mentirosas, adoraríamos vê-la condenada por dois homicídios em primeiro grau. Só que ainda não temos material suficiente para desvendar nenhuma das duas mortes. O próximo passo é confirmar nossos instintos infalíveis e provar que Williams foi assassinado.

— Ah, claro — concordou Peabody, encolhendo os ombros. — Eu meio que esqueci esse detalhe.

— São os pequenos detalhes que fazem você tropeçar e dar de cara no concreto. Vamos ao necrotério.

Capítulo Quatorze

Eve passou novamente pela sala de ocorrências e entrou em sua sala para pegar o casaco. Parou e deu um pontapé na mesa. Não iria responder a nenhuma daquelas mensagens que piscavam. Não era nenhuma santa, droga! Porém, poderia fazer algo a respeito de outra coisa.

Vestindo o casaco, voltou até a sala de ocorrências e foi direto até a mesa de Baxter, que tomava uma caneca do café com jeito de lama, típico da Central, e lia um relatório da perícia.

— Soube que você encerrou o caso do crime no submundo. Conseguiu uma acusação de assassinato em segundo grau, certo? Trueheart se saiu bem no interrogatório?

— Sim, ele foi ótimo.

Eve olhou por cima do cubículo, onde o inegavelmente bonito policial Trueheart limpava um monte de papéis da mesa.

— Trueheart! — chamou Eve.

— Sim, senhora — respondeu ele, virando-se na mesma hora e olhando para a tenente.

— Bom trabalho no interrogatório Sykes.

— Obrigado, tenente — agradeceu ele, vermelho de vergonha.

— Fui eu que lhe ensinei tudo que ele sabe — gabou-se Baxter, com um sorriso.

— Espero que ele consiga superar isso. Quanto ao que aconteceu ainda há pouco, obrigado pelo seu interesse e pelo sentimento. E vamos deixar isso como está.

— Entendi.

Satisfeita, Eve saiu dali e foi estudar os mortos.

— Bem-vindas de volta. Posso lhes oferecer algo para refrescá-las? — Morris vestia uma roupa azul acinzentada, uma camisa roxa e gravata com fios metálicos trançados, também em azul acinzentado. Seu cabelo estava preso num rabo comprido que fez Eve pensar em cavalos puro-sangue.

— Prefiro um relatório de autópsia — disse Eve, olhando para o corpo de Williams. — Homicídio?

— Tenho brownies com calda de chocolate. Preparados em casa pelas mãos maravilhosas de uma deusa sulista.

Os olhos de Eve se estreitaram ao ouvir falar nos brownies. Juraria ter ouvido a saliva empapando o interior da boca de Peabody. De repente, descobriu a quem Morris se referia ao falar da deusa sulista.

— Detetive Coltrane? — perguntou.

Morris colocou a mão no coração e imitou um bater violento e descompassado. Eve se perguntou qual seria o *motivo* da atração que os homens sentiam por louraças peitudas?

O legista balançou as sobrancelhas finas e escuras para cima e para baixo.

— Nossa magnólia transplantada do sul prepara bolos para relaxar, segundo me parece.

— Ah. — Eve virou a cabeça meio de lado. — Você está apaixonado, Morris?

— Quem não ficaria?

— Eu aceitaria metade de um brownie — informou Peabody.

Morris sorriu para ela.

— Está na minha unidade de refrigeração pessoal, bem ali. Sirva-se à vontade. — Virou-se para Eve. — Acidente ou assassinato? Você será a juíza.

— Assassinato.

— Ora, ora... — Ele se afastou do corpo e apontou. — O que vemos aqui? Um ferimento superficial debaixo do queixo, apenas.

— Feito quando ele bateu com o queixo na borda da piscina. Os peritos acharam fragmentos da pele dele nos lajotões do piso. Deve ter doído, mas duvido muito que isso o tenha deixado inconsciente e o fez se afogar.

— Humm... Há outros ferimentos superficiais nas costas.

— Provavelmente arranhões causados quando ele foi arrancado para fora da água. Também foram encontradas lascas de pele, mas é pós-morte.

— Isso mesmo, muito bem, minha sagaz aluna. Temos aqui um indivíduo com uma fantástica forma física... a não ser pelo detalhe de estar morto, é claro. Excelente tônus muscular. Suas anotações feitas no local indicam que ele era um nadador e não há sinal de luta. Mesmo assim, você achou que foi assassinato.

— Sim, achei isso logo de cara.

— E como eu a conheço e sei que você não me mandaria um corpo para examinar a não ser que tivesse um motivo forte, resolvemos proceder de acordo e fomos muito minuciosos. O exame toxicológico ainda não ficou pronto, mas vai chegar a qualquer momento porque eu pedi pressa.

— O que você acha que aconteceu com ele e como conseguiu ser atingido?

— Quanto ao "quê", vamos ter de esperar. Em relação ao "como"... Dê uma olhada.

Entregou os micro-óculos para Eve e a chamou balançando o dedo indicador. Quando ela chegou junto de Williams, reparou que Morris tinha raspado um espaço circular nos cabelos do alto da cabeça do morto.

— Puxa, ele iria odiar isso, um espaço careca no alto da cabeça! Mas olhe ali, vejam só! — Ela se inclinou e, com o auxílio dos micro-óculos, conseguiu enxergar a marca discreta. — Seringa de pressão? — disse. — Mal aparece, ainda mais no couro cabeludo, debaixo de um monte de cabelo. Uma pessoa jamais perceberia a olho nu.

— Fale por você, minha cara.

Ela olhou para Morris e riu.

— Sim, uma pessoa que não fosse você, é claro. Eu não percebi. Bem que olhei por todo o corpo dele, entre os dedos das mãos e dos pés, olhei até debaixo da língua e a parte interna das bochechas, mas não vi isso. Bela descoberta!

— Comi um brownie inteiro — confessou Peabody.

— Quem poderá culpá-la? — Morris lhe deu um tapinha consolador no braço assim que ela se aproximou.

— Conseguimos nosso homicídio, Peabody. A vítima estava nadando numa boa, dando suas braçadas; talvez tivesse até terminado ou parou ao avistar alguém. Segurou-se na borda da piscina, talvez tenha dito algo... "E aí, como vão as coisas?" Mas não houve tempo para muito papo. Era preciso agir logo e fugir depressa. Era um risco, mas bem calculado, como no caso de Foster. Bastou se inclinar sobre ele e apertar a seringa.

Arrancando os micro-óculos, Eve viu a cena mentalmente.

— Quem o atacou, teve de agir depressa. Nada de veneno dessa vez. Ele não exibiu sintomas de ter ingerido algum veneno que eu conheça. Talvez o impacto da seringa sobre a cabeça tenha feito com que ele perdesse o equilíbrio a batesse com o queixo na borda. Só que... Certamente não foi um sedativo, porque a ação seria muito lenta. Pode ser que ele tenha percebido o que acontecera e tentado escapar. Se tivesse se segurado com mais força na borda nós teríamos encontrado sinais disso em suas mãos e dedos.

Ele foi entorpecido, a meu ver. Talvez com uma das substâncias que os paramédicos e médicos usam para bloquear a dor e os movimentos musculares, a fim de realizar certos procedimentos. A pessoa continua desperta e até consciente em alguns níveis, mas não consegue sentir nada, nem se mover.

— Mais uma vez estamos plenamente de acordo — confirmou Morris. — Acredito que os exames toxicológicos vão demonstrar o uso de alguma substância cirúrgica que provoca paralisia temporária, injetada pelo couro cabeludo. Ação forte, imediata e de curta duração.

— Não foi temporária o suficiente. Ele deve ter se debatido um pouco. Era um cara forte, certamente conseguiu manter a cabeça fora da água por alguns instantes, quem sabe tentando flutuar. Há alguns degraus para sair da piscina a um metro e meio do lugar onde os peritos acharam fragmentos da sua pele. Se ele tentou fazer isso e chegar lá para, pelo menos, apoiar a cabeça... O assassino deve ter sido obrigado a fazê-lo afundar e acelerar o processo de afogamento antes que alguém aparecesse. Existem algumas varas de limpar piscina, ali. E também redes e escovas. Não deve ter sido complicado, nem levado muito tempo para mantê-lo debaixo d'água até tudo acabar.

— Depois, foi só sair dali e seguir em frente com sua vida — completou Morris.

— Vaca assassina — murmurou Peabody, com um gostinho especial. Mas Eve franziu o cenho.

— Morris, você acha que eles guardam substâncias paralisantes na enfermaria da escola para usar como anestésico?

— Talvez empreguem algo assim, em dosagens baixíssimas para usar como analgésico. Mas não creio que tenham autorização para ter uma droga tão potente como essa.

— É mais provável que o assassino tenha levado para lá, em vez de pegar no estoque da escola. Portanto, crime por impulso, no calor do momento, está descartado. Foi tudo preparado, calculado e controlado, e até os riscos foram pensados.

Eve rodaria o programa de probabilidades, reveria cada detalhe, reavaliaria a linha de tempo e as declarações das testemunhas. Naquele momento, porém, simplesmente olhou para o corpo de Reed Williams.

— Você era um filho da mãe asqueroso, mas não era um assassino, afinal de contas. Quem assassinou Foster, matou vocês dois.

Por ordem de Eve, Peabody solicitou um mandado judicial de busca e apreensão para a residência de Arnette Mosebly. A tenente bateu com os dedos no volante enquanto dirigia de volta à escola.

— Ligue para Reo mais uma vez — decidiu. — Quero um mandado para revistar a cobertura dos Straffo também.

— Você realmente acredita que Allika Straffo pode ter matado os dois?

— Acredito que mulheres lindas sabem como fazer seu jogo e também como posar de vítimas. Também sei que Oliver Straffo é duro na queda. Pode ser que tenha descoberto que a esposa andava de sacanagens com o professor. Também pode ter sabido que Foster descobriu tudo e iria colocar a boca no trombone. Era um caso de salvaguardar o lar, a família, proteger a reputação e o orgulho pessoal dele.

— Isso não é forçar a barra um pouco?

— Será? — Ela suspirou. — Se eu soubesse por antecipação a respeito daquele vídeo que foi ao ar hoje de manhã eu ficaria fortemente tentada a caçar o cinegrafista, a repórter, o produtor, quem quer que precisasse encontrar, e lhes provocaria algum dano físico. Ia preferir botar pra quebrar em cima de todo mundo a me sentir humilhada publicamente para depois entrar naquela sala de ocorrências e sentir tudo novamente.

— Desculpe. Ahn... Posso só perguntar por que aquela Magdelana vadia e piranha não entraria na sua fila para sofrer um dano físico?

— Eu a deixaria para o final. — Eve apertou o volante com mais força, fechou e abriu os dedos. — Isso significa que provavelmente eu teria gasto toda a minha munição antes de chegar nela; mesmo assim me sentiria do mesmo jeito. Por que você quer saber?

— Não diga isso, Dallas. Você nunca conseguiria...

— O assunto vai voltar para dentro da caixa. — De onde não deveria ter saído, lembrou Eve para si mesma. — Só mencionei isso para ilustrar uma possibilidade que temos de considerar. Straffo é um advogado. Aliás, justiça seja feita, um excelente profissional. Ele planeja, calcula, traça estratégias. E, na condição de advogado de defesa, muitas vezes sabe que faz tudo isso para salvar a pele de um culpado.

— Falta de consciência.

— Nós somos tiras e gostamos de pensar isso de advogados de defesa. Mas a questão é que o trabalho é que conta. Assim é o trabalho deles, e essa é a lei. Mesmo assim, é preciso ter estômago forte para tentar fazer um assassino, um estuprador ou um traficante escapar sem punição ou aceitar algum tipo de acordo. Portanto, ele se encaixa no perfil e nós vamos dar mais uma olhada.

Só para confirmar, Peabody verificou as anotações.

— Ele não esteve na escola hoje de manhã.

— Não importa o quanto o sistema de segurança seja bom, sempre existe um jeito de desativá-lo. — Eve tinha aprendido isso com Roarke. — O sistema de segurança da escola não vai muito além do decente. Isso é outra das coisas que precisam ser analisadas com mais cuidado.

Eve teria pedido ajuda de Roarke para isso. Era um hábito que ela adquirira, uma espécie de ritmo de entrosamento com ele. Mas teria de se virar sem a ajuda do seu consultor civil, pelo menos dessa vez.

• • •

Ao chegar à escola, Eve abriu a porta da frente com sua chave mestra e ficou ali dentro com as mãos nos bolsos, avaliando o scanner de segurança.

O aluno ou visitante era obrigado a usar o polegar para ser reconhecido. Todas as digitais dos alunos, responsáveis, funcionários e professores estavam no arquivo. Visitantes precisavam ser liberados antes de entrar ali. As mochilas e pastas também eram escaneadas em busca de armas e drogas ilegais.

Em um estabelecimento como aquele, Eve imaginava que os scanners trabalhavam noventa por cento do tempo. Nas escolas públicas onde ela estudara, eles *certamente* não trabalhavam tanto tempo assim.

Portanto o dinheiro, como era de esperar, conseguia comprar certo grau de segurança.

Por outro lado, talvez o sistema pudesse ser hackeado ou alterado por um aluno de cinco anos com razoáveis habilidades para eletrônica.

— Vamos pedir à DDE que verifique o sistema de segurança. Eles poderão pesquisar se houve invasão ou interrupção do serviço em algum momento.

O som de suas botas ecoava enquanto ela caminhava pelos corredores. Escolas vazias eram como casas assombradas, pensou. Se alguém aguçasse bem os ouvidos, poderia ouvir o som de vozes ou de pessoas correndo. Gerações de crianças, pensou, se atropelando aos gritos e usando as marcas e modelos de tênis que estivessem na moda.

Parou na porta da enfermaria e destrancou a porta. Ali dentro, viu um balcão com computador e um banco atrás. Havia quatro cadeiras e duas camas dobráveis cobertas por lençóis de linho.

Debaixo do balcão encontrou suprimentos comuns para primeiros socorros. Pacotes de Nu Skin, a pele artificial; compressas frias e quentes, termômetros e uma versão doméstica da varinha de sutura que os paramédicos usavam. E também gaze e chumaços de algodão.

Em uma gaveta, cuidadosamente organizados, havia equipamentos para tirar pressão, examinar pupilas, ouvidos e gargantas. Apesar de serem inócuos, Eve teve de reprimir um tremor.

Remédios e equipamentos médicos de qualquer tipo a incomodavam.

Todas as drogas — analgésicos de uso adulto e infantil, remédios para náusea, antitérmicos e comprimidos contra resfriados — ficavam trancadas num armário que, para ser aberto, exigia uma chave mestra como a dela ou uma impressão digital acompanhada de senha.

Nada ali se enquadrava naquilo que procurava. Mesmo assim, analisou atentamente as seringas de pressão embaladas a vácuo.

Até onde podia ver, a enfermeira Brennan comandava aquele barco com mão firme, segurança e competência.

Como o acesso ao computador dependia de senha, Eve ligou para a DDE.

— Aqui é meio assustador, não acha? — perguntou Peabody, atrás dela.

— Escolas são sempre assustadoras. Encontrou algo divertido na sala de Mosebly?

— Nada me chamou atenção, porém lacrei os equipamentos eletrônicos e etiquetei os arquivos e discos. Vi uma caixinha de analgésicos, a mesma que ela usou hoje cedo, e alguns calmantes. Lacrei tudo na sala da assistente, também por garantia.

— Ótimo. Vamos voltar à academia. Só pela diversão, vamos vistoriar os armários dos alunos também.

— Todos? Mas isso vai levar horas!

— Então é melhor começarmos.

Eve poderia ter convocado uma equipe para fazer aquilo; provavelmente deveria tê-lo feito. Elas acharam uma montanha de discos. Boa parte era de *graphic novels*, em vez de livros didáticos. Havia pacotes de doces e salgadinhos em quantidade suficiente para encher as prateleiras de uma loja de conveniência por uma semana. Além de agendas eletrônicas, jogos portáteis e maçãs mofadas.

Lanternas, escovas de cabelo, tintura labial, suprimentos artísticos, um sanduíche ancestral de origem e conteúdo indeterminados. Rabiscos, desenhos diversos, embalagens vazias, muitas luvas, cachecóis e gorros.

Fotografias, vídeos de músicas, meias fedorentas, óculos escuros estilosos, outros quebrados, fichas de crédito soltas e uma floresta de lápis mordidos nas pontas.

Também acharam latas de colas e solventes para cheirar e três saquinhos de zoner.

— Santo Cristo! — Peabody balançou a cabeça. — A criança mais velha dessa escola acabou de completar 13 anos!

Eve anotou os números dos armários e confiscou as drogas.

— Quando eu estava na quinta série ou na sexta, sei lá, o maior traficante da escola era um garoto de oito anos chamado Zipper, que conseguia tudo que alguém quisesse.

— Pois eu nunca vi uma lata de cola antes dos 16 anos — disse Peabody, mas parou de falar e esperou Eve atender ao *tele-link*.

— Dallas falando.

— Aqui é Reo. Consegui o mandado para Mosebly. Levei algum tempo porque ela tentou nos bloquear por meios legais. Continuo tentando o de Straffo. Ele está tendo muito mais sucesso mexendo os pauzinhos para nos impedir. Acho que não vamos mais conseguir o dele para hoje.

— Vamos começar por Mosebly, então. Obrigada. — Eve desligou. — Anote os nomes dos alunos que têm drogas ilegais nos armários, Peabody. Não oficialize nada por enquanto. Vamos conversar com eles, antes.

— Notifico os pais?

— Não, vamos ter uma conversinha com os meninos, antes — disse Eve, balançando a cabeça. — Melhor que isso: vou repassá-los para a detetive Sherry, da Divisão de Drogas Ilegais.

— Oooh, Sherry Assustadora?

— Isso mesmo. Ela vai fazê-los chorar como bebezinhos; vão chamar pela mamãe e fazer mil promessas. — Eve viu que horas eram e calculou o tempo. — Vamos convocar uma equipe para nos ajudar na casa de Mosebly.

— Já estamos quase na hora do fim do turno. — Peabody esfregou as mãos de contentamento. — Quem terá os planos para esta noite estragados pela sua convocação?

Baxter e Trueheart acabaram de encerrar um caso. Ligue para eles. Depois, vá em frente e ligue para McNab para ele ajudar na busca eletrônica, se estiver livre.

Mosebly ficou furiosa ao ver um pequeno pelotão de policiais invadindo seu espaço. Morava num apartamento muito bonito na parte nobre na cidade, notou Eve. Diretoras de escolas particulares geralmente ganhavam bem, especialmente quando eram divorciadas ou não tinham despesas de educação com filhos.

Havia uma advogada ao lado da diretora. Ela vasculhou atentamente cada palavra do mandado; depois reclamou da falta de sensibilidade da polícia e de assédio moral.

Foi interessante descobrir que por baixo dos terninhos conservadores a diretora Mosebly, a julgar pelo conteúdo de suas gavetas, preferia *lingerie* sexy de bom nível e não roupas vulgares. Muito interessante também foi notar que entre os seus livros eletrônicos e sua coleção de livros em papel havia grande quantidade de romances populares.

E foi péssimo não terem encontrado vestígio algum de drogas ilegais, venenos ou substâncias paralisantes.

Saíram dali com muitas caixas de discos, eletrônicos e arquivos em papel. Eve entregou o recibo à advogada e ouviu, com alguma surpresa, que Mosebly explodiu num acesso de lágrimas aparentemente genuínas pouco antes de a porta ser fechada.

— Coloquem tudo na minha viatura — ordenou Eve. — Vou levar tudo para a Central e etiquetar. Baxter, você e Trueheart estão dispensados.

— Vamos mastigar alguma coisa, meu jovem aprendiz — convidou Baxter, passando um braço sobre os ombros de Trueheart. — Conheço um lugar perto daqui onde a comida é questionável, mas as garçonetes são deliciosas.

— Bem... Se quiser, posso lhe dar uma mãozinha para carregar e classificar tudo, tenente.

Eve balançou a cabeça.

— Não, vá em frente e encha os olhos, Trueheart. Estou numa boa. Vou deixar você e McNab na Central, Peabody.

— Excelente! — Peabody preferiu não comentar que faria muito mais sentido se ela e McNab chamassem uma patrulha e levassem as caixas até o centro da cidade, já que a casa da tenente ficava a poucos quarteirões dali.

Eve se manteve fora da conversa durante a viagem. Obviamente a sua parceira e o detetive nerd também se consideravam fora de serviço. Sua conversa girava basicamente a respeito de um vídeo que ambos queriam ver, e tentavam decidir se era melhor pedir uma pizza ou comida chinesa.

— Vamos lhe dar uma ajuda com isso, Dallas — ofereceu Peabody, ao saltar na garagem da Central. — Estamos pensando em curtir uma comida chinesa com cerveja depois de sair daqui, quer vir conosco? A despesa fica por nossa conta.

Por Deus, foi só o que Eve conseguiu pensar. Ela devia estar com um aspecto patético.

— Podem deixar comigo. Ainda quero trabalhar mais umas duas horas aqui na Central. Amanhã nos vemos.

— Mas você terá de fazer no mínimo três viagens para levar essas caixas — argumentou McNab, pegando o comunicador. — Vou chamar dois guardas para carregar tudo.

Eve pensou em recusar, mas acabou encolhendo os ombros. Realmente teria de fazer três viagens, e isso era um desperdício de tempo e energia.

— Tem certeza de que não quer comer alguma coisa? — insistiu Peabody. — Você não provou nem aquele brownie, hoje à tarde.

— Vou fazer um lanche aqui mesmo.

A hesitação de Peabody mostrou que ela pensava em insistir, mas recuou.

— Se mudar de ideia, o restaurante aonde vamos fica a dois quarteirões daqui. O nome é Beijing South.

Ela não ia mudar de ideia e decidiu que, depois de guardar as evidências, não iria trabalhar mais duas horas coisa nenhuma. Estava arrasada, acabada, sem energia alguma.

Só que não gostava da ideia de ir para casa.

Assim, foi para onde imaginou que acabaria desde o princípio: a casa de Mavis.

Aquele tinha sido o prédio onde já havia morado. Por sinal, Roarke era proprietário do local. Apenas mais uma das ligações inesperadas entre eles, refletiu Eve. Pouco depois de ela se casar e ir morar na casa de Roarke, Mavis e Leonardo resolveram se instalar no antigo apartamento de Eve. Alguns meses antes eles tinham entrado em acordo com Roarke. Alugaram também o apartamento do lado e juntaram os dois para compor um espaço maior, quebrando algumas paredes e construindo mais aposentos.

Como Mavis era uma estrela da música pop e Leonardo se tornara um famoso estilista, eles poderiam morar num prédio exclusivo ou comprar uma casa fabulosa. Mas era ali que eles queriam ficar, tendo Peabody e McNab como vizinhos.

Eve nunca tinha sido muito ligada àquele apartamento, pensou, enquanto subia. Na verdade, nunca se ligara a lugar algum onde tinha morado. Todos os locais eram apenas um lugar para ela se vestir e dormir entre um turno e outro de trabalho.

Sempre tentara não se ligar demais ao calor e ao magnífico glamour da casa de Roarke, mas perdera essa batalha. Adorava o lugar, cada aposento, provavelmente até mesmo os que ela ainda não conhecia. Adorava a extensão imensa dos gramados, as árvores, a forma como ele tinha usado o espaço.

Agora ali estava ela, de volta ao começo, adiando o momento de voltar para a casa que amava. E para o homem que amava.

Foi Leonardo que atendeu a porta. Eve notou naqueles olhos imensos e brilhantes um ar de solidariedade. Então ele simplesmente a envolveu com os braços. O gesto fez com que as lágrimas lhe ardessem nos olhos e a garganta se fechasse quando tentou engolir a emoção.

— Estou tão contente por ver você. — As mãos enormes acariciaram com carinho as costas de Eve, como se fossem as leves asas de um pássaro. — Mavis está trocando a fralda de Belle. Entre. — Colocou as mãos grandes nas bochechas de Eve e as beijou. — Quer um pouco de vinho?

Ela pensou em recusar. Vinho com estômago vazio e estresse não combinavam muito bem. Por fim, deu de ombros. Ah, que se dane!

— Seria ótimo, sim, obrigada — aceitou.

Ele a ajudou a tirar o casaco e, graças a Deus, não perguntou como ela e Roarke estavam.

— Por que não vai até os fundos para ver Mavis e Belle? Eu levo o vinho.

— Lá nos fundos? Onde?

— No quarto da bebê. — Ele exibiu um sorriso luminoso. Seu rosto era grande como o resto dele e tinha cor de cobre polido. Sua roupa de ficar em casa era um par de calças brilhantes em azul, tão largas quanto o estado de Utah, complementadas por uma camisa de seda em branco imaculado.

Quando viu que Eve hesitou, ele a empurrou com gentileza.

— Vá em frente. Passe pelo arco que leva ao corredor e depois vire à esquerda. Mavis vai ficar empolgadíssima por você ter vindo.

O apartamento não se parecia em nada com o que era no tempo de Eve. Eram tantas cores que chegava a dar tonteiras, mas era muito alegre. Havia um monte de tralhas e era impossível ver tudo, mas o ambiente transmitia felicidade.

Eve passou debaixo de um arco que lhe pareceu ser em estilo marroquino e entrou no quarto da bebê.

Na mesma hora pensou no quarto de Rayleen Straffo, todo rosa, branco e cheio de frescuras. Ali o ambiente também era rosa e havia branco. Além de azul, amarelo, verde, roxo em pinceladas e borrões, listras e círculos. Havia de tudo.

Era o arco-íris de Mavis.

O berço era cheio de cores, bem como a cadeira de balanço eletrônica que Eve tinha dado a Mavis no chá de bebê. Havia bonecas, animais de pelúcia e lindas luzes. Nas paredes, fadas dançavam debaixo de mais arco-íris e em torno de lindas árvores que explodiam com cores e frutos.

Eve viu estrelas cintilando no teto.

Debaixo delas estava Mavis, em pé, inclinada sobre uma espécie de mesa alta acolchoada e cantando, com a voz aguda que milhões de pessoas adoravam, para uma bebê que esperneava sem parar.

— Não quero mais nenhum cocozinho hoje, ouviu, Bella Eve? Você tem o cocozinho mais lindo de todos os cocozinhos do mundo, mas a bundinha da minha Belle está limpa e perfumada. Minha linda, linda Belle. Mamãe adora sua linda Bellerina.

Ergueu a bebê, que usava uma espécie de vestidinho em rosa claro que parecia ter mil dobras e babados. Havia laços em forma de flores sobre o seu cabelinho escuro e muito macio.

Mavis a aconchegou contra o peito e a balançou; depois dançou, girando o corpo.

E viu Eve.

Seu rosto, suavizado pelo ar de amor maternal, pareceu se acender de felicidade e ficou mais brilhante. Eve percebeu que estava certíssima ao ir lá. Deveria ter ido antes.

— Cocozinho? — brincou Eve. — Você agora diz "cocozinho"?

— Dallas! — Mavis veio correndo com suas pantufas verdes com a forma de sapos sorridentes. Com a bebê num dos braços, abraçou Eve com força usando o outro. Cheirava a talco e loção de bebê. — Não ouvi você chegar.

— Acabei de entrar. — Eve fez um esforço para se descontrair e viu que não era tão difícil quanto imaginara. Deu uma boa olhada na bebê. — Ela está maior. — Parece mais... — ela não completou a frase.

— Você ia dizer "humana", não é? — perguntou Mavis, erguendo uma das sobrancelhas pretas muito brilhantes.

— Tudo bem... Eu ia, porque parece mesmo. Mas também se parece um pouco com você e um pouco com Leonardo. Como você se sente?

— Cansada, feliz, chorosa, empolgada. Quer segurá-la um pouquinho?

— Não.

— Só um minuto — insistiu Mavis. — Pode marcar no relógio.

— Tenho medo de quebrá-la.

— Você não vai quebrá-la coisa nenhuma. Sente-se antes, já que está tão nervosa com o evento.

Sem ter como escapar, Eve evitou a poltrona com todas as cores do arco-íris e escolheu a cadeira de balanço tradicional em rosa néon. Afundou-se com força na cadeira quando Mavis se inclinou para colocar a bebê em seus braços.

Pelo menos ela está sem cocozinhos, lembrou Eve a si mesma, e olhou para baixo no instante em que Belle olhou para cima.

— Não gosto do jeito como ela está me olhando. Parece estar planejando alguma sacanagem.

— Está tentando entender quem é você, só isso. — Mavis se virou e sorriu de orelha a orelha quando Leonardo entrou trazendo drinques.

Enquanto ele era imenso como uma sequoia, Mavis era minúscula. Uma bolinha de energia envolta por uma explosão de cabelos que naquele dia ostentavam a cor de damascos maduros.

— Pode balançá-la — sugeriu Mavis.

— Não vou me mexer nem um centímetro porque algo pode acontecer — decretou Eve. Nesse instante, Belle esticou o lábio inferior, enrugou o rostinho miúdo e deu um gemido doloroso. — Muito bem, já chega — decidiu, com determinação. — Venha pegá-la, Mavis.

— Ela está com fome, só isso. Eu ia dar de mamar, mas resolvi trocar a fralda antes.

Para alívio de Eve, Mavis pegou a bebê e se sentou na poltrona arco-íris. Depois, para seu assombro, Mavis apertou o príncipe sapo grudado na blusa. Seu seio saltou para fora, e a boca de Belle se lançou na direção dele com um furor de sanguessuga.

— Uau!

— Pronto, filhinha, chegou o que você queria. O trem de leite da mamãe acaba de parar na estação.

— Vocês dois realmente pegaram o jeito da coisa — elogiou Eve.

— Somos uma equipe *mag*. Leonardo, você se importaria de nos deixar levar um papo só para garotas?

— Claro que não. — Antes de sair, porém, ele se inclinou para beijar a esposa e depois a filha. — Minhas belezas. Meus anjos. Vou estar no meu estúdio caso você precise de mim, pombinha.

Deixou algo espumante no braço da cadeira sofisticada e entregou o vinho de Eve.

No silêncio que se seguiu, tudo que Eve conseguia ouvir era o som das sugadas famitas de Belle.

— Então, me conte... — Mavis balançava e dava de mamar, balançava um pouco mais e dava de mamar. — Por que eu ainda não ouvi notícia alguma na TV sobre o corpo de uma loura idiota que foi encontrado flutuando no East River?

Eve ergueu o vinho e tornou a pousá-lo. E fez o que precisava ter feito desde aquela manhã cedo: chorou como um bebê.

— Desculpe. Desculpe. — Quando conseguiu se controlar, enxugou o rosto. — Tudo isso estava quase transbordando, eu acho. — Viu Mavis deixar escorrer lágrimas de solidariedade pelas bochechas, antes de trocar Belle de um peito para o outro. — Eu não deveria estar dando esse vexame. Provavelmente isso vai estragar o seu leite, ou algo assim.

— Meu leite é o melhor da cidade. Conte-me o que está rolando.

— Eu não sei. Simplesmente não sei. Ele está... Ela está... Porra, Mavis, que merda!

— Não venha me dizer que Roarke está comendo aquela mulher porque eu duvi-de-o-dó. Ele nunca faria isso. Todos os homens nascem com o gene da babaquice, é isso que faz deles homens. Mas só alguns nascem com o gene do "grande babaca". Roarke não é um deles.

— Eu sei, ele não esta trepando com ela. Mas costumava trepar, antigamente.

— Eu costumava bater carteiras, antigamente. E você costumava me prender.

— É diferente.

— Sei!

Eve lhe contou um pouco do que acontecera. O vestido vermelho, o brilho que percebera no olhar de Roarke, a visita que tinha recebido em sua sala e assim por diante.

— A superpiranha apareceu só para dar uma sacudida em você.

— Sim, eu sei. — Compreender isso, pensou Eve, não melhorava as coisas em nada. — Cumpriu bem sua missão.

— Descreva a peça com poucas palavras. Com que tipo de vadia estamos lidando?

— Mulher exuberante do tipo "vou te deixar de pau duro". É inteligente, sexy, glamourosa, linda, sofisticada, poliglota, rica, astuta e refinada. — Eve se levantou da cadeira e começou a andar pelo quarto. — Feita sob medida para ele.

— Isso é papo-furado!

— Você sabe o que eu quero dizer, Mavis. É uma questão de imagem, entende? Ela é tudo que eu não sou. — Eve jogou as mãos para cima. — Ela é o oposto de Eve Dallas.

— Isso é ótimo. Completamente *mag*!

— Ótimo? *Mag*? Como assim?

— Porque se vocês fossem parecidas e tivessem muita coisa em comum uma com a outra, alguém poderia dizer... Estou dizendo que *poderia*, não que seja verdade... que Roarke se amarrou em Eve Dallas porque ela o fazia lembrar da vadia loura. *Poderia* significar que você era o tipo de mulher pela qual ele se interessava. Mas, veja bem, você não é nada disso. Ele se amarrou em *você*, não em um *tipo* de mulher. Aposto que isso, para ela, foi como receber um chute naquele rabo siliconado.

— Mas... Ahhh... — Eve passou a mão pelo cabelo. — Eu não entendo nada desse jogo feminino. Pelo menos levo mais tempo para entender, sabe como é? Quer dizer que seria um chute naquele rabo siliconado perceber que eu sou o oposto dela? Saber que ele não passou todo esse tempo em busca dela, por assim dizer?

— Senhoras e senhores, a vencedora é Eve Dallas! — Mavis colocou a bebê em pé com a cabeça apoiada no seu ombro e começou a lhe dar palmadinhas nas costas. — Aposto que a vadia chega a espumar pela boca toda vez que pensa em você. Não é verdade, Belle-íssima?

Em resposta, Belle emitiu um forte arroto.

— Essa é a minha menina! Foi por isso que ela armou a gravação daquele vídeo, certo?

— Armou a gravação?

Os olhos cor de verde sapo de Mavis se arregalaram.

— Caraca, Dallas, se você não sacou isso, é porque está com os neurônios mais embaraçados que meu penteado da semana passada. Eu posso estar por fora desses golpes e rasteiras há alguns anos, mas percebo uma armação como essa até do outro lado da rua. Você *prestou atenção* ao vídeo?

— Eu fiquei... Acho que fiquei enfurecida.

— Espere um instante, vou colocar Belle no berço. Pegue seu vinho que nós vamos analisar as evidências.

Eve não queria assistir a tudo aquilo de novo, mas ficou curiosa demais para recusar. Na sala de estar, Mavis ligou o telão, apertou o botão que acessava os programas anteriores e foi até a matéria veiculada naquela manhã.

— Agora, preste atenção, assista à cena com olhos de tira, e não de esposa ofendida. — Enquanto dizia isso, Mavis enlaçou a cintura de Eve com o braço, de forma descontraída. — Ele está olhando para baixo, para ela, é claro, porque ela fala com ele e olha para cima. Ela está garantindo que ele vai manter os olhos nela enquanto a câmera grava. Agora, veja só... Percebeu? Viu só o jeito como ela virou o corpo meio de lado para o zoom da câmera conseguir pegar os rostos dos dois. Ela até trapaceia um pouco com a própria cara.

— Como assim?

— Trapaceia, vira o rosto de forma aberta, com exagero, para a câmera pegar a expressão comovente que pregou na própria cara. Muito engenhoso, mas óbvio para quem está prestando atenção. Ela está brincando com você. Aliás, com os dois.

Mavis se afastou, virou-se para Eve e decretou:

— Vá dar um chute naquele rabo.

— Há um problema com essa atitude. Se eu lhe der um chute no rabo, vou confirmar que fui chifrada.

— Merda. — Mavis soprou o ar com força. — É verdade.

— Outro problema é que se ele sentir alguma coisa por ela eu vou encher sua bola. Ela sabe disso.

— Você está no outro prato da balança, Dallas. Na hora de pagar para ver, ela não terá a mínima chance de vencer.

— Pode ser que não. Mas foi ela que venceu todas as disputas até agora. Eu estou sofrendo, Mavis, e ele não enxerga isso.

— Pois vá fazer com que ele enxergue. — Enquanto Eve balançava a cabeça, Mavis foi pegar o casaco da amiga. — Está na hora de impedir que ela determine o ritmo do jogo, Dallas. Quer saber mais uma coisa? — Colocou o casaco nas mãos de Eve. — Roarke ligou para cá meia hora antes de você aparecer.

— Ligou?

— Sim, como quem não quer nada, bem casual. Perguntou sobre a bebê, coisas assim. Talvez eu não tivesse percebido se não estivesse prestando atenção, porque ele é muito bom para esconder os sentimentos. Mas eu garanto que você não é a única que está sofrendo hoje à noite.

Capítulo Quinze

Roarke olhou mais uma vez no *tele-link*, xingou-se por ser tão tolo e deixou o aparelho de lado. Não ia ficar ligando para ela o tempo todo, para seus amigos e para os lugares onde ela poderia estar em busca de alguma migalha.

Que se dane!

Ela voltaria para casa quando bem quisesse. Ou não.

Por Cristo, onde será que Eve estava?

Por que diabos ela o estava obrigando a passar por aquilo? Ele não fizera nada para merecer isso. Deus sabia que, ao longo dos anos, ele tinha feito muita coisa que lhe garantiria a ira dela, mas não dessa vez. E não daquele jeito.

Mesmo assim, o olhar de sofrimento que vira no rosto dela naquela manhã ficara gravado a fogo em sua cabeça, em seu coração, em suas entranhas. E ele não conseguia apagar isso.

Já tinha visto Eve com um olhar daqueles uma ou duas vezes antes, mas não por culpa dele.

A primeira vez foi quando eles tinham revisitado aquele quarto amaldiçoado da infância dela, em Dallas, onde Eve tinha sofrido mais do que a razão conseguia aguentar. Depois vira mais uma vez quando ela voltou de um dos seus pesadelos cruéis.

Será que ela não sabia que ele seria capaz de cortar fora a própria mão para não colocar aquele olhar no rosto dela?

Ela deveria saber disso muito bem. Deveria conhecê-lo.

Isso era culpa da própria Eve, e era melhor que ela trouxesse a sua bunda teimosa para casa bem depressa, para eles poderem lavar toda aquela roupa suja do jeito certo. Ela até poderia chutar alguma coisa, se tivesse vontade. Ou socar alguém. Poderia até socar a cara dele, se isso colocasse um ponto final naquele tormento. Uma boa briga, isso é o que era preciso para resolver a questão, disse a si mesmo. Só então eles acabariam com a tolice de uma vez por todas.

Onde, diabos, ela poderia estar?

Ele considerava justa sua própria fúria e também merecida — e lutava para não reconhecer que essa fúria escondia o pânico louco de imaginar que talvez ela não voltasse para ele.

Era melhor que ela voltasse e logo, pensou, furioso. Se ela achava que poderia agir de outro modo, ele tinha uma notícia para lhe dar: iria caçá-la até o fim do mundo, por Deus ele faria isso, e a arrastaria de volta para o lugar onde pertencia.

Maldição, ele precisava dela no lugar ao qual pertencia.

Caminhou de um lado para outro pela sala de estar como um tigre preso numa jaula. Rezou como raramente fazia para que o controle remoto em seu bolso apitasse, avisando que os portões tinham sido abertos e ela voltava para casa.

— Devo lhe trazer algo para comer? — perguntou Summerset, da porta.

— Não.

— Ainda não teve notícias dela, então?

— Não. E não venha com essa onda para cima de mim porque eu não fiz nada para provocar isso.

A bola de fúria arremessada contra Summerset simplesmente quicou em sua serenidade inabalável.

— Também não fez nada para impedi-la — contrapôs o mordomo.

— Impedir o quê? — Roarke girou o corpo. Pelo menos agora havia um alvo à mão onde despejar sua raiva. — Que minha esposa se transformasse de uma hora para outra numa confusão de ciúmes e melindres?

— Não. Impedir a reação astuta de sua esposa diante das manipulações de uma mulher esperta. Algo que você reconheceria se não estivesse tão focado em se sentir certo e injustiçado.

— Porra nenhuma! Não há nada de astuto em achar que eu poderia preferir Maggie a ela. E que se dane esse papo de manipulação.

— Aquele vídeo foi bem preparado.

— Que diabo você quer dizer com isso?

— Cálculo de tempo perfeito, execução primorosa — disse Summerset, com frieza. — Ela sempre foi boa nisso.

— Você acha que ela armou tudo, então? Com que objetivo?

— Você está aqui sozinho, zangado, preocupado com sua esposa e com seu casamento. — Summerset ignorou o gato que surgiu de repente para deslizar por entre suas pernas como uma fita peluda. — Imagino que a tenente esteja em algum lugar passando exatamente pela mesma coisa. Isso, Roarke, é o que eu chamo de "acertar o alvo com grande precisão".

— Que baboseira sem tamanho! — Mas a ideia plantou uma sementinha de possibilidade na cabeça de Roarke. — Não há lucro nenhum nisso, para ela, nem objetivo.

— Vingança e diversão.

— Vingança *pelo quê*? — Nesse momento, Roarke achou que talvez estivesse ficando louco. — Pode ser que você tenha esquecido, mas foi ela que me abandonou. Ela me traiu e me deixou pendurado pelo saco.

— Não, eu não esqueci. Fico feliz em ver que você também não esqueceu.

— Já houve muito papo sobre Magdelana nesta casa, e não sou eu quem fica mencionando o assunto o tempo todo. — Ele saiu e, movido por pura raiva, desceu para a academia doméstica a fim de esmurrar um androide de luta até destruí-lo por completo.

Ficou exausto, mas isso não ajudou em nada porque não aliviou a aspereza que sentia nas entranhas.

Tomou uma ducha para se livrar do suor e do sangue nos nós dos dedos. Mudou de roupa e decidiu subir para o escritório. Iria trabalhar um pouco, disse a si mesmo. Iria simplesmente trabalhar, e, se ela não aparecesse em casa dali a mais uma hora, ele iria...

Não fazia ideia do que iria fazer.

Mas quando viu que a luz do escritório dela estava acesa, a onda de alívio que sentiu o deixou tão fraco que lhe pareceu que o chão havia afundado por um curto instante, antes de se tornar sólido novamente.

Sua fraqueza se desfez e surgiu novamente a raiva com força dobrada. Ele entrou a passos largos na sala de Eve, com a mente já pronta para enfrentar uma batalha.

Ela estava à sua mesa, o computador zumbia suavemente e os dados giravam na tela. Os olhos dela estavam fechados e as olheiras debaixo deles eram pontos de fadiga em meio à palidez.

Isso quase o fez parar. Talvez aquela expressão de cansaço e infelicidade o desmontasse. Mas então os olhos dela se abriram.

— Olá, tenente.

— Estou trabalhando.

— Isso vai ter de esperar. Desligar computador! — ordenou ao sistema.

— Ei!

— É assim que você lida com seus problemas? É assim que você me pune por crimes que você mesma decidiu que eu cometi? Eu não mereço nem mesmo um interrogatório?

— Escute, estou muito cansada. Eu preciso...

— Eu também estou *muito cansado.*

Ele realmente parecia esgotado, percebeu Eve, e isso era algo muito raro.

— Vá para a cama, então. Eu vou só...

— Se você está pensando em me dispensar de novo — avisou ele, com a voz perigosamente suave, enquanto ela se afastava da cadeira. — Pense bem. Pense com muito cuidado.

Eve conhecia o calor e, pior ainda, o gelo mortífero de sua fúria quando ela se formava lentamente. Sentiu o poder dele naquele instante e isso a fez sentir gelar os ossos.

— Vou preparar café — anunciou ela.

— Você pode esperar um pouco pelo café, da mesma forma que eu esperei metade da noite por você. — Ele caminhou na direção dela com olhos penetrantes e cortantes como espadas. — Como é que eu poderia saber que você não estava morta em algum beco, até o instante de atender a porta e me ver diante de um guarda e de uma terapeuta de luto?

Ela não havia pensado, nem por um instante, que ele poderia estar preocupado com a possibilidade de ela ter morrido no cumprimento do dever. Ela não pretendia puni-lo, queria apenas que o dia acabasse logo. Balançou a cabeça, abalada.

— Você devia confiar em mim e na minha capacidade de me cuidar.

— Ah, agora *eu* deveria confiar, mesmo depois de você ter demonstrado uma confiança tão irrestrita em mim? Você não tem direito nem motivos para me fazer passar por isso.

— E eu digo o mesmo.

— Passar pelo quê, exatamente? — Ele colocou as mãos espalmadas sobre a mesa e se inclinou na direção dela. — O que eu estou fazendo você passar, que diabos eu fiz? Seja específica.

— Você olhou para ela.

Ele a fitou por um instante e seus olhos em azul límpido se mostraram atônitos.

— Bem, considerando que eu não fiquei cego nos últimos dias, confesso que olhei para muitas mulheres. Mande me castrar!

— Não diminua meus sentimentos, meus instintos e o que eu *sei*. Não transforme isso ou a mim numa piada. Você *olhou* para ela e, por um segundo, na primeira vez em que a reviu, lançou-lhe um olhar que devia ser reservado apenas para mim.

— Você está enganada.

— *Não estou, não*! — Ele se levantou e eles ficaram cara a cara, olho no olho. — Sou a porra de uma observadora treinada, conheço seu rosto e seus olhos. Sei muito bem o que eu vi.

— E seu treinamento policial lhe diz que esse olhar que eu lancei para ela por um segundo, como você mesma admite, é motivo válido para essa explosão irracional de ciúmes?

— Não é ciúme. Quisera eu que fosse. Bem que eu gostaria que a coisa fosse tão burra, tão superficial, tão definitiva. Mas não se trata de ciúme. — É medo. — Ela se largou na cadeira novamente e sua voz falhou. — É medo.

Isso o fez parar e se colocar em pé novamente.

— Será que você realmente consegue acreditar nisso? Que eu me arrependeria do que somos, do que temos? Que eu me arrependeria de estar com você, e não com ela? Eu já não lhe disse muitas vezes, e mostrado outras tantas, que você representa tudo na vida para mim?

Ela lutou para manter a calma e encontrar as palavras certas.

— Ela não é como as outras. A ligação antiga é importante. Você sabe disso e eu também sei. O pior é que ela também sabe. A ligação e a história entre vocês dão na vista. A tal ponto que as pessoas me olharam com pena, hoje. Foi humilhante entrar na sala de ocorrências e caminhar com firmeza até minha sala.

— E quanto à nossa ligação, Eve? E quanto à nossa história?

Os olhos dela estavam rasos d'água. Eve jamais usaria as lágrimas como algumas mulheres fazem. Ele sabia disso e ela tentava impedi-las de escorrer, naquele momento. Sua luta contra as lágrimas que lhe ardiam nos olhos tornou as coisas ainda piores.

Ele foi até a janela e olhou para fora. Eles não iriam simplesmente brigar até a magia se dissolver sozinha, percebeu. Teriam de enfrentar o problema de frente e colocar tudo às claras. Depois veriam o que iria acontecer.

— Você precisa saber como eram as coisas entre nós, como foi e como está agora, é isso?

— Eu já sei...

— Você *pensa* que sabe — corrigiu ele. — Pode ser que não esteja completamente certa, nem completamente errada. Você quer que eu conte?

— Não. — Por Deus, não, pensou ela. — Mas preciso.

— Muito bem, então, vou lhe contar. Eu tinha, sei lá, uns 23 anos ou perto disso, e tratava de alguns negócios em Barcelona. Vinha tendo um grande sucesso nos negócios e golpes, já nessa época. Como sempre, eu gostava de manter um pé em cada lado da linha que divide o certo do errado. Luz e sombra, você poderia dizer. Uma mistura bastante interessante.

Ele não disse nada por um momento, mas logo prosseguiu.

— Foi lá, em Barcelona, que os caminhos dela e o meu se cruzaram, os dois tentando dar o mesmo golpe.

Ele conseguia rever tudo com detalhes agora, enquanto olhava pela janela para o escuro lá fora. A boate barulhenta, as luzes coloridas. Era um mês de setembro muito abafado e a música tocava num ritmo que fazia com que o sangue parecesse pulsar.

— Ela entrou exatamente no instante em que eu observava o meu alvo. Caminhou lentamente, com um vestido vermelho e muita atitude. Lançou-me um olhar discreto e seguiu em frente na direção do homem que eu observava. Em poucos minutos ele já estava lhe pagando um drinque. Ela era boa naquilo e eu mal percebi quando ela roubou uma chave dele.

Ele se virou da janela.

— Um monte de rubis muito vermelhos estava em jogo, como a vitrine cintilante de uma joalheria cara. Três chaves eram necessárias para entrar no cofre e eu já conseguira cópias de duas delas.

Depois de roubar a terceira, ela saiu de fininho e foi ao toalete, fez uma cópia da chave e devolveu a original sem que o alvo percebesse. Agora, nenhum dos dois poderia conseguir as malditas joias. E isso me deixou revoltado.

— Claro.

— Esperei que ela viesse me procurar, o que aconteceu no dia seguinte. Acabamos fazendo o trabalho em dupla e ficamos juntos por algum tempo. Ela era jovem, intrépida e passional. Nós gostávamos de viver em alta velocidade, viajando muito, surfando a onda do sucesso, pode-se dizer.

— Você a amava?

Ele atravessou o escritório para pegar vinho para ambos.

— Eu achava que sim — confessou. — Ela era caprichosa, imprevisível, me mantinha ligado e cheio de interesse. Os negócios legítimos em que eu me envolvia a entediavam — Ele colocou um cálice sobre a mesa de Eve. — Ela nunca chegou a entender por que eu me dava a tanto trabalho, nem o motivo de eu querer o que queria. Tudo que ela compreendia era o jogo da trapaça, a sede de dinheiro, brilho e glamour. Ela nunca entendeu o que era ter vindo do nada, pois descendia de uma família decente e fora criada num lar decente. O que ela queria era mais, sempre mais, passar para o alvo seguinte em algum lugar além.

— O que você queria?

— Ela, é claro. Não digo isso para magoar você.

— Não me magoa.

— Eu queria mais do que aquilo por diferentes motivos, suponho. O fato, porém, é que eu queria mais. — Analisou o vinho antes de beber. — Queria respeito, poder, os escudos, muros e armas que me garantiriam que eu nunca mais voltaria para o nada. Você me entende.

— Entendo, sim.

— Mas ela não entendia. Não conseguia entender. Foi isso que rachou a joia, provavelmente. — A falha, pensou, que ele deveria ter visto na época. — Mesmo assim, tudo era tão cintilante que nós continuamos a trabalhar juntos, brincar juntos e ficar juntos. Até chegamos em Nice. O alvo daquela vez tinha uma excepcional coleção de arte, com dois Renoirs, entre outros. Eram os Renoirs que nós queríamos já tínhamos conseguido até um comprador para eles. Gastamos várias semanas planejando tudo, Maggie conseguiu entrada liberada na casa dele porque seduziu o alvo.

Eve ergueu a mão e o interrompeu.

— Ela dormiu com ele? Isso não incomodou você, saber que ela estava transando com outro cara?

— Era apenas trabalho e ele tinha mais do que o dobro da idade dela. Por outro lado, os Renoirs valiam uma grana considerável.

— Ela não era sua — murmurou Eve, e alguns nós dentro dela se desfizeram. — Você nunca pensou nela como sendo sua.

— E você imaginou que fosse diferente?

— Imaginei.

— Pois não estava exatamente certa — disse ele, e se sentiu à vontade para se sentar na ponta da mesa de Eve. — Eu nutria sentimentos complicados por ela, e acho que acontecia o mesmo com ela em relação a mim. Eu achava que por causa desses sentimentos e do que curtíamos juntos eu poderia confiar nela. Foi nisso que eu estava totalmente errado.

Enquanto bebia, Eve percebeu que ele olhava para o passado.

— Na noite da véspera do golpe, ela não voltou para o resort onde estávamos hospedados. Nem apareceu na manhã seguinte. Eu receei que algo tivesse dado errado, que ela poderia ter feito alguma coisa tola e talvez estivesse presa. Só depois eu soube que tinha fugido com a suposta vítima. Ela me largou por ele. Não só isso como me deixou uma armadilha: se eu tivesse dado prosseguimento ao plano na noite seguinte, conforme planejado, haveria um grande numero de gendarmes à espera para me prender.

— Ela traiu você.

— Como eu já expliquei, ela era muito caprichosa. Eu fiquei revoltado, magoado. Meu orgulho ficou destruído. Ela armara para cima de mim, como nós tínhamos armado em cima de tantos otários.

— Por que você não foi atrás dela?

Ele analisou a esposa que bebia o vinho devagar, e viu que nos seus olhos muito cansaço.

— Isso nunca me passou pela cabeça. Ela estava acabada para mim e pronto. Simples assim. Eu não iria lhe dar a satisfação de me ver correndo atrás dela. Nesse ponto eu devo acrescentar, voltando ao momento presente, que planejava caçar você por toda parte, Eve, caso você não aparecesse dentro de mais uma hora. Iria caçar você no fim do mundo e a arrastaria de volta. Nunca considerei a hipótese de não ir atrás de você.

Ela respirou fundo para acalmar a voz.

— E você conseguiu pegar os Renoirs mais tarde, depois disso?

— Consegui. — Os lábios dele se abriram. — É claro que consegui. Três anos depois. Ao longo desses anos e nos que se seguiram, eu também tive um monte de mulheres. Gostava delas e nunca magoei nenhuma de forma deliberada. Dei a cada uma delas o que tinha a dar e tirei o que elas estavam dispostas a me oferecer. Mas não havia sentimento algum envolvido.

— Mesmo assim você nunca a esqueceu.

— Nessa você não está completamente errada — reconheceu Roarke. — Não, eu não a esqueci. Ela deixou um buraco em mim, Eve, um vazio que eu nunca quis ver preenchido. Por que me arriscar?

— Ela... — Mais uma vez, Eve lutou para encontrar as palavras certas. — Ela teve uma influência importante em você. Isso talvez seja parte do que eu sinto. Parte do que eu vejo.

— Não posso e não vou negar que o que ela fez, o que eu dei a ela o poder de fazer, teve influência na forma como eu encarava os relacionamentos. Eu disse que nunca a esqueci, mas a verdade é que nem pensei mais nela depois que as primeiras semanas se passaram. Você entende isso?

— Sim, entendo.

— Eu tinha muito trabalho. Gosto de trabalhar. Consegui dinheiro, e depois muito mais. Também consegui poder, respeito. Construí este lugar e muitas outras coisas. Gostava das mulheres com quem estava, mas elas não passavam de um prazer momentâneo.

— Ela feriu você profundamente.

— Feriu, sim. Na verdade, vê-la novamente me fez lembrar os sentimentos complicados que a tornaram capaz de me ferir.

— Acho que ajuda você me contar tudo isso — Eve conseguiu dizer. — Colocar para fora, em vez de abafar e tentar esquecer.

— Mas é difícil admitir isso para mim mesmo e para você. Eu não menti quando disse que estava acabado. Mesmo assim, vou confessar mais uma coisa: eu ainda me lembro da linda jovem de vestido vermelho que entrou, parecendo deslizar, numa boate lotada. Eu me lembro do momento marcante, da vibração da cena. Talvez tenha sido isso que você viu naquele segundo: a lembrança do passado que o presente me trouxe. Não posso apagar o que veio da minha mente e da minha memória, Eve.

— Não, tudo bem. Vamos só...

— Ainda não acabamos. Agora você vai me ouvir até o fim. — Como se quisesse mantê-la no lugar, colocou a mão em cima da dela. — Eu tinha aquele buraco em mim, aquele vazio. Poderia ter vivido a vida toda com ele, e bem contente. Eu não era um homem infeliz.

Ele manteve os olhos nela, e seu polegar roçou de leve nas costas da mão de Eve.

— Então, um dia, senti alguma coisa, como uma fisgada na nuca, um calor na base da espinha. Estava numa cerimônia fúnebre, olhei para trás e ali estava você.*

* Ver *Nudez Mortal.* (N. T.).

Ele virou a mão dela para cima e entrelaçou os dedos dela com os dele.

— Ali estava você, e o chão pareceu desaparecer debaixo dos meus pés. Você era tudo que eu não deveria ter, não deveria querer ou precisar. Uma tira, pelo amor de Deus! Com olhos que pareciam me perfurar a alma.

Ele esticou a mão e passou os dedos de leve sobre o rosto dela. O toque suave foi, de algum modo, apaixonado e desesperadamente íntimo.

— Uma tira vestindo um terninho cinza muito feio e um casacão que não cabia direito nela. A partir desse momento o buraco que havia em mim começou a se encher. Eu não consegui impedir você de chegar. Não consegui impedir o que criou raízes ali, nem o que cresceu entre nós.

"Ela criou aquele vazio dentro de mim e você o preencheu. Você consegue compreender que isso é parte de tudo, de toda a ligação que a deixou preocupada? Consegue entender que o que eu sentia por ela não representa nada? É muito pálido, minúsculo e fraco comparado ao que eu sinto por você".

As lágrimas dela começaram a cair. Ele as observou abrindo caminho por entre as suas bochechas e se perguntou se ela percebera que as tinha deixado escorrer.

— Ela era parte da minha vida. Você é *toda* a minha vida. Se eu tenho alguma mágoa, é que, mesmo por um instante, você possa ter pensado diferente. Ou que eu tenha permitido isso.

— Quando eu vi você com ela naquele reportagem...

— Eu me despedia da garota de quem, um dia, eu pensei que gostasse. E também do homem que, na época, pensou que a amava. Apenas isso. Não chore. Enxugue isso. — Ela passou os polegares para enxugar as lágrimas dela. — Não chore.

— Eu me sinto idiota.

— Ótimo. Eu também.

— Eu amo você. Isso me apavora. — Ela tornou a levantar e se deixou envolver pelos braços dele. — Isso é tremendamente assustador.

— Eu sei. — Ela o sentiu estremecer quando ele colou o rosto em seu pescoço. — Não me abandone mais. Deus, por Deus. Nunca mais me deixe.

— Eu não o abandonei.

— Uma parte de você fez isso, sim. — Ele a puxou novamente para junto dele e seus olhos também brilharam de tanta emoção. — Uma parte de você me abandonou e eu não consegui aguentar isso.

— Não vou a lugar algum. Não vamos a lugar algum. — Precisando se acalmar, ela conseguiu exibir um sorriso. — Além do mais, você me arrastaria de volta para cá.

— Com certeza!

— Pelo menos tentaria. — Ela fechou a mão sobre a dele e sentiu a pele das juntas dos dedos dele muito ásperas e arranhadas. Baixando-as para analisar melhor, exclamou:— Uau! Você arrancou o couro de alguém?

— Era apenas um androide. Isso parece funcionar muito bem para você quando fica revoltada comigo.

— Você devia encomendar um projeto ao seu pessoal de pesquisa e desenvolvimento de produtos; pedir para eles inventarem um androide de luta que se regenere sozinho, ou algo assim. — Tocou os lábios dele com os dela. — E também devia tratar desses machucados.

— Já tratei. Veja o quanto você está cansada — disse ele, acariciando a bochecha dela. — Minha Eve. Cansada até os ossos. E aposto que não comeu nada o dia todo.

— Não consegui. E olha que Morris até me ofereceu brownies caseiros. Com calda de chocolate.

— Vamos tomar um pouco de sopa.

— Estou cansada demais para comer.

— Tudo bem, então. Nada de sopa, nem de trabalho. Vamos apenas dormir. — Ele a enlaçou pela cintura e ela passou o braço em torno dele também e saíram do escritório. — Você vai me receber de volta aqui também? No seu trabalho?

Ela realmente o tinha deixado fora do caso, percebeu naquele momento. Ambos tinham deixado o outro fora das suas vidas, como pequenas portas que se fecharam.

— Vou, sim. Bem que preciso de ajuda. Tenho perguntas a fazer sobre um sistema de segurança, para começar.

— Sou o homem certo para você.

Ela olhou para ele e sorriu, concordando.

— Sim, você é.

Ela se deixou escorregar para dentro do sono e mais tarde, pouco antes de a luz do alvorecer iluminar o céu, deixou-se escorregar para dentro do amor. Os lábios dele a acordaram, quentes sobre os dela. Doces, quentes e acolhedores. Embebida no sabor dele, ela respondeu. As mãos dele a excitaram tanto que seu coração pareceu suspirar. Sentindo o bater do peito dele contra o dela, Eve se abriu.

No silêncio profundo da madrugada, na escuridão suave a calmante, eles se moveram juntos.

O aconchego foi buscado e encontrado. Promessas foram novamente feitas sem palavras. E tudo que era necessário foi oferecido.

Ela se deixou descansar depois, aconchegada na curva do braço dele. Como se flutuasse.

— Eu devia ter deixado você dormir — lamentou ele.

— Pelo jeito que eu me sinto agora você fez muito bem. Foi perfeito. — Tão perfeito, pensou, que ela conseguiria ficar ali, encolhida junto dele até o próximo milênio. — Que horas são?

— Quase seis.

— Provavelmente já está na hora de você se levantar.

— Gosto de estar onde estou.

Ela sorriu no escuro.

— Estou morrendo de fome — confessou.

— Ah, agora você tem fome?

— Muita! Adoraria ter um daqueles brownies com calda de chocolate.

— Não é de calda de chocolate que seu organismo precisa.

— Se você quer transar novamente, garotão, preciso tomar café antes.

Estamos de volta ao normal, refletiu ele.

— O gato ficou com a melhor parte dos dois cafés da manhã irlandeses que eu preparei ontem. Por que não tentamos continuar de onde paramos, só que comendo tudo dessa vez?

— Você também não comeu?

— Não.

Ela tornou a sorrir. Era bom saber que ele também tinha sofrido tanto quanto ela. Rolou por cima dele e se apoiou nos cotovelos para olhar para baixo, para ele.

— Vamos comer — convidou ela. — Muito.

Eles comeram na cama, sentados de pernas cruzadas com os pratos entre os dois. Ele escavou os ovos com o garfo e os devorou como se eles estivessem para ser banidos do planeta em menos de uma hora.

A cor voltara ao seu rosto, reparou ele. As olheiras e marcas de dor atrás dos olhos tinham desaparecido. Quando ela o fitou, ele percebeu algo mais naquele olhar.

— Que foi? — quis saber ele.

— Não quero estragar as coisas, mas preciso mencionar algo que está me incomodando.

— Tudo bem.

— Vestido vermelho.

— Porra!

— Não, não. — Ela balançou o garfo, determinada a levar aquilo até o fim sem brigas nem crises emocionais. — Simplesmente me escute, ok? Você me contou que na primeira vez em que a viu ela estava de vestido vermelho. Você acredita nessa coincidência? Ela também estar usando um vestido vermelho quando você a reencontra assim, do nada?

— Bem, duvido muito que ela tenha usado só vestidos vermelhos todos esses anos para o caso de nossos caminhos se cruzarem novamente.

— Você não está raciocinando. Ainda tem cortinas nos olhos quando se trata dela. Não fique puto comigo.

— É difícil não ficar. — Com certa irritação, ele espetou uma batata frita. — Qual é sua teoria?

— Minha teoria é de que ela armou tudo. Não aconteceu por acaso ela estar no restaurante de vestido vermelho, exatamente naquele dia e naquele instante, Roarke. Ela sabia que você iria jantar lá e queria lhe dar uma sacudida. Lembra-se de mim, amado amante? Você realmente se lembra de mim?

— Ora, mas como ela poderia saber onde eu... — Ele parou de falar e ela viu as cortinas se abrirem nos olhos dele.

Foi preciso uma admirável força de vontade para Eve não pular da cama e fazer uma dança de alegria e vitória diante da cara de Roarke — e ela se congratulou por isso.

— Ela era boa e você, provavelmente, lhe ensinou novos truques. Você conhecia o cara com quem ela estava naquela noite, faz negócios com ele. Não é tão difícil, se alguém estiver disposto a pesquisar, descobrir em que restaurante Roarke fez reserva para determinada noite.

— Não, ela conseguiria descobrir.

— Ligou para você na manhã seguinte bem cedo, depois foi o almoço... "Por favor, preciso de orientação sobre negócios, uma ajudinha em nome dos velhos tempos." Aposto que ela sacou um monte de desculpas e se declarou morta de vergonha pelo que fez a você doze anos atrás.

Ela parou de falar por um momento, mas logo decidiu que iria se lamentar muito se não dissesse o que queria.

— E não venha me contar que ela não tentou tentar se jogar em cima de você. Ou pelo menos testar as águas para ver se dava pé.

— As águas não foram muito receptivas.

— Se tivessem sido, eu já a teria afogado nessas águas.

— Querida, essas palavras... Têm a sua cara.

— Mantenha isso em mente — avisou ela, e como tinha acabado de comer o bacon roubou uma fatia do dele. — Pelo menos isso deve ter esfriado todo aquele calor na bacorinha. Além disso, temos o fato de ela ser o oposto do que eu sou.

— Como assim?! Ela é o quê, mesmo?

Balançando a cabeça para os lados, Eve comeu o bacon.

— Isso é complicado demais para explicar. Deixe pra lá, continue... Depois de você dispensar o convite para ver os peitos dela...

— Ela tem belos peitos, segundo eu me recordo.

— É melhor calar a boca — Quando ele riu, Eve sentiu o calor da camaradagem que sempre existira entre eles. — Quando você recusou sua oferta generosa, o que a bonitona fez?

— Afogou seu amargo desapontamento com uma vodka Martini.

— Nada disso. Caraca! Ela pulou em cima de mim, me deu alguns bons socos virtuais e foi preparar a armação do vídeo. Mavis me disse...

— Mavis?

Eve brincou com o que sobrara dos ovos e confessou:

— Dei uma passada lá ontem à noite. E me esqueci de levar o tal urso de pelúcia.

Eu também me esqueci de comprar.

— Não, na verdade não foi isso. Eu precisava ver Mavis. Precisava conversar com ela.

— Tudo bem. — Ele esticou o braço e colocou a mão sobre o joelho de Eve. — Isso me parece justo.

— Mavis também aplicou golpes durante muito tempo. E era boa no que fazia. Foi ela quem percebeu o que Magdelana tinha approntado e eu não saquei. Mas quando ela me mostrou e me explicou os detalhes, vi tudo. Ela armou a gravação daquele vídeo, Roarke. Se você assistir à cena novamente, também vai perceber, que usou o ângulo certo da câmera e... Mavis usou a palavra "trapaceou"... Disse que ela girou o rosto na direção da câmera para tudo sair com o ângulo certo. *Não foi* uma incrível coincidência que um babaca com câmera na mão tenha conseguido pegar vocês dois e vendido para a TV. Ela produziu o espetáculo.

— Summerset me disse a mesma coisa e eu esculhambei com ele. Mesmo que uma parte de mim concordasse com o que ele descrevia, fui ríspido e grosso.

— Ela quer você de volta. — Eve espetou mais um pedaço de ovo com determinação porque, mesmo sabendo de tudo e tendo o que tinha, tudo aquilo a deixava revoltada. — Já pescou alguns otários ricos e preparou um belo pé-de-meia. Mas você é Roarke! Você é o grande prêmio; ela tinha calculado mal, antes. Trocou você pelo primeiro passarinho interessante que passou. E agora percebeu que você é um... Diga o nome de um pássaro muito grande.

— Avestruz?

— É, mas não fez o efeito que eu queria. Enfim, você é o pássaro fodão e bonito dentro do ninho dourado, e ela quer compartilhar esse ninho com você. Só que precisa me tirar do caminho, antes. Quem sabe você cai no papo dela e continua de onde pararam antes?

— Conforme eu disse, pode ser que ela tenha pensado nessa possibilidade e eu, na condição de marido fiel que sou cortei o mal pela raiz. E concordo com você — acrescentou, com um aceno de cabeça. — Depois disso ela foi até sua sala testar o terreno e deixar você com a pulga atrás da orelha. A coisa foi bem planejada e nos trouxe muita aporrinhação e dor. Mesmo assim, eu lhe asseguro que deixei muito claro para ela que você e eu temos uma relação sólida e sustentamos o compromisso de mantê-la.

— Talvez ela tivesse achado que poderia, de repente, convencer você do contrário. Nesse meio-tempo, provocou um bocado de problemas e mágoas. Uma situação em que não sairia perdendo.

— Sim, isso a divertiria muito — confirmou ele. — Ela se entedia com as coisas comuns ou o que enxerga como comum.

Ela mesma contara que conseguira contornar os contratos pré-nupciais nos dois casamentos, lembrou ele, e completou:

— O casamento, para ela, não passa de um meio para atingir um fim. Uma espécie de brincadeira.

— Como eu faço para a coisa funcionar a meu favor? — sugeriu Eve. — E, no caso de falhar, como eu destruo tudo? Foi esse o plano dela.

— Desculpe por eu não ter enxergado tão longe.

— Tudo bem, foi ela quem calculou errado — disse Eve, e tomou a mão dele.

— Isso com certeza! — Ele entrelaçou os dedos nos dela.

— Mesmo assim eu queria lhe dar um bom chute no rabo.

— Seria inadequado eu querer assistir a esse momento?

— Os homens sempre gostam de assistir a brigas de mulher. O problema é que se dermos muita importância a essa história vamos apenas oferecer mais material para os porcos das fofocas. Teremos de nos contentar com a certeza de que ignorar tudo a deixará mais puta. Vamos largar essa merda para lá.

— Concordo.

— Enquanto isso eu tenho de... Espere um instante — disse Eve, quando o *tele-link* tocou. — Bloquear vídeo! Dallas falando.

— Aqui fala Reo, Dallas. De novo! Consegui seu mandado para a residência dos Straffo. Foi um sufoco! Por questão de cortesia, o juiz determinou apenas que ninguém apareça na casa dele antes das oito da manhã.

— Dá para aceitar isso numa boa. Obrigada, Reo.

— Consiga-nos alguma coisa, Dallas. Straffo vai procurar a mídia e jogar merda no ventilador se sairmos de lá de mãos abanando.

— Pode deixar que eu lhe trago algo.

— Oliver Straffo? — quis saber Roarke, quando Eve desligou. — Você suspeita dele no assassinato do professor?

— Professores. Mais um morreu ontem. O suspeito que encabeçava nossa lista foi morto.

— Ah. — Roarke estava atrasado no desenvolvimento do caso, e já passara da hora de se atualizar. — Bem, por que não começamos o nosso dia do mesmo jeito que tantas vezes acabamos?

— Mas acabamos de fazer isso. Era você que estava em cima de mim agora há pouco, não era?

— Se me lembro bem, era eu, sim. Não estou falando de sexo, tenente, embora esse seja um jeito adorável de começar e terminar quase tudo. Conte-me sobre o caso.

Eve contou tudo enquanto os dois tomavam banho, depois enquanto se vestiam e quando iam para o escritório dela.

No instante em que eles entraram, o *tele-link* de Roarke tocou. Ele olhou para a tela e tornou a guardá-lo no bolso.

— É assim que você pretende lidar com ela? — quis saber Eve.

— No momento, sim. Quer dizer que sua teoria é que Straffo matou Foster porque Foster sabia do caso de sua esposa?

— Não chamaria isso de teoria, é apenas uma das possibilidades. Outra opção é que a esposa de Straffo cometeu o crime pelo mesmo motivo. Ou Mosebly, quando descobriu que Foster sabia do caso *dela*.

— Puxa, para um estabelecimento de ensino, essa escola é uma incubadora de sexo ilícito.

— Ainda existe a possibilidade de Williams ter matado Foster para preservar a própria carreira e a reputação. Depois disso, um dos Straffo ou Mosebly amarraram as pontas eliminando Williams. Eu ia rodar o programa de probabilidades sobre tudo isso ontem à noite, mas aconteceu uma coisa, depois outra...

— Você quer que verifique se Oliver Straffo poderia ter contornado o sistema de segurança no caso de cada assassinato?

— Se as flechas começarem a apontar para ele, seria bom uma delas no bolso.

— Na aljava — disse Roarke, com ar distraído. — As pessoas guardavam as flechas numa aljava. Vou verificar a segurança para você, mas me parece que matar Foster seria como colocar o carro adiante dos bois. Afinal, Williams era a ameaça principal nas suas três possibilidades.

— Sei disso, mas não tenho indício nem evidência alguma de que Williams tenha ameaçado expor alguém, pelo menos até o momento em que usou isso com Mosebly, na manhã de sua morte. E pode ser que Foster tenha forçado a barra e Williams tenha dito "ah, que se dane esse babaca" e o tenha matado. Ou então...

— Um dos Straffo entrou em pânico e fez isso. Ou Mosebly. — Roarke tentou alinhar todos os personagens na cabeça. — Aqui tem muito cacique para pouco índio.

— Como assim?

— Muitos suspeitos, mas nenhum deles parece ser o que realmente fez o trabalho.

— Pois é. Existe um problema no centro dessa história: Foster. Não consigo encontrar um motivo claro e forte para sua eliminação. Nem de perto. É por isso que estou seguindo as pistas de lama. Ele era um sujeito íntegro, mas não gostava de causar problemas. Uma das testemunhas o viu com Williams na manhã de sua morte, batendo um belo e amigável papo na sala dos professores. Foster não iria ter essa atitude se houvesse problemas sérios entre ele e Williams, pelo menos no meu ponto de vista.

— Você contou que Foster reclamou do assédio de Williams contra Laina Sanchez, a nutricionista — lembrou Roarke.

— Sim, mas foi numa boa. Foster pediu, algum tempo atrás, para Williams deixar a nutricionista em paz. Ele tirou o time de campo, problema resolvido. Por outro lado, eu soube que Foster viu Mosebly e Williams brincando de afogar o ganso na piscina da escola. Ele contou à esposa que tinha visto Williams com uma pessoa com quem não deveria estar. Só que *não disse* o nome da pessoa, nem comentou que iria bater de frente com alguém por causa disso.

Circulando o quadro dos crimes que Eve montara, Roarke analisou a foto de Mosebly.

— Uma mulher com aparência marcante. E também, sendo diretora, uma figura de autoridade. A nutricionista era funcionária do quadro de apoio. Estava incomodada com os avanços indevidos do professor. Mosebly, obviamente, não estava.

— Sim, e se declarar vítima de estupro é um papo furadíssimo. Portanto, por que matar Foster se ele decidiu cuidar da sua vida? Por que gerar um escândalo público em sua própria porta?

Eve balançou a cabeça. As coisas não se encaixavam e nada funcionava.

— É por isso que eu volto sempre à ideia de vingança, autoproteção ou simples irritação pessoal. Mas não gosto de nenhum desses quadros — completou Eve.

— Então eu vou lhe providenciar um quadro mais claro. Você tem estado fora do seu ritmo normal.

— E como! Totalmente fora, mas vamos ver o que uma boa busca na cobertura de Straffo nos trará.

Capítulo Dezesseis

O problema não era só ela estar fora de ritmo, decidiu Eve, enquanto trabalhava e esperava por Peabody e McNab. O caso em si não tinha um ponto sólido, não tinha foco.

E os motivos eram fracos.

O programa de probabilidades deu um resultado baixo, mesmo entre os suspeitos principais, sendo que Allika Straffo despencou depois de seu perfil psicológico ser analisado.

Mas havia algo ligeiramente estranho naquela mulher, algo além do tropeço na fidelidade. O que ela sabia?, questionou-se Eve. O que pensava? O que a tornava tão vulnerável e assustadiça?

A morte de um filho. Será que um dano dessa dimensão era tão profundo a ponto de deixar os alicerces de uma pessoa rachados e instáveis? Talvez sim, como ela poderia saber? Mas Oliver Straffo parecia ter aprendido a conviver com a perda.

Talvez fosse diferente para uma mãe.

Mas havia outra criança na casa, viva e muito bem.

Só que isso não era suficiente, pelo visto, para manter Allika estável. A filha, o marido bem-sucedido, a cobertura, a *au pair*, nada disso era o bastante. Foi por isso que ela escorregara, e Williams estava bem ali para ampará-la.

Talvez aquela não fosse sua primeira escorregada.

— Talvez não fosse... — murmurou. — Portanto... Portanto o quê?

Ela se virou e viu Roarke encostado no portal entre os dois escritórios.

— Portanto o quê? — repetiu. — Se aquela não tinha sido a primeira vez que Allika se comportara de forma um pouco estranha, um homem astuto como Straffo não reconheceria os sinais?

— As pessoas traem seu casamento todos os dias, e nem todos os maridos ou esposas, por mais astutos que sejam, descobrem. Ou admitem ter descoberto. Ou também, vale completar — acrescentou Roarke —, se importam de saber ou não.

— Ele tem o seu orgulho. Está *envolvido* nisso. Ele saberia e se importaria, sim. Mas, se essa não foi a primeira vez dela, será que a reação dele seria matar um espectador inocente? Num lugar onde sua filha seria afetada? — Dois grandes obstáculos, decidiu Eve, balançando a cabeça.

— Essa ideia não funciona direito para mim — continuou. — Além do mais, se ele sabia, por que aceitaria defender o homem com quem sua mulher pulou a cerca? *Depois*, uma vez que concordou em defendê-lo, por que mudaria de ideia um dia depois e mataria o filho da mãe?

— Talvez para fazer com que a investigadora principal do caso se fizesse a mesma pergunta.

— Hummm... Bem, está funcionando. — Analisando essa possibilidade mentalmente, ela se recostou na cadeira. — Ele é muito astuto e competente no tribunal, sempre analisa todos os ângulos, sabe criar reviravoltas inesperadas e... Ei, espere um minuto. Espere aí... Acabei de encontrar uma possibilidade inesperada. E se ele aceitou defender Williams para ter certeza de sua condenação? Ele nem precisava pisar na bola, bastava deixá-la entrar e sofrer um gol.

— Ahh... Ele pega o caso para garantir que o cliente seja condenado. Muito inteligente e impossível de provar.

— Como eu disse, Straffo é um sujeito sagaz. Tentou uma manobra para evitar a emissão do mandado e ter tempo de sumir com as evidências. Mas devia saber que Reo acabaria por derrubar sua tentativa e já começa em desvantagem.

Roarke pegou o café na mesa e deu um gole.

— Um tipo de vingança inteligente e limpa.

— Mas, então, por que matar o cara que você mesmo vai ajudar a colocar na cadeia? — insistiu Eve.

Depois de pousar o café na mesa novamente, Roarke esticou o braço, passou o polegar sobre a covinha no queixo dela e avisou:

— Você está andando em círculos, tenente.

— Sim, estou andando em círculos porque tem alguma coisa importante aqui e eu não consigo enxergar. *Existe* algo aqui! — Ela se levantou de repente. — Preciso do *meu* quadro do crime.

— Quando é que você vai atualizar esse aqui? — Ele foi até onde ela estava e a enlaçou com os braços. — Isso tudo atrasou você. — Tocou-lhe a sobrancelha com os lábios e gostou muito quando o corpo dela se inclinou na direção dele. — O que aconteceu entre nós lhe roubou um tempo precioso.

— Vou compensar. — *Eles* iriam compensar, corrigiu, mentalmente. Esse era um dos benefícios de trabalhar em equipe. Ela passou os braços em volta da cintura dele e o viu sorrir. — Qual sua opinião sobre a segurança da escola?

— O sistema é muito básico. Você esteve lá e entrou com facilidade. — Abraçados um ao outro, os dois viraram a cabeça para analisar o quadro. — Seria mais difícil entrar lá com uma arma, mas não impossível. Uma pessoa passaria com certa facilidade, caso conhecesse alguma coisa sobre o sistema.

— Isso já é algo para começar.

— Vou verificar os discos para você e lhe direi se alguém adulterou um deles durante os segundos necessários para alguém entrar.

— McNab vai verificar isso para mim. Eu tenho uma tarefa especial para você.

— Eu estou lhe devendo uma boa quantidade de tempo.

— Awww... — Peabody parou no portal. — Desculpem. Oi! Que legal, ver vocês dois assim. — Exibiu um sorrisão cheio de dentes.

— Não tire o seu casaco porque nós já vamos para a rua, Peabody. Vejo você mais tarde — disse Eve a Roarke, e teve seus lábios tomados pelos dele.

— Awww... — repetiu Peabody.

— Até mais tarde, tenente. Um bom dia para vocês, Peabody, McNab.

— E aí, como vão as coisas?

— Não fale com eles, Roarke! — ordenou Eve, se preparando para sair —, senão eles vão começar a implorar por biscoitos dinamarqueses. Venham comigo, vocês dois. E parem de rir feito dois abestados — exigiu, saindo dali na frente deles. — E se esses sorrisos idiotas ficarem grudados em suas caras e eu tiver de olhar para isso o dia todo? Seria apavorante.

— Estamos felizes, só isso. As coisas estão bem agora, certo? — perguntou McNab.

— Continuem andando — avisou Eve, mas logo diminuiu o passo. — Para encerrar o assunto, afirmo apenas que agradeço muito pelos ouvidos, a fé e o apoio.

— É para isso que servem os amigos e as parceiras — disse Peabody.

— Sei. Mesmo assim, obrigada. Ela hesitou quando começou a descer a escada. — Vá na frente com McNab que eu já estou saindo. — Parou com calma na base da escada e pegou o casaco pendurado no pilar do primeiro degrau. Summerset devia tê-lo colocado ali para ela.

Eve olhou para ele enquanto vestia a roupa.

— Ele está ótimo — informou. — Nós estamos ótimos. Ela não vai mais causar problemas para ele.

— Nem para você?

— Nem para mim.

— Ficou muito contente em ouvir isso.

— Sei que sim. Obrigada.

— Trouxe seu medonho veículo para fora, já antecipando sua saída. Espero que a senhora o leve para o ferro-velho. E torço para que ele não fique sujando a entrada da casa por muito mais tempo.

— Vá lamber sabão, seu espantalho.

— Pronto! — Ele sorriu para ela. — Estamos todos de volta ao normal.

Eve soltou uma gargalhada de deboche e saiu.

Straffo os recebeu na porta do apartamento. Preferiu não ter seu próprio advogado presente, como era seu direito. Por orgulho, decidiu Eve. Era orgulhoso demais para ter outra pessoa lidando com a legitimidade daquilo.

Ficou surpresa ao reparar que ele não mandara a esposa, a filha e a *au pair* para outro lugar. Mais uma demonstração de orgulho, imaginou. Estava mostrando a todos que enfrentaria aquela situação absurda e continuava no comando da casa.

Leu o mandado com muita atenção aos detalhes, levando muito tempo em cada parágrafo, o rosto sem expressão. Ah, mas ele estava puto da vida, pensou Eve. Estava fumegando por baixo daquele exterior civilizado.

— Está tudo em ordem — declarou, por fim, olhando para Eve. — Espero que a senhora e sua equipe efetuem as buscas com rapidez e de forma respeitosa. Serão cobrados por qualquer dano ao meu patrimônio.

— Sua ameaça foi registrada. A filmadora está ligada e permanecerá assim durante todo o processo. O detetive McNab cuidará dos equipamentos eletrônicos. Se alguma das suas posses tiver de ser confiscada, emitiremos um recibo discriminado. O senhor deseja permanecer no local enquanto executamos os procedimentos definidos pelo mandado?

— Certamente que sim!

— Isso nos será conveniente. — Acenou para McNab e depois para Baxter e Trueheart, que chegavam naquele instante. — Baxter, você e Trueheart peguem o andar principal. Peabody, venha comigo.

Eve seguiu na direção da escada e passou por Allika, que ficou apertando a mão de Rayleen, que se manifestou.

— Desculpe, tenente?

Eve parou e olhou para a menina.

— Pois não.

— A senhora vai realmente vasculhar meu quarto?

— Vamos vasculhar todos os quartos, inclusive o seu.

— Uau! Será que eu poderia...

— Rayleen! — A voz de Straffo foi rápida e severa. — Deixe a polícia prosseguir com o que veio fazer aqui.

Ainda parecendo mais empolgada do que ofendida, Rayleen baixou os olhos.

— Sim, senhor.

Eve começou pelo terceiro andar. Ali era o que lhe pareceu o que se costumava chamar de "sala de convívio familiar". Havia dois sofás compridos e confortáveis, poltronas duplas e um telão dos maiores que existiam no mercado.

Uma lareira, naquele momento desligada, tinha um consolo largo e branco onde se viam vasos de cobre e um grupo de fotos de família com molduras também em cobre. A família na praia, Rayleen com o uniforme da escola, outra da menina vestindo um *tutu* de balé; o casal em *black tie*, parecendo elegante e feliz.

Ao lado da sala de estar havia uma academia doméstica de ginástica. Muito bem equipada, reparou Eve, e com uma bela vista da cidade, a partir de sua longa fileira de janelas.

Havia também uma segunda cozinha, certamente menor do que a principal, equipada com uma unidade de refrigeração pequena, uma bancada e alguns bancos altos.

E um banheiro completo, dotado de banheira de hidromassagem e sauna a vapor.

Ali não havia espaço algum de trabalho.

Mesmo assim ela procurou nos armários e gavetas, tirou os quadros das paredes para verificar a parte de trás e as molduras também.

— Parece tudo em ordem — disse a Peabody. — McNab vai conferir os eletrônicos.

— O santuário da família. Muito estiloso e confortável. — Peabody deu mais uma olhada. — Eles usam esse espaço mais do que a sala de estar do primeiro andar quando querem ficar juntos. Assistem um pouco ao telão, jogam na mesa ao lado da janela. A sala de baixo é mais para receber visitas. É aqui que eles se reúnem como família.

— Sim, eu concordo. — Eve olhou mais uma vez para a lareira e analisou as fotos sobre o consolo. — Vamos para o segundo andar.

Elas se separaram. Peabody foi vistoriar o escritório doméstico de Straffo e Eve seguiu para a sala íntima de Allika. Analisou a lareira dali também, o consolo, as fotos e os retratos de família.

Interessante, pensou. Só então entrou no quarto.

Tudo ali era muito feminino, decidiu. Revistas e discos sobre moda, decoração e criação de filhos. Agendas eletrônicas que a lembravam de enviar notas de agradecimento para festas ou presentes e também enviar convites para jantares, coquetéis e almoços. Lembretes para a compra de lembranças para uma anfitriã disso ou daquilo, recados para enviar presentes de aniversário para fulano ou fulana. O tipo de coisa que a esposa de um homem poderoso e bem-sucedido fazia, refletiu Eve.

O tipo de coisa que ela nunca tinha feito.

Quem fazia?, perguntou a si mesma. Será que Roarke cuidava dessas coisas pessoalmente? Ou Summerset? Ou Caro?

Allika mantinha agendas separadas para ela, para o marido e para a filha.

Datas dos jogos de golfe de Straffo, encontros para jantar (não importava se ela iria participar ou não), as datas do cabeleireiro para ele, consultas médicas, visitas ao alfaiate e viagens para fora da cidade já marcadas. Uma viagem familiar fora marcada para março, coincidindo com o recesso de primavera da escola da filha.

Comparou as agendas de Allika e do marido. Datas para compras, almoços, salões de beleza, jantares com o marido, alguns acompanhados de clientes dele ou dela, outros só para o casal.

Notou que nenhum dos dois tinha compromissos marcados para as manhãs dos dois crimes.

A agenda de compromissos da menina era chocante. Aulas de dança duas vezes por semana, encontros de socialização (que diabos era isso?) três vezes por semana com várias outras crianças. Melodie Branch estava marcada para um encontro com Rayleen todas as quintas-feiras, de três e meia às quatro e meia, cada vez numa das casas. Uma semana na casa dos Branch e a outra ali, na cobertura dos Straffo.

Também havia treinos de futebol uma vez por semana, começando em março; além de um lugar chamado Estímulos para o Cérebro, que a menina frequentava todo sábado de manhã. Seguido, dois sábados por mês, por um evento criado por uma organização chamada Voluntariado Infantil.

Além da agenda mensal havia vários acréscimos: festas de aniversário, passeios para pesquisas com os colegas, projetos da escola, encontros do Clube de Teatro, consultas médicas, visitas a museus e bibliotecas, projetos de arte e saídas em família.

Pelo que Eve conseguiu ver, a menina tinha mais compromissos do que os dois pais somados.

Não era de espantar que eles precisassem de uma *au pair*, refletiu Eve. Mas lhe pareceu estranho o fato de Allika ter escolhido o status de mãe profissional desde o nascimento de Rayleen até a morte do filho. Embora não seguisse carreira em nenhuma área, nem apreciasse nenhum *hobby* fora de casa, Allika tinha deixado esse status perder a validade sem renová-lo.

Eve guardou os notebooks. Queria mais tempo para estudá-los e para verificar os nomes das pessoas, grupos e organizações.

Seguiu para a pequena escrivaninha. Havia papel de carta com monogramas. Portanto, Allika escrevia à mão alguns dos convites e bilhetes de agradecimento, reparou Eve. Quem diria! Também havia uma seleção organizada de cartões de aniversário (com temas de humor, florais, formais ou jovens) e também condolências, congratulações e assim por diante.

Viu vários discos e agendas vazias, um livro de endereços e uma pasta com artigos sobre decoração.

Isso fez Eve se lembrar dos artigos que Peabody tinha encontrado nas coisas de Lissette Foster. Um ponto em comum entre as duas, refletiu. Será que isso queria dizer algo? Talvez as duas se conhecessem através do interesse comum em decoração.

Fez uma anotação para confirmar isso, embora duvidasse muito que Allika e Lissette comprassem enfeites e cortinas nas mesmas lojas.

A correspondência que Allika tinha arquivada variava de lindos cartões e anotações de amigas, além de cópias de e-mails enviados por elas ou pela filha.

Havia cartões de aniversário e outros do tipo "fique boa logo", enviados por Rayleen, todos eles escritos à mão. Aliás, com mais estilo e habilidade, admitiu Eve, do que ela mesma conseguiria. Papéis lindos, muitas cores, algumas imagens geradas por computador e outras desenhadas à mão.

NÃO FIQUE TRISTE, MAMÃE!

Essas eram as palavras de um dos cartões, anunciadas em letras grandes sobre um papel cor-de-rosa. Havia o desenho do rosto de uma mulher com pesadas lágrimas escorrendo pelo rosto.

Dentro do cartão a mulher sorria e tinha a bochecha grudada à de uma menina. Flores brotavam em toda a volta e um imenso arco-íris se curvava no alto. As palavras sentimentais diziam:

ESTAREI SEMPRE AQUI PARA FAZER VOCÊ SORRIR!
COM AMOR, RAYLEEN, A MENINA SÓ SUA.

Eve notou que Allika tinha escrito uma data atrás do cartão: 10 de janeiro de 2057.

No closet, ela encontrou material para arte, um jaleco de pintura, caixas transparentes cheias de coisas como bolinhas de gude, pedras, contas, laços, flores de seda. Artigos para hobby, supôs Eve, tudo tão organizado como no resto do aposento.

Na prateleira de cima, atrás das caixas de suprimentos, havia uma caixa maior, linda, recoberta de tecido estampado e com uma tampa em forma de pedra preciosa.

Eve a puxou para baixo e a abriu. E encontrou o filho morto.

Ali havia fotografias dele, do nascimento até a idade em que começou a andar. Allika sorridente e grávida; Allika segurando um recém-nascido envolto numa manta azul; fotos do menininho com a irmã mais velha, com seu pai e assim por diante.

Encontrou um retalho do cobertor, um cacho pesado de cabelo, um cãozinho de pelúcia, um único cubo de plástico.

Eve se lembrou da caixa de lembranças que Mavis e Leonardo tinham dado a ela e a Roarke no Natal retrasado. Aquela era a caixa de lembranças de Allika, dedicada ao filho.

Com que frequência ela a tiraria para fora?, perguntou a si mesma. Para olhar as fotos, esfregar o pedaço de tecido entre os dedos ou passar o cacho de cabelo pelo rosto?

Mesmo assim, ela mantinha aquilo numa prateleira alta no fundo do closet. Bem escondida. Eve não tinha encontrado nenhuma lembrança do menino, uma única que fosse, no resto da casa.

Por quê?

Ela reviu cada objeto, todas as peças. Depois recolocou tudo no lugar e guardou a caixa na prateleira alta.

Quando acabou de vasculhar o quarto, saiu no corredor e foi aonde Peabody ainda trabalhava, no escritório de Straffo.

— Já estou acabando aqui — informou Peabody. — McNab começou pela suíte principal aqui ao lado, para não atrapalharmos um ao outro. Já etiquetou e guardou um monte de discos e pastas. Até agora não surgiu nada interessante.

— Você achou alguma coisa do menino? O filho que morreu?

— Quem? Oh, oh, sei. Eu me esqueci dele. Não, não vi nada aqui que lembrasse o filho. Peabody parou e franziu o cenho. — Nadica de nada — repetiu. — Isso é meio estranho, para ser franca.

— Mais uma coisa: achei uma pilha de artigos sobre decoração na sala íntima de Allika. Lissette também tinha alguns em sua casa.

— Sim, tinha mesmo. Será que elas se conheceram através disso? — Peabody exibiu um ar pensativo e encolheu os ombros. — Pode ser. Mas eu mesma tenho uma pilha de artigos desses, além de um monte de sites de decoração marcados no meu computador de casa. Por acaso você também não...? Tudo bem, esqueça que eu perguntei isso — completou Peabody, ao ver que Eve simplesmente olhou para ela.

— Vale a pena tirar essa história a limpo. Pergunte a Lissette e lhe mostre uma foto de Allika.

— Tudo bem. Você quer que eu ligue para ela agora mesmo e pergunte?

— Quero, vamos riscar essa possibilidade da lista e depois vamos investigar a suíte master. — Ela saiu para o corredor e McNab apareceu. — Encontrou alguma coisa? — quis saber Eve.

— Tudo limpo e normal. Muitas entradas, saídas e pesquisas, mas nada que me chamasse a atenção. A maior parte delas são dados pessoais, de bancos, mercados, listas, tabelas e coisas desse tipo, tanto aqui quanto no computador do primeiro andar. A máquina da babá tem a mesma coisa. Conversas com seus familiares e amigos na Irlanda várias vezes por semana, trocas regulares de e-mails. Tudo conversa comum, algumas coisas sobre a rotina dos Straffo e da menina, mas nada que chame a atenção ou valha a pena ser investigado.

— Continue procurando.

Não levou muito tempo para Eve perceber que tanto o marido quanto a mulher preferiam tecido de boa qualidade e cortes clássicos em suas roupas. Muitas roupas, por sinal. Os closets dele e dela eram espaçosos, limpíssimos e entulhados de coisas.

Os sapatos eram organizados de acordo com o tipo e a cor em caixas de proteção transparentes. O vestuário era coordenado por cores e separado em grupos. Roupa casual, trabalho, coquetel, black-tie. As roupas mais formais tinham uma placa eletrônica que descrevia o modelo, o lugar e a data em que haviam sido usadas pela última vez.

Se o casal gostava de brinquedinhos sexuais, tinham sumido com tudo antes de o mandado ser cumprido. As gavetas das mesinhas de cabeceira tinham livros eletrônicos, agendas e minilanternas.

Mas havia algumas peças de lingerie provocantes no armário de Allika, bem como uma variada seleção de cremes e óleos corporais. Como também havia um lembrete na agenda de Allika para uma consulta anual sobre controle de natalidade, o sexo provavelmente fazia parte dos eventos regulares do casal.

Eve encontrou na gaveta de roupa de baixo de Allika ansiolíticos, antidepressivos e pílulas para dormir.

Pegou um comprimido de cada caixa e o guardou.

— Lissette não reconheceu o nome e nem a foto de Allika — relatou Peabody.

— A probabilidade era pequena mesmo.

— Pois é. Dallas, sei que não devemos nos envolver emocionalmente nas questões pessoais de uma investigação, mas essa mulher, Lissette, me deixa arrasada. Ela me perguntou, como os parentes costumam fazer, se já tínhamos algo novo, alguma novidade que pudéssemos contar a ela. Tive de lhe dar a resposta padrão e ela aceitou. — Compaixão e todos os sentimentos pessoais que um investigador deveria bloquear ecoaram na voz de Peabody e no seu rosto. — Ela parece estar se agarrando à possibilidade de desvendarmos, tudo como se essa fosse a única coisa que mantém sua cabeça fora da água, no momento.

— Então devemos seguir os procedimentos todos, Peabody, para podermos dar a ela as respostas de que precisa.

Deixando Peabody, Eve desceu para conversar com um dos Straffo. Ele estava andando de um lado para outro falando num *headset*, e ela fingia estar entretida com uma revista. No instante em que avistou Eve, Straffo desligou o aparelho.

— Já acabou?

— Não. O senhor tem uma casa grande, isso leva tempo. Encontramos um cofre no closet da suíte master. Preciso que ele seja aberto.

Os lábios dele se apertaram um pouco, e, antes de Allika ter chance de se levantar, ele fez sinal para que ela continuasse sentada.

— Deixe que eu providencio isso — disse à esposa, e olhou mais uma vez para Eve. — A senhora já completou seu trabalho no terceiro andar?

— Sim, ele está liberado.

— Allika, por que não pede a Cora que leve Rayleen para a sala familiar depois que os policiais descerem?

— Tudo bem.

Ele parou e Eve viu que algo nele se suavizou quando ele colocou a mão no ombro de Allika. Ela reparou que ele amava a esposa. O que aquilo significava?

Straffo não falou mais nada até todos terem subido a escada e estarem longe do alcance de sua voz.

— Eu me pergunto como você se sentiria, tenente, se tivesse sua casa revirada de cabeça para baixo desse modo e visse mãos estranhas remexendo em seus objetos pessoais.

— Tentamos não remexer em nada. Temos dois corpos, Straffo, você conhecia as duas vítimas, e uma delas era seu cliente. — Lançou-lhe um olhar de curiosidade e deixou um pouco de sarcasmo penetrar em sua voz. — Um jeito muito triste de perder um cliente, a propósito.

— Um jeito tolo de descartá-lo, também — rebateu ele. — E, sim, é verdade que eu conhecia ambos, casualmente. Talvez você tenha uma teoria na qual eu, depois de me aborrecer com o programa acadêmico de Rayleen, resolvi eliminar seus professores um por um.

— Pode ser que eu esteja me perguntando por que motivo você aceitou um sujeito desprezível como cliente. Se eu descobrisse isso, talvez tivéssemos evitado essa invasão.

— Sou um advogado de defesa. — Seu tom era frio e neutro como o dela. — Minha lista de clientes não é composta pelos maiores notáveis desta cidade.

— Nisso você tem razão. Todos nós fazemos o que temos de fazer, Straffo.

— Sim, o que temos de fazer. — Ele foi até o quarto, ignorou Peabody e foi direto até o cofre do closet. — Já abri o cofre do primeiro andar para os membros da sua equipe — disse ele, digitando uma combinação de números no painel e completando com a impressão de seu polegar.

— Obrigada.

Havia joias — dele e dela. Caríssimos relógios de pulso, alguns deles muito antigos, além de pedras cintilantes, pérolas resplandecentes. Enquanto ele esperava ao lado, em pé, Eve analisou todo o espaço, procurou fundos falsos e compartimentos secretos.

Quando se sentiu satisfeita, ela deu um passo para trás.

— Pode tornar a trancar.

Ele fez o que ela sugeriu e perguntou:

— Quanto mais isso vai levar?

— Acredito que mais umas duas horas. Quero lhe fazer uma pergunta. Vi muitas fotos de família em toda a casa, mas não vi nenhuma do seu filho falecido. Por quê?

O olhar dele se mostrou, por um instante, sem expressão.

— É um assunto doloroso. E particular.

Virou-se e saiu do quarto.

Perguntas e possibilidades circularam na mente de Eve quando o observou sair.

— Peça a Baxter e Trueheart que revistem o quarto de hóspedes aqui em cima, Peabody. Você cuida dos banheiros e eu vou olhar o quarto da menina.

O que lhe pareceu mais interessante, pensou Eve, era Rayleen ter tempo para usar o elaborado espaço do seu quarto, apesar de sua programação intensa. Porém, era óbvio que ela aproveitava muito o local, a julgar pelos projetos de arte em andamento e pelos discos dos trabalhos da escola que enchiam sua pasta rosa enfeitada com um belo monograma. Um calendário de mesa onde se viam dois cãezinhos adoráveis marcava a data correta.

Havia muitas fotos. Uma delas devia ser dos seus colegas da Sarah Child, todos enfileirados por ordem de altura, olhando para a câmera e vestidos com uniformes elegantes e impecáveis. Outra era uma foto de férias, onde Rayleen aparecia entre seus pais, todos muito bronzeados, com vento batendo nos cabelos. Também havia uma imagem da menina sozinha com o uniforme da escola e outra dela usando um vestido de festa, também cor-de-rosa.

No peitoril da janela, Eve viu duas lindas plantas em belos tons de verde, plantadas em potes brancos e cor-de-rosa. Obviamente Rayleen não se cansava daquelas cores. Ou não tinha escolha.

Eve acreditava mais na primeira hipótese.

A menina tinha mais roupas do que Eve tivera ao longo de toda a sua infância. Tudo era muito limpo e tão organizado quanto as roupas dos seus pais. Havia roupas de dança e sapatos de balé; uniformes de futebol e chuteiras também de futebol; três uniformes escolares idênticos, vestidos de festa, roupas casuais e de brincar, cada qual acompanhada dos calçados adequados.

Uma floresta de laços para o cabelo, elásticos, prendedores, alfinetes e fitas, tudo meticulosamente guardado numa gaveta específica.

Pelo menos nada ali estava etiquetado com a data e o lugar onde tinha sido usado pela última vez. Mas muitos itens — cadernos, mochilas, marcadores, canetas, pastas de arte e muitas outras coisas tinham o nome da dona gravado.

Uma imensa almofada decorativa estava sobre a cama e nela se lia PRINCESA RAYLEEN em letras elaboradas, acompanhada por um robe de banho felpudo e chinelos combinando.

Rayleen tinha sua própria agenda, onde eram anotadas todas as suas atividades e compromissos, e também um livro de endereços só dela, com nomes de colegas, parentes e os muitos números dos *tele-links* do seu pai.

Eve guardou tudo para analisar mais tarde.

— Como é que a senhora pode ter autorização para levar tudo isso embora?

Eve se virou, embora já soubesse que Rayleen a observava da porta do quarto.

— Você não devia estar em outro lugar?

— Devia. — Ela exibiu um sorriso charmoso e conspiratório. — Não conte a eles, sim? Só queria observar o seu trabalho. Estou pensando em trabalhar com investigação de crimes, um dia.

— É mesmo?

— Papai acha que eu daria uma boa advogada, mas mamãe espera que eu siga alguma profissão ligada às artes ou à dança. Gosto de dançar. Mas gosto ainda mais de tentar desvendar mistérios. Talvez eu estude para ser uma advogada criminalista. O termo certo é esse, porque eu já pesquisei. Trata-se de alguém que analisa as evidências. A senhora as recolhe, mas são outras pessoas que as estudam. Não é assim que funciona?

— Mais ou menos.

— Acho que qualquer pessoa pode recolher material, mas estudar e analisar tudo é muito mais *importante*. Só não entendo o porquê de meu livro de endereços e minhas coisas serem "evidências".

— É por isso que eu sou tira e você não é.

O sorriso da menina se transformou num biquinho.

— Isso não é uma coisa muito simpática de se dizer.

— Não sou uma pessoa muito simpática. Pego as coisas porque preciso analisá-las com mais calma, quando tiver tempo. Seu pai terá recibos de cada item que sair desta casa.

— Eu não me importo, mesmo. É um livro que não serve para nada — disse Rayleen, dando de ombros. — Eu sei de cor os números e códigos de todo mundo. Tenho uma excelente cabeça para números.

— Sorte a sua.

— Pesquisei seu nome e vi que a senhora já solucionou um monte de casos.

— O nome é "encerrou". Se você pretende trabalhar com tiras, deve usar o termo correto. Nós *encerramos* casos.

— Encerrou — repetiu ela. — Vou me lembrar. A senhora encerrou um caso em que um homem invadiu uma casa e matou todo mundo, menos uma garotinha menor do que eu. Seu nome era Nixie.*

— Ainda é.

— Ela lhe deu alguma pista? Para ajudá-la a encerrar o caso?

— Na verdade deu, sim. Você não tem de procurar sua mãe ou algo desse tipo?

— Venho tentando pensar em alguma pista para este caso. — Foi até um espelho, olhou para o próprio reflexo e afofou os cachos. — Porque eu estava bem no local e tudo o mais. Vi tudo e sou muito, *muito* observadora. Portanto, também poderia ajudar a encerrar o caso.

— Se você se lembrar de alguma coisa importante, não se esqueça de me avisar. Agora, saia.

Os olhos dela encontraram os de Eve pelo espelho num breve instante, e Rayleen se virou.

— Aqui é o *meu* quarto.

— Este é o *meu* mandado. Caia fora!

Rayleen estreitou os olhos e cruzou os braços.

— Não saio!

O rosto da menina, reparou Eve, demonstrava desafio, arrogância, confiança, gênio forte. E também confronto. *Obrigue-me a sair.*

Eve levou algum tempo absorvendo tudo aquilo, enquanto atravessava o aposento. Pegou Rayleen pelo braço e a expulsou para fora do quarto.

— Saiba que me enfrentar é um erro — avisou Eve, baixinho, ao fechar a porta. E trancá-la por dentro.

Caso Rayleen tivesse ideias de voltar, Eve foi até a porta que dava para o quarto ao lado, fechou-a e a trancou.

Só então voltou ao trabalho.

Estava em paz até Peabody bater.

---

* Ver *Sobrevivência Mortal.* (N. T.).

— Por que trancou a porta?

— Aquela garota estava no meu pé.

— Oh. Bem, eu mandei os rapazes levarem algumas das caixas que vamos carregar para a Central. Estão todas etiquetadas e com os recibos prontos. Infelizmente não encontramos nenhum veneno no armário de temperos, nem cartas de chantagem na biblioteca. Mas temos um monte de tralhas para examinar quando chegamos à Central. Você encontrou alguma coisa aqui?

— Uma coisa e outra. Mas tem uma coisa que eu não encontrei: o diário dela.

— Talvez ela não tenha um diário.

— Ela mencionou um quando Foster foi morto, mas eu não o encontrei.

— Pode ser que ela o tenha escondido muito bem.

— Consigo encontrar qualquer coisa se ela estiver aqui.

— É... — Peabody apertou os lábios e olhou em volta. — Talvez ela não tenha diário nenhum, afinal. Dez anos é pouca idade para haver interesse por meninos, e os meninos são o principal assunto dos diários.

— Ela tem um cérebro ativo e muito ocupado para qualquer idade. Onde estão as observações do tipo "Mamãe e papai não me deixaram fazer uma tatuagem. Isso é muito injusto!" ou "Johnnie Gatão olhou para mim no corredor hoje!"

— Não sei dizer, e não consigo imaginar o que isso iria nos revelar se ela tivesse um diário desse tipo e nós o encontrássemos.

— Assuntos corriqueiros do tipo "Mamãe disse isso para papai, professor fulano fez isso" e coisas assim. Essa menina repara nas coisas. E também é meio sebosinha.

Peabody riu.

— Você acha que todas as crianças são sebosas?

— É claro que são! Mas essa aqui viu alguma coisa. — Eve olhou novamente para o espelho, relembrou o jeito como Rayleen se observava e reviu o brilho de seus olhos. — Se alguém a deixou furiosa ou magoou seus doces sentimentos, pode apostar sua bundinha que ela documentaria o fato. Onde escreveria a respeito disso?

— Bem... Talvez McNab encontre alguma coisa escondida no computador dela. Essa menina é muito esperta e certamente prefere manter suas ideias e reclamações onde o papai e a mamãe não conseguem encontrar, caso xeretem suas coisas.

— Mantenha a equipe alerta.

— Claro. Mas me parece um pouco de exagero, Dallas.

— Talvez. — Ela se virou e analisou a foto das férias mais uma vez. — Ou talvez não.

Capítulo Dezessete

Quando os itens da residência dos Straffo foram registrados, Eve solicitou uma sala de conferências. Ali, ela e Peabody espalharam tudo e agruparam cada objeto por área, subdividindo tudo de cada pessoa que usou ou era dona do item.

Foi até o quadro do crime e pregou várias imagens de itens ou grupos.

Analisou tudo, deu voltas e caminhou pela sala de um lado para outro.

— Por favor, senhora, eu preciso comer alguma coisa.

— O quê? — perguntou Eve, olhando para trás meio distraída.

— Comida, Dallas. Preciso me alimentar, senão vou começar a mastigar a própria língua. Posso pedir alguma coisa ou ir pegar na lanchonete.

— Vá em frente.

— Beleza! O que você quer?

— Pegar o canalha que fez isso.

— Para comer, Dallas. Comida!

— Não importa, desde que tenha cafeína. Encontrei uma caixa cheia de fotos.

— Onde?

— Nas coisas de Allika. Uma caixa grande e bonita, no alto de uma prateleira do closet, não exatamente escondida, mas também não à vista. Estava cheia de fotografias do menino morto, junto com um cacho de cabelo dele, alguns dos seus brinquedos e um retalho do seu cobertor.

— Puxa...! O coração sensível de Peabody doeu um pouco. — Pobre mulher! Deve ser horrível.

— Não havia nenhum foto do menino no apartamento, mas achei montes delas na caixa. A caixa dela. — Eve passeou diante do quadro do crime novamente e parou diante das imagens tiradas do escritório de Oliver Straffo. — Não havia nada desse tipo no escritório pessoal de Straffo, nem nas áreas de convívio da família.

Peabody foi até junto de Eve e tentou enxergar o que a tenente poderia estar vendo.

— Tive um primo de segundo grau que se afogou quando era menino. A mãe dele se livrou de todas as suas coisas. Tudo menos uma camisa, que ela guardava embolada no cesto de costura. Acho que não dá para prever como uma pessoa vai lidar com a morte de um filho. Vou pegar comida e cafeína.

Peabody saiu quase correndo, antes que Eve a atrasasse mais.

Sozinha na sala, Eve deu a volta na mesa, voltou ao quadro e pensou no morto.

O menino era muito bonito e com ar divertido, pensou. Exibia um sorriso grande e brincalhão na maioria de suas fotos de infância. Uma família feliz e saudável, refletiu, analisando uma das fotos que copiara da caixa de Allika — os quatro Straffo rindo para a câmera. As crianças no meio, um dos pais de cada lado.

Todos se tocavam em algum ponto. Uma unidade muito atraente. De certo modo completa.

Comparou a foto com uma das que copiara no quarto de Rayleen. Uma criança só agora, emoldurada por mamãe e papai.

E sim... Embora Allika sorrisse para a câmera, dava para perceber um vazio nos olhos e uma contração suave em torno dos lábios.

Algo lhe faltava.

Será que ela tentara preencher esse vazio com eventos sociais, rotinas, compromissos, mudanças estruturais? Remédios e homens?

Não fique triste, mamãe!

Uma criança brilhante, aquela Rayleen. Esperta, observadora e irritadiça. Eve não a culpava por isso. A menina tinha ido pesquisar seus dados, seu histórico de serviço e casos investigados. Isso era fácil de fazer, refletiu Eve, mas não deixava de ser um interesse curioso para uma criança de dez anos.

Nixie, lembrou ela na mesma hora. Nixie era outra menina brilhante, observadora. E muito corajosa. Também tinha perdido um irmão — junto com a família e todo o seu mundinho, numa noite terrível.

Nixie também a enchera de perguntas, como Rayleen parecia estar fazendo. Talvez as crianças modernas nascessem mais espertas e cheias de curiosidade agora.

Na idade delas Eve mal tinha começado a frequentar uma escola de verdade. Será que era curiosa? Talvez, pode ser que sim, mas não costumava fazer perguntas por aí. Não naquela época, e depois por um bom tempo. Nos primeiros oito anos de sua vida fazer perguntas demais significava um soco na cara. Talvez coisa pior.

Era melhor ficar quieta, observar tudo e tentar entender as coisas do que perguntar e acabar sangrando.

Alguma coisa estava acontecendo naquela casa, pensou Eve. Algo estava um pouco torto naquele espaço perfeito. Ela já não tinha mais medo de fazer perguntas. Mas precisava descobrir quais eram as perguntas certas para fazer.

• • •

Ela comeu alguma coisa que tivera, um dia, a pretensão de ser frango e vinha envolta num papelão esponjoso que fingia ser pão. E pesquisou uma série de probabilidades.

Estava pescando no seco e sabia disso. Seguia várias linhas de lógica e acompanhava um fio onde havia um nó feito de puro instinto.

O computador lhe informou que instinto não valia de nada, mas isso não surpreendeu. Ela rodou uma probabilidade hipotética, omitindo certos detalhes, e o computador considerou a pergunta genial.

— Sim, isso não seria uma tijolada na cabeça?

Recostou-se na cadeira. Claro que era besteira apostar numa probabilidade hipotética sem incluir detalhes e evidências confirmados. Mesmo assim ela satisfez a curiosidade.

Intrigada com o caso, copiou tudo, enviou para Mira e lhe pediu uma opinião. Também mandou cópias para seu computador caseiro e reuniu tudo que queria levar para casa antes de sair da sala de ocorrências e ver Peabody em sua mesa.

— Vou continuar a trabalhar em casa.

— Mas já é quase final do turno — informou Peabody.

— E o que isso tem a ver?

— Nada. Nadica de nada.

— Vou dar mais uma passada na escola, a caminho de casa. Quero sentir um pouco mais da atmosfera do lugar. Avise McNab que eu quero que cada centro de dados e comunicações da casa dos Straffo seja pesquisado em profundidade. Qualquer sombra ou suspeita que surgir, quero ser avisada de imediato.

— Ahn... Amanhã é dia de folga. Minha, sua, de todo mundo. Também é o Dia dos Namorados.

— Caramba! Considere-se de plantão para eventualidades, detetive. E esteja preparada para colocar qualquer coisa em cima da fantasia embaraçosa que tiver vestido para as delícias pervertidas de McNab, quando eu convocar você às pressas.

Peabody acenou com a cabeça, muito séria.

— Tenho uma roupa larga do tipo *trench coat* reservada para essas ocasiões, senhora.

Eve considerou aquela ideia.

— Sou forçada a dizer: isso é bizarro! Não vá para casa até acabar de redigir seu relatório e enviá-lo para meu computador daqui e de casa. Quero suas anotações soltas também. Além de impressões e opiniões.

— Você sacou alguma coisa nova?

— Não sei. Entre uma e outra posição física daquelas que eu não quero ouvir falar, tentem dar mais uma olhada nas pastas dos alunos das duas vítimas: quero notas, discussões, encontros com pais e todo o resto.

— E devemos procurar o quê, exatamente?

— Avise-me quando encontrar — ordenou Eve, e saiu a passos largos.

Desceu pelas passarelas aéreas até o térreo e lançou alguns olhares desejosos para a máquina automática. Queria uma Pepsi, mas não pretendia interagir com as malditas máquinas.

Elas a odiavam.

Em vez de se espremer em um dos elevadores, desceu correndo pela escada até a garagem e pegou o *tele-link* enquanto descia.

Ligou para Caro antes, e a sempre eficiente assistente de Roarke a atendeu com um sorriso caloroso.

— Olá, tenente, como está?

— Estou bem. Será que... — Ela se impediu de ir direto ao ponto. Cumprimentos do tipo "como está?" sempre exigiam um "como vão as coisas com você?" de volta. Eve vivia se esquecendo desses detalhes sociais. — E você, Caro, como está passando?

— Ótima. Quero lhe agradecer pelo empréstimo da sua casa no México. Reva e eu tivemos um maravilhoso fim de semana do tipo "mãe e filha" naquele lugar. É lindo lá, e o tempo não poderia estar melhor. Foi um refresco perfeito para nós duas nesse inverno rigoroso.

— Ah. — Eve não sabia que Roarke tinha oferecido dois dias no México para Caro e sua filha. — Que ótimo. — Agora ela precisava perguntar sobre Reva, certo? — E, então, como Reva tem passado?

— Muito bem, obrigada. Está saindo com uma pessoa, sem compromissos. É muito bom ver que ela está se curtindo novamente. Sei que a senhora quer falar com Roarke, certo?

Puxa, ela finalmente tinha conseguido navegar pela sessão de papo-furado sem provocar nenhuma vítima.

— Se ele estiver muito ocupado, você pode simplesmente lhe dizer que eu liguei quando tiver chance.

— Vou verificar.

Um pouco cansada de socializar pelo *tele-link*, Eve entrou na viatura no instante em que Caro a colocou na tela azul de espera. Momentos depois, foram os olhos azuis de Roarke que brilharam na tela.

— Olá, tenente.

Minha nossa, como ele era lindo!

— Desculpe interromper sua reunião de planejamento para dominar o mundo — começou Eve.

— Isso aconteceu hoje de manhã. Estamos terminando os planos para dominar os satélites e asteroides, nesse momento.

— Ah, então tudo bem. É que eu estou de saída e vou passar mais uma vez pela escola.

— Para quê?

— Não sei ao certo. Quero dar mais uma olhada nas cenas dos crimes.

O sorriso dele era descontraído e ainda fazia Eve se retorcer por dentro.

— Quer companhia?

— E quanto à dominação dos satélites e asteroides?

— Acho que também já temos isso sob controle. Encontro você lá.

— Bom. Ótimo! — Na verdade, aquilo era perfeito. — Nos encontramos lá, então.

— Tenente?

— Que droga de tráfego complicado — reclamou ela baixinho enquanto tentava achar um caminho pelas ruas engarrafadas. — Que foi?

— Eu amo você.

Puxa, *aquilo sim* era perfeito.

— Ouvi isso em algum lugar. Também rolam alguns boatos por aí; estão dizendo que eu também amo você. *Maldito* maxiônibus! Preciso desligar agora.

Ela enfiou o *tele-link* no bolso e curtiu o verdadeiro combate armado que era dirigir para o norte da cidade. Ao chegar lá, colocou-se de tocaia e brigou por uma vaga, no que foi uma espécie de operação militar. Depois caminhou o quarteirão e meio que faltava para chegar ao destino.

Ele saltou do carro na porta da escola quando Eve ainda estava a meio quarteirão de distância. Caminhava a passos largos, alta e magra, com as pontas do casacão voando ao vento. Quando o carro foi embora — ele já tinha programado isso para que os dois pudessem voltar para casa juntos —, Roarke se virou na direção dela. Exatamente como tinha feito naquela primeira vez em que a vira. Fez isso ao sentir a presença dela, sabia que sua mulher estava por perto e fixou os olhos azuis selvagens nela.

Como daquela vez, a primeira vez em que o vira, algo nela pulou dentro do peito.

Aquele não era o seu estilo, não era o seu jeito de proceder. Mas havia ocasiões, pensou consigo mesma, em que a pessoa tinha de seguir o impulso do momento. Eve seguiu em linha reta na direção dele, agarrou-o com força pela gola do paletó e lhe assaltou a boca com a dela. Num movimento forte, quente e real.

Ele a puxou para junto dele. Sempre fazia isso. Ali ficaram os dois, envoltos no calor do beijo enquanto o frio soprava à volta deles e o tráfego irritadiço de Nova York continuava a rugir e reclamar.

— Aí está você — murmurou ele.

— Sim, aqui estou eu — brincou Eve, afastando-se um pouco. — Você tem uma boca fantástica, garotão. Por acaso eu sei que suas mãos também são muito boas. Quero que elas nos coloquem aí dentro.

— Você está sugerindo que eu arrombe a porta desta escola, tenente? — perguntou ele, erguendo uma sobrancelha.

— Sugerindo não... Ordenando, já que você está trabalhando como meu consultor civil especializado.

— Adoro quando você me dá ordens. Isso me excita.

— Uma piscada e um sorriso já excitam você, meu chapa. Tente abrir a porta.

Ele caminhou lentamente até a porta e pegou no bolso do paletó um aparelho tão pequeno que cabia na palma de sua mão. Depois de digitar um código, apontou o equipamento para a placa de segurança na parede e o ligou.

As trancas se abriram sem emitir um único apito de protesto.

— Exibido!

— Bem, eu tive um minuto ou pouco mais para analisar o sistema ontem à noite. Depois, já prevendo suas ordens, programei um pequeno desvio para enganar o sistema. — Ele abriu a porta e fez um gesto suave. — Depois de você, tenente.

— É seguro entrar?

— Ora, por favor!

Ela deu de ombros e entrou.

— Não existe um sistema de segurança interna por aqui? Um scanner ou câmera para verificar quem entra?

Ele olhou para o scanner acima deles e digitou outro código no aparelho em sua mão.

— Pronto, está resolvido. Como eu sei que você poderia ter feito a mesma coisa com sua chave mestra da polícia, suponho que você queria testar o quanto seria fácil entrar neste lugar sem ser autorizado nem detectado.

— Sim, algo desse tipo. Digamos que não foi alguém que trabalha na sua área... Em quanto tempo acha que ele conseguiria fazer o que você acabou de fazer?

— Mais tempo, certamente, já que eu fui o primeiro colocado da minha turma, por assim dizer. Mas não se trata de um sistema complicado. Qualquer uma daquelas lojas da Quinta Avenida que vivem em liquidação para mudança de ramo vende equipamentos de segurança mais sofisticados.

Ele deu um tapinha na lateral do corpo de Eve e apontou para um ponto sob o casaco.

— O fato de você estar armada é um pouco mais problemático. Preciso de mais um minuto para desligar o scanner de armas.

— Vá em frente. — Aquilo era só para constar, pensou Eve. Não era a possibilidade de alguém ter entrado com uma pistola a laser ou uma arma de atordoar que a preocupava. — O scanner não iria detectar veneno. Por que faria isso? — murmurou. — Com a seringa de pressão foi a mesma coisa. O assassino ou os assassinos poderiam ter entrado aqui a qualquer hora com as duas coisas.

— Está tudo liberado. — Ele ficou em pé mais um instante, observando a área. — O que viemos fazer aqui?

— Não tenho certeza.

— Não creio que seja para brincar de professora que mantém o aluno bagunceiro de castigo depois da aula. Infelizmente.

— Realmente não é. Escolas vazias são ainda mais assustadoras do que quando estão cheias de gente. — Ela enfiou as mãos nos bolsos enquanto caminhava.

— São os fantasmas de antigos alunos. Esses lugares são tremendas prisões, na verdade.

Ela riu, deu-lhe uma cotovelada amigável e concordou:

— São, sim.

— Não que eu tenha passado muito tempo da minha vida em lugares como este. Pelo menos até quando Summerset começou a cuidar de mim. Ele era muito rigoroso quanto à minha assiduidade nas aulas.

— As escolas públicas que eu frequentei não eram assim. Não havia essa atmosfera de privilégios e a segurança era muito mais rigorosa. Eu odiava aquilo.

Ela parou diante de uma sala que ficara com a porta aberta. Uma das celas da prisão. Pelo menos era isso que o lugar representava para ela.

— Nos primeiros cinco anos eu me sentia apavorada e burra; mais tarde a coisa mudou para "tudo bem, dá para encarar, mas quando é que eu consigo cair fora daqui?"

— E quando saiu de lá você foi direto para a academia de polícia — completou Roarke.

— Isso foi diferente.

— Porque foi uma escolha. — Ele tocou o braço dela, num gesto de compreensão. — Também foi uma necessidade.

— Foi mesmo. Ninguém na academia dava a mínima para saber se você conseguiria reconhecer um erro de estrutura gramatical ou se conseguiria escrever um ensaio sobre as ramificações sociopolíticas das Guerras Urbanas. Mas ensinavam geometria e coisas desse tipo.

— Você não gosta de geometria?

— Linhas, espaços e outras bostas desse tipo? Área, raios, blá-blá-blá. Aquilo me dava dor de cabeça. Só que agora estou raciocinando em termos de geometria, aqui. A distância, os ângulos, o caminho mais curto entre dois pontos. — Ela subiu a escada.

— A sala da primeira vítima é a... Merda, como é o nome do meio do troço?

— Que troço?

— O meio do espaço. — Ergueu a mão e tentou construir um espaço no ar.

— Bem, isso depende, certo? Se você se refere a um círculo, seria simplesmente o centro. Ou, mantendo o círculo como exemplo, pode ser o ângulo central, o ângulo cujo vértice fica exatamente no centro.

Eve parou de caminhar quando Roarke pronunciou a palavra "vértice" e olhou para ele.

— Então, como todo ângulo central corta o círculo em dois arcos, nós teríamos o arco menor, que forçosamente tem menos 180º, e o arco maior, que sempre tem mais.

— Jesus Cristo!

— Eu sempre gostei de geometria — explicou ele, rindo e encolhendo os ombros.

— Seu nerd! — debochou ela, continuando a caminhada pelo corredor. — Pronto, agora eu me esqueci do que estava fazendo.

— Pode ser que você esteja atrás da tangente — disse ele, sem se dar por vencido. — O ponto de tangência seria o local onde uma linha corta o círculo. Ele fica exatamente num ponto, só nesse.

— Cale a boca.

— Foi você que perguntou. É claro que a forma proposta pode ser, digamos, um triângulo, e nesse caso...

— Vou traçar uma reta para o centro da sua cara com meu punho e você vai ficar caído exatamente num ponto.

— Você sabe do que eu gostava ainda mais que de geometria? Descobrir os pontos cegos nas câmeras de segurança — disse ele. — Aliás, a geometria me ajudou muito nisso. Depois, bastava passar a mão numa coisinha linda e...

Ele a agarrou, girou-a e a colocou de costas contra a parede. Depois, sorrindo, a beijou ardentemente.

A boca dele conseguiu fazer o mesmo que a geometria. Deixou a mente dela enevoada.

— Vamos trabalhar agora e lamber as amígdalas mais tarde.

— Sua tola romântica. Acho que agora você entende o que estou tentando explicar. Tem mais a ver com intercessões e intermediações ou medidas de centralidade.

Eve teve de pressionar os dedos na região sob os olhos para evitar que eles tremessem.

— "Intercessões" e "medidas de centralidade" não podem ser palavras e expressões verdadeiras.

— Na verdade são em linguagem matemática. E esse lugar eu creio que seria a sala de aula da sua primeira vítima. Ela é o ponto central de tudo. E acho que também é o lugar onde ocorre a intercessão de suas linhas, no teorema fundamental.

— Vamos deixar a matemática sofisticada fora do papo porque isso vai separar minha mente do corpo e prefiro guardar isso para a hora do sexo. Sala de aula de Foster — apontou ela. — Ficou vazia por pelo menos cinquenta minutos duas vezes naquele dia. Uma antes da aula e a outra durante o quarto tempo, o que deu ao assassino uma ampla oportunidade de envenenar o chocolate ou simplesmente trocar as garrafas térmicas. Vou pesquisar a possibilidade de troca ainda hoje e talvez tenha sorte. Ela estava gravada com o nome dele. De qualquer modo...

Ela foi até a sala, digitou uma senha no lacre e abriu a porta.

— As outras salas estão em aula, inclusive a da segunda vítima. Aqui... — foi mais além e abriu a sala de aula de Reed Williams. — Durante o segundo segmento de cinquenta minutos, ocasião em que a sala de Foster estava vazia, Williams abandonou a sala durante dez minutos. Foi ao banheiro, segundo afirmou.

— Isso lhe dá uma linha a seguir, de ponto a ponto. Oportunidade e motivo.

— Isso mesmo. Os meios ainda precisam ser comprovados. Não consigo ligar o veneno a Williams. Como ele comprou o produto e por que o escolheria? Nesse meio-tempo, tenho de analisar os movimentos das pessoas. Havia um inspetor no banheiro dos meninos. Ele está limpo, sem suspeitas. Não tem ficha de nenhum tipo, não tinha motivo, seu histórico profissional é excelente, é casado, pai de três filhos, e dois dos seus netos estudam na escola.

— Mas ele é outra intercessão.

— Sim, eu sei. Ele viu e foi visto por Mosebly, Hallywell, Williams e Dawson. Depois por Rayleen Straffo e Melodie Branch. Cada uma dessas pessoas passou por ele em algum momento, sendo que Dawson também serviu de... Ahn... Intercessão entre as duas alunas. Um nível abaixo, Hallywell também serviu de ligação entre dois outros alunos.

— E também existe o seu desconhecido. — Seguindo a equação, Roarke acrescentou mais dados. — A possibilidade de alguém não identificado correr numa linha paralela a essa. Um segmento que não intercepta outro segmento, mas consegue chegar ao centro.

— Alguém de fora. Allika ou Oliver Straffo, por exemplo. Ambos poderiam, com premeditação e planejamento, ter passado pela segurança e chegado ao centro do círculo quando Foster estava fora. Isso era uma informação conhecida, eles poderiam ter colocado o veneno ou trocado a garrafa e saído. Menos de seis minutos para entrar, subir, entrar, agir e sair. Já cronometrei.

Ela parou mais uma vez, girou o corpo e soprou com força.

— É possível que isso tenha sido feito por um deles sem ter sido visto. O risco é baixo, ainda mais pelo fato de, no caso de terem sido avistados, a filha estuda aqui. Qualquer desculpa ou motivo inventado na hora teria passado despercebido sem levantar suspeitas.

— Só que eles não foram vistos.

— Não, não foram. Straffo estava em seu escritório, entrando e saindo da sala a manhã toda. Será que ele escapou rapidinho, veio até aqui e cometeu o crime? É possível. O tempo ficaria muito apertado, mas é possível. Allika estava fazendo compras. Mesmo esquema. Entretanto, Allika foi vista no dia em que Williams foi morto. Marcou sua presença na chegada e circulou um pouco pelo lugar.

Mais uma vez, Roarke seguiu o raciocínio e contrapôs:

— Se ela decidiu eliminar professores da escola, por que criar uma linha paralela com um e servir de intercessão com o outro?

— Exato. Há outras razões a favor e contra, mas essa não me sai da cabeça. Ninguém suspeitaria de nada se ela tivesse vindo à escola na manhã em que Foster foi morto. Qualquer desculpa colaria.

Ela atravessou a sala de Foster. Viu-o mais uma vez, deitado no chão em meio a uma poça de vômito.

— Esses assassinatos não foram passionais nem impulsivos, e foram muito inteligentes. E seria ainda mais inteligente, para Allika, entrar pela porta da frente. Não creio que tenha sido ela, pois a acho excessivamente confusa, em termos emocionais, para ter planejado tudo. Straffo tem controle e foco, mas sua mulher não. No entanto...

— Algo a incomoda em relação a ela.

— Sim, algumas coisas. Mas preciso maquinar melhor essas ideias dentro da cabeça, antes de colocá-las para fora. Nesse meio-tempo, temos isso aqui — olhou novamente para o chão. — Foster voltou a este local, entrou na sala, fechou a porta para almoçar e preparar a prova-surpresa. E bebeu um chocolate que lhe fez muito mal. Se tivesse recebido assistência médica nos primeiros minutos, poderia ter escapado. Mas o assassino esperava que tudo acontecesse do jeito que foi.

Parou por um instante e viu Foster mais uma vez. Vivo agora, seguindo sua rotina habitual.

— Ele se sentou aqui, enviou um e-mail alegre para a esposa e começou a preparar a prova-surpresa que decidira aplicar. Foi quando bebeu o chocolate e morreu.

— De forma dolorosa — murmurou Roarke, sabendo o que ela via.

— Sim, muito dolorosa. Foi então que as duas alunas, saindo da sessão de estudos do térreo, sobem pela escada, veem o inspetor, falam com Dawson, mostram os passes e entram na sala.

— Uma pergunta: por que a presença de Dawson aqui não fez seu alarme tocar?

— Não havia motivo, nem sentido, nem boatos. Professor há mais de vinte anos, quinze deles aqui. Nenhuma agitação à sua volta. Ele é como a tartaruga da fábula.

— Lento e estável.

— Isso mesmo.

— Mais uma coisa: você está se afastando muito da diretora Mosebly, embora já tenha dito que ela teria vários motivos.

— Pois é. — Passando a mão pelo cabelo, Eve tornou a sair da sala. — Pode ser que eu esteja muito enganada, mas não consigo imaginá-la fazendo isso. Assassinatos no terreno sagrado da escola que funciona sob a sua direção? Seria um pesadelo para ela, muito pior do que ter sua indiscrição sexual revelada. Está perdendo alunos aos montes e sendo massacrada por notícias desagradáveis na mídia. Pode ser que tenha cometido os crimes, talvez tenha imaginado que pudesse se desviar dos respingos e enfrentar os danos. Mas isso não me convence. Mesmo assim, eu adoraria acabar com ela por causa da denúncia falsa de estupro. Vaca!

Ela franziu o rosto e perguntou:

— Onde é mesmo que eu estava?

— Nas duas meninas que entraram na sala.

— Certo. Se tivessem chegado quinze minutos antes, Foster teria uma chance. Em vez disso deram com ele já morto e saíram correndo, aos gritos. Dawson acudiu, viu o que tinha acontecido e chamou a diretora.

— Uma sequência de eventos bem previsível.

— Muito, não é? Agora, vamos ver o caso de Williams.

Eve desceu a escada na frente, atravessou a academia de ginástica e foi ate a área da piscina.

— Nada mau — comentou Roarke.

— Pois é, uma bela estrutura para qualquer aluno ou professor. Foi aqui que Williams entrou em intercessão com Mosebly. Allika Straffo estava nas imediações, mas não há relato de intercessão com os outros dois. Depois, segundo sua própria declaração, ela foi procurar Williams e, usando seus termos matemáticos, traçou uma paralela entre ele e Mosebly, pois ouviu toda a briga.

De onde estava, Eve podia ver as saídas e entradas para a área da piscina. Funcionários. Estudantes.

— Ela foi embora, Mosebly também saiu. Há mais intercessões com ela e com Hallywell e Dawson. É nesse momento que Dawson entra e vê Williams. Pela segunda vez em menos de uma semana dá de cara com um cadáver.

— Uma tremenda coincidência.

— Sim, eu sei. Mas ele e a enfermeira, que também foi chamada às duas cenas, são personagens periféricos. Alguém mais alcançou a parte central do círculo sem ser detectado. — Eve olhou para a superfície da água. — Duas vezes.

— Você tem certeza de que foi o mesmo assassino?

— Tenho, tenho sim. Aliás, tenho quase certeza de que sei quem assassinou essas pessoas, mas não tenho o motivo. Preciso saber o motivo para poder ir em frente.

— Ora, mas então me conte.

Eve quase fez isso, mas desistiu e balançou a cabeça.

— Ainda não, ok? Gostaria de saber o que um nerd como você descobre sem minha influência na resolução do... ahn... teorema. Também quero conversar com Mira sobre isso, antes. Na verdade tudo não passa de instinto até agora. Vou procurar pistas sólidas antes e rastrear a garrafa térmica.

— Vamos às compras, então?

— Não, quero só verificar os lugares que vendem aquela marca e modelo de garrafa num raio de dez quarteirões daqui.

— Você se utilizou da palavra "raio", usada em geometria. Isso não faz de você uma nerd?

— Espertinho.

Ele segurou a mão dela.

— Assim é que eu gosto.

• • •

A busca não fez com que a investigação se tornasse mais fácil para ela. Como a maioria das tarefas investigativas, aquilo era rotina — repetitiva e tediosa.

Eve conversou com balconistas e gerentes, alguns calados e desconfiados, outros muito animados e conversadores. O item em questão era um modelo popular, não muito barato nem muito caro. Um bom produto por um bom preço, ela ouviu o tempo todo. Prático, atraente e muito resistente.

— Tivemos de renovar o estoque duas semanas antes do Natal — contou um assistente, muito empenhado em ajudá-la. — Um presente prático, excelente para compras de última hora, e estava em liquidação. Não conseguíamos manter a prateleira cheia. Ainda estamos vendendo muitas dessas garrafas, por causa do Dia dos Namorados. Fazemos gravação de nomes dentro de um coração ou com forma de coração.

— Adorável. Você tem registros dessas gravações? Estou interessada em um dos modelos onde foi gravado o nome Craig. — Ela soletrou, para não haver dúvidas.

— Claro, vou dar uma olhada. Se o produto foi pago por crédito ou débito, nós temos registro. Se foi dinheiro, não dá para rastrear. Mas a maior parte das pessoas não paga em dinheiro porque ao entrar aqui acaba comprando um monte de coisas.

— Hã-hã... — Eve olhou em torno e percebeu que Roarke também circulava pela loja observando e analisando os objetos. Era de espantar ver as coisas que compradores compulsivos acabavam adquirindo.

— Sinto muitíssimo. — O rapaz realmente parecia decepcionado. — Não fizemos venda de nenhum objeto, garrafa térmica ou qualquer outro com gravação do nome "Craig" nos últimos trinta dias.

— Procure nos trinta dias anteriores, por favor.

— Oh. Humm... — Ele agora parecia arrasado. — Isso vai levar mais tempo, pois eu preciso consultar o sistema principal no escritório, pois terei de olhar nos registros do ano passado. A senhora pode aguardar?

— Tudo bem, eu espero. — Ela se virou e viu que Roarke não estava só olhando, estava comprando. Atravessou a loja, circulando por entre as gôndolas da loja. — O que você está fazendo?

— Estou adquirindo um produto.

— Como? Por quê? — Aquilo só podia ser alguma espécie de doença. — Você já tem seis exemplares de tudo que usa.

Ele simplesmente sorriu e pegou a sacola do vendedor.

— Obrigado. E agora — disse a Eve — Estou com um pouco mais. Você teve sorte?

— Não, mas vou continuar insistindo. Eu sabia que ia acabar com algo comprado a dinheiro. O assassino pensa com muita clareza e não iria deixar uma trilha fácil de seguir. É fácil entrar num lugar como este, comprar alguma coisa, pagar a gravação, entregar dinheiro e sair. Ninguém vai se lembrar da sua cara.

O balconista voltou se desfazendo em mil desculpas.

— Desculpe, não encontrei nada do que a senhora procura. Posso perguntar aos colegas e ver se algum deles se lembra?

— Não, pode deixar. Muito obrigada. Por favor, entre em contato comigo se descobrir algo. — Pegou um cartão e o entregou a ele.

— Vou ter de riscar essa possibilidade — disse Eve quando saiu da loja. — Mas essa pesquisa tinha de ser feita.

— Aqui. — Ele pegou um par de luvas da sacola de compras. — Para substituir as que você perdeu no Natal.

— Eu não perdi nada. — Por que será que ela vivia perdendo as luvas? — Elas simplesmente estão em algum lugar que eu não sei onde.

— Claro. Essas são para as suas mãos. E estas — deu uma palmadinha na sacola — vão ficar no porta-luvas do seu carro, para substituir as outras, que você vai acabar perdendo.

— E quando eu perder o segundo par?

— Voltamos à estaca zero. E, agora, devemos jantar ou continuar o trabalho?

— Poderíamos jantar enquanto trabalhamos.

— É estranho como esse tipo de coisa combina conosco. — Ele passou o braço sobre os ombros dela. — Eu dirijo.

Como Eve tinha escolhido o restaurante onde pediriam comida para viagem, ela deixou que ele escolhesse a refeição. Já devia ter imaginado que seria peixe. Talvez aquilo tivesse a ver com o fato de ele ter nascido numa ilha, embora o mais provável fosse ele ter feito a escolha com base no que era bom para ela.

Mesmo assim o prato principal estava delicioso, bem como o arroz com temperos diversos que disfarçavam bem os vegetais que vinham junto. Tudo desceu muito bem, acompanhado por uma taça de um bom vinho branco.

Eve contou a Roarke sobre o resultado da busca na cobertura de Straffo. Era isso que ela queria dele, agora: impressões, comentários, ideias. Contar a ele o que ela já descobrira, o que tinha visto, ouvido e observado. E deixar de fora, por enquanto, a semente de certeza que tinha sido plantada por seu instinto.

— Muito triste — comentou ele.

— O quê?

— Não é o quê, é quem. A esposa de Straffo. É assim que eu a vejo. Ela mantém os registros e agendas de todo mundo junto com os dela. Precisa saber onde cada um está e o que está fazendo, não lhe parece? Não quer que seus programas, compromissos ou interesses entrem em conflito com os dos outros. Sem falar na sua caixa de recordações.

— Um memorial. As lembranças do filho morto.

— É um pouco das duas coisas, não é? Serve para manter a memória dele sempre renovada para ela, um memorial em sua homenagem. Tudo para ela. Só para ela. Isso deve ser terrível para uma mãe. Você também contou que ela esconde alguns dos medicamentos que toma. Não quer que o marido saiba que os está consumindo. Não quer que ele fique... o quê?... Chateado, desapontado, preocupado? Por isso mantém seus pequenos segredos.

— Sim, isso ela tem — concordou Eve. — Ela tem segredos.

— E você acha que algum deles se aplica aos assassinatos? De que modo?

— Manter o *status quo* é vital para ela. — Como tudo que era vital também era importante para ajudar, Eve pregou a foto da identidade de Allika no quadro dos assassinatos. — Ela terminou tudo com Williams. Traiu o marido, certamente. — Dividiu o telão em dois e colocou ao lado de Allika a foto de Oliver Straffo. — Só que, além disso, ela balançou o próprio barco. Isso a apavorou. Ela precisa navegar em águas calmas novamente. De qualquer modo, acho que aquelas águas nunca são calmas. Pelo menos dentro dela. É tudo falso. É por isso que ela precisa da ajuda dos medicamentos.

— Não vejo em que isso tem a ver com a sua investigação.

— Tudo tem a ver, tudo se conecta. Ela perdeu um filho. — Nesse instante Eve acrescentou ao quadro uma terceira imagem, a do menininho inocente e condenado.

— Ele era charmoso, não é? — comentou Roarke.

— Sim. E muito bonito. Allika também é. A beleza dela é do tipo "antes e depois", e é assim que eu vejo a vida naquela casa. Dá para perceber isso pelas fotos. Nos olhos deles. Eles estão machucados, vivem arrastando aquela dor, mas conseguem ir em frente. Ele do jeito dele, ela do jeito dela. De repente ela tropeça e tem um caso. Ele sabe ou desconfia. Acho que ele descobriu que ela terminou tudo e não quis bater de frente com a mulher. Tudo para manter a pretensão de normalidade, o *status quo*. Afinal, já tinham perdido um filho, não poderiam expor a filha sobrevivente às dores de um divórcio.

Eve acrescentou a foto de Rayleen, e a tela exibia quatro fotos, agora.

— De uma hora para a outra dois assassinatos são jogados na cara da família toda. Ela está abalada e apavorada. Ele se fecha em mil revoltas.

— E a menina?

— Ela se mostra fascinada — afirmou Eve, olhando para o telão.

— Ah. As crianças conseguem ter sangue frio porque a morte está distante. Elas se enxergam longe do fim. São inocentes o bastante para acreditar que a morte não pode afetá-las e, por isso, é tão cativante.

— Isso é inocência?

— É infância, suponho. — Ele completou o cálice de vinho de Eve e depois o dele. — Completamente diferente da sua infância ou da minha.

— Exato. Completamente diferente. Roarke?

— Humm.

Ela começou a falar, mas logo mudou de ideia.

— Eu fico me perguntando se algum de nós dois consegue ser realmente objetivo ao analisar uma unidade familiar como esta. — Apontou para a tela. — Só sei que existem respostas naquela casa, e eu vou descobri-las. Cada um deles, cada segmento desse quadrado se transforma num triângulo independente. Mãe, pai, filha. — Desenhou um triângulo no ar. — Cada um deles sabe alguma coisa. Algo que os liga e os mantém separados ao mesmo tempo. Vou precisar analisar cada segmento separadamente para desvendar tudo.

Capítulo Dezoito

Depois do jantar, Eve começou a investigar referências cruzadas em todos os nomes da agenda de endereços que recolhera durante a busca no apartamento dos Straffo. Enquanto o programa rodava, fez um cronograma com a programação semanal de cada um deles.

Intercessões, pensou novamente. Linhas paralelas. Mas havia um triângulo ali, e não um círculo.

Sem pressa, desenhou um triângulo num bloco de anotações e depois traçou uma linha horizontal bem no meio.

— Como é o nome disto aqui?

Roarke olhou por cima do ombro dela.

— O que você tem aqui é uma proporcionalidade de ponto médio; um segmento cujos limites são também o ponto central dos dois lados do triângulo; um segmento paralelo ao terceiro lado, e seu comprimento é metade do que consta do terceiro lado.

— Puxa, supernerd! Eu vejo uma caixa dentro do triângulo. Uma ligação com outra fonte.

— Isso também.

— Então tá... — Enquanto ele seguia até a cozinha, ela se levantou e atualizou o quadro dos crimes. O computador avisou que a tarefa solicitada tinha sido completada.

— Colocar os resultados na tela — ordenou ela, e se virou no instante em que Roarke chegava da cozinha trazendo uma bandeja. — Nós já jantamos.

— Sim, eu sei. — Ele atravessou o aposento, colocou a bandeja sobre a mesa e descobriu um prato pequeno. Virando-o, ofereceu a Eve. — Isto é um brownie caseiro com calda de chocolate.

O coração de Eve quase a deixou sem graça, pois pareceu se derreter por completo.

— Caraca, você nunca deixa passar nada!

— Você poderá agradecer a Summerset mais tarde.

— Uh-uh.

— Eu pedi para ele preparar uma bandeja cheia. Portanto, você pode me agradecer também. — Roarke afastou o prato do alcance dela e deu uma batidinha nos lábios com o dedo indicador da mão desocupada.

Ela girou os olhos para o teto, mas foi só para constar. Inclinando-se, ela pregou um beijo nos lábios dele e roubou o brownie.

— Beijar o bico de Summerset, isso nem pensar! — Ela deu a primeira mordida e gemeu de prazer. — Minha nossa, isso aqui está... Tem mais?

— Talvez.

— É melhor eu deixar um espaço na barriga para mais tarde. Acho que isso é a versão de chocolate de Zeus. — Comendo mais um pedaço, ela se virou para os dados. — Filho da mãe? Eu sabia que estava com a razão!

— Sobre o quê?... — Ele olhou para os dados. Vejo uma tal de Quella Harmon, sexo feminino, 58 anos. Mora em Taos, no Novo México. Dois casamentos, dois divórcios, sem filhos. Ocupação: artista.

— Que tipo de artista?

Virando a cabeça meio de lado, ele continuou a ler os dados.

— Especializada em moda, joias e acessórios. Faz trabalhos em pedra e peças em couro. Couro? Ahn...

— Ahn uma ova! Acertei na mosca! Se essa não for a fonte da ricina, juro que eu beijo os lábios medonhos de Summerset. As mamonas ainda crescem sem controle em regiões áridas. Aposto que o Novo México ainda tem algumas regiões desse tipo. E aposto que uma artista de couro que viva e trabalhe lá usa óleo de mamona ou de rícino para preparar peças em couro.

— Isso é plausível, mas como é que essa Quella Harmon se liga ou, segundo seu vocabulário, serve de intercessão com as vítimas?

— Ela é tia por parte de mãe de Allika Straffo. Isso me mostra os meios — declarou Eve. — Estamos quase fechando os meios. Computador, abra os dados de cada membro da família Straffo, individualmente, que esteja ligado a viagens de qualquer tipo feitas ao Novo México nos últimos seis meses. Não, corrigindo... Nos últimos doze meses. Também quero qualquer ligação ou viagem durante esse período de Quella Harmon vindo para Nova York.

Entendido. Processando...

— Você acha que Oliver Straffo pegou uma amostra de ricina dessa mulher, com ou sem o conhecimento dela, levou o material para Nova York e o usou para envenenar Foster?

— Exatamente!

— Tudo bem, você pode ter encontrado os meios, Eve, mas não achou o motivo, certo? A não ser que o computador descubra que houve contato com essa tal de Quella Harmon nos últimos dois meses, isso teria acontecido antes do caso de Allika com Williams. E muito antes de Foster ter conhecimento disso.

— Uh-huh. Linhas paralelas.

Tarefa completada. Oliver, Allika e Rayleen Straffo viajaram num voo comercial de Nova York para Taos, Novo México, no dia vinte e seis de novembro. Voltaram a Nova York também por voo comercial no dia trinta de novembro...

— Isso foi antes de Allika ter um caso com Williams, segundo suas declarações. Não foi?

— Foi. — Mas Eve exibiu um sorriso sombrio.

— Portanto, a não ser que Oliver Straffo seja um sujeito sensível e com tendências mediúnicas, por que razão carregaria uma substância venenosa num voo comercial antes de sua esposa pular a cerca?

— Talvez não fosse uma substância venenosa nessa época, talvez fosse apenas uma sacola de mamonas. Tudo tem a ver com planejamento e possibilidades. Oportunidades. Curiosidade.

Enquanto falava, ela voltou a circular o quadro. Depois continuou a pregar fotos, listas, anotações e dados.

— Computador, imprima todos os dados exibidos na tela.

Entendido...

Agora era Roarke que circulava o quadro, estudava-o e o analisava atentamente enquanto pegava o material impresso.

Ele percebeu que ela estava construindo alguma teoria, pelo jeito como tinha arrumado as peças no quadro e como continuava a ajeitá-las. Em algum tipo de padrão que obviamente tinha na cabeça. Ou sentia nas entranhas.

A mente de Eve, conforme ele sabia, era labiríntica e linear, fluida e flexível, embora também fosse teimosamente rígida. Ele conseguia admirá-la, mas não compreendia por completo os mecanismos dela. Mas suas entranhas e sua intuição, ele bem sabia, eram praticamente infalíveis.

Ele recuou, deixou a própria mente clarear e entrar novamente em foco, numa tentativa de identificar para onde ela estava indo.

Quando percebeu, seu choque foi imediato. Sua negação, uma reação automática.

— Você não pode estar falando sério! — exclamou ele.

— Você também viu?

— Vi os pontos que você ligou, as relações e o padrão de ideias que está criando a partir desses elementos. Mas não consigo acreditar que esteja caminhando nessa direção.

— Por quê? Não acredita que uma menina de 10 anos possa ser uma assassina a sangue-frio? — Disse isso de um jeito casual, enquanto pregava a foto de Harmon e seus dados ao lado do triângulo que fizera com os Straffo. — Eu matei uma pessoa quando tinha oito anos — lembrou.

— Não foi assassinato, nem perto disso. Você salvou a própria vida e destruiu um monstro. Estamos falando aqui de uma criança que planejou com deliberação e frieza a execução de dois adultos.

— Talvez mais que isso. — Eve pegou a pasta, mostrou a foto de Trevor Straffo, que tinha imprimido um pouco antes. E a colocou no centro do triângulo.

— Por Cristo, Eve.

— Pode ser que ele tenha rolado a escada. Talvez. E pode ser que tenha tido ajuda. Talvez tenha sido um acidente trágico que envolveu sua irmã. Fixou a atenção nos olhos violetas de Rayleen Straffo. — Estavam empolgados, correndo, duas crianças, uma cai por cima da outra, ou tropeça nos próprios pés, sei lá. Mas quer saber de uma coisa?...

Ela se virou e os olhos frios de tira se encontraram com os de Roarke.

— Eu não acredito em nada disso — continuou. Acho que ela o empurrou. Acho que ela o acordou quando os pais estavam dormindo e o puxou para fora da cama. "Não faça barulho, Papai Noel está no andar de baixo! Vamos dar uma olhada."

— Ora, mas por Deus — murmurou Roarke.

— Então, quando ele chegou no alto da escada, bastou um bom empurrão. Nada mais de irmãozinhos menores invadindo o seu território e assumindo o lugar central no seu círculo.

— Como é que você pode pensar isso? Ela ainda era praticamente bebê quando isso aconteceu.

— Sete anos. Tinha sete anos. Teve todos os refletores sobre ela durante os primeiros cinco anos, e de repente precisava dividir a atenção dos pais. Talvez fosse uma novidade, a princípio, "vamos brincar com o bebê". Mas a coisa perdeu a graça e eles deixaram de dedicar a mesma atenção a Rayleen. Princesa Rayleen. Isso tinha de ser consertado, certo?

— O que você está dizendo é obsceno.

— Assassinato é sempre obsceno. A mãe sabe — afirmou Eve, baixinho. — Ela sabe. Está apavorada, sente-se mal só de lembrar e tenta formas diferentes de escapar de todo esse horror. Só que não consegue.

— Você tem tanta certeza disso...

— Eu vi nos olhos dela. Eu sei. Só que saber e conseguir provar, especialmente algo desse tipo, são coisas muito diferentes.

Roarke teve de lutar para superar a negação instintiva e inata.

— Muito bem, então... Mesmo considerando que você possa estar certa com relação ao menino, por que Foster? Por que Williams? Por causa do caso que a mãe dela teve com o segundo?

— Acho que ela está cagando e andando para o caso da mãe com o professor. Sexo não aparece no radar dela, não com nitidez. E é algo que não a afeta diretamente. Não sei o motivo e isso é o mais duro, nesse momento. Mandei Peabody vasculhar os registros que Foster mantinha sobre os alunos, para começar. Talvez ele a tenha apanhado colando ou roubando um coleguinha.

Aquilo não se encaixava, pensou Eve, chateada consigo mesma. Não combinava com o resto da teoria.

— Foram encontradas algumas drogas ilegais nos armários pessoais dos alunos. Pode ser que ela estivesse vendendo ou consumindo. Se foi ameaçada pelo professor em algum nível ou sentiu que ele poderia ou faria alguma coisa para esculhambar com o seu mundo perfeito, pode ser que o tenha matado para impedir isso.

Começou a caminhar de um lado para outro.

— Preciso da opinião de Mira. Para mim, essa menina se encaixa no perfil da cabeça aos pés. Mas preciso que Mira ofereça suporte a essa ideia. Preciso disso, e tenho que pegar Allika sozinha amanhã. Vou vencê-la pelo cansaço e atravessar seu escudo protetor. Preciso de mais do que eu tenho em mãos porque, a não ser que eu esteja completamente maluca, essa menina já matou três pessoas na sua primeira década de vida. E ainda não chegou nem perto de pegar o ritmo.

— Como ela poderia saber o que é ricina, e muito menos conhecer os seus efeitos?

— A garota é esperta. Esperta o bastante para ouvir, observar e pesquisar na internet.

— E quanto à substância paralisante usada em Williams? Como ela poderia colocar as mãos nisso?

— Ela participa ativamente de uma organização chamada Voluntariado Infantil. Sabe o que eles fazem? — Eve bateu com a mão na capa da agenda lotada de Rayleen. — Visitam enfermarias pediátricas e geriátricas. Passam algum tempo com os doentes e debilitados para alegrar o dia deles. Aposto que ela conseguiria qualquer coisa que desejasse num lugar como esse. Quem iria questionar uma menininha doce e socialmente consciente? Preciso encontrar o diário dela.

— Você tem certeza de que ela tem um diário?

— Esse foi o pequeno erro que ela cometeu logo de cara. Mencionou o diário para mim quando tentou puxar o holofote para si mesma. Isso eu percebi no primeiro momento — contou

Eve. — Todos aqueles eus... *Eu* vi, *eu* encontrei, *eu* acho, *eu* sei. Mas eu não enxerguei o quadro com muita clareza, naquele dia.

Sua boca ficou mais firme.

— Bem, ela também não enxergou. Como poderia imaginar que eu iria xeretar o seu espaço pessoal? Está tudo descrito no diário. Tudo! Quem mais poderá congratulá-la com tapinhas nas costas, a não ser ela mesma? O único jeito de fazer isso é colocar no papel. Ela o tirou da casa antes de chegarmos com o mandado. — Circulou o quadro novamente, pegou alguns detalhes, separou-os e tornou a juntá-los mais uma vez. — Teve bastante tempo para tirar o diário de dentro de casa, enquanto seu pai flexionava os músculos tentando nos impedir de entrar lá. Droga, pode ser que ela o tenha destruído. Ela é tão esperta que pode ter feito isso para cobrir sua retaguarda. Talvez eu simplesmente precise provar, no momento, que *havia* um diário.

— Você é muito fria ao falar sobre essas coisas — comentou Roarke.

— Tenho de ser. Já deixei muita coisa passar, uma depois da outra. Não pretendia mexer nesse vespeiro. Santo Cristo, quem mexeria? Eu não queria olhar para aquela menina de lindos cachos e ver uma assassina. Mas fiz isso. Estou fazendo. Se pretendo conseguir justiça para os mortos, terei de fisgar todos os detalhes e amarrá-los juntos num belo laço. Ninguém vai querer condenar por múltiplos assassinatos premeditados uma menininha com rostinho docc.

— Se você estiver certa... E se houver mais?

Soltando o ar com força, Eve trocou as imagens do telão manualmente e trouxe de volta a foto de identidade de Rayleen.

— Sim, isso já passou pela minha cabeça e ficou preso aqui dentro do meu estômago. E se houver mais? Crianças doentes, idosos debilitados. Será que ela não eliminou algum deles? Ela tem os dias cheios de atividades do nascer ao pôr do sol. Para quantas pessoas ela serviu de *intercessão* a cada dia, a cada semana, a cada mês e assim por diante? Será que houve outro acidente, outra morte, outro assassinato não solucionado? Se houver, eu vou acabar descobrindo.

— Ela deve ser doente, muito doente.

— Não sei o que ela é, mas farei tudo que estiver ao meu alcance para que ela pague pelo que fez. — Eve viu o rosto de Roarke e sentiu os próprios músculos se retesando. — Você acha que eu devia sentir pena dela?

— Não sei dizer, juro por Deus. Nem sei ao certo o que pensar, mas o fato é que você acredita nisso e construiu, com argumentos bem convincentes, um quadro em que essa *criança* cometeu assassinatos a sangue frio.

Ele foi até o triângulo mais uma vez, na galeria da família.

— Deixe-me rebater seus argumentos. Você já considerou a hipótese de que um ou ambos os pais mataram essas pessoas e, de algum modo, ela *sabe* disso? E é essa a sensação estranha que você sente nela?

— Vamos manter essa possibilidade em cima da mesa.

— Eve. — Ele se virou para ela, e a intensidade dos seus olhos fez um forte contraste com sua mão, acariciando-lhe o cabelo. — Preciso perguntar uma coisa... Há alguma coisa dentro de você *desejando* que seja ela?

— Não. Não. Existe alguma coisa dentro de mim que *não quer* que seja ela. Foi por isso que eu deixei escapar os sinais e não olhei com muita atenção. Só que hoje, parada dentro do seu quarto perfeito de menininha privilegiada, não consegui deixar de ver. Não consegui. Não vou sentir pena dela, Roarke. Mas posso me sentir enjoada de pensar nisso.

— Muito bem, então. — Ele pousou a testa sobre a dela. — Muito bem. O que eu posso fazer para ajudar?

— Você consegue pensar como uma menina homicida de 10 anos de idade?

— Não é minha praia usual, mas posso pelo menos tentar.

— Se você tivesse um diário, não quisesse destruí-lo e *também* fosse esperto o bastante para saber que precisava tirá-lo de dentro de casa, onde o esconderia?

Ela se virou e deu mais uma volta em torno do quadro.

— Ela tem aulas de dança. Provavelmente tem um armário para guardar suas coisas lá. Ou poderia ter um esconderijo em uma das enfermarias que visita. Na escola é muito arriscado, ela não seria tão descuidada. Talvez...

— Quem é sua companhia mais constante?

— Sua o quê? Eu vejo uma assassina nela, mas não creio que ela já esteja fazendo sexo com alguém.

— *Amiga*, Eve. Quem é sua melhor amiga?

— Oh. — Eve estreitou os olhos. — Meu voto iria para Melodie Branch. É a menina que estava com ela quando as duas encontraram o corpo de Foster. Rayleen tem encontros de "socialização" com ela regularmente. Essa é uma possibilidade, mas vou pedir um palpite a Peabody. Vamos fazer uma visitinha a Melodie amanhã e a Allika também. Preciso falar com Mira.

— Eve, já são quase onze da noite.

— E daí? Merda — murmurou, quando ele lhe lançou um olhar suave. — Ok, vou deixar isso para amanhã de manhã. Vai ser melhor, provavelmente. A espera vai me dar tempo para colocar tudo no papel, montar a teoria completa e preparar a exposição do caso. Vou precisar de muita força... Muita força minha, de Mira, de Whitney... para conseguir levar essa menina até uma sala de interrogatório formal.

Ela voltou à mesa, sentou-se e se preparou para dar início aos trabalhos.

— Mais uma coisa, Roarke... Acho melhor perguntar logo para não ficar nada pendente. Magdelana tornou a entrar em contato com você depois daquela hora em que ligou para o seu *tele-link*?

— Não.

— Você já pensou em como vai lidar com o problema... Com ela... Quando ela conseguir entrar em contato?

— Se e quando isso acontecer, vou cuidar do assunto. Ela não nos trará mais problemas, Eve. Você tem minha palavra.

— Ótimo. Bem, fazer esse monte de coisas vai me custar algumas horas de trabalho.

— Eu também tenho algumas coisas nas quais trabalhar.

— Continuamos com aquele programa marcado para amanhã? Coraçõezinhos melosos e flores, seguido de sexo enlouquecido?

— Creio que marquei "sexo criativo" na minha agenda. Mas posso trocar para "enlouquecido".

— Por que não pode ser os dois?

Os olhos azuis dele brilharam ainda mais ao olhar para ela.

— *Essa* é a minha namorada.

Ela já esperava o pesadelo. Mesmo assim, não estava preparada por completo para aquilo. Não estava preparada para se ver exatamente como tinha sido antes — pequena e magra —, só que parada no quarto todo rosa e branco de Rayleen.

Ela não gostou das bonecas. Não gostou do jeito que elas olhavam para as pessoas fixamente, como se estivessem mortas, e mesmo assim continuassem a vigiá-la. Mas o lugar era quentinho e o ar tinha um cheiro agradável.

A cama parecia algo saído do conto de fadas que ela uma vez assistira na TV, num dia em que não havia ninguém por perto para impedi-la. Uma cama de princesa. Nada de ruim poderia lhe acontecer numa cama como aquela.

Ninguém poderia entrar no escuro para deitar em cima dela e feri-la, feri-la muito. Não numa cama tão linda quanto aquela.

Ela entrou, mas teve receio de tocar na cama. Esticou a mão, mas logo a puxou de volta. Ele provavelmente a espancaria se ela tocasse ali. Provavelmente a atacaria com socos se ela colocasse a mão em algo tão lindo.

— Vá em frente, pode colocar a mão nela. Pode até se deitar nela, se desejar.

Ela se virou. Não era ele. Era uma menininha, como ela. Mas não exatamente. Seu cabelo era brilhante, seu rosto era lindo e suave. Não havia marcas roxas em sua pele. E ela sorria.

— Este é o meu quarto.

— Você é a princesa — murmurou Eve.

O sorriso da menininha se ampliou.

— Isso mesmo, sou a princesa. Tudo aqui pertence a mim. Se eu decidir que você tem permissão para tocar em alguma coisa, você pode tocar. Se eu não der permissão e você tocar, terei de jogar você na masmorra, onde é escuro o tempo todo.

Eve escondeu as mãos atrás das costas.

— Eu não toquei em nada.

— Você precisa pedir antes e eu lhe darei permissão. Ou não. — A menina linda foi até uma mesa onde um conjunto de porcelana rosa e branco, para chá, tinha sido colocado. — Acho que deveríamos tomar um pouco de chocolate quente. Eu mando meus servos prepararem chocolate sempre que me dá vontade. Você quer um pouco de chocolate quente?

— Não sei. Nunca provei. É gostoso?

Rayleen serviu um pouco numa xícara.

— É de morrer, de tão gostoso. — Começou a rir e riu muito, sem parar. — Você tem de beber se eu determinar assim. Está dentro do meu quarto e eu sou a princesa. Resolvi que está na hora de você beber o seu chocolate quente.

De forma obediente — ela aprendera a ser obediente —, Eve deu um passo à frente, pegou uma das xícaras cor-de-rosa e provou.

— É... É muito gostoso. Nunca tinha provado nada assim. — Bebeu depressa, com avidez, e mostrou a xícara. — Posso tomar mais um pouco?

— Tudo bem. — O sorriso de Rayleen estava mais aberto agora, como seus olhos. Naquele olhar, Eve notou algo que fez seu estômago se contorcer. E, quando Rayleen despejou o líquido do bule para a xícara, o que saiu foi vermelho... Vermelho sangue.

Forçando-se a engolir um grito, Eve deixou a xícara cair. O vermelho se espalhou pelo carpete branco e formou uma poça.

— Ora, olhe só o que você fez! Vai ter de pagar por isso. — Pousando o bule sobre a mesa, Rayleen bateu palmas duas vezes.

Foi nesse momento que ele entrou, sorrindo de um jeito cruel e a observando com olhos aguçados.

— Não. Por favor. Eu não quis fazer isso, vou limpar tudo. Por favor, não. Por favor!

— Estive procurando por você, garotinha — disse seu pai.

Ele lhe aplicou um soco forte e curto que a jogou esparramada no chão. Depois se jogou em cima dela.

Ela lutou, implorou e gritou quando o osso do seu braço quebrou com um estalo, como um lápis. Enquanto isso Rayleen permanecia ali, tomando o chocolate com a maior calma do mundo.

— Só existe uma maneira para ele parar de fazer isso — informou Rayleen quando ele começou e empurrar Eve e forçar a entrada dentro dela, rasgando-a por dentro. — Assassinato resolve tudo. Mate-o. Mate-o. Mate-o!

Rayleen parecia cantarolar isso, e sua voz foi aumentando devido à empolgação.

— Mate-o agora!

Ao ver uma faca em sua mão, Eve fez isso.

Shhh, shhh. Pare agora mesmo, Eve. Foi só um sonho. Tudo não passou de um sonho. Você precisa acordar, por mim. Volte para mim agora mesmo, estou segurando você.

— Era sangue. Rosa, branco e vermelho. Mas era tudo – sangue.

— Já acabou. Você está acordada, junto de mim. — Os pesadelos dela o deixavam arrasado, rasgando-o por dentro quase tanto quanto ela. Ele a segurou e a embalou lentamente, pressionando os lábios sobre seus cabelos e suas têmporas, mesmo depois que ela parou de tremer.

Quando virou o rosto na direção dele, sentiu as lágrimas.

— Desculpe.

— Não, querida, não peça desculpas por isso.

— Será que eu estou projetando tudo, Roarke? É disso que se trata, aqui? Será que eu olho para aquela menina e vejo tudo que eu nunca tive, nunca senti, nunca conheci? Será uma espécie de ciúme? Será que tudo não passa de uma espécie de inveja distorcida? Com Magdelana também?

Ele a puxou para junto de si e ordenou que as luzes se acendessem a dez por cento para que ela pudesse ver seu rosto e seus olhos.

— De jeito nenhum, não. Jamais poderia ser isso. Você não tem esses sentimentos dentro de você. Se eu plantei algo de mau aí dentro em relação a Magdelana, a culpa foi minha. Olhe para mim, querida Eve. Você enxerga o que existe para ser enxergado mesmo quando prefere não fazer isso. E olha de frente para coisas às quais outras pessoas viram o rosto.

— Eles deveriam ter me prendido e me afastado da sociedade pelo que eu fiz a ele.

— Nada disso. E se o tivessem feito, mesmo que encarcerassem você só por uma hora ou uma fração disso, nem Deus teria pena deles. — Enxugou as lágrimas dela com as pontas dos polegares. — A tira que existe dentro de você sabe disso perfeitamente bem.

— Talvez. Sim, eu sei. Na maior parte do tempo. — Suspirando, ela deixou a cabeça repousar no ombro dele. — Obrigada.

— Isso é parte do serviço. Você consegue dormir agora?

— Consigo.

Ele se recostou com ela, manteve-a enlaçada em seus braços e ordenou que as luzes se apagassem novamente.

Aquilo a deixou meio grogue de manhã, como era comum em noites de pesadelo. Mas ela deixou o problema de lado. Às oito em ponto estava vestida, alimentada e pronta para enfrentar o que precisava ser feito.

— De que forma você vai abordar esse problema? — perguntou Roarke.

— Espero que tanto Mira quanto Whitney entrem em contato comigo depois de lerem o relatório que lhes enviei ontem à noite. Enquanto espero, vou conversar com a melhor amiga de Rayleen. Se tiver sorte, esse diário realmente existe e a amiga o está guardando num lugar seguro.

Sentou-se no braço do sofá da saleta de estar e tomou sua segunda caneca de café.

— Depois vou tentar conversar com Allika. — completou. — Straffo tem uma partida de golfe marcada para agora de manhã, às nove e meia, e depois vai almoçar no clube. A garota tem compromisso num organização chamada Estímulos para o Cérebro, seguida de visita a um museu. Allika ficou de se encontrar com a filha e a *au pair* à uma da tarde e vai dar o resto do sábado de folga à empregada. Mãe e filha vão almoçar num restaurante chamado Zoology e o resto da tarde está reservada para tratamentos de beleza da mãe e da filha.

— Dia cheio.

— Sim, elas sempre enchem o tempo o mais que conseguem. Estou apostando na oportunidade de pegar Allika sozinha na cobertura agora de manhã. Dependendo dos resultados, vou pegar a menina ou marcar uma reunião com Mira e/ou Whitney antes disso. Marcar o interrogatório com a garota vai ser a parte mais complicada. O pai dela vai tentar me impedir, o Serviço de

Proteção à Infância vai colocar seu peso também. Preciso de mais que uma simples teoria e evidências circunstanciais para derrubar esses bloqueios.

— Vai ser um dia cheio para você também.

— Mesmo assim vou conseguir encaixar o sexo e o jantar.

— Gostei da ordem em que você citou os eventos dessa noite. — Ele riu. — Antes, porém, pegue isto aqui.

Ele foi até o closet e trouxe uma caixa envolta em papel de presente temático do Dia dos Namorados, com um belo laço em cima.

— Caraca — exclamou Eve.

— Eu sei, isso mesmo. Um presente. — Os lábios dele se abriram, com um ar divertido. — Sou muito irritante, já sei. Mesmo assim, abra-o.

Ela ergueu a tampa da caixa e encontrou outra lá dentro revestida em ouro fosco. Aninhada dentro no veludo vermelho havia uma garrafa fina e comprida.

Eve esperava receber uma joia, já que era hábito de Roarke lhe dar presentes que cintilavam muito. De qualquer modo, como o conhecia muito bem, desconfiou que as pedras incrustadas na garrafa não eram feitas de vidro. Quem mais compraria uma garrafa decorada com diamantes e rubis, a não ser Roarke?

Ela abriu a garrafa e analisou o líquido cor de ouro claro que havia lá dentro.

— Poção mágica?

— Pode-se dizer que sim. Um cheiro. O seu cheiro. Foi feito para você... Com base na sua pele, no seu estilo, nas suas preferências. Veja aqui. — Ele pegou a garrafa, ergueu a rolha com detalhe em rubis e deixou cair duas gotas no pulso dela. — Diga-me o que achou.

Ela cheirou, fez uma careta e tornou a cheirar. Era um aroma sutil, nem doce nem cheio de frescuras exóticas. Nada que ela pudesse descrever como suco de flores ou um cheiro almiscarado do tipo "venha me dar uns amassos no muro mais próximo".

— E então?

— É gostoso. Mais que isso... É uma daquelas coisas que provam que você me conhece. — Para agradá-lo, passou um pouco do líquido da ponta do dosador pela garganta. — O frasco também é fora do comum, acertei?

— Naturalmente. Os diamantes foram obtidos com a famosa herdeira que é dona da Rua 47.

— Ah, é? — Essa informação a deixou alegre e também a divertiu. — Que máximo! — Levou o frasco até a penteadeira, tão alta que Galahad não conseguia subir lá, devido ao excesso de banha que carregava. Em seguida voltou e ofereceu o pescoço a ele, para uma boa fungada. — Que tal?

— Combina perfeitamente com você. — Ele agarrou a ponta do cabelo dela, trouxe seu rosto para junto do dele e lhe deu um beijo. — Minha namorada única e perfeita.

— Deixe essa melação para mais tarde, preciso vazar daqui. Peabody vai chegar a qualquer momento ou correrá o risco de levar um chute na bunda.

— Marcamos o jantar para as oito, então, a não ser que o trabalho impeça?

— Oito em ponto. Vou tentar empacotar tudo que conseguir antes das sete e meia.

Embora ela já tivesse lido o relatório de Eve antes de chegar, conforme lhe fora ordenado, Peabody exibiu clara resistência à teoria da "criança assassina", como definiu.

— Tudo bem, Dallas, eu sei que em algumas das escolas mais barra-pesada já houve casos em que professores e outros alunos foram ameaçados ou atacados. Por estiletes, punhos, sei lá, utensílios de cozinha. Mas esses casos são extremos e quase sempre têm relação com crianças linha-dura.

— Quer dizer que só porque uma criança usa um lindo uniforme de escola e mora numa cobertura fica imune a isso?

— Não, mas a base da sua formação é diferente. Nas escolas pesadas vemos crimes de vingança perpetrados por indivíduos com impulsos violentos ou tendências inatas à violência. Nesse caso em especial, foram premeditados e executados friamente, sem nenhum motivo bem delineado.

— O motivo vai aparecer.

— Dallas, investiguei os registros de Foster. Também analisei as observações de Williams. Encontrei um monte de ações disciplinares e/ou reuniões com pais e responsáveis devido a problemas de comportamento, notas em queda, atrasos constantes na entrega de trabalhos, esse tipo de coisa. Nenhum deles envolveu Rayleen Straffo. Suas notas são espetaculares, suas avaliações de comportamento extremamente elogiosas. Ela é a primeira aluna da turma.

— Pode ser que ela tenha alterados todos esses dados.

— Caraca, você realmente está de marcação com essa garota! — Na mesma hora que disse isso, Peabody recuou e fez uma careta. — Não quis dizer isso da forma terrível como soou. Só que não consigo chegar à mesma conclusão que você. Não enxergo as coisas desse jeito. E certamente não sinto desse jeito.

— Vamos acompanhar o desenrolar das entrevistas de hoje. Talvez uma de nós acabe mudando de ideia.

O *tele-link* do painel da viatura tocou no instante em que Eve estacionava o carro diante do prédio onde Melodie Branch morava.

— Dallas falando.

— Eve, eu li seu relatório. — O rosto de Mira estava tomado pela preocupação. — Precisamos discutir esse assunto pessoalmente. Com mais detalhes.

— Eu já imaginava. Agora não é um bom momento, doutora. Estou a caminho de uma conversa complementar com uma das testemunhas.

— Não é Rayleen Straffo, certo?

— No momento, não. Posso me encontrar com a senhora e com o comandante hoje à tarde, já que imagino que ele também concluirá que isso exige uma discussão mais profunda.

— Muito bem, então. Vou ligar para o comandante e marcar essa reunião. Prefiro que você não converse com Rayleen Straffo até discutirmos todos os aspectos disso.

— Ela está com a agenda tomada hoje o dia todo, e isso pode esperar. Pelo que estou percebendo, a senhora não concorda com a minha teoria.

— Vamos falar sobre esses e outros assuntos hoje à tarde. Tenho algumas preocupações a respeito, confesso. Pise nesse terreno com cuidado, Eve.

— Farei o meu melhor. — Eve desligou. — Parece que Mira também está do seu lado nessa disputa.

— Não se trata de lados nem de disputa, Dallas.

— Não. Você tem razão.

Mas aquilo parecia uma disputa, pensou Eve ao sair do carro e caminhar em direção ao prédio com a intenção determinada de intimidar uma garotinha e convencê-la a trair sua melhor amiga.

Capítulo Dezenove

A própria Angela Miles-Branch atendeu a porta. Vestia uma roupa de qualidade num estilo casual: calça de tweed e uma suéter creme de gola rulê feita em lã angorá. Nos pés calçava botas de salto baixo e couro macio no mesmo tom da suéter.

Encaminhou Eve e Peabody até uma sala de estar moderna, eficiente e com muito estilo.

— Suponho que essa visita tenha relação com o que aconteceu na Sarah Child. Melodie trancou-se no quarto e não está falando comigo.

— Ah, sim? — foi tudo que Eve conseguiu dizer.

— Eu a tirei da escola. Não pretendo mais mandar minha filha para um lugar onde já aconteceram dois assassinatos. Ela está muito chateada comigo por eu não analisar a situação pelo ângulo dela. Em suas palavras, suas melhores amigas *em todo o universo* estão lá, ela não quer ir para outra escola onde tenha de usar uniformes medonhos e assim por diante.

Parecendo uma mulher que fazia uma pausa durante uma grande batalha, Angela se largou sobre uma poltrona.

— Batemos de frente nessa questão, e como sou e ainda serei responsável pela vida dela durante os próximos anos, eu ganhei. Mesmo assim... — Fez uma pausa e ajeitou o cabelo brilhante. — É terrível ter dez anos e descobrir que o mundo inteiro ruiu sobre sua cabeça. Estou dando algum tempo e espaço suficiente para ela ficar emburrada e revoltada comigo.

— A mim, parece que a senhora está agindo simplesmente da forma que julga mais adequada para sua filha — comentou Peabody. — As crianças nem sempre compreendem o que se passa. É por isso que não são elas quem mandam.

— Obrigada por dizer isso. Não sou a única mãe que tomou essa atitude ou está considerando seriamente dar esse passo. Melodie também não entende isso. Por enquanto, estou na torcida para que pelos menos alguns dos amigos com quem ela se dá melhor e tem amizade também acabem na West Side Academy, onde eu a matriculei ontem. Enquanto isso... — Ela se comoveu, parou de falar e largou as mãos sobre o colo.

— Melodie fez contato com alguma de suas amigas da Sarah Child? — quis saber Eve.

— Sim, claro. Estamos todos tentando manter a situação normal, na medida do possível. Não está sendo fácil.

— Ela esteve com Rayleen Straffo?

— Sim, ela em particular. As meninas são muito ligadas uma à outra, e a amizade se fortaleceu desde que passaram juntas por aquela situação terrível. Rayleen veio aqui na quinta-feira, como em todas as semanas. Allika e eu resolvemos que seria bom que elas continuassem a se ver, como se nada tivesse acontecido. Ontem à noite foi a vez de Melodie ir jantar na casa dos Straffo.

— Dois dias em seguida? Isso é comum?

— Não é exatamente um evento fora do normal. Para ser franca, eu me senti até aliviada por ter Melodie longe de casa ontem, por algumas horas, depois de termos brigado feio por causa da nova escola, onde ela começa na segunda-feira.

— Gostaríamos de conversar com ela.

— Tenente, eu sei que a polícia tem um trabalho a fazer e por favor, acredite em mim, quero que a senhora o realize bem. Só espero que Melodie não fique ainda mais abalada. Não gostaria que ela fosse levada mais uma vez pelos detalhes do que aconteceu com Craig Foster. Ela tem tido pesadelos.

— Vamos tentar manter esse assunto fora da conversa. Existe outra linha de investigação que estamos seguindo.

— Muito bem, então. Mas eu já a aviso que, considerando a péssima disposição dela, pode ser que a senhora também receba o tratamento do silêncio. Vou buscá-la.

Angela se levantou e saiu da sala. Eve ouviu sons abafados — impaciência na voz da mãe, desafio e teimosia no tom da menina.

Poucos minutos depois a menina, de cara amarrada, entrou na sala quase arrastada pela mãe, que vinha igualmente de cara feia.

— Melodie, sente-se ali! E se você for deseducada com a tenente Dallas e com a detetive Peabody como tem sido comigo pode se preparar para ficar de castigo dentro de casa pelas próximas duas semanas.

Melodie deu de ombros num pequeno gesto de pouco caso e manteve os olhos grudados no chão enquanto se largava numa poltrona.

— Não é minha culpa que o sr. Foster e o sr. Williams estejam mortos, mas mesmo assim eu sou punida — reclamou.

— Não vamos começar tudo de novo! — pediu Angela, com ar cansado.

Eve decidiu usar a abordagem direta.

— Melodie, eu preciso do diário de Rayleen.

O queixo da menina se ergueu subitamente, com susto ou choque, mas na mesma hora ela se controlou.

— Desculpe, tenente, não entendo.

— Claro que entende. Rayleen entregou o diário dela para você. Preciso dele.

— Não estou com o diário de Rayleen.

— Mas ela tem um diário, certo?

— Ela... Eu não sei. Diários são um assunto pessoal.

— Você tem um?

— Sim, senhora. Mas é pessoal. — Olhou com olhos de súplica para a mãe.

— Sim, é mesmo. — Angela se sentou no braço da poltrona de Melodie e colocou uma das mãos no ombro da filha. Quaisquer que fossem as batalhas travadas entre as duas, Eve percebeu que havia uma união forte em relação a esse assunto. — Melodie sabe que pode escrever em seu diário tudo de que precisa ou deseja colocar para fora. Também sabe que ninguém jamais lerá o que escreve lá. Não entendo a importância desse assunto.

— Privacidade é importante — concordou Eve. — Amizade também. Acredito que muitas amigas não se importem de compartilhar o que escrevem em seus diários. Você leu o de Rayleen, Melodie?

— Não, ela nunca deixou que eu... Ahn... Talvez ela nem tenha um diário.

Eve tomou o caminho mais lógico.

— Ela o entregou para você na quinta-feira quando esteve aqui, lembra? O que ela pediu para você fazer com ele?

— Ela veio aqui para brincar um pouco, só isso. Para ficarmos juntas. Não podemos mais ir à escola porque o sr. Williams se afogou na piscina. — Lágrimas começaram a brilhar nos olhos de Melodie. — Tudo está zerado em nossas vidas; agora Ray e eu não podemos nem ao menos frequentar a mesma escola. Ela é minha melhor amiga. As melhores amigas ficam sempre juntas.

— Melodie, você sabe o que é um mandado? Eu posso conseguir um — completou Eve, ao ver que Melodie simplesmente dava de ombros mais uma vez. — Ele vai me dar permissão para revistar seu quarto. Não quero fazer isso.

— Tenente! — reagiu Angela, chocada. — Meu Deus, *do que se trata* tudo isso?

— Preciso ver o diário, Melodie. Vou revistar seu quarto inteiro, se for necessário.

— A senhora não vai encontrar nada lá. Não vai, porque Ray... — Fez uma pausa e agarrou a mão da mãe com força. — Eu prometi. Eu prometi, mamãe. A pessoa nunca deve quebrar uma promessa.

— Não, não deve. Está tudo bem, querida. — Ela abraçou Melodie. — Rayleen está em apuros? — perguntou a Eve.

— Vou saber disso quando encontrar o diário dela. É do interesse de Melodie que isso aconteça.

— Espere, espere um segundo, por favor. — Angela fechou os olhos por alguns instantes e a luta que travava consigo mesma era óbvia. De repente, encostou o rosto de Melodie no dela e falou, baixinho: — Querida, você precisa contar toda a verdade à polícia. Isso é muito importante.

— Mas eu prometi!

— A verdade é tão importante quanto uma promessa. Conte para nós, querida... O diário de Rayleen está com você?

— Não, não está, estou falando a verdade! Eu o devolvi para ela ontem à noite. Fiquei tomando conta dele só por algum tempo, mas não o li. Ele está trancado a chave, mas eu não o leria mesmo que não estivesse. E fiz uma *promessa*.

— Muito bem querida, está tudo bem. Ela não está com o diário — garantiu Angela, olhando para Eve. — Não vou insistir, nem pedir que senhora não solicite um mandado, tenente, caso se sinta compelida a fazer isso. Mas estou lhe dizendo... Se minha filha diz que não está com ela, é porque não está mesmo.

— Não será necessário um mandado. Melodie, Rayleen lhe explicou o motivo de ter deixado o diário com você quando o entregou?

— Ela me contou que a polícia ia à sua casa para revirar as coisas dela.

— Oh, meu Deus — murmurou Angela. — A senhora revistou o apartamento dos Straffo? Eu não sabia disso. Deixei Melodie ir lá ontem e...

— Nada aconteceu com Melodie, nem acontecerá — interrompeu Eve. — Vá em frente, Melodie.

— Ela simplesmente me pediu para ficar com ele durante algum tempo e não contar *a ninguém* que o tinha deixado comigo. É uma coisa particular, pessoal, é um diário! Não seria correto estranhos lerem os pensamentos secretos dela. Ray pode confiar em mim porque somos as melhores amigas uma da outra. E eu o devolvi para ela ontem à noite, exatamente como ela pediu. Agora ela vai ficar furiosa comigo porque eu lhe contei.

— Não, não vai — garantiu Angela, com ar ausente, olhando para o rosto de Eve. — Tudo vai acabar bem, não se preocupe. — Levantou-se e colocou a filha na sua frente, de costas para ela. Estou orgulhosa por você ter contado toda a verdade. Essa era a coisa certa a fazer, apesar de também ser a mais difícil. Pode ir, filha, vá pegar um refrigerante de cereja. Vou agora mesmo conversar com você.

— Desculpe por ter sido má com você, mamãe.

— Eu também lhe peço desculpas, querida. Vá até a cozinha e abra uma garrafa grande de refrigerante para nós duas.

Fungando um pouco, Melodie concordou com a cabeça e saiu da sala, arrastando um pouco os pés.

— Não sei por que a senhora precisa ler o diário de uma criança. Não compreendo em que situação isso poderia ter a ver com a sua investigação.

— É um elemento que requer uma atenção específica.

— A senhora não vai poder me contar o que eu preciso ou gostaria de saber a respeito desse assunto, e minha filha necessita da *minha* atenção, agora. Mas gostaria que a senhora me dissesse se eu devo manter Melodie afastada da casa dos Straffo. Quero que a senhora me diga se estar com Rayleen e sua família pode ser perigoso para ela.

— Não creio que sua filha esteja correndo algum perigo específico, mas talvez a senhora se sinta um pouco mais confortável se restringir esses encontros, por enquanto. — O melhor seria cortar o contato de vez, e fez sinal com a cabeça para ter certeza de que Angela compreendia isso. — É importante que nem a senhora nem Melodie falem a respeito dessa nossa conversa sobre o diário com os Straffo ou com qualquer pessoa.

— Acho que eu e Melodie vamos sair pelo resto da semana, talvez passar alguns dias fora daqui, num fim de semana prolongado. — Angela expirou com um pequeno sobressalto. — Ela poderá começar a escola na terça-feira.

— Isso me parece uma excelente ideia — disse Eve. — Não sou nenhuma autoridade em crianças, sra. Miles-Branch, mas minha impressão é a de que sua filha é uma menina boa e muito especial.

— Sim, eu tenho uma filha muito boa. Obrigada, tenente.

Eve deu a Peabody uma chance de falar enquanto elas desciam do apartamento da família Miles-Branch. Ao ver que ela continuava calada, Eve esperou até entrarem na viatura.

— Ideias? Comentários? Perguntas?

— Acho que ainda estou computando tudo na cabeça. — Peabody soprou as bochechas com força. — Devo dizer que, analisando por cima, me parece muito inocente e relativamente típico para uma menina esconder seu diário ou pedir para uma amiga em quem confie que o esconda porque receia que alguém... um adulto, uma figura de autoridade... esteja prestes a colocar os olhos nele. Garotas, especialmente garotas, são hipersensíveis em relação a esse tipo de coisa, Dallas.

— E por baixo da superfície?

— Que é o lugar onde você está procurando, sei disso. Sob esse ponto de vista, o fato de existir um diário e Rayleen ter tido tanto trabalho para tirá-lo de casa antes da chegada da polícia acrescenta algum peso à sua teoria.

Eve percebeu um leve tom de dúvida e insistiu:

— Mas, na sua opinião, continua sendo uma coisa típica de meninas.

— É muito difícil, para mim, conseguir ver a coisa de forma diferente. Desculpe, Dallas, mas ela *é* uma menina.

— E se tivesse 16 anos? Ou 26?

— Dallas, você sabe que existe um mundo de diferença.

— É isso que eu estou tentando decidir — disse Eve, e virou o carro para estacionar diante do prédio dos Straffo.

Foi Allika quem abriu a porta. Parecia atormentada, cheia de olheiras, como alguém que vinha dormindo mal há varias noites seguidas. Ainda não tinha se vestido desde que se levantara e usava apenas um robe cinza muito comprido.

— Por favor! — exclamou ela. — Vocês não podem nos deixar em paz?

— Precisamos conversar de novo, sra. Straffo. Preferimos fazer isso dentro de casa onde é mais privado e a senhora terá mais conforto.

— Por que a polícia acha que ser interrogada dentro de casa é mais confortável?

— Eu disse "conversar", não interrogar. Existe algum motivo para tanta hesitação em falar conosco?

Allika fechou os olhos por um momento.

— Preciso entrar em contato com meu marido.

— Acha que precisa de um advogado?

— Ele não é só um advogado — reagiu ela, e pressionou a base da mão na testa. — Estou com dor de cabeça. Tentava descansar um pouco antes de pegar minha filha.

— Desculpe incomodá-la, mas temos perguntas que exigem respostas. — Eve se preparou para tocar num ponto fraco. — Se a senhora sente necessidade de entrar em contato com seu marido, por que não sugere a ele que vá se encontrar com nós três na Central de Polícia? Vamos tornar oficial essa nossa conversa.

— Isso soa quase como uma ameaça.

— Nós três aqui, os quatro lá. Escolha o que lhe parecer melhor.

— Oh, entrem logo, então. Vamos acabar logo com isso. Vocês, da polícia, têm o dom de fazer com que vítimas se sintam criminosas.

Ela caminhou arrastando os pés até a sala de estar, com um jeito muito parecido com o de Melodie, e se largou numa poltrona.

— O que vocês querem?

— Temos motivos para acreditar que um item foi levado dessa residência antes da execução do mandado de busca e apreensão, e pode ser relevante para a investigação.

— Isso é ridículo. Nada foi tirado de casa, muito menos algo que seja *relevante* para a investigação.

— Sua filha removeu desta casa o diário dela.

— Como disse? — Allika se sentou e deu para perceber que sua voz falhou de leve e exibiu uma ponta de medo. — O que o diário de Rayleen tem a ver com alguma coisa?

— Ela o tirou de casa antes das buscas, mas já o pegou de volta. A senhora sabe onde ele está?

— Não faço ideia.

— Já o leu?

— Nunca. Nesta casa respeitamos a privacidade uns dos outros.

— Precisamos ver o diário, sra. Straffo.

— O que há de errado com a senhora, tenente? Como pode acusar uma criança de fazer algo tão horrível?

— Eu não acusei Rayleen de nada. O que você acha que ela fez? O que imagina que ela seja capaz de fazer, Allika? — perguntou Eve, num tom mais informal, inclinando-se de leve para a frente. — O que tem feito você ficar doente, tem tirado o seu sono e a vem deixando apavorada?

— Não sei do que a senhora está falando. Não sei o que insinua. — Seus dedos começaram a dobrar a ponta do robe. — A senhora precisa parar com isso. Esse inferno tem de ter um fim.

— Eu vou parar. E vou impedir sua filha de ir em frente. Você sabe que essa situação não pode continuar.

— Vocês precisam sair. Quero que saiam da minha casa agora.

Eve pressionou com força o próximo ponto fraco.

— Por que você guarda todas as fotos do seu filho tão escondidas? Por que guardou de lembrança um pedaço do cobertor dele, seu cãozinho de brinquedo e tantas recordações dele? Como explica isso, Allika?

— Ele era o meu bebê. Era meu menino. — Lágrimas brotaram com força.

— Mas você não tem fotos do seu bebê, não tem recordações do seu menino em locais onde todos possam ver. Por quê?

— É doloroso. É muito perturbador para...

— Para Rayleen. Ela não gosta disso, acertei? Não gosta quando você ou Oliver olha para fotos de outra criança. Tudo tem de girar em torno dela, só dela. Nunca gostou de dividir as atenções, certo?

— É natural, perfeitamente natural para uma criança ter ciúmes de um bebê novo na casa. É necessário um período de ajuste. Coisa de irmãos... Rivalidade entre irmãos.

— Mas era mais que isso, não era? Então ela resolveu tomar uma atitude com relação ao problema na véspera de Natal. Por que motivo ela deveria compartilhar aqueles brinquedos? Por que razão *ele* tinha de ficar com todo o seu tempo e atenção quando ela foi a primeira? Foi por isso que ela o tirou da cama e o levou até o alto da escada. Não foi?

— Foi um acidente. — Allika cobriu o rosto com as mãos, e balançou o corpo para a frente e para trás. — Foi um acidente. Ela estava dormindo. Todos nós estávamos dormindo. Ó Deus, por favor, não faça isso.

— Não, ela não estava dormindo. Você sabe que não estava.

— Ela não queria... Ela não pode ter desejado que... Por favor, meu Deus!

— Conte-me tudo que aconteceu naquela manhã, Allika.

— Foi tudo como eu já lhe contei. Estávamos dormindo, todos dormindo. — Deixou cair as mãos, o rosto ficou pálido como o de um fantasma e os olhos sem expressão.

— Por quanto tempo mais você conseguirá manter isso dentro de você sem se despedaçar? — quis saber Eve. — Por quanto tempo mais conseguirá mascarar a dor com remédios e trabalho pesado? Com fingimento? Até o próximo Reed Williams?

— Não. Não. Só aconteceu uma vez e foi um erro.

— Você sabe que não consegue viver com isso, Allika. Precisa me dizer. Conte-me o que ela fez com seu menininho. Com o seu bebê.

— Ela só tinha sete anos!

Percebendo que o escudo de Allika se rachava, Peabody fez a sua parte. Foi até onde ela estava, sentou-se ao seu lado e disse:

— Você é mãe dela e quer protegê-la. Quer fazer o que é certo para ela.

— Sim, é claro. Isso mesmo.

— Você também queria proteger Trevor. Quer fazer o que é certo para ele. E sabe que contar a verdade agora será a coisa certa para seus dois filhos.

— Meus bebês.

— O que aconteceu naquela manhã de Natal, Allika? — exigiu Eve. — O que aconteceu com Trevor?

— As crianças acordam mais cedo nas manhãs de Natal — murmurou Allika, enquanto as lágrimas lhe desciam pelo rosto. — É natural. Tanta empolgação, tanta expectativa. Ela entrou... Rayleen entrou no nosso quarto pouco antes do amanhecer e pulou na nossa cama. Estava muito excitada e feliz. Nós nos levantamos, Oliver e eu, e Oliver avisou que iria pegar Trev.

Ela pressionou a mão sobre os lábios.

— O ano anterior, no primeiro Natal dele, Trev era muito novo, tinha menos de um ano de idade. Não compreendeu quase nada do que aconteceu. Mas naquele ano estava com quase dois anos e parecia muito... Puxa, aquele seria o seu primeiro Natal de verdade. Oliver avisou que iria pegar Trev e nós todos iríamos descer juntos para ver o que Papai Noel tinha trazido.

— Onde Rayleen estava? — incentivou Eve.

— Rayleen ficou um pouco mais no quarto comigo enquanto eu vestia o robe. Pulava sem parar e batia as mãos de contentamento. Parecia muito feliz e seu rostinho brilhava como a de qualquer garotinha na manhã de Natal.

"Foi quando eu vi... Eu vi que ela já estava calçando os chinelinhos cor-de-rosa que eu tinha colocado dentro de sua meia, na véspera. O mesmo par que ela vira e confessou que queria muito, num dia em que fomos fazer compras."

O rosto de Allika pareceu perder toda a expressão, como se algo dentro dela tivesse ido para outro lugar.

— Rayleen estava usando os chinelinhos — repetiu Eve.

— Sim, um modelo cheio de estrelas cintilantes polvilhadas sobre ele, formando o nome dela. Ela adorava coisas que tinham o seu nome escrito. Eu comecei a dizer alguma coisa, ralhar e avisar que ela não deveria ter descido sozinha até a sala de baixo... Que papai e eu tínhamos prometido que levantaríamos assim que ela acordasse. Foi quanto ouvi o grito de Oliver. Ele gritou como se o seu coração tivesse sido arrancado do corpo. E ouvi seus passos descendo a escada correndo. Eu corri também, corri na mesma hora e vi... meu bebê. Oliver estava segurando nosso bebê na base da escada e eu corri lá para baixo. Mas Trev estava frio. Havia sangue em seu rosto e ele estava gelado.

— O que Rayleen fez?

— Não sei direito, eu... É tudo meio confuso. Oliver chorava muito, me parece... Acho que eu tentei tirar Trev do colo dele, mas Oliver o segurava com força. Com muita força. Eu... Sim, eu corri para o *tele-link*, pensando em chamar por ajuda e Ray...

— O que ela fez?

Allika fechou os olhos e estremeceu.

— Ela já estava brincando com a casinha de bonecas que eu e Oliver tínhamos colocado debaixo da árvore. Estava sentadinha ali, de pijama, calçando seus cintilantes chinelinhos cor-de-rosa, brincando com as bonecas. Como se nada tivesse acontecido.

— Nesse momento você soube.

— Não. Não. Ela era apenas uma menininha. Não entendia as coisas. Não poderia ter compreensão para isso. Foi um acidente.

Não, pensou Eve, não tinha sido um acidente. E uma parte daquela mulher estava sendo corroída, dia após dia, porque ela sabia disso.

— Allika, você não tem aqui na sua casa nenhuma parede com revestimento à prova de som, mas não é por receio de que alguma coisa aconteça com Rayleen e você não consiga ouvir. O motivo é outro. Você tem medo de Rayleen e do que ela *poderia fazer* sem você ouvir.

— Ela é minha filha. É minha menininha também.

— Vocês foram visitar sua tia no Novo México, alguns meses atrás. Ela trabalha com couro. Usa sementes de mamona e óleo de rícino feito com essas sementes para amaciar o couro.

— Oh, Deus, pare. Por favor, pare de falar!

— Rayleen passou algum tempo com ela, não foi? Observando o seu trabalho, fazendo perguntas? Ela gosta de conhecer coisas novas, não é? Rayleen adora saber de tudo.

— Ela gostava de Craig Foster. Ele era o seu professor favorito.

— Mesmo assim você fica especulando consigo mesma. E quanto a Williams? Rayleen faz trabalho voluntário em enfermarias. É uma garota esperta. Conseguiria colocar as mãos numa seringa e pegar drogas paralisantes, se resolvesse fazer isso.

— Nesse caso ela seria um monstro. A senhora quer que eu diga isso? — A histeria foi crescendo na voz dela e seus olhos lacrimosos se arregalaram de indignação. — A senhora quer que eu diga que minha filha é um monstro? Ela saiu daqui de dentro. — Tocou na barriga com a mão fechada. — Veio de mim e de

Oliver. Nós a amamos desde a primeira vez em que seu coraçãozinho bateu.

— Do mesmo jeito que amaram Trevor. — Ao ver que o rosto de Allika se desfazia de dor, Eve prosseguiu: — Se eu estiver errada, ler o diário dela não vai fazer mal em nada, nem magoar ninguém. Se eu estiver certa, ela vai conseguir ajuda antes que mais alguém se machuque.

— Pegue-o, então. Pode levá-lo embora daqui. Leve-o embora e me deixe em paz.

Elas procuraram pelo diário. Esquadrinharam cada centímetro do quarto de Rayleen e do seu espaço de brincar. Reviraram gavetas, esvaziaram o closet e vasculharam os brinquedos e os equipamentos de arte.

— Talvez ela o tenha escondido em algum outro lugar da casa — sugeriu Peabody.

— Ou está com ele. De um jeito ou de outro, vamos conseguir pegá-lo. Só o fato de ele existir já tem um bom peso na história. Precisamos conversar com a tia e colocar alguém vigiando a garota agora mesmo. Se o diário estiver com ela, não quero que a mãe se impaciente e acabe contando à filha que estamos à procura dele. Vamos... Puxa, que inferno!

Ela parou de falar para atender ao comunicador.

— Dallas falando!

— Tenente. Compareça ao meu gabinete. Imediatamente.

— Senhor, no momento eu estou no processo de recolher evidências importantes que sei que irão levar a uma prisão relacionada com as investigações de Foster e Williams.

— Quero você na minha sala, tenente Dallas, antes de dar qualquer outro passo nesse sentido. Fui claro?

— Sim, senhor, claríssimo. Estou a caminho daí. Porra! — acrescentou, depois de terminar a transmissão. Olhou para o relógio de pulso e fez um cálculo rápido. — Visita ao museu. Ela está no Metropolitan. Vá até lá e siga a suspeita.

— Mas Dallas, o comandante ordenou...

— A mim! Ele não disse nada sobre você. Quero que você localize a suspeita e a mantenha sob vigilância constante. Quero ser informada de tudo. Não deixe que ela perceba sua presença, Peabody.

— Tudo bem. Caraca, Dallas, ela só tem 10 anos. Acho que eu consigo seguir uma pré-adolescente sem ser percebida.

— Essa *pré-adolescente* é a principal suspeita de dois homicídios. Muito possivelmente também cometeu fratricídio. Não estamos atrás de uma criança qualquer, Peabody, não se esqueça disso.

Eve deixou Peabody na elegante entrada do Metropolitan Museum e seguiu para o centro da cidade. Enquanto dirigia, entrou em contato com Quella Harmon em Taos, no Novo México.

Enquanto subia a longa escadaria da entrada, Peabody perguntou a si mesma como é que conseguiria encontrar uma menina e sua babá irlandesa entre as centenas de salas daquela catedral da arte.

Exatamente nesse instante, Cora entrava num táxi da Rua 51, acompanhada de Rayleen.

— Mas mamãe tinha combinado de nos encontrar aqui e me levar para almoçar — reclamou a menina.

— Pois é, mas ela acabou de me ligar, você não viu? Disse que precisa que você volte para casa imediatamente. Então é para lá que vamos, Ray querida.

Rayleen soltou um suspiro barulhento e apertou com mais força a sua linda bolsa de pele cor-de-rosa.

• • •

Mira e Whitney estavam à espera de Eve e ambos exibiam um ar sombrio.

— Sente-se, tenente.

Sem escolha, Eve se sentou.

— E sua parceira?

— Está fazendo trabalho de campo, senhor.

Os lábios de Whitney se apertaram.

— Pensei que tivesse me expressado com clareza ao dizer que queria *ambas* aqui na minha sala e nenhuma das duas trabalhando no caso, nesse momento.

— Peço desculpas pelo mal-entendido, comandante.

— Não tente me sacanear, Dallas, porque eu não estou no clima para isso. Li seu relatório. Em minha opinião, você está colocando esta investigação e este departamento em uma situação muito delicada.

— Com todo respeito, eu discordo. Senhor.

— Você está tomando uma via que é um verdadeiro campo minado, e continua a insistir nela mesmo sem ter evidências físicas de nenhuma espécie, nem fatos sólidos.

— Mais uma vez eu discordo, senhor. A suspeita...

— A criança — corrigiu ele.

— A suspeita é uma menor de idade. Isso não a impossibilita de cometer assassinatos. Já houve caso de crianças que mataram. E mataram com maldade, com intenção, até mesmo com alegria.

Whitney colocou as palmas das mãos sobre a escrivaninha.

— Essa criança é filha de um dos mais importantes advogados de defesa da cidade. Tem uma educação excepcional, é produto de um lar privilegiado e, até mesmo segundo seu relatório, nunca se viu envolvida em nenhum tipo de crime, muito menos com violência. Também nunca foi tratada de algum tipo de instabilidade mental ou emocional. Dra. Mira?

— Crianças cometem atos violentos, é verdade — começou Mira. — Embora certamente existam casos em que uma criança dessa idade e até mais jovem já tenha matado, tais casos geralmente envolveram outras crianças. E foram precedidos por atos menores de violência. Contra animais de estimação, por exemplo. O perfil de Rayleen Straffo não indica nenhuma predileção por violência.

Eve já esperava que algumas barreiras fossem erguidas para impedir a continuidade do seu trabalho, mas isso não diminuiu sua frustração.

— Quer dizer que, pelo fato de o pai dela ser rico, ela ter se destacado como a melhor aluna da escola e não chutar cãezinhos pela rua eu devo me afastar do que eu sei?

— E o que você sabe? — interrompeu Whitney. — Você sabe que essa menina frequentava uma escola onde dois professores foram assassinados. Aconteceu exatamente o mesmo com ela e com uma centena de outras crianças. Você sabe que a mãe dela admitiu ter se envolvido num caso amoroso curto com a segunda vítima.

Eve se levantou da cadeira. Não conseguia enfrentar aquela situação sentada.

— Eu sei que foi a suspeita quem encontrou a primeira vítima e teve oportunidade de matar nos dois casos. Sei que ela teve acesso aos meios para isso. Conversei com sua tia, soube que a suspeita também teve acesso a sementes de mamona e aprendeu como extrair óleo de rícino a partir delas. Também sei que ela, na verdade, *tem* um diário que retirou da sua residência antes da busca que fizemos lá, e o entregou a uma amiga para que o guardasse até ontem.

— Você conseguiu esse diário? — quis saber Whitney, inclinando a cabeça.

— Não. Acredito que a suspeita o tenha escondido, destruído ou o esteja guardando consigo mesma. Ela certamente o escondeu porque ele a incriminaria.

— Eve, muitas meninas mantêm diários secretos e os consideram objetos sagrados e pessoais — argumentou Mira.

— Ela não é uma menininha, a não ser no número de anos de vida. Eu já a observei com atenção e sei exatamente o que ela é. O senhor *não quer ver* isso — virou-se, lançando o olhar subitamente sobre Whitney como se fosse um chicote — As pessoas não querem olhar para uma criança, para a inocência estampada em seu rosto e em seu corpo e enxergar o mal. Mas é isso que existe dentro dela.

— Sua opinião, por mais que seja passional, não é uma evidência palpável.

— Se ela tivesse 10 anos a mais de idade, ou até cinco, vocês não questionariam minha opinião. Se não conseguem confiar nos meus instintos, intelecto e qualificação, deixem-me acrescentar mais um dado: eu matei uma pessoa aos oito anos.

— Temos ciência disso, Eve — disse Mira, com delicadeza.

— E acham que eu olho para ela e vejo a mim mesma? Que isso é algum tipo de transferência?

— Sei que quando conversamos durante as fases iniciais dessa investigação você estava abalada. Pareceu-me chateada e muito estressada devido a um problema de ordem pessoal.

— Que não tem nada a ver com o que falamos aqui. Isso pode ter me distraído, e a culpa é minha. Mas nada do que aconteceu se aplica às minhas conclusões sobre o caso. Vocês não estão me deixando trabalhar por causa desse papo furado.

— Tenha cuidado, tenente — advertiu Whitney.

Eve já estava cheia de ser cuidadosa.

— É exatamente com isso que ela conta. Que todos nós tenhamos todas essas porras, mil cuidados e melindres. Que não olhemos na sua direção porque elazinha é uma menina linda que vem de uma família perfeita. Matou duas pessoas em menos de uma semana. E conseguiu ser mais precoce do que eu, porque matou pela primeira vez aos sete anos. A diferença é que não matou o próprio pai, e sim seu irmão de dois anos.

Os olhos de Whitney se estreitaram.

— Você incluiu a informação sobre a morte de Trevor Straffo nos seus relatórios iniciais; também nos enviou a investigação que foi aberta, e ainda o laudo do Instituto Médico-Legal; todos concluíram que essa foi uma morte acidental.

— Estavam todos errados. Eu conversei com Allika Straffo.

Enquanto Eve lutava para apresentar sua teoria sobre o caso e Peabody estava sentada na sala de segurança do Metropolitan, analisando as telas do circuito interno em busca de Rayleen, Allika tornou a dispensar Cora.

— Hoje é o dia da sua meia-folga.

— Mas a senhora não me parece nada bem, sra. Straffo. Não me incomodo de ficar. Vou lhe preparar um bom chá.

— Não, não. É apenas uma dor de cabeça. Rayleen e eu ficaremos bem. Ficaremos ótimas. Nós duas vamos... Vamos apenas almoçar alguma coisa aqui em casa mesmo e depois iremos juntas ao salão de beleza.

— Então eu posso servir o almoço para vocês e depois...

— Conseguiremos nos virar, Cora. Vá se encontrar com seus amigos.

— Se a senhora tem certeza... Pode me chamar de volta a qualquer hora que precisar. Não marquei de fazer nada especial.

— Vá e divirta-se. Não se preocupe conosco. — Allika quase desmontou antes de conseguir acompanhar Cora até a porta. Depois que a empregada saiu, ela se encostou à porta fechada. — Rayleen — murmurou. — Oh, Rayleen.

— Qual é o problema, mamãe? — Os olhos de Rayleen pareciam afiados como raios laser. — Por que não podemos almoçar no Zoology? Eu adoro ver os animais.

— Não podemos. Temos de ir embora daqui. Vamos fazer uma viagem, Rayleen. Uma viagem.

— Sério mesmo? — Rayleen pareceu empolgada. — Para onde? Onde é que nós vamos? Lá tem piscina?

— Não sei. Não consigo raciocinar. — Como é que ela poderia *pensar*? — Temos de ir.

— Mas você nem está vestida.

— Eu não estou vestida? — Allika olhou para baixo, analisando o robe como se fosse a primeira vez que olhava para ele.

— Você está doente novamente, mamãe? Detesto quando você fica doente. Quando é que papai volta para casa? — quis saber ela, já perdendo interesse pela mãe. — A que horas vamos partir?

— Ele não vai conosco. Vamos só você e eu. É melhor assim. É o melhor a fazer. Precisamos fazer as malas. Elas ainda não descobriram com certeza, mas certamente voltarão.

— Descobriram o quê? — A atenção de Rayleen voltou num segundo e ela se mostrou concentrada na situação. — Quem vai voltar?

— Elas procuraram em toda parte. — Os olhos de Allika se encontraram com os de Rayleen. — Mas não o encontraram. O que eu devo fazer? O que é melhor para você?

Sem dar uma palavra, Rayleen se virou e subiu a escada. Parou na porta do seu quarto, percebeu que suas coisas tinham sido reviradas. E entendeu tudo perfeitamente.

Já tinha imaginado algo desse tipo. Na verdade, tinha escrito o que poderia ter de fazer, o que talvez fosse necessário providenciar numa situação como aquela. Descrevera tudo em seu diário na noite anterior. Enquanto caminhava pelo corredor em direção ao quarto dos seus pais, sua única emoção genuína era uma fúria silenciosa por saber que suas coisas tinham sido reviradas mais uma vez, trocadas de lugar e deixadas desarrumadas.

Ela gostava das coisas *exatamente* como deveriam ser. Esperava que seu espaço pessoal fosse *respeitado*.

Foi até a gaveta da sua mãe onde os remédios ficavam escondidos. Até parece que alguém conseguia esconder alguma coisa dela!

Eles eram *muito burros*. Colocou o frasco de comprimidos para dormir na bolsinha, junto do diário. Em seguida, foi até a sala de estar e programou um pouco de chá de ervas.

Sua mãe adorava ginseng. Ela o programou bem doce, embora sua mãe quase nunca consumisse adoçantes.

Depois, dissolveu uma dose absurdamente alta de comprimidos no chá perfumado e doce demais.

Era tudo muito simples, na verdade, e ela já tinha pensado em fazer isso antes. Pelo menos considerara a possibilidade. Eles iriam pensar que sua mãe tinha cometido suicídio, arrasada pela culpa e pelo desespero. Iriam achar que sua mãe tinha matado o sr. Foster, o sr. Williams, e depois não conseguira viver com isso.

Sabia que sua mãe tinha feito sexo com o sr. Williams. Ela confessara tudo ao seu pai na véspera do dia em que a polícia tinha ido fazer as buscas no apartamento. Rayleen era boa na arte de ouvir coisas que os adultos não queriam que ouvisse. Sua mãe e seu pai tinham conversado longamente e sua mãe tinha chorado como um bebê. Tudo fora nojento!

Seu pai tinha perdoado sua mãe. Tudo fora um erro, ele mesmo dissera. Mas propôs que recomeçassem tudo do zero.

Isso também tinha sido nojento, tanto quanto os barulhos que ouvira quando eles fizeram sexo depois disso. Se alguém tivesse mentido para ela do jeito que sua mãe fizera com seu pai, ela faria essa pessoa pagar por isso. E pagar caro!

Na verdade, era exatamente isso que fazia naquele exato momento, decidiu, colocando o bule imenso de chá sobre uma bandeja. Mamãe precisava ser punida por ter sido má. Ao puni-la, Rayleen estava cuidando para que tudo voltasse a ficar arrumado e no lugar certo.

A partir de agora seriam somente ela e seu pai. Ela seria a única no coração dele depois que a mãe se fosse.

Ela teria de colocar o diário no reciclador de lixo agora, e isso a deixava revoltada. Tudo por causa daquela tenente Dallas xereta e cruel. Um dia ela encontraria um jeito de fazer com que *ela* pagasse por isso também.

Por enquanto, porém, o melhor era se livrar do diário.

Papai iria lhe comprar outro, novinho em folha.

— Rayleen. — Allika apareceu na porta. — O que você está fazendo?

— Acho que você deveria descansar um pouco, mamãe. Veja só, eu lhe preparei chá. Escolhi ginseng, porque sei que é o que você mais gosta. Vou cuidar direitinho de você.

Allika olhou para o bule sobre a bandeja, em cima da cama da menina. Tudo dentro dela pareceu se dissolver em emoção.

— Oh, Rayleen!

— Você está cansada e com dor de cabeça. — Rayleen desdobrou o edredom, ajeitou os lençóis e afofou os travesseiros. — Vou fazer com que tudo fique melhor para você, agora. E vou me sentar um pouco ao seu lado enquanto você descansa. Nós, meninas, precisamos cuidar umas das outras, não é verdade?

Rayleen se virou para a mãe e exibiu um sorriso imenso e luminoso.

Talvez assim fosse melhor, pensou Allika, caminhando em direção à cama como se fosse uma sonâmbula. Talvez aquela fosse a única forma de enfrentar tudo. Deixou Rayleen alisar os lençóis, pousar a bandeja e até mesmo erguer a xícara para lhe entregar.

— Eu amo você — afirmou Allika.

— Eu também amo *você*, mamãe. Agora, beba o seu chá e tudo vai ficar melhor.

Com os olhos pousados na filha, Allika bebeu tudo.

Capítulo Vinte

Whitney ouviu com atenção e absorveu as informações. Suas mãos, que tinham estado muito paradas durante toda a conversa com sua tenente, começaram a tamborilar na borda da mesa.

— A mãe realmente suspeita de que foi a filha que provocou a queda desse menino?

— A mãe *sabe* que foi a filha que provocou a queda do irmão — insistiu Eve. — Pode ser que tenha se convencido ou tentado se convencer de que foi um acidente. Certamente tentou encaixar sua vida de volta nos eixos, mas sofre periódicas crises de depressão e ansiedade. No seu íntimo ela sabe exatamente o mesmo que eu. Não foi acidente.

— Mas ninguém testemunhou a queda. — O rosto de Whitney parecia duro como pedra, e seu olhar era sombrio e penetrante. — Dra. Mira. Em sua opinião, considerando a cena que eu descrevi, é natural que uma menina pule por cima do corpo do irmão morto ou desvie dele com toda a calma do mundo e vá brincar com suas bonecas enquanto os pais estão histéricos?

— Essa é uma pergunta ampla. A menina pode ter ficado em choque ou entrado em negação.

— Mas estava usando os chinelinhos novos. Os mesmos que descera para pegar na sala, antes de acordar os pais.

— Sim.

— Segundo o relatório dos investigadores que compareceram ao local no dia da morte do menino, Trevor Straffo morreu pouco depois das quatro horas na manhã do dia 25 de dezembro — continuou Eve. — Em suas declarações da época, os pais afirmam que ficaram acordados até mais tarde, colocando os presentes junto da árvore e dentro das meias da lareira até duas e trinta. Nesse momento eles tomaram uma taça de vinho, subiram para o andar de cima e verificaram os dois filhos antes de se recolherem, por volta das três da manhã. Rayleen os acordou às cinco.

Por um momento, Mira se lembrou das muitas vezes em que ela e seu marido Dennis tinham ficado acordados até altas horas na madrugada de Natal, arrumando a decoração e os presentes enquanto seus filhos dormiam. E como não conseguiam aproveitar mais que poucas horas de um sono exausto antes de as crianças acordarem e invadirem o quarto.

— É possível que a menina tenha descido sorrateiramente entre a hora em que seus pais foram para a cama e seu irmão levantou. Mas os chinelos são um dado incomum — concordou Mira. — Reconheço que é estranho para uma menina dessa idade descer escondido, colocar os chinelinhos novos e depois voltar para a cama, a fim de dormir por quase duas horas mais.

— É estranho e ela não fez isso — garantiu Eve, com um tom seco. — Ela se levantou da cama. Aposto que colocou um despertador para isso porque organiza tudo com antecipação, segundo o próprio perfil que a senhora traçou. Gosta de planejamento. Ela se levantou e foi até o quarto do irmão. Acordou-o e mandou que ele ficasse calado. Ao chegar no alto da escada que, segundo os investigadores, ficava na outra ponta do corredor em relação ao quarto dos pais, ela o empurrou.

Eve viu o menino voando longe, caindo pela escada, rolando nos degraus e quebrando o pescoço.

— Nesse momento — continuou Eve —, ela desceu e confirmou se fizera um bom trabalho antes de ir ver os presentes que Papai Noel tinha trazido. E quais os brinquedos ela poderia aproveitar dentre os que teriam ido para o seu irmão.

Ela reparou o horror do quadro que descrevia no rosto de Mira.

— Depois ela calçou os chinelinhos novos. Gosta muito de objetos que têm o seu nome. Isso foi um pequeno erro — acrescentou Eve. — Como também foi um erro ela mencionar o diário para mim. Só que ela não conseguiu resistir. Provavelmente brincou um pouco ali embaixo. Seus pais não iriam reparar se ela mudasse uma ou outra coisa de lugar e não resistiria aos brinquedos porque tudo aquilo agora era só dela.

"Em seguida foi para o andar de cima. Eu me pergunto se, a essa altura, ela sequer notou o corpo sem vida do irmãozinho ao lado. Ele já não tinha mais importância para ela."

Eve olhou para Whitney e percebeu que suas mãos tinham voltado a ficar paradas agora e o seu rosto não mostrava nada. Absolutamente nada.

— Pode ser que tenha tentado voltar a dormir mais um pouco, mas isso foi muito difícil. Todos aqueles brinquedos no andar de baixo e ninguém com quem ela precisasse dividir mais nada. Foi por isso que ela acordou os pais para poder curtir o que queria fazer.

— O que você está descrevendo... — começou Mira.

— São os atos de uma sociopata. Isso é exatamente o que ela é. Uma sociopata com tendências homicidas, um intelecto muito desenvolvido e uma dose imensa de narcisismo. Por isso ela mantém um diário. É a única forma de se gabar para si mesma sobre as coisas que consegue fazer e escapar delas impune.

— Precisamos desse diário.

— Sim, senhor — assentiu Eve, olhando para Whitney.

— Por que matar Foster e Williams?

— Foster eu não sei, a não ser que tenha sido só por diversão. Realmente não sei — repetiu —, porque ela não me parece uma pessoa do tipo "vou fazer isso só de curtição". Williams foi apenas um bode expiatório prático e inesperado. Essa é a minha opinião pessoal, comandante. Como eu forcei a barra com ele, pode ser que a menina tenha visto a oportunidade não só de matar novamente porque a essa altura ela já pegou gostinho pela coisa, mas também de me entregar um suspeito de bandeja. Seria ele ou Mosebly. Não duvido nem um pouco de que ela soubesse do relacionamento que rolava entre os dois.

— Mesmo com o diário e mesmo que tudo esteja descrito ali em prosa e verso, poderá ser difícil provar que ela tenha feito tudo sozinha. Ou que tenha cometido algum desses crimes, para início de conversa. O pai dela certamente bloqueará todos os seus movimentos a partir de agora.

— Pode deixar que eu lido com Straffo, senhor. E vou conseguir fazer com que Rayleen confesse tudo.

— Como? — quis saber Mira.

— Vou fazer com que ela queira me contar tudo. — O comunicador dela tocou. — Com sua permissão, comandante...? — Diante da concordância dele, Eve pegou o aparelho no bolso. — Dallas falando.

— Senhora, ela saiu do museu alguns minutos antes de eu chegar aqui. Vasculhei todo o lugar com as câmeras de segurança e acabei de pedir que eles repassassem as imagens da hora que antecedeu minha chegada. Consegui encontrá-la. A babá recebeu uma ligação no *tele-link* e elas saíram do prédio logo em seguida pela porta da Rua 81, quase no mesmo instante em que eu entrava pela Quinta Avenida.

— Foi a mãe dela. Droga! Vá agora mesmo para o apartamento dos Straffo. Estou indo em seguida.

— Vou com você. Poderei ser útil — insistiu Mira.

— Sim, poderá. — Whitney se levantou. — Tenente, quero ser informado no instante em que você localizar essa... suspeita. E quero saber assim que encontrar esse diário.

— Sim, senhor. — A senhora terá de correr para me acompanhar, doutora — avisou Eve a Mira, e ambas saíram dali às pressas.

A consciência de Cora a incomodou muito, até que ela saltou do metrô quando já estava a meio caminho da cidade, foi até a plataforma do outro lado e pegou o primeiro trem de volta. Era muito cedo para encontrar os amigos e ir ao cinema, conforme eles tinham combinado. Ela também não precisava ficar namorando as vitrines das lojas, pois acabaria gastando o que era melhor economizar.

Mais que tudo, não conseguia tirar da cabeça o rosto pálido da pobre sra. Straffo. Talvez fosse apenas uma dor de cabeça, pode ser que sim. Mas Cora sabia muito bem que a pobrezinha caía em depressão de vez em quando. Não era correto abandoná-la ali, nem deixar a menina Rayleen sozinha com a mãe num momento em que ela se sentia tão triste e doente.

Ia dar só mais uma olhada nelas, disse a si mesma. Prepararia uma boa xícara de chá para a senhora e algo leve para ela comer. Se a sra. Straffo realmente precisasse descansar, Cora poderia cancelar o encontro com os amigos e sair um pouco com a menina. Não havia motivo para estragar o dia da criança só porque sua mãe estava mal.

A verdade é que ela não ficaria descansada e nem se divertiria, estando tão preocupada com a senhora e com a menina.

Todos estavam passando por um mau pedaço por causa daqueles assassinatos horríveis acontecendo na escola, sem falar na polícia pressionando todo mundo e bagunçando a casa inteira como um exército de formigas.

Não era de espantar que a pobre sra. Straffo estivesse tão deprimida.

Um pouco de chá, talvez uma sopa e uma boa soneca iriam lhe fazer muito bem.

Cora saltou do metrô e subiu os degraus que a levariam até o nível da rua e começou a caminhar enfrentando o vento cruel. Tinha muita sorte por ter um emprego como aquele, junto de uma família maravilhosa, em uma casa linda e numa cidade empolgante.

A menina era muito divertida e inteligente. Um pouco geniosa e petulante de vez em quando, decerto, mas também muito limpa e organizada. Interessadíssima em tudo que via. E naquela casa nunca se ouviam discussões nem vozes exaltadas, e nenhum prato voava pelo ar como costumava acontecer na sua velha casa, na Irlanda.

Verdade seja dita, de vez em quando Cora sentia falta dos antigos gritos e arranca-rabos. Mas não tinha o direito de sonhar com um emprego melhor numa família mais agradável.

Sorriu para o porteiro e flertaram de leve. Se ele a convidasse para ir a uma matinê, ali e agora, talvez ela até deixasse de lado sua preocupação e a pequena crise de consciência.

Pegou a chave enquanto o elevador subia até o último andar. Quando entrou no apartamento, tudo estava tão silencioso que chegou a se perguntar se tinha exagerado nos cuidados. Talvez a sra. Straffo e Rayleen tivessem saído para almoçar e ir ao salão de beleza, afinal.

Ela iria se *xingar* se tivesse perdido seu tempo à toa, sem falar na passagem de metrô.

Chamou pela patroa em voz alta, mas não obteve resposta e virou os olhos para cima, repreendendo a si mesma.

— Você é mesmo uma tola, Cora.

Quase se virou para tornar a sair, mas decidiu dar uma olhada no armário dos casacos, ali no saguão. Se a senhora tinha saído certamente, teria levado um casaco, e estavam todos ali.

Chamou pela patroa mais uma vez e começou a subir a escada.

Ah, ali estava Rayleen, sentadinha na mesa do quarto com o seu fone de ouvido, trabalhando um pouco com seu conjunto de arte. Não valia a pena incomodá-la, pensou Cora, embora erguesse as sobrancelhas ao ver o pedaço de bolo de chocolate e o refrigerante sobre a mesa.

Teriam uma conversinha a respeito daquilo, mais tarde.

No momento, a sua preocupação maior era com a senhora. Provavelmente fora para a cama, derrubada pela dor de cabeça, pensou. E sem ter comido nada!

Como a porta do quarto estava fechada, ela bateu de leve e abriu uma fresta só para espiar lá dentro.

Ali estava a sra. Straffo na cama, com uma bandeja no colo e uma xícara tombada. Tinha caído no sono, pobrezinha, e derrubara o chá, pensou Cora, aproximando-se em silêncio total para recolher a bandeja.

Foi quando viu o frasco de pílulas completamente vazio largado sobre o edredom.

— Oh, minha Nossa Senhora, meu Jesus. Senhora Straffo! — Pegou nos ombros de Allika e a balançou com força. Quando não obteve resposta, deu-lhe um tapa no rosto para reanimá-la e depois outro.

Aterrorizada, pegou o *tele-link* na mesinha de cabeceira.

— Você está perturbada com esse caso em nível pessoal? — perguntou Mira.

— Ainda não decidi. — Eve seguia a toda velocidade pelas ruas com a sirene ligada. — Não sei se eu não prestei atenção àquela garota desde o primeiro dia porque não quis enxergar, porque estava com a cabeça zoneada por causa de Roarke ou simplesmente porque não me bateu nenhum estalo. Provavelmente nunca vou descobrir.

— Quer saber o que eu acho?

— Sim, claro. Seu grandessíssimo filho da puta, não está *ouvindo* minha sirene?

— Acho que... — Mira decidiu que era melhor fechar os olhos para que a visão da morte iminente num grave acidente não a distraísse. — Ninguém teria olhado para ela com atenção ou desconfiança logo de cara. Somos programados para proteger as crianças, e não para acreditar que elas sejam capazes de cometer assassinatos premeditados. Pode ser que você esteja certa a respeito dela e de todo o resto. Creio que tem razão quanto ao que aconteceu com o irmão dessa menina. Entretanto, a minha opinião sobre o resto está mais inclinada na direção de Arnette Mosebly.

— Cinquenta.

— Cinquenta o quê?

— Aposto cinquenta paus como eu estou certa e a senhora errada.

— Você quer fazer uma aposta sobre um assassinato?

— É só dinheiro.

— Tudo bem — concordou Mira, depois de refletir por um instante. — Cinquenta dólares, então.

— Combinado. Agora eu lhe conto por que razão não foi ela. Aquela escola é o coração da diretora, seu orgulho e sua vaidade. Talvez ela fosse capaz de matar alguém, mas faria isso longe da escola. Não traria esse tipo de publicidade negativa nem uma mancha terrível como essa para a história da sua adorada Sarah Child. Isso está lhe custando muitos alunos. E provavelmente também vai lhe custar o emprego.

— Bom argumento, mas a verdade é que o instinto de autopreservação pode se sobrepor até mesmo a um emprego adorado. Se Foster sabia a respeito do relacionamento dela com Williams, certamente representava uma ameaça direta a ela. Pode ser que Foster tenha dito à diretora que pretendia denunciá-la. Williams, por sua vez, segundo as próprias declarações dela, fez exatamente isso, numa tentativa de chantageá-la para conseguir permanecer na escola.

— Quer dobrar a aposta para cem?

Antes de Mira conseguir responder, o comunicador de Eve tocou mais uma vez.

— Tudo bem, o que foi agora? Dallas falando.

— Dallas, Allika Straffo está a caminho do hospital. Overdose. Sua condição é crítica.

— Onde está a garota?

— A *au pair* ficou com ela. As duas saíram logo atrás da ambulância e pegaram um táxi para o Parkside, que é o lugar mais próximo. Eu perdi isso tudo por questão de minutos, mais uma vez. O primeiro guarda que chegou ao local relatou que a menina parecia histérica.

— Aposto que parecia. Você está na cobertura?

— Subi para conversar com os guardas que atenderam o chamado da emergência. Os paramédicos foram chamados pela *au pair*. Foi relatada uma overdose, o que motivou a vinda dos guardas.

— Quero o diário. Encontre-o. Estou a caminho do hospital.

— Isso não foi culpa sua — Mira se segurou no banco quando Eve girou o volante com toda a força — Se essa mulher não conseguiu aceitar a ideia de sua filha ter matado alguém, tentou e talvez tenha conseguido tirar a própria vida, isso não é culpa sua.

— O fato de eu não ter percebido que a menina iria matar a própria mãe é culpa minha, sim. Se Allika Straffo engoliu um punhado de comprimidos, é porque a vaca daquela menina os deu para a mãe tomar. Droga!

Eve pisou fundo no acelerador e completou:

— Se ela planejava se matar, teria deixado um bilhete para proteger a menina ou um bilhete confessando tudo. Se pretendia desistir de tudo e não conseguia mais enfrentar a vida, por que chamaria a menina de volta para casa?

— Rayleen percebeu que a mãe sabia de tudo e poderia se tornar uma ameaça — concordou Mira, balançando a cabeça. — Deve tê-la induzido a tomar uma overdose de medicamentos para a ameaça ser removida. Sua própria mãe!

— Para quem empurrou o irmãozinho que ainda usava pijama de pezinho pela escada abaixo no dia de Natal, encher a mãe de remédios para dormir não é uma façanha tão grande.

— Se Allika Straffo morrer, você nunca conseguirá provar nada disso. Aliás, mesmo que sobreviva, pode ser que ela não queira incriminar a filha.

— A menina conta com isso. Mas ela vai se dar mal.

Eve entrou a passos largos no ar de caos e sofrimento do pronto-socorro, viu pessoas feridas, sangrando e com membros quebrados. Pegou pelo braço uma enfermeira que passava quase correndo e exibiu o distintivo para cortar pela raiz qualquer tipo de intimidação.

— Allika Straffo, overdose. Onde ela está?

— Sala de Traumas Três. Com distintivo ou não, a senhora não pode entrar lá. A dra. Dimatto está ocupadíssima tentando salvar a vida dela.

Louise Dimatto. Eve sorriu. Às vezes realmente valia a pena ter amigos.

— Eu não posso entrar, mas você pode. Vá até lá e diga a Louise que Dallas precisa saber o status da paciente que está com ela. Onde está a menina? Rayleen Straffo?

— Na sala de espera A, em companhia da babá. O pai está a caminho. A senhora conhece a dra. Dimatto?

— Sim, há algum tempo. Sala de espera A?

— Siga-me.

Pelo visto, anunciar que conhecia Louise abria algumas portas ali. Eve e Mira foram levadas através de uma área comum até a seção de traumatizados. Num recesso do outro lado das portas de vaivém, Rayleen estava sentada, abraçada a Cora.

O rosto da menina estava manchado e borrado de tanto chorar, os olhos muito vermelhos e inchados. Eve pensou: *Bom trabalho. As aulas do Clube de Teatro são muito boas.*

Cora avistou Eve antes e seus olhos se encheram de lágrimas.

— Tenente Dallas. Foi... Foi a sra. Straffo.

Os olhos de Eve, porém, se fixaram em Rayleen. O corpo da menina se enrijeceu. *Não me esperava aqui tão depressa, não é?* pensou Eve. Mas logo Rayleen apertou o rosto com mais força contra Cora.

— Não quero falar com ela. Não quero falar com ninguém. Só quero minha mamãe.

— Pronto, tudo bem, querida. Não se aflija. A tenente está aqui só para tentar ajudar. Todos aqui querem ajudar.

Eve olhou para Mira e apontou com a cabeça para a menina. Compreendendo o sinal, Mira deu um passo à frente.

— Rayleen, sou a dra. Mira. Sei que você está muito assustada e chateada.

Rayleen fungou de leve e ergueu a cabeça para analisar o rosto de Mira.

— A senhora é médica? Vai curar a minha mãe?

— Sim, sou médica e também conheço a médica que está ajudando sua mãe neste momento. Ela é uma doutora muito, *muito* boa. — Mira se agachou diante da menina, transmitindo solidariedade e preocupação.

Ótimo, decidiu Eve. Uma atitude boa e esperta. Não se alinhe comigo, dra. Mira. Mostre apenas que é uma médica atraente e muito feminina. Com um ar maternal. Eve se virou e olhou pelo visor de vidro para a sala de trauma, enquanto Mira conversava com Rayleen.

Lá dentro, parecia que tinham acabado de fazer uma lavagem estomacal em Allika, e colocavam agora alguma coisa lá dentro. Louise usava um gorro protetor, seu delicado cabelo louro estava preso atrás da cabeça e seus olhos enevoados exibiam um ar intenso.

Se Allika tivesse uma chance, por mínima que fosse, Eve sabia que Louise conseguiria salvá-la.

Atrás dela, Mira falava com uma voz que exsudava simpatia e autoridade.

— Você sabe que precisa ser corajosa nesse momento difícil, Rayleen.

— Vou tentar, mas...

— Sei que é muito duro, mas você consegue me contar o que aconteceu?

— Não sei. Minha mãe... Nós tínhamos combinado de ir almoçar no Zoology para depois seguirmos direto para o salão de beleza. Era nosso momento só para garotas.

— Ora, mas isso não é fantástico?

— Sempre nos divertimos muito juntas, minha mãe e eu. Só que ela ligou quando estávamos no museu e disse que precisávamos voltar para casa, em vez de irmos nos encontrar com ela no restaurante. Não disse por quê. Parecia muito cansada e agia de forma estranha.

— Estranha?

— Disse que Cora precisava sair porque era seu dia de meia folga. Mas assim que ela saiu, mamãe começou a chorar.

— Eu não devia ter ido. Devia ter ficado em casa.

— Não é culpa sua, Cora. Minha mãe me disse que sentia muito e pediu para eu não ficar chateada com ela. Mas eu não estava chateada. Ela não tinha culpa de estar doente. Às vezes ela fica doente e precisa repousar.

— Entendo — disse Mira.

— Ela me abraçou com muita, *muita* força. Como costuma fazer quando ela e papai saem para uma viagem longa e eu não vou. Uma espécie de abraço de despedida, entende? Ela me disse que eu era a sua princesa, a melhor parte da sua vida, e repetiu várias vezes que me amava.

A boca de Rayleen estremeceu e ela pegou no canto da bolsa um lencinho com seu nome bordado na ponta. Enxugou os olhos.

— Ela me disse que sabia que eu seria corajosa e forte, não importava o que acontecesse. — Seu olhar cruzou com o de Eve e se manteve ali por um instante. — Disse que eu deveria me lembrar, não importava o que acontecesse, que ela me amava mais que tudo no mundo. Depois, avisou que eu deveria pegar qualquer coisa gostosa para comer, falou para eu ir brincar no meu quarto e ser boazinha. Ela ia dormir um pouco. Eu fiquei bem quietinha. — Uma nova torrente de lágrimas jorrou. — Não fiz barulho porque não queria acordá-la.

A enfermeira saiu e deu uma olhada na menina que chorava. Seu rosto irradiava compaixão e ela puxou Eve para um canto, onde não poderiam ser ouvidas.

— A condição dela ainda é crítica — informou. — Se a dra. Dimatto conseguir estabilizá-la, eles vão enviá-la para o CTI. As chances dela não são muito boas, mas a doutora está lutando bravamente.

— Ok. Muito obrigada. — Eve olhou por sobre o ombro da enfermeira. — Esse que está chegando é o marido.

Straffo veio quase correndo pelo corredor e Eve sentiu o ar de medo que irradiava dele. Rayleen pulou da cadeira e se jogou nos braços do pai. Cora se levantou, chorando e falando de forma desconexa.

Eve os deixou ali. Viu Straffo abraçar a filha com força e murmurar alguma coisa para ela. Depois ele a colocou no chão e tirou alguns fios de cabelos que tinham ficado grudados em seu rosto. Ela fez que sim com a cabeça e tornou a se sentar ao lado de Cora. Straffo foi até o visor de vidro e olhou lá para dentro, como Eve tinha feito.

Eve foi se colocar ao lado dele.

— O que você sabe sobre a situação? — quis saber Straffo.

— Sei que a médica que está trabalhando nela é excelente e não desiste com facilidade — garantiu Eve.

Ela o ouviu respirar fundo, com dificuldade, e depois soltar o ar com força. O som era áspero.

— Obrigado, Dallas.

— Ela ainda está em estado crítico, mas assim que conseguirem estabilizá-la vão transferi-la para o CTI. Ela tomou uma overdose de pílulas para dormir.

— Ó, Deus, por Deus, não! — Ele encostou a testa no vidro.

— Como estava o estado de espírito dela quando você saiu de casa hoje de manhã?

— Muito estressada. Nós todos estamos estressadíssimos, só Deus sabe o quanto. Mas isso... Isso tem de esperar. Pelo amor de Deus, Dallas, é minha esposa que está lá dentro.

— Tudo bem. Mas eu preciso conversar com Cora.

— Sim, claro, está ótimo.

— Straffo? — Ela esperou até ele arrancar os olhos do visor da sala de traumas para encontrar os dela. — Estou trabalhando por ela. Por vocês dois. Pode acreditar em mim.

— Obrigado. — Lágrimas lhe encheram os olhos no instante em que ele agradeceu.

— A dra. Mira estava comigo por acaso quando eu fui informada do que tinha acontecido. Você a conhece, sabe o quanto é uma excelente psiquiatra. Ela poderá fazer companhia a Rayleen e falar com ela enquanto eu converso com Cora. Você poderá manter o foco em Allika.

— Mira? — Com ar distraído, ele olhou em volta e viu Mira em pé num canto da sala. — Sim, sim, muito obrigado. Não quero que Rayleen fique sozinha, mas preciso...

— Você precisa se concentrar em Allika, eu sei.

Eve se virou e foi até as cadeiras.

— Cora, eu preciso falar com você. A dra. Mira vai ficar aqui com Rayleen.

— Quero meu pai.

Ela também conseguia fazer aquele jogo, decidiu Eve, lançando um olhar solidário para Rayleen.

— Sim, eu sei, mas ele não vai sair daqui. Tente não se preocupar. Preciso só que Cora converse um minutinho comigo sobre a sua mãe.

— Isso vai ajudar minha mamãe?

— Espero que sim.

Rayleen ergueu os ombros, como uma pequena guerreira corajosa.

— Ficarei bem.

— Sei que sim. Que tal se eu e Cora formos pegar alguma coisa para beber?

— Podem me trazer um suco, por favor?

— Combinado. Cora, vamos dar uma volta. — Eve conseguiu sentir o ar de deliciosa presunção que a menina exibiu assim que ela virou as costas.

— Conte-me tudo, Cora.

— Eu não deveria tê-la deixado sozinha, assumo isso logo de cara. Deu para perceber o quanto a pobrezinha da sra. Straffo estava se sentindo péssima, e mesmo assim eu saí.

— Você ficou fora durante quanto tempo?

— Tempo demais, isso com certeza. Menos de uma hora. Não sei exatamente.

Eve ouviu com atenção e deixou Cora escolher um suco na máquina.

— Assim que cheguei de volta, eu vi os comprimidos — continuou Cora. — Foi aí que eu soube. Não consegui acordá-la. Eu a sacudi e a esbofeteei, mas não consegui acordá-la. Liguei para a emergência, pedi que eles viessem depressa e expliquei o porquê. Não soube dizer se ela ainda respirava, mas fiz manobras de reanimação cardiorrespiratória até ouvi-los chegar. Só então eu desci para abrir a porta.

— E Rayleen?

— Oh, Nossa Senhora, a pobrezinha. — Cora parou de falar, pressionou as duas mãos sobre o rosto e esfregou com força. — Ela saiu do quarto assim que me viu descendo para abrir a porta. Eu sabia que precisava me apressar e nem parei para falar com ela.

— Ela disse alguma coisa?

— Bem, na verdade disse, sim. Suponho que ficou intrigada ao me ver, e eu certamente estava num estado capaz de assustar o próprio capeta, e nem deveria estar ali. Foi isso que ela disse, por falar nisso. "O que está fazendo aqui? Você não deveria estar aqui."

— Ela pareceu irritada?

— Sim, eu diria que sim. Rayleen gosta que tudo aconteça conforme o planejado e eu estava bem ali, atrapalhando a tarde que seria só dela com a mãe. Oh, tenente, que coisa terrível para uma criança enfrentar. Ela teve uma crise histérica quando os paramédicos entraram no quarto.

— Aposto que teve.

— Se eu não tivesse saído...

— Você saiu, mas voltou — interrompeu Eve. — Se não tivesse feito isso ela certamente já estaria morta. Caso ela consiga escapar com vida, saiba que não serão apenas os médicos que a terão salvado. *Você* também terá mérito nisso.

— Obrigada. Obrigada por me dizer isso. Eu não consigo parar de chorar. — Cora enxugou novas lágrimas. — Ela é uma joia de pessoa, a sra. Straffo. Uma joia! — Voltaram para a sala de espera e Cora apertou a mão de Eve com força. — Veja, eles estão saindo com ela lá de dentro.

— Estão, sim. — Eve observou a equipe levar a maca pelo corredor até o saguão dos elevadores. — Isso significa que conseguiram estabilizá-la. — Pelo menos por enquanto, pensou. — Escute com atenção o que eu vou dizer, Cora. Olhe para mim.

— Que foi?

— Você tem amigos que moram na cidade?

— Tenho, sim.

— Quero que você durma com eles essa noite.

— Ora, mas... Quero ficar com a pequena Ray. Ela vai precisar de mim, pobrezinha.

— Não. — Eve não estava disposta a arriscar a vida de mais uma cente. Com seus mais recentes planos arruinados, Rayleen poderia tentar descontar a frustração em Cora. — Quando você sair daqui, eu quero que vá direto para a casa dos seus amigos e quero que passe a noite lá. Vou cuidar para que o sr. Straffo e Rayleen fiquem bem.

— Mas eu não compreendo.

— Nem precisa compreender, pelo menos por enquanto. Mas se não me der sua palavra de que vai fazer exatamente o que estou dizendo vou levar você até a Central para mantê-la a noite toda lá como testemunha material. A escolha é sua.

— Puxa, mas a senhora está sendo ríspida.

— E a coisa vai piorar. Straffo e a menina estão vindo para cá. Pode levar o suco para Rayleen e falar um pouco com eles. Demonstre seu apoio da melhor forma que conseguir. Depois eu quero que você vá embora e faça exatamente conforme eu disse.

— Tudo bem está certo, farei isso então. Imagino que ela só queira mesmo ficar com o pai nesse momento.

Satisfeita, Eve foi até onde Louise estava.

— Dallas. Que mundo pequeno!

— E você, por que está aqui?

Louise sorriu.

— Faço parte do rodízio de plantonistas deste hospital e escolhi o belo plantão do Dia dos Namorados. Charles está ocupado e marcamos o nosso encontro romântico para amanhã.

Como o homem que se relacionava com Louise era um acompanhante licenciado de alta classe, Eve imaginou que a agenda dele estava cheia no dia dos corações apaixonados.

— Você está abatida— comentou Eve, olhando para a médica.

— Esse caso foi muito difícil. Se vai me perguntar quais são as chances dela, só posso lhe dizer que são muito pequenas. Vamos colocá-la em suporte completo. Ela ainda não consegue respirar por conta própria e pode ser que não responda ao tratamento. Mas se tivesse chegado aqui dez minutos mais tarde não teria chance alguma. Sendo assim, aproveitamos as oportunidades que conseguimos agarrar.

— Meu laboratório vai precisar de uma amostra do que vocês tiraram do estômago dela.

— Tudo bem. A *au pair* tem uma cabeça boa e muita presença de espírito. Informou ao pessoal da emergência o nome do medicamento que a paciente tinha ingerido e entregou o frasco aos paramédicos. Sabíamos logo de cara com o que estávamos lidando e isso fez muita diferença. Além do mais, deu início à reanimação cardiorrespiratória e isso aumentou as chances de reação da paciente. Uma linda mulher, por sinal. Marido, uma filhinha com ar doce. A gente nunca imagina o que está por trás dessas coisas.

— Não, a gente nunca imagina.

Capítulo Vinte e Um

Como Louise precisava ir para o CTI, Eve a deixou e se virou para Mira.

— E então?

— Ela é uma excelente atriz.

— Está no Clube de Teatro.

— Não é de surpreender. Vou precisar de uma sessão mais longa com ela, provavelmente mais de uma para obter uma posição definitiva, mas minha tendência é concordar com sua avaliação. Ela adorou ser o foco das minhas atenções, embora se mantivesse de olho em você o tempo todo. Queria ter certeza de que você escutava tudo com atenção.

— E eu estava escutando mesmo. Ela fez questão de contar com detalhes a conversa que afirma ter tido com a mãe. "Eu amo você demais. Sei que vai ser corajosa". Também explicou como chegou lá também e como sua mãe às vezes fica doente. Planejou tudo e ensaiou cada detalhe. Só que teve de improvisar, já que Cora arruinou seus planos.

— Ou simplesmente os adiou. Pode ser que Allika Straffo nunca mais acorde. Eve, ela está curtindo cada momento.

O hospital, a crise, a forma gentil como os funcionários do hospital a tratam; o medo e a dor do seu pai e a atenção total da babá.

— Sim, ela vai aproveitar cada segundo. Mas sua alegria vai acabar rapidinho. Preciso que a senhora e Louise usem a sua influência por aqui para conseguir para Straffo e a menina um dos quartos de acomodar famílias que existem aqui no hospital. Não quero que aquela garota fique sozinha com a mãe no CTI.

— Mas numa situação desse tipo, com a mãe em estado crítico, a equipe do CTI costuma incentivar a família a passar todo o tempo junto da paciente. — Do mesmo modo que Eve, Mira considerou as opções. — Se você alertar a equipe, vai entregar o ouro e ela poderá desconfiar de alguma coisa.

— Sim, pois é, ela iria sacar. — Eve deu alguns passos pelo corredor e voltou. — Ok. Quero alguém vigiando essa menina vinte e quatro horas por dia. Vou procurar uma pessoa que tenha treinamento na área médica, mas tem de ser da minha equipe.

— Você acha que Rayleen poderá tentar terminar o que começou?

— Provavelmente não, pelo menos nesse momento, mas não vou correr riscos. Vou conversar com Louise para que ela deixe chegar aos ouvidos da menina que sua mãe será colocada sob observação a cada minuto do dia e da noite, por motivos médicos. Vou ter de enfiar a faca em Straffo e contar a ele que Allika está sob suspeita de cometer dois homicídios, para justificar o guarda que vou colocar na porta do CTI.

— Ele já mal está se aguentando.

— É com isso que estou contando — rebateu Eve. — E preciso contar com o fato de que ele vai aceitar isso. Rayleen não toma atitudes por desespero ou impulso e Allika ficará segura por enquanto. Isso é só precaução.

— E como você vai lidar com ela?

— Vou deixá-la pensando que vai escapar de tudo numa boa. Vou fazer com que ela relaxe e fazê-la acreditar que me tapeou.

Pobre criança, a mãe matou duas pessoas e depois tentou acabar com a própria vida. Vou precisar jogar esse papo furado para cima de Straffo e isso não vai ser fácil.

— Ele não vai acreditar em você.

— Não sei, talvez não. Ainda estou planejando a estratégia para essa parte.

Papai ficou furioso. Rayleen não conseguiu ouvir tudo que foi dito, nem o que a tenente Dallas conversou com ele, mas dava para perceber que o que ele ouviu o deixou revoltado. E os fragmentos de conversa que conseguiu pescar nos momentos em que seu pai elevou a voz um pouco mais a agradaram muito.

Que polícia burra, pensou, enroscada no sofá da sala de espera, fingindo dormir. Eles se achavam muito espertos, mas ela era *muito mais* esperta.

Se a xereta da Cora não tivesse interferido no rumo dos acontecimentos, sua mãe já estaria morta. Mas Rayleen não tinha certeza de que isso teria sido melhor. Dava para perceber pelos rostos tensos à sua volta que todo mundo sabia que sua mãe iria acabar morrendo do mesmo jeito. Assim era muito mais interessante.

Era como a sra. Hallywell disse sobre estar no palco. Quando alguém esquecia o texto ou soltava uma fala errada, a outra pessoa tinha de raciocinar *como se fosse a personagem* e seguir em frente.

Ela manteve os olhos fechados e sorriu por dentro quando ouviu seu pai.

— Minha esposa está lutando para continuar vivendo.

— Sua esposa tentou acabar com a própria vida. Sinto muito. — A voz da tenente era calma. — Espero que ela consiga escapar. Sinceramente.

— Para você poder acusá-la de dois homicídios? Allika jamais conseguiria machucar alguém.

— A não ser ela mesma? Escute, eu repito: sinto muito. Não estou garantindo que vamos acusá-la formalmente. Estou lhe contando apenas, como cortesia, que teremos de avaliar essa possibilidade. *Se* e *quando* ela for capaz de falar, vou ter de interrogá-la. Sei que é duro para você, e só Deus sabe o quanto é duro para sua filha. Estou apenas tentando lhe dar algum tempo para se preparar.

— Vá embora. Por favor, vá embora daqui e me deixe sozinho com minha família.

— Estou indo. Mas voltarei, caso ela saia dessa. Oliver... Cuide bem de você e da sua filha. Essa menina já enfrentou mais coisas terríveis do que qualquer criança deveria enfrentar.

Rayleen manteve os olhos bem fechados ao sentir que o pai se sentava ao seu lado. Ele acariciou seu cabelo muito, muito de leve. Ela continuou de olhos fechados quando o ouviu chorar baixinho.

Perguntou a si mesma quanto tempo mais teria de esperar para comer uma pizza com refrigerante.

Eve pegou o comunicador enquanto descia para a rua. O aparelho tocou em sua mão antes mesmo de ela ter chance de usá-lo para chamar Peabody.

— Dallas falando.

— Você já ficou livre? — quis saber Peabody.

— Sim, estou de saída. O estado de Allika é crítico, ela está respirando por aparelhos. Suas chances são mínimas. Coloquei um guarda na porta do CTI e outro, com treinamento médico, lá dentro. Louise estava de plantão.

— Que sorte!

— Sim. Eu a ouvi dizendo a Straffo para passar o máximo de tempo possível no CTI, junto dela, conversando com ela e incentivando-a a lutar. Talvez isso possa ajudar, quem sabe? A menina está fazendo o seu joguinho de forma perfeita, mas não conseguiu enrolar Mira, pelo menos dessa vez. Portanto, vamos conseguir algum peso para o nosso lado.

— Pois já conseguimos mais. Eu achei o diário.

Eve teve de fazer um esforço grande para se impedir de fazer uma dancinha de vitória enquanto empurrava as portas de saída do hospital.

— Eu sabia que devia haver alguma razão para eu manter você trabalhando comigo — brincou com Peabody.

— Fez muito bem em me manter. Levamos duas horas para encontrar.

— Onde?

— No reciclador de lixo da cozinha. Vasculhei em cada centímetro da casa toda, procurei com um pente fino e tive vários guardas me ajudando. Por que será que eu não pensei no reciclador logo de cara?

— Quanto deu para salvar?

— Tudo, eu diria, porque ele está dentro de uma caixa de metal com o nome dela gravado. Dá para ver que tem um livro lá dentro, pelo peso. Ele também se mexe quando eu sacudo a caixa. Acho que só conseguiu passar pela primeira etapa da reciclagem. Está muito amassado e bem trancado. O cadeado é pequeno demais para ser aberto com uma chave mestra e está muito amassado, para piorar as coisas. Provavelmente teremos de cortar o metal.

— Vou já para aí. Roarke conseguirá abrir o cadeado.

— Beleza! Vou ligar para McNab e mandar que ele cancele as comemorações do Dia dos Namorados.

— Não. — Eve entrou no carro. — Vou levar algum tempo para dar prosseguimento à operação. Esse caso é um campo minado. Vou pegar o diário, registrá-lo como evidência e levá-lo para Roarke em seguida.

— Eu já registrei a evidência no sistema.

— Melhor ainda. Por enquanto vá para casa. Tome um drinque e transe com McNab, se isso for mesmo necessário.

— Ah, é supernecessário — apressou-se Peabody. — Eu *tenho* de fazer isso!

— Não se esqueça de bloquear o vídeo para o caso de eu precisar ligar para você mais tarde. Não quero ficar cega depois de ver algo traumatizante sem querer. Vamos juntar tudo e encerrar este caso.

Eve desligou e murmurou baixinho:

— Rayleen, sua merdinha. Agora eu te peguei!

Enquanto Eve dirigia e entrava em contato com Whitney e Mira para atualizá-los sobre os mais recentes desdobramentos do caso, Roarke escolhia o champanhe que queria degustar no jantar.

Tinha trabalhado o dia todo e muito em breve, esperava, ele e Eve poderiam colocar de lado as responsabilidades do dia. E curtir um ao outro.

Ele sabia que ela iria adorar tudo e certamente daria boas risadas ao descobrir a refeição que ele escolhera para aquela noite. Como era um jantar íntimo, em casa, só para eles dois, ele decidira que o menu seria pizza de pepperoni. Uma das comidas preferidas de Eve.

Também escolheu algo que poderia ser chamado genericamente de *lingerie* para ela vestir ao jantar. Ela acharia graça disso também. E ele certamente iria apreciar muito a visão de sua esposa envergando apenas uma *chemise* de seda vermelha com pele branca de arminho nas bordas.

Como ela ainda não tinha entrado em contato com ele para avisar que ficaria presa devido ao trabalho, ele supôs que era alta a probabilidade de conseguir chegar em casa às oito da noite. Decidiu que eles jantariam na cidade de Praga, por cortesia do salão holográfico. Teriam arquitetura romântica, neve caindo de forma abundante do lado de fora das janelas e violinos ciganos enchendo o ar.

Um clima um pouco exagerado, refletiu. Mas que diabos, por que não?

— Roarke.

— Humm — respondeu a Summerset enquanto acabava de montar o ambiente e programava tudo.

— Magdelana encontra-se no portão.

— Ela o quê?

— Está no portão — repetiu Summerset. — Pediu para ser recebida, e me pareceu um pouco chorosa. Alega que precisa falar com você agora mesmo, nem que seja por alguns momentos. Devo dizer-lhe que você não está disponível?

Essa seria a saída mais fácil, calculou Roarke, e ele quase cedeu à tentação de fugir àquele embate do jeito mais simples. Por outro lado, se não lidasse com o problema ali e agora, teria de enfrentá-lo mais tarde. Além do mais, sentiu uma curiosidade mórbida. Como será que Maggie se explicaria dessa vez?

— Não, deixe-a entrar e traga-a aqui para a sala de estar. Pode deixar que eu saberei lidar com ela.

— A tenente deverá chegar em casa a qualquer momento.

— Sim, mas será uma conversa rápida. Vamos resolver logo esse caso e acabar com o problema.

Uma encrenqueira, pensou Roarke, enquanto Summerset permitia a entrada de Magdelana. Ele sempre soube que ela era assim. No passado, porém, achara isso atraente. Mas não tinha percebido, na época, pelo menos com clareza, o quanto essa propensão para criar problemas estava arraigada nela.

Ele sabia como lidar com criadores de caso. Depois que fizesse isso, ela sairia daquela casa com tudo bem claro. E seria o fim definitivo da ligação entre eles.

Levou muito tempo para ele descer até a sala de estar. Faria bem a ela esfriar um pouco as solas dos pés, plantada ali à sua espera. E Summerset certamente vigiaria tudo para que ela não subtraísse nenhuma peça valiosa da casa.

Como já esperava, Summerset estava a postos na sala. Oferecera a Magdelana um cálice de vinho. Lá estava ela, muito pálida e delicada numa roupa de seda em tom de marfim.

Tinha se postado em pé diante da lareira, a uma distância estudada e num ângulo perfeito para fazer sobressair o brilho de sua pele e cintilar a cor das chamas na seda.

Armar um belo cenário sempre fora uma de suas grandes habilidades. Só que dessa vez Roarke era o alvo. No que dizia respeito a Magdelana, ele continuava sendo um alvo.

— Roarke. — Ela abaixou a cabeça, como se sentisse vergonha. Mas não antes de um fino filete de lágrimas cintilasse e lhe escorresse dos olhos. — Oh, Roarke, será que um dia você conseguirá me perdoar?

— Você pode nos deixar a sós?— pediu ele a Summerset.

Assim que o mordomo saiu da sala, ela pousou o cálice com um leve tremor na mão.

— Eu me sinto absolutamente péssima por causa disso tudo. Eu só queria... Roarke, estive fora da cidade nos últimos dois dias e só voltei agora. Mas ouvi falar... e vi. Tentei entrar em contato com você antes de partir, assim que aquelas imagens foram ao ar... Só que...

— Tenho andado muito ocupado.

— Sim, me evitando — disse ela, com o eco das lágrimas na voz. — Eu nem tinha certeza se você aceitaria me receber. Maldito paparazzi. Eles deviam ser todos enforcados.

— Até eles precisam trabalhar para viver.

— Mas insinuar que uma cena completamente inocente representava algo... ilícito. Nós deveríamos processá-los. É claro que isso só serviria para tornar as coisas ainda piores. Eu sei, eu sei. — Ergueu a mão e acenou levemente, de forma distraída. — Mal consigo imaginar o quanto você deve estar arrasado. Sua esposa, então!... Ela está muito zangada?

— O que você acha? — perguntou ele, inclinando a cabeça um pouco para o lado.

— No lugar dela eu estaria furiosa! Eles fizeram parecer como se estivéssemos... Estávamos apenas nos despedindo. Você e eu sabemos disso, Roarke; sabemos que estávamos apenas nos despedindo.

— Sabemos, sim, e realmente estávamos.

— Quem sabe se eu tentasse explicar tudo a ela... Por acaso ela está em casa? Eu poderia tentar...

— Você sabe que ela não está em casa.

Magdelana fechou os olhos lacrimosos. Estava se recompondo, reparou Roarke. Reconfigurando o novo ataque.

— Tudo bem, sim, eu admito. Queria conversar primeiro com você, a sós. Liguei para o trabalho dela. Elas me disseram que ela estava em trabalho externo e eu vim direto para cá. Nossa, como eu sou covarde. — Tocou os lábios com os dedos. — Se puder ajudar, nem que seja um pouco, eu gostaria de explicar tudo a ela.

— Não creio. Ela está perfeitamente ciente das circunstâncias.

— Oh. Bom. Ótimo. Que alívio!

— Está perfeitamente ciente de que você armou tudo, fez um teatro muito bem montado e pagou ao cinegrafista para divulgar o vídeo.

— O quê? Isso é ridículo. Que absurdo... Roarke! — Ela pronunciou o nome dele com uma pitada de sentimentos ofendidos e uma leve dose de choque. — Como é que você poderia pensar que eu faria uma coisa dessas? Compreendo que você esteja zangado comigo e preocupado com a situação... Eu também estou. Mas me acusar de tentar, deliberadamente, magoar você e sua esposa? Com que objetivo?

Não era de espantar que ela tivesse se dado tão bem, profissionalmente, durante os meses em que tinham trabalhado juntos. Sua atuação era brilhante.

— Eu diria que a diversão de fazer isso seria um motivo suficiente para você.

— Que coisa desprezível de dizer para mim! — Ela pegou o vinho e tomou um gole. — Absolutamente desprezível.

— Você acha que eu não consigo localizar o cinegrafista para suborná-lo? Ele me contará todos os detalhes. Você está me subestimando, Maggie.

Ela levou o cálice até a janela e se manteve de costas para ele.

— Não. Não — repetiu, baixinho. — Eu jamais subestimaria você. Talvez eu quisesse, no fundo, que você descobrisse tudo. Sabia que você conseguiria isso, no fim. É você que está me subestimando, Roarke. Subestimando os sentimentos que tenho por você. E meu arrependimento. — Olhou por sobre o ombro. — E meu desejo. Admito isso. Não sinto orgulho do que fiz, mas também não terei vergonha. Fiz o que achei necessário fazer. Daria qualquer coisa no mundo para ter você de volta. Nada mais me importa na vida, só ficar com você novamente.

Ele esperou alguns segundos e debochou:

— Conversa fiada!

— Como pode debochar dos meus sentimentos? — Ela jogou a taça longe, espatifando o cristal. — Como ousa fazer isso quando eu estou aqui diante de você, com sinceridade e alma lavada?

— Não estou debochando de nada, apenas explicando com clareza que você não tem sentimento de nenhum tipo. Nunca teve, por mim nem por mais ninguém, com exceção de você mesma. — Ele soltou uma gargalhada de leve. — Eu levei mais tempo para entender isso do que deveria.

De repente, até mesmo o riso leve se foi e a voz dele se tornou gélida.

— Você veio até Nova York só para testar as águas. Eu tenho muito mais hoje do que tinha no passado, e você tinha esperança de ficar com uma parcela disso. Minha mulher enxergou através de você, sabia? Na primeira vez em que colocou os olhos na sua figura

Magdelana lançou a cabeça para trás e caminhou a passos largos na direção dele.

— E logo da primeira vez que coloquei os olhos em você novamente eu enxerguei que ela o tinha na palma da sua mão. Nossa, como isso me fez rir! O rico e poderoso Roarke domesticado e treinado por uma tira magrela, sem estilo nem beleza.

— Interessante, isso... Na minha opinião, ela tem muito mais estilo, beleza e também, Deus é testemunha, muito mais classe do que você tem ou jamais terá.

Ele nem piscou quando ela o esbofeteou.

— É melhor não tornar a fazer isso — avisou ele, com tanta suavidade que ela abaixou a mão na mesma hora.

— Roarke...

— Foi você quem tentou colocar uma coleira em mim, Maggie. Foi você quem achou que conseguiria isso com um simples estalar de dedos. E quando viu que eu não me lancei aos seus pés fez tudo que pôde para causar problemas para mim e para o meu casamento, além de magoar a minha esposa.

— Ora, mas o que foi que eu fiz? É tudo um jogo. Você costumava ter mais senso de humor. Pelo visto ela apagou isso de você também.

— Você nunca a compreenderá, nem a mim. Nunca compreenderá o que nós temos. O que me dá mais pena é que também nunca terá nada do que eu tenho. Não é capaz disso. Então vou lhe explicar como é que a banda toca por aqui. Ouça com atenção... Você nunca mais poderá colocar os pés na minha casa novamente, nem em qualquer das minhas outras propriedades e negócios. Isso inclui todos os hotéis sob minha propriedade, todos os sistemas de transporte, lojas ou outros estabelecimentos nos quais eu seja sócio majoritário. E tome cuidado, porque eles são muitos!

— Ora, pelo amor de Deus, você não pode me impedir de ir a...

— Posso sim — corrigiu ele, com tanta frieza que a cor desapareceu do rosto dela. — E farei isso. Eu lhe dou apenas três horas para você sair de Nova York e deste país.

— Você não pode controlar a porra deste país inteiro — rebateu ela.

— Na verdade eu conseguiria com facilidade fazer isso por algumas horas, só para ter o prazer de ver você suar frio. Mas não preciso fazer isso. Se você não tiver ido embora para sempre dentro do prazo de três horas que eu lhe dei... prazo, aliás, que começa exatamente agora — olhou para o relógio de pulso —, a Interpol e a Polícia Global vão receber informações interessantes e muito detalhadas sobre você.

Dessa vez ela ficou mais pálida que um cadáver.

— Você me trairia dessa forma?

— Ouça-me com atenção mais uma vez. Eu seria capaz de esmagar você como um inseto só por ter causado à minha mulher um único momento de dor. Acredite nisso. Tenha muito medo disso.

— Se você tentasse fazer algo desse tipo eu arrastaria você para o fundo junto comigo.

Dessa vez ele sorriu.

— Você poderia tentar. Só que eu sou tão maior que você nunca conseguiria me atingir. Mais um detalhe, Maggie: você certamente vai achar as acomodações da prisão muito limitadas e bastante incompatíveis com seu gosto.

Ele viu seus lábios tremerem de leve antes de ela conseguir firmá-los novamente. E a viu absorver o choque da verdade. Então deu de ombros, com ar de desinteresse.

— Eu não preciso de você. Nunca precisei. — Caminhou lentamente, circulando a sala. — Simplesmente achei que poderíamos nos divertir um pouco juntos, mas obviamente você não sabe mais brincar.

— O relógio está correndo... — avisou ele.

Ela se virou de repente.

— Eu prefiro a Europa, mesmo. Nova York me cansa. *Você* me deixa entediada.

Ao ver o reflexo dos faróis que bateram na janela da sala, ela mudou de tática na mesma hora.

— Ah, que se dane. — Soltou uma gostosa gargalhada. — Você descobriu tudo e acabou com a minha farra. Não adianta ficar choramingando por causa disso. É hora de reconhecer os prejuízos e tirar o time de campo. Há muitos peixes grandes para fisgar por aí.

Olhou para ele, sorriu e completou:

— Nunca vou compreender como é que você pôde preferi-la a mim.

— Não, você nunca vai conseguir compreender.

Ela deu um passo à frente para pegar o casaco de pele que deixara largado sobre uma das poltronas. Com gestos fluidos e suaves, virou-se para entregar o casaco a Roarke, para que ele a ajudasse a vesti-lo. Então, calculando o tempo com precisão, jogou-se nos braços dele.

O casaco de marta caiu no chão no instante em que ele lhe tocou os ombros para afastá-la dele.

Eve entrou na sala e viu Magdelana com os braços enlaçados em torno do pescoço de Roarke e as mãos dele sobre os ombros nus dela, sendo que uma das alças de seda marfim já despencara até o cotovelo.

— Filho da mãe! — reagiu Eve.

Como se tivesse sido pega de surpresa, Magdelana girou o corpo, com o rosto cheio de paixão e choque.

— Oh, Deus. Oh... Isso não é o que está parecendo.

— Pode apostar — Eve deu alguns passos largos.

Na verdade, Roarke analisou, ela parecia estar caminhando com orgulho e arrogância. Ele ainda teve alguns décimos de segundo para admirá-la, antes de Eve dar um soco em sua cara com o punho fechado.

— Porra! — reagiu ele, lançando a cabeça para trás e sentindo gosto de sangue na boca.

Magdelana gritou, mas até um surdo perceberia uma espécie de riso preso em seu grito.

— Roarke! Oh, meu Deus, você está *sangrando*. Por favor, deixe que eu...

— Se ligue no lance, sua vaca, porque ele não vai ser o único a sangrar — avisou Eve alegremente. — E nocauteou Magdelana com um forte cruzado de direita. — Vadia! — acrescentou, enquanto os olhos de Magdelana giravam para cima e ela caía no chão, inconsciente.

Roarke olhou para o chão.

— Ora... Duplamente porra!

— É melhor tirar esse lixo da minha casa. — Com isso, Eve saiu da sala novamente.

Passou por Summerset no saguão. Ela imaginou que a expressão no rosto dele era um sorriso, mas não conseguiu ter certeza absoluta.

— É melhor você tomar cuidado, porque arreganhar os dentes desse jeito poderá dividir sua cara ao meio.

— Acho que aplaudir o que acaba de acontecer seria ligeiramente inapropriado.

Ela soltou uma risada e continuou subindo os degraus.

Com o rosto latejando de dor e suas sensibilidades insultadas, Roarke passou por cima de Magdelana, caída no chão. No saguão, lançou um olhar gélido para Summerset.

— Cuide daquilo — ordenou.

— Com todo o prazer. — Mesmo assim, Summerset se demorou mais alguns segundos observando Roarke, que subia a escada atrás da esposa.

Ele se encontrou com ela no banheiro.

— Maldição, Eve, você sabe que isso foi outra armação. Sabe muitíssimo bem que eu nunca colocaria as mãos nela.

— Tá, tá, eu sei, claro que não. — Eve despiu a jaqueta e a jogou longe. — Percebo uma armação de longe e conheço sua cara, garotão. Não vi desejo nela, vi apenas irritação.

— Ah, foi? Que bonito, então... Foi mesmo? Mas afinal, se você sabia exatamente o que acontecia, por que me deu um soco na cara?

— Quer saber o motivo principal? — Ela se virou e colocou uma das mãos no quadril. — Basicamente, fiz isso porque você é homem.

Com os olhos estreitados ao fitá-la, ele tentou estancar o sangue com as costas da mão.

— E você pode ao menos me informar com que frequência eu devo esperar ser socado na cara só por causa da porra do meu DNA?

— Não dá para saber. — Ele parecia realmente furioso, incrivelmente insultado. — Eve sentiu vontade de rasgar as roupas dele e morder sua bunda. — Para ser franca, acho que você estava merecendo uma boa escovada.

— Que troço bizarro! Já aturei muitas maluquices de mulheres ao longo dos anos. — O absurdo da situação começou abalar sua raiva. — Vocês, mulheres, são criaturas apavorantes e irracionais.

Ela se balançou para a frente e para trás na sola dos pés e flexionou os joelhos.

— Está com medo de me enfrentar? Vamos lá, seu fodão, você levou um soco só por ser homem. Aja como um.

— É um homem que você quer, então? — Ele começou a circular em torno de Eve e ela o acompanhou. — Pois saiba que vou derrubar você.

— Ui, que merda! Veja como eu estou assustada, vou até começar a tremer. — Ela fingiu que ia atacá-lo com a esquerda, mas girou o corpo e deu um chute para trás. — Ah, acho que não, estava só prendendo o riso.

Ele bloqueou o primeiro chute e também o seguinte com o braço; em seguida fez Eve voar por cima do próprio pé e a empurrou de costas na direção da cama. Calculando a distância, girou o corpo dela e a atirou para trás num movimento de arco.

Ela aterrissou de costas no colchão, mas, quando ele mergulhou ela girou, pulou fora e se agachou, em posição de luta.

— Não vai ser assim tão fácil, garotão.

— Quem disse que eu queria moleza?

Ele também rolou sobre a cama e ela teve de admirar sua velocidade e agilidade. Eve pulou para trás como se dançasse, e mirou um soco nele, devidamente bloqueado, seguido por um golpe do cotovelo que o atingiu em cheio, mas recuou logo em seguida. Afinal, não o queria na lista dos inválidos, já que tinha outros planos em mente.

Mas não se importaria se ele saísse dali mancando um pouco. Bem que merecia. Tentou bloquear a parte de trás da perna dele com o calcanhar, mas ele se virou a tempo e lhe aplicou uma rasteira.

Juntos, rolaram pelos degraus da plataforma onde ficava a cama e atingiram o chão, com ela por cima.

— Pronto para jogar a toalha? — perguntou ela, quase sem fôlego.

— Não. — Ele aplicou uma tesoura nas pernas dela, aprisionando-as, e reverteu suas posições. — E você?

— Nem pensar! — E rasgou a camisa dele.

— Você terá de pagar por esse prejuízo.

— Tente me obrigar.

Ele segurou o colarinho da blusa dela com força e a rasgou de cima a baixo. Pendurada no cordão que ela usava debaixo da blusa, viu a medalha de São Judas Tadeu que ele lhe dera um dia. As pontas soltas da blusa ficaram sobre o coldre, ainda com a arma

— Maldita tira! — murmurou, soltando o coldre.

— Maldito criminoso!

— Ex-criminoso, e sem condenações. — Ele pressionou os lábios contra os dela e xingou mentalmente ao sentir a ardência no lábio aberto. — Você sabe dar um bom soco, tenente. — Afastou-se um pouco para analisar o rosto dela, seus olhos castanhos cheios de determinação e a boca curvada num sorrido presunçoso. — E é a minha maldita namorada.

Ela riu e pegou dois punhados de cabelo dele.

— Com certeza, gostosão.

Ela queria devorá-lo, uma mordida de cada vez e enterrar as unhas nas suas costas, depois de arrancar os farrapos que tinham sobrado da camisa. Tinha visto mais que irritação no rosto dele quando Magdelana o abraçou com força.

Vira o que talvez não tivesse percebido se ela e ele tivessem sido burros ou loucos o bastante para deixar escapar um ao outro, no dia em que se conheceram.

— Eu amo você. — Ela cravou os dentes no ombro dele e gemeu quando os dele lhe arranharam a garganta com força. Ela enlaçou a cintura dele com as pernas e o empurrou, de modo a deixá-lo por baixo dela novamente. Passou a boca sobre a pele dele de um jeito ardente.

Pelo visto, aquela noite não seria do tipo romântica e sonhadora, neve caindo suavemente do lado de fora da janela e violinos ciganos enchendo o ar. Seria desesperada, um pouco rude. E tão verdadeira e urgente quanto o bater acelerado dos corações deles.

Ele sentiu que sua sobrevivência dependia do gosto e da textura da pele dela. Agarrou-a e lhe arrancou todas as roupas como um homem possuído por demônios.

— Você vai me dar tudo que tem aí. Tudo!

— Tome, então — disse-lhe ela, e se colocou debaixo dele mais uma vez. A boca dele lhe assaltou o seio e suas mãos... suas mãos se multiplicaram e estavam em toda parte.

Ela gritou com força, sentindo-se decolar quando o orgasmo se agigantou e circulou dentro dela como um relâmpago. Ouviu-o murmurar alguma coisa para ela no sotaque carregado da Irlanda. E o sentiu estremecer quando ele pareceu se segurar.

Isso ela não poderia permitir.

— Você vai me dar tudo que tem aí também — avisou. — Tudo!

Ela destruiu sua vontade, e desfez seu autocontrole, as mãos e os lábios tomando tudo, como ele fizera com ela. Além da razão. Quase à beira do delírio, ele puxou a boca de Eve para junto da dele e a devorou.

Eram lábios, dentes e línguas que exigiam e saqueavam, sem se importar com as marcas que pudessem ficar. A respiração dela parecia queimá-la por dentro, mas ela continuava a dar e a receber. O sangue dele circulava com tanta velocidade que parecia queimar sob a pele.

— Agora, agora, agora! — entoou ela, arqueando o corpo.

Quando ele a penetrou com força, ela gritou mais uma vez, num som primal de desespero e prazer. Mesmo assim seus quadris bombeavam com rapidez e muita força, envolvendo-o num glorioso abandono.

As mãos dela escorregaram dos quadris dele e se largaram de lado, penduradas pouco acima do chão. Dentro do corpo dela, tudo parecia ter sido socado, torcido, enroscado e depois amaciado novamente. Seus dedos dos pés queriam se contorcer de prazer, mas não lhe restou muita energia para realizar esse movimento.

— Jesus... — conseguiu balbuciar. — Santo Cristo dançarino.

— Quando eu conseguir ficar em pé novamente, em algum momento do futuro distante, vou deixar você me dar mais um soco na cara, só para ver se tudo acaba do mesmo jeito novamente.

— Tudo bem.

— Ou, quem sabe, poderíamos tentar o jantar romântico. E depois você dá um soco na minha cara. — Viu que ela recuou e fez uma careta. — Qual o problema? — Ergueu a cabeça e viu pelo rosto dela o que poderia ser. — O que foi?

— Sinto muito, de verdade.

— Acho que, considerando nossas posições e o estado em que nos encontramos, desculpas são desnecessárias. — Mas percebeu o olhar estranho dela. — Você não sente pelo soco, estou vendo. É o trabalho?

— Eu não entrei em contato com você para cancelar o jantar porque queria lhe contar tudo cara a cara. E é como estamos agora, além das outras partes do corpo. É muita coisa para explicar, mas vou tentar. Há algo com o que eu preciso lidar e gostaria da sua ajuda nisso.

— Tudo bem.

— Talvez possamos encaixar o papo em nosso momento à luz de velas ou deixar para depois da meia-noite. Só que...

— Não importa, Eve. Eu já prometi a você que ajudaria.

Sim, temos muita sorte, pensou ela. Nossa, e como!

— Eu lhe trouxe um presente.

— Ah, é?

— Um livro de poesia com versos românticos. Eu pensei: "Será que existe algo mais meloso?", e descobri que parecia ser a coisa certa. Depois estraguei tudo ao esquecê-lo em cima da minha mesa.

Ele sorriu e se inclinou para beijá-la suavemente.

Obrigado.

— Preciso tomar uma ducha e cair dentro — disse ela, tocando no rosto dele. — Planejei mergulhar no trabalho logo de cara para podermos jantar mais tarde, mas acabei tendo de socar você e a piranha loura, uma coisa levou a outra e ainda estou aqui.

— Claro. Bem, podemos tomar essa ducha juntos e você me atualiza sobre tudo.

Ele ouviu com atenção, comentando pouco enquanto ela relatava tudo.

— Quer dizer — disse ele, enquanto ela vestia uma calça larga de flanela e uma camiseta —, que você estava certa a respeito da menininha.

— De menininha ela não tem nada, mas sim, eu estava certa. O diário vai ser uma das formas de pegá-la. Eu poderia ter mandado cortar a caixa de metal em que ele está, mas...

— Eu garanto que isso não será necessário.

— Vamos fazer isso no meu escritório. — Pegou um kit de serviço. — Quero tudo filmado e documentado. Você poderia fingir alguma dificuldade, antes de abrir a fechadura?

— Claro que não!

— Tudo bem, tudo bem.

— Eu gostaria de explicar o que Magdelana estava fazendo aqui.

— Além de tentar soldar os lábios dela nos seus? — perguntou Eve, lançando um olhar significativo para ele.

— Mais especificamente — continuou ele, com cuidado, no instante em que saíam do quarto —, eu queria lhe contar o porquê de ter permitido que ela entrasse em nossa casa.

— Isso eu já saquei. Você precisava lidar com o problema, só você e ela. Precisava arrancar a verdade daquela boca vermelha, depois mandá-la passear e jogar um pouco da famosa Ira de Roarke sobre a criatura.

— Como eu sou afortunado, diante das circunstâncias, por ter uma mulher que me compreende. Ira de Roarke? — repetiu.

— Você também sabe ameaçar com a Ira de Deus, mas o problema é que as pessoas não podem ver Deus, e a maioria delas não acha realmente que Ele vai... Como é que se diz, mesmo?... Esmagá-las. Você, por outro lado, é de carne e osso, e pode fazer muito pior do que esmagar uma pessoa. Portanto, é muito mais assustador do que Deus.

— Não sei como reagir ao que você acaba de dizer — reagiu ele, depois de refletir por alguns instantes. — Enquanto eu decido, quer saber como eu lidei com o problema?

— Sim, na verdade adoraria.

Ele contou tudo enquanto seguiam para o escritório; ela tirou o kit de serviço e pegou o diário. De repente, ela empinou o corpo e simplesmente olhou para ele.

— Viu? Viu só? Puta merda! Deus não faria as entranhas dela se retorcerem de medo desse jeito, e pode apostar sua linda bunda irlandesa como ela tremeu por dentro como geleia. Você realmente conseguirá bani-la e impedi-la de entrar em todos os lugares que pertencem a você? Isso é mais ou menos oitenta por cento do universo conhecido.

— Quanto exagero, não deve passar de uns cinquenta por cento, mas... A resposta é sim. — O riso dele foi curto e cruel. — Claro que eu posso, sim, e como posso!

— E você realmente tem dados sobre ela que poderiam interessar às autoridades internacionais?

— Pelo que você me toma, por tolo? É claro que eu tenho. — Ele parou um instante, lendo perfeitamente os pensamentos dela. — Mas não vou entregar nada a você, Eve. Por duas razões.

— Espero que sejam boas razões.

— Em primeiro lugar, isso não interessa a você, e nem pense em levantar esse punho novamente contra mim. Tudo foi culpa minha, a vinda dela até aqui, ela provocar tantos problemas e tudo o mais. Em segundo lugar, pretendo mantê-la sem dormir à noite por algum tempo a partir de hoje, matutando e tentando descobrir quais as armas que eu poderei ter contra ela e o que seria capaz de fazer com isso. Aposto que ela vai ficar olhando por cima do ombro por um bom tempo.

— Acho a primeira razão furadíssima, mas a segunda é realmente cruel e pérfida. Gostei muito... Podemos dar a partida por empatada.

— Ótimo. Bem, agora eu vou abrir isso para você e vamos curtir nosso jantar de Dia dos Namorados enquanto descobrimos o que está escrito aí dentro.

— Humm...

— O jantar é pizza. Era para ser pizza com champanhe, na verdade.

— Sério?

— Sim, mas como eu conheço minha esposa tão bem quanto ela me conhece — bateu de leve no nariz dela —, vai ser pizza de pepperoni com café. O champanhe vai ficar para outra vez.

— Sabe de uma coisa? Você realmente é o meu namorado.

Capítulo Vinte e Dois

Antes de quebrar o lacre do saco de evidências onde estava o diário de Rayleen, Eve ligou a filmadora e recitou os dados pertinentes. Pegou a caixa de metal na sacola, observou uma espécie de flor com pétalas grandes entalhada na tampa e a colocou sobre a mesa.

— Peabody a encontrou no reciclador de lixo da cozinha.

— Muito esperta, a nossa Peabody! — replicou Roarke, escolhendo a ferramenta adequada.

— Se as coisas não tivessem acontecido com tanta rapidez, a *au pair* voltando para casa e assim por diante... E se Peabody não tivesse ido à cena do crime com o propósito específico de encontrar esta caixa, ela poderia ter virado lixo reciclado amanhã de manhã. Leva mais de uma etapa de reciclagem para a máquina quebrar objetos grandes e densos feitos desse material. Tudo que Rayleen conseguiu foi amassar um pouco a caixa.

— Uma pena. É uma bela caixa. Resistente, bem-feita, e foi por isso que resistiu tanto. A menina deveria ter tirado o diário aqui de dentro. Ele teria sido destruído antes de ser encontrado.

— Ela é esperta, mas não sabe de tudo. Tem muita coisa que podemos reconstituir em laboratório. Além do mais... Ei, belo trabalho! — elogiou Eve quando que Roarke conseguiu abrir o cadeado quebrado e com senha em menos de dez segundos.

— Bem, isso não é exatamente um cofre de titânio.

Com as mãos já seladas, Eve ergueu o livro rosa e o tirou lá de dentro. O objeto era encapado em couro e tinha, mais uma vez, o nome de Rayleen escrito em letras prateadas. Também havia um cadeado ali, mas era do tipo antigo, daqueles que são abertos com uma chave comum.

— Usar o computador teria sido mais rápido do que escrever à mão nessas páginas — comentou.

— Mas eu aposto que seus pais, por mais indulgentes que sejam, não permitiriam que ela deixasse alguma coisa escondida por senha no computador. — Deu uma batidinha com o indicador no livro. — Isso parece inofensivo e muito tradicional, algo que uma menina poderia curtir.

Eve recuou um passo e deixou Roarke trabalhar na fechadura.

— Vou querer cópias de tudo que estiver escrito aí dentro — avisou ela.

— Antes de ler?

— Não. Primeiro eu quero filmar as últimas páginas para ficar registrado, depois fazemos as cópias. Mas quero saber de tudo agora mesmo.

Folheou as últimas páginas antes de qualquer coisa e encontrou a mensagem escrita por último. Com a filmadora focando a linda caligrafia usada nas páginas rosa-claro com bordas em dourado, leu em voz alta:

Hoje de manhã eu usei minha saia xadrez preta e rosa, botas cor-de-rosa que iam até o joelho e meu suéter branco com flores na gola e nos punhos. Estava muito linda. Comi frutas, iogurte com torrada de pão sete grãos no café da manhã, e pedi a Cora para me preparar suco de laranja natural. É para isso que ela é paga. Tinha atividades no grupo Estímulos para o Cérebro. Aquilo está ficando um pouco tedioso, preciso achar um jeito de desistir. Mesmo assim, gosto muito de saber que sou mais inteligente do que qualquer um dos outros alunos. Do mesmo modo que sou melhor do que qualquer uma na aula de dança. Poderei, se um dia tiver vontade, ser a primeira bailarina de uma grande companhia.

Depois das atividades no grupo Estímulos para o Cérebro, Cora e eu pegamos um táxi para o Metropolitan. Não sei por que não usamos um serviço de motorista particular. Vou pedir a papai que providencie isso. Gosto de arte, mas quase todas as pessoas que pintaram algo de bonito estão mortas, mesmo. Eu poderia ser uma artista famosa, se quisesse, e teria minhas pinturas expostas ali no Met. As pessoas pagariam muito dinheiro só para ver minhas pinturas. Mas acho que eu preferia vendê-las diretamente para colecionadores. Não gosto de imaginar pessoas que não conhecem nada de arte e nem merecem estar ali, circulando pelo museu, apreciando meu trabalho.

— Que ego interessante — comentou Roarke.

Eve olhou para ele.

— Ela só pode ter escrito isso depois de sua mãe tê-las chamado de volta para casa. Mesmo assim o texto está cheio de eu, *eu*, *eu*. Mira vai ter muita coisa para analisar aqui.

Olhando novamente para o livro, continuou a ler.

Tínhamos combinado de encontrar mamãe para almoçar no Zoology. É meu restaurante favorito, mas tivemos de reservar lugar com três semanas de antecedência. Um dia, quando eu for famosa, não vou mais precisar fazer reservas idiotas para ir a lugar algum. As pessoas vão se sentir gratas por eu me dar ao trabalho de comer em seus restaurantes.

Depois do almoço, eu ia ao salão de beleza para cuidar dos cabelos e fazer uma pedicure. Já tinha escolhido o brilho Carnaval para

as unhas, com camada extra de glitter. Mas o tele-link de Cora tocou e era minha mãe nos chamando de volta para casa. Puxa, nós tínhamos feito planos! Havia reservas confirmadas, mas eu tive de voltar para casa e o dia inteiro ficou arruinado. Minha mãe nem estava vestida quando chegamos lá. Ela é tão egoísta!
Mas a culpa toda é daquela enxerida da tenente Dallas. No princípio, eu achei que ela fosse uma pessoa interessante, mas não é. Não passa de uma mulher cruel, insistente e burra. Agora eu vou ter de consertar tudo. Outra vez! Mas tudo bem, para ser franca. Minha mãe é muito fraca, tola, e meu pai ultimamente tem dedicado mais atenção a ela do que a mim. Foi por isso que eu cuidei do problema. Foi fácil. O mais fácil de todos, até agora.
Ela esconde pílulas para dormir na gaveta da lingerie. Como se eu não conseguisse encontrá-las ali! Tudo que eu tive de fazer foi preparar um pouco de chá para ela e dissolver as pílulas lá dentro. Como eu fiz com a fedorenta da sra. Versy no asilo Kinley, ano passado. Tive de usar mais no caso de mamãe, porque a sra. Versy era velha e já estava meio morta, mesmo.

— Santo Cristo! — exclamou Roarke.

— Pois é. Eu bem que desconfiava que pudesse haver outras vítimas ao longo dos anos.

Eve continuou a ler.

Ela foi para a cama como um bebezinho, quando eu pedi. Eu vi quando ela bebeu todo o chá. Essa foi a melhor parte. Ela bebeu tudinho, conforme eu mandei, e depois esperei até que ela pegasse no sono. Deixei o frasco vazio bem ali, em cima da cama, para papai encontrá-la desse jeito quando chegar em casa, mais tarde. Vou chorar, chorar muito. Tenho treinado o tempo todo diante do espelho e estou ótima isso! Todo mundo vai sentir peninha de mim e me dar tudo que eu quiser. Todos vão pensar que minha mãe matou aquele idiota do sr. Foster e o nojento do sr. Williams. Que tragédia! Eu tenho de rir.

Vou trabalhar um pouco com a minha arte agora, e ouvir música. Estarei no meu quarto quando papai chegar em casa. Ele vai encontrar sua filhinha silenciosa como um hamster para sua mãe poder dormir. E dormir, dormir, dormir muito.
Agora eu vou ter de jogar este diário no reciclador de lixo. Isso é irritante, mais uma coisa da qual a tenente Dallas tem culpa! Mas tudo bem... Papai vai me comprar outro diário, um muito melhor. Ele vai me comprar qualquer coisa que eu queira, agora, e também vai me levar onde eu tiver vontade de ir.
Acho que poderíamos viajar para um lugar quente e bonito, com uma praia bem legal.

Roarke ficou calado por alguns instantes, mas logo se manifestou.

— Ela escreveu tudo isso enquanto sua mãe estava, até onde sabemos, morta ou agonizando no quarto ao lado.

— Ah, sim, pode acreditar nisso.

— Ela não deveria perder seu tempo dedicando-se à arte e ao balé. Devia estar avaliando a possibilidade de fazer carreira como assassina profissional. Tem o temperamento certo para isso.

— Vou garantir que ela tenha todo o tempo do mundo para considerar as opções... Dentro de uma prisão de segurança máxima, é claro. — Olhou para o livro mais uma vez e analisou a bela caligrafia, ainda com jeito de criança. Vamos tirar uma cópia disso aqui. Quero que Mira e Whitney leiam tudo o mais depressa possível. Depois quero ler o resto.

Estava tudo ali, meticulosamente documentado: motivos, meios, oportunidades, planos, execução. Rayleen não economizou nos detalhes.

Se aquilo fosse o diário de um assassino adulto, Eve teria encerrado a investigação ali mesmo, colocado o criminoso preso numa cela com paredes reforçadas e trancado a porta.

A dificuldade, sob aquelas circunstâncias, era como lidar com uma assassina tão jovem cujo pai era um importante advogado de defesa.

Às sete da manhã, Eve estava com Mira e Peabody no escritório da sua casa. O comandante Whitney participava da reunião virtual por imagem holográfica.

— Não vou aceitar a alegação de insanidade mental — avisou Eve.

— Ela sabia e sabe a diferença entre o certo e o errado? Certamente que sim — concordou Mira. — Seus crimes foram bem planejados e bem executados, e os motivos de cada um deles foram todos em causa própria. Os motivos são o ponto principal que um psiquiatra contratado pela defesa irá analisar para poder alegar insanidade.

— A senhora vai rebater isso a pedido da promotoria?

— Sim. Preciso examiná-la oficialmente, é claro, mas já tenho dados concretos para argumentar contra a insanidade. Eve, de um jeito ou de outro, essa menina precisa ser afastada da sociedade, e acredito que isso acontecerá, pois ela não conseguirá parar.

Mira respirou fundo enquanto analisava o lindo rostinho que aparecia no quadro dos assassinatos, montado por Eve.

— A não ser que ela seja impedida pelo sistema judiciário, não há motivos para parar. Esse processo funciona bem para ela. É plenamente satisfatório e comprova a sua superioridade. De um jeito infantil, isso lhe traz tudo que ela deseja, e conseguir tudo que quer é seu objetivo básico na vida.

— A própria mãe! — acrescentou Peabody. — Ela escreveu sobre matar a própria mãe sem demonstrar um mínimo de arrependimento ou hesitação. Não sentiu coisa alguma a respeito.

— Quero enquadrá-la pela morte do irmão também. Ele não foi citado no diário. Já não faz parte do seu campo de interesses. — Eve olhou para Mira e recebeu um aceno de concordância. — Não é que ele não valha o tempo dela ou o espaço que ocuparia em sua vida. Ela simplesmente *não pensa mais* no irmão, nem no que fez a ele. Tudo para ela se resume no *agora*.

— Você me disse ainda há pouco que quer conseguir uma confissão dela, e iria fazer com que ela tivesse vontade de contar tudo a você — disse Mira. — Só que...

— Vou conseguir uma confissão, sim. O obstáculo vai ser Straffo. Se ele decidir protegê-la, Rayleen vai se fechar dentro da concha. Se desconfiar que eu posso usar tudo que ela me contar, vai se fechar ainda mais. Tenho de chegar ao pai e passar por ele, antes.

— Ele é pai e vai querer proteger a filha, por instinto.

— É um pai que teve um filho descartado sem qualquer consideração e um marido cuja esposa pode muito bem ser a próxima vítima de Rayleen. — Essas, refletiu Eve, seriam as suas armas. — Ele está numa situação difícil. Terá de escolher do lado de quem vai ficar.

— Se você lhe repassar todas essas informações — interrompeu Whitney —, estará oferecendo de bandeja uma boa base para defesa, um chute inicial na partida, digamos assim. Ele poderá erguer um escudo de proteção em torno da filha que levaremos meses para perfurar.

— Sim, senhor, isso poderia acontecer. Mas, se eu não jogar tudo na cara dele e deixá-lo sem chão enquanto sua esposa ainda luta pela própria vida, ele poderá nos dificultar a vida mais tarde, do mesmo jeito. Ele precisa enxergar a filha exatamente como ela é. Para isso, pretendo utilizar os serviços de nosso consultor civil. — Olhou para Roarke.

— Conte qual é o seu plano, tenente — pediu Whitney.

Levou algum tempo e Eve lutou contra a impaciência. Era preciso muita atenção e precaução, e ela lutou para não forçar a barra. Eram quase dez horas da manhã quando ela, Peabody e Mira foram para o hospital, bem depois de Roarke, Feeney e McNab já estarem em ação.

Quando o *tele-link* tocou, ela atendeu na mesma hora.

— Dallas falando.

— Tenente? Não sei se a senhora se lembra de mim. Aqui fala Billy Kimball, gerente da loja Kline's. A senhora esteve aqui um dia desses fazendo perguntas sobre uma garrafa térmica que vendemos na loja.

— Sim, eu me lembro. Você conseguiu alguma coisa?

— Uma das nossas vendedoras temporárias passou aqui ontem à noite, quase na hora de fechar. Eu mencionei a garrafa térmica para ela, mesmo sabendo que era pouco provável que ela soubesse alguma coisa a respeito. Mas ela sabia.

— O que ela sabia?

— Ela se lembrou da venda muito bem. Foi logo depois das festas de fim de ano. Ela trabalhou durante todo o mês de janeiro, na época das liquidações. Disse que uma garotinha veio à loja acompanhada por uma empregada. Pelo menos lhe pareceu que era empregada. A menina avisou que queria comprar um presente-surpresa e pediu à empregada que fosse para outra seção por alguns minutos. Foi uma negociação difícil, porque a empregada não queria sair de perto da menina...

— Resuma o caso, Billy.

— Desculpe. Bem, a balconista prometeu à empregada que tomaria conta da menina enquanto ela estivesse em outro departamento. A garota queria a garrafa térmica sobre a qual a senhora perguntou e mandou gravar um nome nela. A balconista se lembrou da menina porque ela era muito esperta, charmosa e educadíssima. Ela não sabe o nome da menina, mas lembra que ela contou que estava comprando aquele presente para dar ao seu professor favorito. Pagou em dinheiro. Como a compra aconteceu já neste ano, foi fácil localizar a cópia da nota fiscal e confirmar o pagamento em dinheiro. Foi realmente uma garrafa térmica da mesma marca e modelo que a senhora perguntou. Preta, com um taxa adicional pela gravação do nome em prata com fonte Roman. Isso foi de alguma ajuda?

— Muita. — Às vezes, pensou Eve, as estrelas pareciam se alinhar. — Bom trabalho, Billy. Vou passar você para a minha parceira. Preciso que você informe a ela o nome e o contato da sua funcionária. Quero que ela analise algumas fotos para ver se consegue identificar a menina.

— Tenho certeza de que ela ficará muito feliz em ajudar. Ela mencionou que a menina era linda, loura, com cabelos cacheados, é isso mesmo? Tinha olhos diferentes, num tom quase violeta.

— As muralhas continuam ruindo — murmurou Eve enquanto Peabody anotava os dados. — Dessa vez ela tentou ser ainda mais esperta e se deu mal. Poderia ter feito uma compra rápida, sem muito papo com a balconista. Mas precisava se exibir.

— Deve ter jogado fora a garrafa original — comentou Mira.

— Sim, provavelmente a tirou da escola bem debaixo do nosso nariz. Droga!

— Você é uma profissional treinada — disse Mira. — Eu também sou. Sou especializada em psiquiatria de comportamento anormal, e creio que ela também teria levado a garrafa bem debaixo do meu nariz.

— Isso vai acabar hoje.

Eve encontrou Oliver Straffo no quarto do CTI onde sua mulher estava, de vigília ao lado de sua cama. Olhou para Eve com olhos pesados e sem expressão.

— Se você veio fazer acusações formais, pode desistir de...

— Como ela está? — interrompeu Eve.

Ele passou a mão pelo cabelo e depois pegou a mão de Allika sobre a cama.

— Continua em estado crítico. Eles vão fazer novos testes daqui a pouco. — Acariciou a mão da esposa enquanto falava. — Não sei. Simplesmente não sei. Mas não quero que você jogue essas acusações de homicídio em cima dela.

Eve foi até o outro lado da cama e ficou diante dele.

— Quanto você ama a sua esposa?

— Que pergunta idiota! — Um pouco da frieza lhe voltou aos olhos e à voz. — Por mais que eu a ame, não preciso acobertá-la, nem usar nenhuma mágica jurídica para protegê-la. Ela é incapaz de ferir alguém. E duvido muito que tenha tentado se matar, especialmente com Rayleen sozinha em casa. Ela nunca faria a própria filha passar por isso. Nunca.

— Concordo com você.

Ele ergueu a cabeça.

— Então, do que se trata? — quis saber.

— Quanto você amava o seu filho?

— Como é que você pode fazer uma coisa dessas, Dallas? Aparecer aqui num momento como esse e me trazer ainda mais dor?

— Aposto que amava muito. Apesar de não ter fotos dele espalhadas pela casa. Mesmo que sua esposa mantenha todas as fotos dele escondidas.

— Isso magoa de forma inimaginável. Você não conseguiria entender. Acha que eu o esqueci? Não se trata de quanto eu o *amava*, e sim do quanto ainda amo. — Ele se virou de lado e pegou no bolso uma carteira de couro pequena. — Esse é um dos detalhes essenciais para você encerrar o caso, tenente? Pois aqui está. Bem aqui. Eu o guardo junto de mim. Olhe para esse rosto.

Ele ergueu a foto do menino sorrindo alegremente.

— Ele era o menino mais doce que alguém pode imaginar. Vivia feliz o tempo todo. Era impossível chegar perto de Trevor e não sorrir. Não importa o quanto o dia tivesse sido terrível, cinco minutos com ele e tudo ficava ajustado e bom novamente. No dia em que ele... O dia em que o perdemos foi o pior dia da minha vida, até hoje. Era isso que você queria ouvir?

— Sim, era. Tenho algo duro para lhe contar, Oliver. Um fardo que ninguém deveria receber sobre os ombros. Quero que você se lembre dos sentimentos que tem por sua esposa e por seu filho. Preciso que você leia isso.

— O que é?

Eve lhe entregou uma cópia impressa das últimas paginas do diário de Rayleen.

— Acho que você vai reconhecer a caligrafia. Creio que saberá de onde isso veio. Só estou lhe mostrando isso por causa dela. — Apontou para Allika. — E porque eu também vi as fotos do seu filho. O rosto dele não saiu da minha cabeça.

Isso tornava Trevor Straffo uma vítima também sob a responsabilidade dela, reconheceu Eve. Tanto quanto Craig Foster e o patético Reed Williams.

Straffo pegou as páginas e leu a primeira linha.

— Essa é a letra de Rayleen. Foi tirado do diário dela? O que isso pode ter a ver com...

— O último registro foi escrito antes de ela jogar o diário fora, dentro da caixa protetora, no reciclador de lixo da sua cozinha. A data está bem aqui. É melhor você ler o texto todo.

Conforme ele foi lendo, seu rosto ficou acinzentado. Suas mãos começaram a tremer.

— Isso não é possível.

— Em algum lugar aí dentro você sabe que é possível, sim. Sua esposa também sabia que era possível e, mesmo em meio a todo o horror e à dor que sentia, tentou proteger Rayleen. Foi por isso que Rayleen fez isso com a mãe, para proteger a si mesma, para lançar as suspeitas sobre Allika e receber o seu foco, o seu tempo e a sua atenção total para ela.

— Não.

— Encontramos outros registros anteriores, Oliver. Detalhes de como ela matou Foster e Williams. E menção a uma senhora chamada Versy, no asilo Kinley.

— Não. Não pode ser. Você está completamente louca. — Ele balançou para os lados sem equilíbrio, como um homem que sente o mundo subitamente sair do eixo. — E eu estou enlouquecendo também.

Force a barra, disse Eve para si mesma. Não há escolha, a não ser forçar.

— O que não está descrito aí, já que o diário só registra o que aconteceu nos últimos sete meses, foi como ela matou o seu filho.

Até mesmo o cinza desapareceu do rosto dele.

— Isso é de uma insanidade sem tamanho!

— Naquele Natal, vocês dois sabiam que Rayleen tinha se levantado algum tempo antes de entrar no quarto para acordá-los.

— Ela...

— Vocês decidiram que tinha sido um acidente. Que pai ou mãe não faria isso? Acharam que Trevor tinha tropeçado e caído da escada e que Rayleen tinha entrado em estado de choque e negação. Esconderam de vista tudo que lembrasse a presença dele porque ela ficava irritada quando via as fotos e objetos. Pior ainda era quando ela via você ou a mãe dele olhando para as recordações.

— Por Deus, pelo amor de Deus. Rayleen tinha sete anos. Você não pode acreditar que...

— Posso, sim. Olhe para a sua esposa, Oliver. Por acaso ela merece o que lhe fizeram? Agora, olhe para a foto do seu filhinho mais uma vez. Ele mereceu o que lhe fizeram? Ela tirou essas vidas sem hesitar. Eu tenho um caso sólido como rocha, que inclui a compra de uma garrafa térmica onde ela mandou gravar o nome de Craig.

— O quê? O quê? — Ele pegou as pontas do cabelo com as duas mãos e só faltou arrancar os fios.

— Tenho uma testemunha — continuou Eve, sem desistir. — A balconista da loja que atendeu Rayleen já identificou a foto da menina. Cora confirmou que elas foram à loja onde a garrafa foi vendida nesse dia, a pedido de Rayleen. Também tenho uma declaração da tia-avó dela, Quella Harmon. Ela confirmou que a menina demonstrou muito interesse em saber como a ricina era feita. Nem venha me dizer que isso é apenas uma prova circunstancial — reforçou Eve.

Chute e continue chutando enquanto ele está caído, pensou. *Esse é o único jeito.*

— Nas próprias palavras dela, Oliver. — Eve se inclinou para pegar as páginas que ele tinha deixado cair no chão. — Com suas próprias palavras, ela relatou como decidiu matar a mãe e como deixou Allika morrer enquanto preparava um lanche e ouvia música. E fez isso sem um pingo de arrependimento.

— Você não pode esperar... Não pode esperar que eu acredite.

— Você já acredita em algum lugar aí dentro, bem no fundo do peito. É isso que o está deixando doente. Mas vai ter de aguentar um pouco mais, porque vou lhe dizer agora o que precisa ser feito. E... Olhe para mim, Oliver. Olhe para mim!

Os olhos dele pareceram vidrados de choque e dor indescritível ao fitar Eve.

— Ela deixou tudo escrito? — perguntou, incrédulo. — Escreveu tudo isso enquanto Allika estava...

— Isso mesmo. Allika era um obstáculo, como Trevor também era. — Use os nomes deles, pensou Eve. — Allika e Trevor estavam no caminho de algo que Rayleen queria; então ela os *removeu*.

— Ela é minha filha, minha menina. Ela é...

— Vou fazer um trato com você, agora. Só você e eu. Se eu não conseguir provar que tudo que acabei de lhe contar é verdade, prometo não lutar contra alguma tentativa sua de tratá-la como uma menor de idade, em vez de uma adulta.

— Ela tem dez anos de idade. Só dez anos.

— Assassinatos múltiplos e premeditados. Ela vai responder na justiça comum como adulta, a não ser que eu retire as acusações. O trato é esse. Eu provo a você que ela colocou sua esposa... Que colocou Allika nessa cama de hospital, com uma máquina respirando por ela; provo que ela empurrou Trevor do alto da escada naquela terrível manhã de Natal; provo que ela eliminou Foster, Williams e uma senhora muito velha e doente num asilo para idosos. Provo tudo. Sem deixar sombra de dúvida. Caso eu não consiga fazer isso, vou lhe dar munição suficiente para desmontar meu caso. O trato é esse. Aceite isso agora, senão vou derrubar sua filha.

Rayleen estava na sala dos familiares, junto do CTI, desenhando. Quando Eve entrou, ela parou e exibiu os olhos cheios de lágrimas.

— Minha mãe...

Eve fechou a porta e a tranquilizou.

— Eu conheço a médica que está cuidando do caso. Ela acha que sua mãe vai conseguir escapar com vida.

Caminhou lentamente até a bancada. O café do hospital era quase tão letal quando o café da polícia. Mas servia para montar o cenário. Eve se serviu de uma xícara e se virou.

— Essa notícia não é nada boa para você, Rayleen.

— O quê?

— Estamos só nós duas aqui, Ray. A porta está fechada. — Eve tirou a jaqueta e se virou. — Não estou usando nenhum microfone. Aqui está meu gravador. — Tirou o microfone minúsculo da lapela e o colocou em cima da mesa. — Desligado. Eu não li seus direitos e deveres. Seu pai é advogado e você é muito esperta. Sabe que não poderei usar nada do que você me contar aqui.

Eve se sentou, esticou as pernas e provou o café. Talvez o café do hospital fosse pior do que o da polícia, pensou.

— Já investiguei muitos suspeitos ardilosos, mas tenho de confessar: você é a mais ardilosa que eu já vi. Ainda que sua mãe consiga escapar dessa, não vai acusar você. Mesmo assim, você deve ter ficado revoltada quando Cora voltou e a encontrou antes de tudo acabar.

— Não quero conversar com você. — As lágrimas escorreram, agora. — Você é muito malvada.

— Ah, qual é? Eu não assusto você. Afinal, você sabe que eu não tenho prova alguma. Você levou a melhor. — Eve deu de ombros e se arriscou a tomar mais um gole. — Meu comandante e a psiquiatra da polícia acham que eu estou totalmente por fora. E que talvez tenha exagerado ao tentar convencê-los de que foi você. Eu valorizo minha carreira, garota, não vou deixá-la escorrer pelo ralo. Para mim, chega. A investigação vai continuar aberta por algum tempo, depois será transferida para a pasta dos inativos. Por fim, vai acabar no arquivo morto.

Ela se inclinou.

— Não vou aceitar o chefão e os psiquiatras da polícia me olhando atravessado por sua causa, muito menos pretendo estragar minhas excelentes chances de promoção por causa de você. Estou na crista de uma onda excelente, no momento. O caso Icove, o desbaratamento da quadrilha que vendia bebês no mercado negro... Esses foram crimes grandes e suculentos que eu encerrei. Não posso me queimar por causa de um caso perdido.

Rayleen virou a cabeça meio de lado e argumentou:

— Você pode mentir durante a entrevista com um suspeito.

— Posso, sim. Mas não posso nem pensar em realizar um interrogatório formal com uma menor de idade sem permissão dos pais. Portanto, oficialmente eu nem estou aqui.

Rayleen voltou a desenhar.

— Então por que veio me ver? Posso procurar meu pai agora mesmo e você ficará em apuros.

— Isso é papo-furado. Puxa, eu só parei aqui para ver como você está passando, não há motivo para ele achar outra coisa. Mas, se você resolver armar uma cena por causa disso, ele vai se perguntar por que eu estou importunando tanto você. Sim! — Eve sorriu e colocou de lado o café horroroso — Por que não faz isso, Rayleen? Quem sabe ele não vai começar a achar que sua mãe jamais iria tirar a própria vida sabendo que você estava sozinha com ela no apartamento. Vá lá agora mesmo e chame seu pai. Da última vez que eu o vi, ele estava sentadinho ao lado da cama da sua mãe.

— Ele não deveria ter me deixado sozinha lá. Ele é que deveria estar comigo. Quando ela morrer...

— *Se!* Continuamos no *se* ela morrer. — Com jeito brincalhão, Eve balançou o dedo. — Não conte com o ovo no cu da galinha, garota. Eu bem que poderia jogar a culpa dos dois assassinatos em cima dela, e talvez conseguisse fazer com que a coisa colasse. Só que não sou tão prática quanto você. Gosto de encerrar os casos que investigo e não conseguiria engolir uma coisa dessas. Portanto... Isso tudo vai para o arquivo morto.

— Você está desistindo?

— É o que chamamos, na polícia, de "saber a hora certa para recuar". Dois professores mortos não vão me fornecer mais holofotes, mesmo. — Com um jeito casual, Eve cruzou as pernas na altura dos tornozelos. — Eu consigo sacar como foi que você matou a sua mãe. Não posso provar, mas dá para entender como a coisa aconteceu. Você preparou o chá e dissolveu as pílulas lá dentro. Ela sabia?

Rayleen encolheu os ombros.

— Minha mãe tentou se matar, e isso é terrível. Pode ser que eu fique marcada pelo resto da vida. Papai e eu vamos precisar de uma longa viagem, só nós dois, para eu me readaptar a nova vida.

— Mas, então, por que motivo ela chamou você para casa, antes? Por que sua mãe chamou você de volta em vez de simplesmente tomar as pílulas enquanto estava sozinha em casa?

— Acho que ela queria dizer adeus. — Rayleen ergueu a cabeça e piscou os olhos várias vezes. E sorria de leve quando fez escorrer uma lágrima. — Ela me amava mais que tudo no mundo.

Ela já estava usando os verbos no passado, percebeu Eve. Em sua cabeça, Allika já se fora.

— É, isso poderia colar — concordou Eve. — Vamos lá, Rayleen, deve ser frustrante, para uma garota esperta como você, não ter a chance de compartilhar com mais ninguém o que você é capaz de fazer. Sei como é tirar a vida de alguém, dos dois lados da lei. Mas você me pegou desprevenida, me deixou de mãos atadas. Você venceu, eu perdi. Mas, porra, confesso que eu fiquei curiosa.

— Você usa palavrões quando fala. Na minha casa, não aprovamos pessoas que usam palavrões.

— Foda-se isso! — reagiu Eve, e sua explosão fez Rayleen dar uma risadinha. — Por que você matou Foster? Aqui eu também consigo entender como a coisa aconteceu. Você pegou a ricina em algum lugar. Não descobri a fonte, mas o fato foi que você conseguiu o veneno e o jogou naquela porra de guardar suco.

— O nome correto é garrafa térmica — informou Rayleen, empinando o corpo.

— Certo. Você entrou na sala quando o professor estava fora da sala, no andar de cima, e jogou o veneno na bebida. Depois convenceu sua amiga a ir para a sala alguns minutos mais cedo, só para poder encontrá-lo. Muito esperta.

— Se você estivesse certa, mesmo assim não estaria absolutamente certa. Você não sabe tudo.

— Não sei mesmo, nessa você me pegou. Por que motivo você iria matá-lo? Ele tentou machucar você? Tentou algum tipo de abuso? Tocou em você?

— Por favor, que coisa nojenta!

— Ora, você não vai conseguir me convencer de que o matou por impulso. Você se deu a muito trabalho para conseguir que ele morresse e planejou tudo bem demais.

Os lábios de Rayleen formaram um leve sorriso.

— Se você fosse realmente esperta, já teria sacado tudo.

— Nessa você me pegou, mais uma vez.

— Talvez... E estamos falando apenas de uma suposição... Talvez ele tenha sido burro e mesquinho; cometeu um erro muito idiota e nem sequer ouviu quando eu dei a ele a chance de consertar as coisas.

— Que tipo de erro? Já que estamos no terreno das suposições?

— Ele me deu um conceito A *menos* em minha prova oral. A *menos*. Eu sempre ganho A ou A *mais*. Ele não tinha nada que me dar um menos só por achar que minha apresentação precisava de mais pesquisas. Eu treinei e ensaiei muito a apresentação. Fui sempre a *melhor* da sala toda e tirar menos que um A *mais* significou que eu poderia cair para segundo lugar em vez de primeiro.

— Você o envenenou porque ele lhe deu um conceito A menos numa apresentação? — repetiu Eve.

— Eu *avisei* a ele que meu conceito deveria ser aumentado para A simples, no mínimo. Alertei-o de que eu não queria passar a ser a segunda da turma e contei a ele o quanto tinha trabalhado duro para conseguir me sair bem. Você sabe o que ele me disse?

— Mal posso esperar para ouvir.

— Ele me disse que o conceito não era tão importante quanto o *aprendizado* e a experiência. Dá para acreditar num argumento tão vazio? Tão idiota?

— Que chocante!

— O *pior* foi que ele deu conceito A para Melodie, e agora nós estamos quase empatadas no primeiro lugar. Mas eu me vinguei dela também.

Tudo aquilo estava no diário, lembrou Eve. Todos aqueles detalhes. Mas era fascinante e horrível ouvi-los da boca da própria menina.

— Você se vingou dela, obrigando-a a ver o que tinha acontecido com o sr. Foster?

— Sim, ela agora vive tendo pesadelos. — Rayleen riu. — E a nota de frequência dela à escola des-pen-cou! É uma bebezona, mesmo.

— E quanto a Williams?

Dessa vez Rayleen revirou os olhos.

— Se você não for muito burra, vai descobrir.

— Foi para eu pensar que ele tinha matado o sr. Foster? Mas...

— Ah, esse papo está um saco!

Rayleen se levantou da cadeira, foi até o pequeno AutoChef pago e pescou algumas fichas de crédito no bolso do jeans cor-de-rosa. Colocou-as na ranhura e ordenou um refrigerante de limão.

— Por que está um saco?

Pegando um canudo no balcão, ela sorriu de leve quando começou a tomar a bebida.

— Você deveria achar que a diretora Mosebly tinha matado os dois. Por causa do sexo. Isso também é nojento e ela devia pagar caro pelo que fez. De qualquer jeito a sra. Mosebly é rígida demais e eu já estava cansada dela.

— Eu desconfiei da diretora — concordou Eve, conversando com muita naturalidade. — A princípio, achei que Williams tinha matado Foster para esconder o fato de que ele era um pervertido, e pensei que Mosebly tinha matado Williams por ele ter tentado chantageá-la. Mas os intervalos de tempo viviam me derrubando, e, sempre que eu revia minhas anotações, mais me convencia de que o mesmo assassino tinha acabado com os dois. Com relação a Foster, eu não conseguia ver Mosebly como sua assassina. Alguma coisa não encaixava

— Mas poderia encaixar, se você quisesse. O sr. Foster tinha aquela garrafa térmica idiota dentro de sua pasta velha e feia o tempo todo. Portanto, ela poderia, sim, ser a culpada. Agora você não vai conseguir prender ninguém.

— Pelo visto, é isso mesmo que vai acontecer. — Eve pegou o café horroroso mais uma vez. Elas pareciam apenas duas coleguinhas bebendo alguma coisa juntas e conversando sobre compras. — Onde foi que você conseguiu a droga que usou para matar Williams? Foi muita esperteza sua pegá-lo dentro da piscina. A substância quase nos passou despercebida porque você usou uma quantidade muito pequena. O tempo trabalhou contra você dessa vez.

— Aquele idiota do sr. Williams! A droga era para ser absorvida em segundos e se tornar indetectável depois de duas horas. Peguei a substância no asilo para velhos horrorosos onde eu tenho de trabalhar como voluntária e fingir o tempo todo que não estou com vontade de vomitar. Eu canto para os velhos, danço, leio livros e escuto as histórias *intermináveis* que eles contam. Posso entrar em qualquer lugar lá dentro, pois todos me conhecem. Eles mantêm as drogas trancadas, mas é fácil distrair por alguns minutos a enfermeira ou a funcionária que toma conta do armário.

Ela olhou para a arma de Eve e se interessou.

— Você já matou alguém com isso?

— Já.

— Como se sentiu?

— Poderosa.

— Pois é... Só que isso não dura muito tempo. É o mesmo que comer sorvete. Muito bom no início, mas rapidinho a tigela acaba. — Rayleen colocou o refrigerante em cima da bancada e exibiu uma série de adoráveis piruetas de balé. — Você pode contar para todas as pessoas no universo inteiro o que eu lhe disse, porque ninguém vai acreditar.

— Isso é verdade. Quem acreditaria se eu contasse que você matou duas pessoas, tentou... E talvez tenha conseguido... Matar uma terceira, sua própria mãe? Tudo isso aos 10 anos de idade?

Rayleen executou um *plié* gracioso e informou, cantarolando.

— E não foram só essas...

— Tem mais?

— Talvez eu lhe conte. Ou talvez não, porque eles poderão trancar você num asilo para loucos se você espalhar por aí que eu fiz isso.

— Se não quer me contar, tudo bem. Já está ficando tarde, mesmo, e esse era para ser meu dia de folga. — Eve se levantou. — Já gastei muito do meu tempo precioso com essa história.

Na ponta dos pés e os braços arqueados sobre a cabeça, Rayleen fez um círculo em torno de Eve.

— Você nunca, *nunca* conseguiria adivinhar.

— Estou muito velha para esses joguinhos, garota. Do jeito que as coisas estão no momento, quanto mais depressa eu me esquecer de você, melhor será para mim.

Com um ruído surdo, Rayleen deixou cair as solas dos pés no chão, com força.

— Não me dê as costas porque eu ainda não acabei. Fui eu que derrubei você. Eu venci! Você não está demonstrando espírito esportivo.

— Então me processe por isso. — Eve seguiu em direção à porta.

— Eu matei pela primeira vez quando tinha sete anos.

Eve parou, virou o corpo devagar, apoiou-se na porta fechada e debochou:

— Porra nenhuma!

— Se você disser mais algum palavrão, eu não vou lhe contar como foi que eu matei meu irmão mais novo.

— Ele caiu do alto da escada. Eu li os relatórios dos peritos, todas as anotações. Abri todas as pastas.

— Eles também eram burros. Todos eles.

— Quer que eu acredite que você conseguiu fazer isso sem ninguém descobrir?

— Posso fazer qualquer coisa que eu queira. Eu o acordei cedo, muito cedo. Tive de tapar sua boca com minha mão quando ele começou a rir. Mas ele me ouviu com atenção Sempre me ouvia. Ele me amava.

— Aposto que amava — disse Eve, quase perdendo a capacidade de fingir um interesse distante.

— E ficou quietinho, exatamente como eu mandei. Eu lhe disse que íamos descer para ver os brinquedos, e talvez até Papai Noel. Ele acreditava em Papai Noel. Era uma *piada*, mesmo. De qualquer modo, a culpa pelo que aconteceu foi deles.

— De quem?

— Dos meus pais, ora. Eles nunca deveriam ter tido outro filho, para início de conversa. Ele vivia no meu caminho e eles sempre passavam muito tempo com ele, quando deveriam estar dedicando mais atenção a mim. Eu fui a primeira.

— Você o empurrou do alto da escada?

— Foi fácil. — Rayleen deu um pulinho curto e pegou a bebida novamente. — Bastou um empurrão e ele foi... Tump, tump, tump. *Crec*! Pronto, problema resolvido. — Dando outra risadinha, tomou mais um gole, e o estômago de Eve se contorceu.

— As coisas aconteceram como deveriam, no fim. Eu fiquei com *todos* os presentes de Natal. Bastou chorar muito quando papai começou a separar para doação os pacotes que iriam para Trev. Fiquei com tudo, e agora eu *sempre* ganho todos os presentes que estão debaixo da árvore.

Ele exibiu mais uma pirueta, seguida de um *grand plié*, e terminou com uma reverência profunda.

— Aposto que você nunca tinha sido derrotada por uma criança. Sou melhor do que todos os outros. Melhor do que qualquer um. Reconheça! Diga em voz alta que Rayleen é melhor e mais inteligente do que todos os criminosos que você conheceu.

— Espere um instantinho só — sugeriu Eve, ao ouvir a batida na porta. Foi abrir e era Peabody, que entregou nas mãos de Eve o diário de Rayleen. — Ora, ora, vejam só o que temos aqui!

— Onde você o pegou? Isso pertence a *mim*! — A menina com ar de deboche desapareceu num estalar de dedos, e foi uma assassina enfurecida que se lançou sobre Eve. — Entregue isso para mim. Agora!

Eve aguentou o soco que recebeu e segurou as mãos em garra da menina, enquanto mantinha o diário longe do seu alcance.

— Muito bem, isso é o que chamamos de agressão a uma oficial de polícia. Rayleen Straffo, você está presa por atacar...

— Cale a boca! É melhor calar a boca neste segundo ou você vai se arrepender muito! Esse é o meu diário e eu o quero de volta! Meu pai vai fazer você pagar caro por isso.

Eve jogou o diário para Peabody, pegou os dois braços de Rayleen e os prendeu atrás das costas da menina. Algemou-a enquanto ela gritava, chorava e chutava.

— Você é quem vai pagar caro por tudo que fez. Em uma coisa você tinha razão, Ray: eu posso mentir durante um interrogatório. Eu não estou com microfones em mim, mas a sala está grampeada.

— Você não leu meus direitos!

— É verdade. Mas eu não preciso de nada do que você me con tou aqui. Eu já sabia de tudo. Graças ao seu diário, que salvamos do reciclador de lixo ontem; graças à balconista que lhe vendeu a garrafa térmica gravada com o nome de Craig Foster; graças à sua mãe que nos contou, antes de você tentar matá-la, que já sabia que você tinha se levantado mais cedo naquela manhã de Natal.

— Ninguém vai acreditar em você. — O rosto de Rayleen parecia mais vermelho do que um tomate, de tanta raiva, e não exibia o menor indício de medo. Meu pai vai consertar toda essa situação.

Errada mais uma vez. — Eve agarrou um dos braços de Rayleen com força, enquanto Peabody pegava o outro.

A poucos metros dela, Straffo estava em pé olhando para a filha como um homem que estivesse preso dentro de um pesadelo.

— Rayleen — murmurou ele.

— Papai! Papai! Elas estão me machucando! Faça-as parar.

Ele deu dois passos incertos na direção dela.

— Ele era só um bebê, Rayleen. Apenas um menininho. E amava tanto você. Como é que você pôde fazer isso, Rayleen, com pessoas que a amavam tanto?

— É tudo mentira, papai. A tenente está mentindo para você. Eu ainda sou a sua garotinha. Sou... Foi mamãe que fez isso. Eu a vi fazer tudo, papai! Ela empurrou Trev, depois matou o sr. Foster e o sr. Williams. Eu não quis contar para ninguém, papai. Não queria que a levassem para longe de nós. Eu...

— Pare! Ó Deus. — Ele cobriu o rosto com as mãos. — Ó Deus.

— Leve-a, Peabody. Leve a menina, Mira e a agente do serviço de proteção à infância até a Central. Vou para lá assim que conseguir.

— Você vai pagar por isso — ameaçou Rayleen, entre dentes, enquanto Peabody fazia sinal para um guarda ajudá-la. — Vai pagar caro, tanto quanto os outros. Sua morte vai ser a que eu vou curtir mais.

— Pirralhas mimadas não me assustam. Leia os direitos dela, Peabody, e faça sua ficha criminal como se ela fosse adulta: três acusações de assassinato e uma tentativa. Vamos acrescentar a morte de Adele Versy depois de recolhermos as provas.

— Papai! Não deixe que eles me levem para longe de você! Papai!

Eve se virou de costas para ela e caminhou na direção de Straffo sem olhar para trás.

— Vamos nos sentar aqui um minutinho, Oliver.

— Não me sobrou mais nada. Fiquei sem coisa alguma na vida. Aquela é a minha filha, ela... Fui eu que a fiz.

— Não, não foi. Às vezes filhos indescritivelmente ruins são gerados por pessoas decentes. E muitas vezes é possível transformar alguém numa pessoa decente mesmo quando ela foi gerada por pais terrivelmente maus. Posso afirmar isso com conhecimento de causa.

Eve colocou a mão sobre o braço de Straffo e permaneceu em pé ao ver Louise vindo na direção deles.

— Sr. Straffo.

Ele olhou para Louise.

— Ela está morta? Allika?

— Não, retomou a consciência. Ainda não está completamente lúcida, pelo menos por enquanto, e é cedo para eu lhe fazer alguma promessa. Mas precisa do senhor ao lado da sua cama. Está confusa, desorientada, e precisa muito do senhor. Permita-me que eu o leve até ela.

— Allika. — Ele virou os olhos desesperados e brilhantes, rasos d'água, para Eve. — Rayleen.

— Quanto você ama sua esposa, Oliver? Quanto ama o seu filho?

Chorando muito e balançando a cabeça, ele se deixou ser levado por Louise.